Gisa Pauly
Tod im Dünengras

PIPER

Zu diesem Buch

Ein toter Mann im Dünengras! Der Strandspaziergang, den Hauptkommissar Erik Wolf mit seiner italienischen Schwiegermutter macht, hatte so friedlich begonnen – und nun das. Das nächste Mordopfer ist eine Frau. Das Schlimmste daran: Harm Ingwersen, der Ehemann, hat sich kurz vorher unerschrocken einem Schutzgelderpresser entgegengestellt. Versucht die Mafia etwa, Sylt zu erobern? Erik Wolf ist alarmiert. Dann aber wird der Schutzgelderpresser selbst tot im Dünengras gefunden. Erschlagen! Und dieser Mann kommt Mamma Carlotta merkwürdig bekannt vor. Als sich der Verdacht bestätigt, dass es sich um einen entfernten Verwandten handelt, beginnt für Erik Wolf eine schwere Zeit. Eine Tante des Opfers rückt an, die genau so gerne, viel und laut redet wie seine Schwiegermutter. Und nicht nur das – die beiden zusammen halten sich für fähige Kriminalistinnen … Auch in ihrem dritten Krimi mit Mamma Carlotta lässt Gisa Pauly die italienische Lebensart und die norddeutsche Mentalität aufeinanderprallen – charmant und atmosphärisch.

Gisa Pauly, geboren 1947 in Gronau, stieg nach zwanzig Jahren aus dem Lehrerberuf aus und veröffentlichte 1994 das Buch »Mir langt's – eine Lehrerin steigt aus«. Seitdem lebt sie als freie Schriftstellerin, Journalistin und Drehbuchautorin in Münster und auf Sylt. In ihren turbulenten Sylt-Krimis prallt das Temperament von Mamma Carlotta auf die Mentalität der Inselbewohner, vor allem aber mischt sich die Italienerin immer wieder in die polizeilichen Ermittlungen ihres friesisch-wortkargen Schwiegersohns ein.
www.gisa-pauly.de

Gisa Pauly

TOD IM DÜNENGRAS

Ein Sylt-Krimi

Piper München Zürich

Mehr über unsere Autoren und Bücher:
www.piper.de

Von Gisa Pauly liegen bei Piper vor:
Die Tote am Watt
Gestrandet
Tod im Dünengras
Flammen im Sand
Inselzirkus
Küstennebel

MIX
Papier aus verantwortungsvollen Quellen
FSC® C083411
FSC www.fsc.org

Originalausgabe
1. Auflage Juni 2009
8. Auflage Februar 2013

Umschlaggestaltung: Eisele Grafik-Design, München, unter Verwendung der Fotos von Comstock Foundry und Foodcollection RF (alle Getty Images)
Satz: Filmsatz Schröter, München
Gesetzt aus der Sabon
Papier: Munken Print von Arctic Paper Munkedals AB, Schweden
Druck und Bindung: CPI – Clausen & Bosse, Leck
Printed in Germany ISBN 978-3-492-25345-1

Das Meer war an diesem Tag von einem schönen dunklen Blau. Wenn eine Woge sich aufbäumte und mit gischtigen Fingern nach der Brandung griff, entstand, kurz bevor sie zusammenbrach, ein wunderbares Grün direkt unter dem Scheitelpunkt der Welle. Erik Wolf zwang sich, immer wieder nach diesem Grün Ausschau zu halten. So konnte er sich dem Meer zuwenden und versuchen, das zu ignorieren, was hinter seinem Rücken geschah und wofür er sich am liebsten bei der kompletten Nordsee entschuldigt hätte.

Es war ein früher Sonntagmorgen. Die Hochsaison war vorbei, die Nachsaison brachte zwar noch viele sonnige Tage, aber sie begannen nicht mehr leuchtend blau, sondern grau und verhangen. Auch dieser Morgen hatte sich durch einen Dunstschleier ans Licht gedrängt, jetzt aber stand er in einem klaren Grau über ihnen, das nicht weniger schön war als das Blau des Hochsommers. Deswegen war Erik bereit gewesen, seinen ersten freien Tag nach der Ankunft seiner Schwiegermutter auf Sylt mit einem Strandspaziergang zu beginnen. Mamma Carlotta hatte es sich gewünscht, und er war gern darauf eingegangen. Sogar die Kinder hatten sich bereit erklärt, ihrer Nonna zuliebe sonntags früh aufzustehen, und sich, ohne zu murren, ihre winddichten Jacken übergezogen.

Am Kliffkieker waren sie zum Strand hinabgestiegen und wanderten nun gen Norden. Erik liebte es, wenn der Strand noch menschenleer war. Er genoss die Stille, die in Wirklichkeit alles andere als still war, liebte das Getöse, mit dem die Brandung an den Strand schlug, denn still waren sie trotzdem, diese frühen Stunden am Meer, in denen nur die Natur lärmte und alles andere schwieg.

So jedenfalls hatte Erik sich diesen Spaziergang vorgestellt. Schweigend, den Blick aufs Meer gerichtet oder in den Himmel, mal auf die Füße, um zu beobachten, wie sie sich in den Sand gruben, oder zurück, um die Spur zu verfolgen, die sich hinter ihnen aufreihte.

Die Strandspaziergänge, die er mit Lucia gemacht hatte, waren so gewesen. Seiner Frau war das Schweigen genauso schwergefallen wie ihrer Mutter, aber angesichts der Weite des Strandes und des Meeres war auch sie verstummt, hatte ihre Hand in seine geschoben und ihre Verbundenheit schweigend genossen. Damals hätte er es nie für möglich gehalten, dass einmal etwas so Zufälliges wie die kurze Unaufmerksamkeit eines Lkw-Fahrers ihre tiefe Verbundenheit zerstören könnte.

Er kniff die Augen fest zusammen, um Lucias Bild wegzudrängen. Schlimm genug, dass die Stimme in seinem Rücken ihn so sehr an Lucia erinnerte, dass es wehtat. Da half es gar nichts, die Ähnlichkeit zu leugnen, nur weil Lucia in einem Moment wie diesem geschwiegen hätte.

»Il mare! Magnifico! Wie majestätisch!«

Noch immer wandte er sich nicht um, weil er sich nicht zusätzlich zur lauten Stimme, zum Pathos und zum Tempo, mit dem die Worte seiner Schwiegermutter von der Zunge rollten, auch noch über ihre großen Gesten ärgern wollte. Und auf keinen Fall wollte er Mamma Carlotta bewundern, obwohl es schon erstaunlich war, über welchen Wortschatz sie mittlerweile verfügte. Erst recht, wenn man berücksichtigte, auf welche Weise sie die deutsche Sprache erlernt hatte: ohne Lehrbuch, ohne Sprachtrainer, ohne Vokabelhefte oder das Lernen unregelmäßiger Verben. Carlotta Capella hatte Deutsch gelernt, indem sie mit Lucia und den Kindern am Telefon redete, und hatte ihre Sprachkenntnisse verbessert, als ihr Nachbar eine Deutsche heiratete, die sich gern in ihrer Muttersprache unterhielt. Über die Grammatik lernte sie erst etwas, als Carolin beschloss, Lehrerin zu werden, an ihrer Großmutter ihr späteres pädagogisches Wirken trainieren wollte und ihr viele schriftliche Aufgaben nach Umbrien schickte, deren Lösungen sie später am Telefon gewissenhaft überprüfte.

Erik Wolf, der vierzehn Jahre jünger war als seine Schwiegermutter, war sicher, dass es ihm niemals gelungen wäre, auf gleiche Weise Italienisch zu lernen. Er konnte sich nur mühsam verständigen, wenn er in Umbrien war, obwohl Lucia sich große Mühe gegeben hatte, ihn mit ihrer Muttersprache vertraut zu machen, damit er sich mit den vielen Tanten, Onkeln, Cousins und all den anderen Mitgliedern des riesigen Capella-Clans unterhalten konnte. Er hatte es nicht geschafft. Und irgendwann war er sogar froh gewesen, dass er der Einzige war, dem es nachgesehen wurde, schweigend einer lautstarken Diskussion beizuwohnen, ohne sich einzumischen, oder einfach nur dabeizusitzen und an etwas anderes zu denken. Nach dieser Erkenntnis hatte er seine Bemühungen gänzlich eingestellt und war dankbar gewesen, dass niemand mehr versuchte, ihn in ein Gespräch zu ziehen, das ihn schon beim Zuschauen schwindelig machte.

»Dieser herrliche Strand!«, hörte er in seinem Rücken. »Ohne die vielen Strandkörbe gefällt er mir noch besser! Nur dieser graue Himmel! So etwas gibt es in Italia nicht. Und die Sonne …«

Erik hörte ein verächtliches Schnalzen. Bei allem, was Carlotta mittlerweile an Sylt liebengelernt hatte – mit der Dauer und der Kraft des Sonnenscheins war sie nie zufrieden.

»Carolina! Wird in deinem Chor auch ein Lied über das Meer gesungen?«

Nein, nicht auch das noch! Seit Carolin dem Inselchor

beigetreten war und daraufhin den Beschluss gefasst hatte, später Sängerin zu werden, gab es im Hause Wolf keine ruhige Minute mehr. Dabei war auf Carolins Einsilbigkeit bis dahin stets Verlass gewesen, sie war eben ganz Eriks Tochter. Es reichte, dass Felix genauso lärmend war wie seine italienischen Vorfahren und genauso gern und laut redete wie sie. Erik war immer dankbar gewesen, dass aus Carolins Zimmer selten ein Laut drang und dass sie stundenlang schweigend neben ihm sitzen konnte.

Neuerdings aber sang sie. Sehr laut, sehr enthusiastisch und vor allem den lieben langen Tag. Wenn er sich anfänglich noch über die hübsche klare Stimme seiner Tochter gefreut hatte, so war es damit bald vorbei gewesen. Manchmal war er sogar drauf und dran, ihr zu verraten, wie wenig er daran glaubte, dass ihr Talent für eine Karriere ausreichte. Aber dann brachte er es doch nicht übers Herz und hoffte, dass ihr diese Erkenntnis irgendwann selbst kommen würde. Hoffentlich bald!

Das wiederholte er leise, als Carolin anstimmte: »Wir lieben die Stürme, die brausenden Wogen, der eiskalten Winde raues Gesicht …«

Erik sah sich um. Hoffentlich war kein Bekannter in der Nähe, der mitanhören konnte, wie Carolin gegen die Brandung ansang. Und dass jemand ihre Gesangsdarbietung beobachtete, wollte er erst recht nicht. Denn Carolin sang nicht nur sehr laut und unbekümmert, sondern machte auch vor den Posen einer Operndiva nicht halt. Kein Zweifel, die Mitgliedschaft im Inselchor tat ihrem Selbstbewusstsein gut, darüber hätte sich Erik eigentlich freuen sollen. Und seit sie wusste, dass sie bei dem sehnsüchtig erwarteten Chorwettbewerb ein Duett mit der Solosängerin bestreiten würde, war ihr Selbstwertgefühl noch weiter gestiegen. Nachdem sich herausgestellt hatte, dass sie als einziges Chormitglied Noten lesen und vom Blatt singen konnte, ärgerte sie sich nicht einmal mehr über ihren Bruder, der sich über das Volkslieder-Repertoire des Inselchors lustig machte. Nein, Carolin stand zu ihrer Entscheidung, den grünen Wald und die Vögelein darin zu besingen oder eben die brausenden Wogen.

Erik konnte nicht umhin, seine Tochter für ihre aufrechte Haltung zu bewundern. Trotzdem wäre es ihm lieber gewesen, sie hätte sich für die Musik von Amy Winehouse oder Britney Spears begeistert. Er wollte eine ganz normale Tochter, die sich so verhielt wie ihre Klassenkameradinnen. Während der paar Monate, in denen Carolin unbedingt Schriftstellerin werden wollte, hatte ihn schon ihre Schwärmerei für Günter Grass befremdet. Kein Wunder, dass Carolin so wenig Kontakt zu Gleichaltrigen hatte. Wer keine einzige CD von Tokio Hotel besaß und von Rockmusik weniger verstand als der eigene Vater, der war zum Außenseiter verdammt. Der Chorwettbewerb des Inselchors würde Carolins Beliebtheit nicht steigern. Und das Schlimmste war, dass ihr das vermutlich völlig gleichgültig sein würde.

Erik entfernte sich ein Stück, um Abstand zu seiner Tochter und seiner Schwiegermutter zu gewinnen. Er würde sich ihnen erst wieder nähern, wenn sämtliche Strophen von »Wir lieben die Stürme« heruntergesungen waren.

Erfreut stellte er fest, dass Felix ihm folgte. Dem war die Singerei noch lästiger als dem Vater, der sich immerhin einen großen Teil des Tages im Polizeirevier Westerland aufhalten durfte, während Felix dem Gesang seiner Schwester viel häufiger ausgesetzt war. Zu Hause erschlug er jedes Volkslied mit seiner Heavy-Metal-Musik, doch am Strand konnte er nichts anderes tun, als abzuwarten, bis das Lied zu Ende war.

»Ich gehe mal eben nach oben in die Dünen«, sagte Erik. »Ich hätte ganz gern ein paar Minuten meine Ruhe.«

»Ich auch«, erklärte Felix.

Erik lächelte. »Für dich kann es doch sonst gar nicht unruhig genug sein.«

»Ich kann Volkslieder aber nicht leiden.«

»Ehrlich gesagt, ich auch nicht.«

Mamma Carlotta reckte den Hals, wandte sich aber beruhigt wieder Carolin zu, als sie sicher sein konnte, dass Erik und Felix sich nicht heimlich davonmachen wollten. Sie mochte es nicht, wenn sich jemand absonderte, und holte über kurz oder lang jeden in den Kreis der Familie zurück, der sich daraus entfernt hatte. Lange konnte es nicht dauern, bis sie nach ihnen rufen und vorwurfsvoll fragen würde, ob es etwa irgendwo etwas Wichtigeres gäbe als Carolins Gesangskarriere.

Erik blieb stehen, als er das erste Dünengras niedergetreten hatte. Unten wurde mittlerweile im Duett gesungen, und er war froh, sich so weit von dieser Entgleisung entfernt zu haben, dass er notfalls behaupten konnte, das junge Mädchen und die italienische Signora überhaupt nicht zu kennen.

Er hätte es sich ja denken können, dass Mamma Carlotta von Carolins Sangesfreude im Nu angesteckt sein würde. Sie war Italienerin, und als solche sang sie von Natur aus gerne. Auch Lucia hatte häufig ein Lied auf den Lippen gehabt. Und im Haus ihrer Eltern in Umbrien hatte immer jemand gesungen, notfalls das Radio. Außerdem interessierte sich Mamma Carlotta brennend für alles, was einem Enkelkind wichtig war.

Felix stellte sich neben ihn und murmelte: »Ich bleibe dabei, dass ich Fußball-Profi werden will.«

»Sehr beruhigend«, antwortete Erik und hätte am liebsten ergänzt: Da kannst du wenigstens sicher sein, dass deine Großmutter nicht beim Training mitmachen will.

»Wenn sie schon singen muss, dann wenigstens wie Madonna. Aber nicht wie Marianne«, nörgelte Felix.

»Marianne? Wer soll das sein?«

»Marianne und Michael! Die Stars der Volksmusik! Kennst du die nicht?«

Erik schüttelte den Kopf, obwohl ihn eine Ahnung anflog, dieses Paar schon einmal auf einer Titelseite gesehen zu haben. »Warum nimmt Carolin sich diese Marianne zum Vorbild, wenn sie keinen Michael hat, der mit ihr singt?«

Felix grinste. »Du merkst mal wieder gar nichts. Michael Ohlsen singt auch im Inselchor.«

Erik zog es vor zu schweigen. Er hatte das dumme Gefühl, dass er wissen sollte, wer Michael Ohlsen war. Ach, Lucia! Sie hätte längst gemerkt, dass Carolin verliebt war, und natürlich hätte sie auch gewusst, wer Michael Ohlsen war. Erik seufzte unhörbar. Er musste wirklich mehr mit seinen Kindern reden, statt immer nur Felix' Redestrom an sich vorbeirauschen zu lassen und froh zu sein, dass Carolin so wortkarg war wie er selbst.

Plötzlich spürte er so etwas wie Erleichterung in sich aufsteigen. »Wenn Carolin nur wegen diesem Michael im Inselchor singt, dann ist das doch was ganz anderes. Dann geht es ihr ja gar nicht um diese Volkslieder, sondern … na, eben um Michael Ohlsen.«

Er erinnerte sich, dass er sich selbst als Sechzehnjähriger zu einem Surfkurs angemeldet hatte, um einer gewissen Wiebke zu imponieren. Die Abmeldung hatte er geschrieben, noch ehe er die ersten zehn Mark für ein eigenes Surfbrett zur Seite gelegt hatte. Später war er froh, dass Wiebke an seiner Schwärmerei nicht interessiert gewesen war und sich stattdessen einem Jungen zuwandte, der schon achtzehn war und ihr mit einem Motorrad imponieren konnte. So waren ihm vermutlich viele schmerzhafte Erfahrungen auf und vor allem unter Wasser erspart geblieben.

Wenn man verliebt war, machte man eben die verrücktesten Sachen. Und wenn es sein musste, trat man sogar einem Chor bei und sang Volkslieder. Aber da eine Liebe in diesem Alter selten länger als ein paar Wochen hielt, würde sich die Sache so schnell erledigt haben wie sein eigener Wunsch, das Surfen zu erlernen.

Felix jedoch blieb skeptisch. »Was soll dadurch anders sein? Kannst du dir vorstellen, was das für ein Typ ist? Ich will nicht, dass meine Schwester mit so einem geht.«

»Was ist denn mit Michael Ohlsen?«

»Der singt nicht nur gerne Volkslieder, der sieht auch noch aus wie Florian Silbereisen. Blonde Strähnen und immer ein Grinsen im Gesicht. Wenn wir in Bayern wären, würde der ganz sicher Lederhosen tragen.«

»Florian Silbereisen?« Erik dachte verzweifelt nach. Musste er den auch kennen? Hatte er von einer Familie Silbereisen auf Sylt schon mal gehört?

In diesem Moment sagte Felix: »Guck mal, da liegt ein Schuh. Ein Männerschuh.«

Erik nickte geistesabwesend. »Tja, manchen Leuten ist der Dünenschutz eben völlig egal. Wer sich hier im Dünengras sonnt, dem geschieht es auch ganz recht, wenn er später mit nur einem Schuh über die Friedrichstraße humpeln muss.«

Unten am Wasser ließen Carolin und Mamma Carlotta erkennen, dass sie ihre musikalische Einlage abgeschlossen hatten und den Strandspaziergang fortsetzen wollten, ohne sich so auffällig zu benehmen, dass man sich für sie schämen musste.

»Vielleicht war auch jemand wütend auf einen anderen«, meinte Erik, während er im rutschigen Sand ein paar Schritte Richtung Meer machte, »und hat ihm seinen Schuh nachgeworfen.«

Aber Felix antwortete nicht, ihm schien es ausnahmsweise die Sprache verschlagen zu haben. Kein gutes Zeichen. Erik drehte sich um und sah, dass sein Sohn die

Düne mit ein paar weiteren Schritten erklommen hatte und nun vornübergebeugt dastand. Die überdimensionale Jeans, die er trug, war noch weiter heruntergerutscht als beabsichtigt, und als Felix sein Käppi in eine völlig uncoole Position schob, wusste Erik, dass etwas Außergewöhnliches geschehen sein musste.

Die Schrittnaht von Felix' Jeans baumelte wie immer zwischen seinen Kniekehlen, sonst hätte er den Mann zwischen den gespreizten Beinen seines Sohnes sehen können. Aber auch so erkannte er schnell, dass in dem Schuh, der Felix aufgefallen war, ein Bein steckte. Und dann sah er einen zweiten Schuh und ein zweites Bein. Ein weiterer Schritt, und der Mann lag ausgestreckt vor ihm.

»Das ist Henner Jesse«, sagte Felix mit zitternder Stimme. »Ist er tot?«

Erik schob seinen Sohn zur Seite und kniete sich neben Henner Jesse in den Sand. Das Gesicht des Mannes war stark verschwollen, blau verfärbt die Augenpartie, die Lippen aufgeplatzt. Blut war aus der Nase getreten, ein rotes Rinnsal war über die Schläfe gelaufen und auf dem Weg in den Sand vertrocknet. Kein Zweifel, der Besitzer der Wenningstedter Jesse-Stuben hatte eine schwere Schlägerei hinter sich.

»Ist er tot?«, wiederholte Felix mit ängstlicher Stimme.

Erik beugte sich über Jesses Brust, tastete nach seinem Puls und hob ein Augenlid. Dann schüttelte er den Kopf und zog sein Handy aus der Tasche. »Nein, er lebt noch. Wir müssen sofort Hilfe holen.«

Das kleine, spitzgieblige Haus am Süder Wung erzitterte, als Mamma Carlotta die Tür ins Schloss warf. »Der arme Mann!«

Carolin ging schweigend in die Küche, während ihre Nonna sich noch das Entsetzen von der Seele reden musste.

»Wie lange mag er dort gelegen haben? Hilflos! Mehr tot als lebendig! Madonna!«

Carolin holte die Kalbsschnitzel und den Parmaschinken aus dem Kühlschrank und suchte in der Speisekammer nach den Salbeiblättern.

»Was wäre gewesen, wenn Felice und Enrico ihn nicht zufällig gefunden hätten? Dann läge er womöglich jetzt noch da.«

Mamma Carlotta erwärmte sich an der Katastrophe, an dem grässlichen Schicksal des Opfers, der Erinnerung an den Krankenwagen, der ausnahmsweise den Strand befahren durfte, und die aufregenden Bemühungen des Notarztes. Sie zog die dicke Strickjacke aus, obwohl sie kurz zuvor noch den kalten Sommer auf der Insel verflucht hatte, und hängte sie über eine Stuhllehne. Katastrophen brachten sie ins Schwitzen.

»Kennst du Henner Jesse, Carolina?«

»Nicht wirklich, ich weiß nur, dass ihm die Jesse-Stuben hier in Wenningstedt gehören, das ist eine Kneipe an der Westerstraße.«

»Hat der arme Mann Feinde?«

Carolin zuckte mit den Schultern. »Kann ich mir eigentlich nicht vorstellen.«

»Ob man ihn umbringen wollte?«

»Dann wäre er jetzt tot.«

»Vielleicht hat der Täter angenommen, er sei tot. Und hat ihn deshalb liegenlassen.«

»Vielleicht hat er sich nur mit jemandem gestritten.«

»In den Dünen? Mitten in der Nacht?«

Carolin dachte kurz nach. »Ja, irgendwie komisch. Der Notarzt hat gesagt, er läge schon seit Stunden dort.«

»Also hat er sich in der Nacht mit jemandem in den Dünen getroffen. Sehr merkwürdig.«

Carolin sah ihre Nonna ungeduldig an. »Vielleicht ist er einfach am Strand spazieren gegangen und überfallen worden. Wenn Papa nach Hause kommt, werden wir wissen, was vorgefallen ist.«

Mamma Carlotta holte den Fleischklopfer und ließ ihre Erregung an den Kalbsschnitzeln aus. »Arbeiten am Sonntag! La domenica muss Ruhe sein. Was für eine Rücksichtslosigkeit von dem Täter, so etwas Schreckliches ausgerechnet Samstagnacht zu erledigen! Wir müssen deinen Vater mit einem guten Essen begrüßen, um ihn darüber hinwegzutrösten, dass er heute arbeiten muss.« Sie schob Carolin die Fleischscheiben hin, damit ihre Enkelin sie mit dem Parmaschinken belegte und mit kleinen Holzspießen die Salbeiblätter darauf befestigte. Carlotta selbst nahm sich eine Knoblauchknolle vor und zerteilte sie in viele Zehen. »Wir machen Spaghetti aglio e olio als Primo piatto. Dein Vater liebt sie.«

»Aber er liebt es nicht, nach Knoblauch zu stinken.«

»Er wird die Spaghetti trotzdem essen.«

Damit hatte Mamma Carlotta natürlich recht. Und im Polizeirevier Westerland spielte es zurzeit keine Rolle, wenn der Chef den Geruch von Knoblauchzehen hineintrug. Da Mamma Carlotta immer gleich am ersten Tag ihres Aufenthaltes auf Sylt Antipasti einlegte und auch Eriks Kollegen damit versorgte, roch es in den Revierräumen ohnehin wie in einer italienischen Trattoria.

Während Carlotta den Knoblauchzehen zu Leibe rückte, bewies sie mal wieder, wie leichtfüßig ihre Gedanken von einem Thema zum anderen hüpfen konnten. »Wusstest du übrigens, dass eine der Kassiererinnen von Feinkost Meyer drei uneheliche Kinder von drei Vätern hat?«

Carolin wusste es nicht. Sie war zwar auf Sylt geboren und ging bei Feinkost Meyer ein und aus, aber davon hatte sie nie gehört.

»Und der Verkäufer, der mich gestern in der Gemüseabteilung beraten hat, kann sich nicht entschließen zu heiraten, weil seine Mutter etwas gegen seine Verlobte hat.«

»Das hat er dir erzählt?« Carolin staunte ihre Nonna unverhohlen an.

»Sì! Und dann hat er mir noch verraten, dass ein früherer Filialleiter mit zwei Verkäuferinnen gleichzeitig ein Verhältnis hatte. Obwohl er verheiratet war!«

Carlotta ließ ihre Empörung über die Untreue der Männer an dem Küchenmesser aus, das ihr nicht scharf genug war. Es wurde über den Wetzstab gezogen, als sollte damit allen Ehebrechern Angst gemacht werden.

Welche Gedankenverbindung sie nun zum Chorgesang trug, das wusste vermutlich nicht einmal sie selbst. »Wir hatten in unserem Dorf auch mal einen Chor. Meistens haben wir sonntags in der Kirche gesungen. Aber manchmal auch am Abend auf der Piazza. Und natürlich immer dann, wenn sich Touristen zu uns verirrten, die hungrig und ungeduldig waren. Signora Daniele braucht ja immer so lange, bis sie ihren Pizzaofen in Gang gesetzt hat. Wenn wir nicht währenddessen gesungen hätten, wären die Touristen längst ins Nachbardorf abgewandert.«

»Du hast in einem Chor gesungen? Das wusste ich nicht!«

»Er hat leider nicht lange bestanden, unser Chor. Signora Eduardis Mann wollte nicht, dass seine Frau ihre Zeit mit solchem Unsinn vergeudet, und hat ihr das Singen verboten. Und der Geflügelhändler wollte uns nicht mehr auf seinem Hof üben lassen, weil seine Hühner angeblich keine Eier mehr legten. Die Schwestern Tintorella haben sich zerstritten, weil eine der anderen das Solo nicht gönnte, und sind beide aus dem Chor ausgetreten. Und Signorina Manuela hat derart falsch gesungen, dass es nicht auszuhalten war. Aber niemand durfte es ihr sagen, weil ihr Vater uns, nachdem der Geflügelhändler abgesprungen war, seine Backstube zum Üben zur Verfügung gestellt hat. Als sich dann noch unsere Chorleiterin unglücklich verliebt hatte und uns nur noch schrecklich traurige Lieder singen ließ, hieß es finito für unseren Chor.« Carlotta stieß einen tiefen Seufzer aus. »Dabei habe ich immer so gern gesungen. Der Pastor hat einmal zu mir gesagt: Carlotta, Sie sollten mehr aus Ihrer Begabung machen!«

Carolin stimmte dem Urteil des Pfarrers unumwunden zu. Dann hatte sie eine Idee: »Ich könnte unsere Chorleiterin fragen, ob du mitsingen darfst, solange du auf Sylt bist!«

Mamma Carlotta fuhr zusammen, als hätte man ihr einen gewaltigen Schreck eingejagt. Aufgeregt fuchtelte sie mit dem Messer herum, sodass Carolin sich vorsichtig aus ihrer Reichweite entfernte. »Du meinst, das wird sie erlauben?«

»Fragen kostet nichts. Sie ist sehr nett, vielleicht ist sie einverstanden. Sie klagt ja ständig darüber, dass der Inselchor chronisch unterbesetzt ist. Vielleicht freut sie sich sogar über Zuwachs.«

Die Knoblauchzehen flogen in die Pfanne, das Olivenöl spritzte, das Spaghettiwasser kochte über. »Das wäre meraviglioso! Hat eure Chorleiterin eine Ausbildung? Versteht sie was vom Chorgesang?«

Carolin lachte. »Und ob! Vera Ingwersen hat früher in einem sehr bekannten Chor gesungen. Das war in München. Und später hat sie einen Kinderchor geleitet, ebenfalls in München. Einmal ist sie mit dem sogar im Fernsehen aufgetreten.«

»In München? Warum das?«

»Weil sie aus Bayern stammt. Sie hat nach Sylt geheiratet. Und sie hat sich gefreut, als ihr hier die Leitung des Inselchors angeboten wurde. Sie kann wirklich was.«

Zufrieden nahm Mamma Carlotta zur Kenntnis, dass sie ihr Talent nicht irgendwelchen Dilettanten zur Verfügung stellen würde. Und als Carolin erzählte, dass die Solosängerin des Chors sogar in jungen Jahren an einem

Konservatorium Gesang studiert hatte, war sie schwer beeindruckt.

»Vera Ingwersens Schwiegermutter! Wenn sie damals nicht geheiratet und ein Kind bekommen hätte, stünde sie jetzt als Sängerin auf der Bühne. Sagt sie jedenfalls.«

Mamma Carlotta erhob sich feierlich, stellte sich zwischen Tür und Esstisch auf und reckte den Oberköper, als hätte sie schon einmal etwas von der Stütze gehört, die ein Sänger aufbaut, ehe er zu einer Arie ansetzt.

»Was soll ich vortragen, damit die Chorleiterin mich mitsingen lässt? Und damit die Solistin merkt, dass ich singen kann? Vielleicht ... das Ave Maria?«

Kaum hatte sie das A anschwellen lassen, setzte in der ersten Etage ohrenbetäubender Lärm ein. Felix sorgte auf seine Weise dafür, dass seine Nonna nicht einmal zum zweiten »Maria« kam: Mit den Bässen der Heavy-Metal-Gruppe Metallica schlug er auf ihre Bemühungen ein, ihr Talent unter Beweis zu stellen.

Die Westerstraße war lang. Sie begann am Hochkamp und endete am Dünenwall, einem Weg, der in einen Strandzugang mündete. Zwischen ihm und dem Zugang am Ende der Berthin-Bleeg-Straße verlief hoch auf dem Kliff ein Holzsteg, von dem man einen herrlichen Blick übers Meer und über die Dünen hatte.

Die Jesse-Stuben lagen in der Nähe des Kapellenplatzes. Das Haus war aus dunklem Backstein erbaut, die bleiverglasten Fenster ließen wenig Licht in den Gastraum. Alles, was sich mit dem Pinsel bearbeiten ließ, war weiß gestrichen worden, besonders einladend fand Erik die Fassade trotzdem nicht. Er kannte das Lokal, hatte es aber noch nie betreten. Umso angenehmer überrascht war er nun, als er die Tür öffnete. Das Licht, das die hässlichen bleiverglasten Fenster aussperrten, war mit einem zartgelben Anstrich der Wände, mit hellem Mobiliar und orangefarbenen Tischdecken ins Haus geholt worden. Erik hatte gelegentlich Feriengäste sagen hören, in den Jesse-Stuben gäbe es den besten Kartoffelsalat der Insel, und das gebratene Fischfilet, das dazu serviert würde, sei hervorragend. Der Fischgeruch, der aus der Küche drang, machte ihm prompt Appetit. Am liebsten hätte er sich, bevor er mit Frau Jesse sprach, Kartoffelsalat und gebratenes Fischfilet bestellt und Mamma Carlotta nichts davon verraten. Für sie gehörte Kartoffelsalat zu den ganz schlimmen Entgleisungen der deutschen Küche. So etwas ihrem italienischen Essen vorzuziehen wäre eine schreckliche Beleidigung gewesen. Lucia hatte sich im Verlaufe ihrer Ehe nur ein einziges Mal dazu überreden lassen, sich an einem Kartoffelsalat zu versuchen. Und sie hatte Glück. Erik hatte den Wunsch nie wieder geäußert. Italienerinnen fehlte die richtige Einstellung zum Kartoffelsalat.

Gerade wollte Erik die Eingangstür hinter sich schließen, da hörte er aufgeregtes Fahrradklingeln. Sein Assistent Sören Kretschmer radelte den Mittelweg entlang und hielt direkt auf ihn zu. »Warten Sie, Chef! Ich komme mit!«

Sören war Mitte zwanzig, ein Sylter, der sich auf der Insel so gut auskannte wie Erik. Schlank und drahtig war er, weil er viel Sport trieb, aber sein Gesicht war flächig und so rund, dass er trotzdem untersetzt und behäbig wirkte. Die gesunde Farbe erinnerte Erik an einen frisch polierten Winterapfel.

Heute allerdings nicht. Sören sah aus wie ein zu lang gelagerter Boskop. »Ich bin erst gegen sechs ins Bett gekommen, Chef. Junggesellenabschied! Ein Wunder, dass ich das Telefonklingeln überhaupt gehört habe!«

Erik versicherte Sören sein Mitgefühl. »Ich würde jetzt auch lieber mit der Pfeife in der Sonne sitzen und aufs Mittagessen warten. Meine Schwiegermutter ist sehr verärgert, weil die Schlägerei zu einem so ungünstigen Zeitpunkt stattgefunden hat. Heute Mittag soll es Saltimbocca alla romana geben.«

Sören starrte seinen Chef an, ohne etwas zu sagen. Aber Erik ahnte, dass seinem Assistenten das Wasser im Munde zusammenlief.

»Sie hat sicherlich für Sie mitgekocht«, meinte er lächelnd. »Sie kocht doch immer für Sie mit. Aber nun müssen wir erst mal den unangenehmen Teil des Sonntags hinter uns bringen.«

Frau Jesse empfing sie in ihrem Wohnzimmer. Sie sah blass und verweint aus. »Was ist mit meinem Mann passiert?«, fragte sie statt einer Begrüßung. »Ist er tot?«

Erik ließ sich umständlich auf dem schwarzen Ledersofa nieder, das Teil einer wuchtigen Sitzgarnitur war. Sören setzte sich neben ihn, und Erik hoffte, dass Frau Jesse seine Fahne nicht bemerkte.

»Nun sagen Sie schon!«

Erik sah sie prüfend an und spürte dem Gefühl nach, das sich in seiner Körpermitte einnistete. Es war tatsächlich Ärger! Aber warum? Wahrscheinlich, weil sie ihn anstarrte, als wüsste sie bereits, was ihrem Mann zugestoßen war, als brauchte sie nur Bestätigung. Warum hatte sie sich nicht bei ihm gemeldet, als sie ihren Mann vermisste? Warum hatte sie ausgeharrt, bis er zu ihr kam, um ihr die Nachricht zu bringen, die sie augenscheinlich erwartete?

Frau Jesse hatte ihn einmal während des sonntäglichen Mittagsschlafes gestört, als ihr ein Fahrrad gestohlen worden war, und vor ein paar Wochen hatte sie ihn kurz vor Mitternacht angerufen, weil ein Gast verschwunden war, den sie der Zechprellerei verdächtigte. Warum meldete sie sich nicht, wenn ihr Mann in der Nacht nicht nach Hause gekommen war?

»Wie kommen Sie darauf, dass er tot sein könnte?«,

fragte er und schämte sich nur ein ganz kleines bisschen dafür, dass er Frau Jesse zappeln ließ.

Sie war eine Frau von gut fünfzig Jahren, ihr Gesicht war ungeschminkt, aber sie hatte sich sorgfältig frisiert. Sie trug einen schwarzen Rock und eine weiße Bluse, die Kleidung, die in einem Restaurant vom Service erwartet wurde. Anscheinend hatte sie nicht die Absicht, die Jesse-Stuben geschlossen zu halten, weil ihr Mann verschwunden war.

»Er ist heute Nacht nicht nach Hause gekommen«, antwortete sie und setzte sich erst jetzt zu ihnen, als sähe sie keinen Sinn mehr darin, unruhig hin und her zu laufen.

»Wann haben Sie das bemerkt?«

»Heute Morgen. Als er nicht zum Frühstück erschien.«

»Sie haben getrennte Schlafzimmer?«

Frau Jesse nickte, als müsste sie sich dafür schämen, und blickte auf ihre Hände. Erik wartete auf die Begründung, mit der die meisten getrennt schlafenden Ehepartner aufwarteten, aber die Erklärung, dass ihr Mann schnarchte, kam nicht.

»Und warum haben Sie mich nicht gleich angerufen, als Sie Ihren Mann vermissten?«

Frau Jesse blickte nicht auf. »Ich wollte Sie am Sonntagmorgen nicht stören.«

Für diese lobenswerte Einstellung belohnte Erik sie mit der Schilderung dessen, was geschehen war. »Ihr Mann wurde in die Nordseeklinik gebracht«, schloss er. »Er ist schwer verletzt.«

Frau Jesse nickte, als hätte sie nichts anderes erwartet, dann verließ sie das Zimmer, als wollte sie nichts mehr von dem hören, was ihrem Mann zugestoßen war. Erik hörte, wie sie in der Küche herumkramte und sich dann laut und kräftig schnäuzte. Er flüsterte Sören zu: »Sie benimmt sich komisch, finden Sie nicht auch?«

Sören hatte seine Müdigkeit schlagartig abgelegt, von

seinem Ärger über den sonntäglichen Einsatz war auch nichts mehr zu spüren. »Sie weiß was.«

Erik war überrascht. »Wie kommen Sie darauf?«

Sören winkte ab, weil Frau Jesse das Zimmer wieder betrat. Zu Eriks Erstaunen stand er nun auf und setzte die Befragung fort, als wäre er der Leiter der Ermittlungen. Von seiner Gestalt ging plötzlich eine solche Kompetenz und Autorität aus, dass Erik sich bereitwillig zurücklehnte und zuhörte.

»Wann haben Sie Ihren Mann zum letzten Mal gesehen?«

»Gestern Abend.« Frau Jesse knetete das Taschentuch in ihren Händen. »Kurz bevor die letzten Gäste gingen.«

»Wann war das?«

»Gegen elf. Ich bin dann hochgegangen, weil nicht mehr viel zu tun war. Mein Mann sagte, er würde den Rest erledigen.«

»Und dann? Als der Rest erledigt war?«

Frau Jesse sah Sören ängstlich an und zuckte die Schultern.

»Sie wissen nicht, wann Ihr Mann nachgekommen ist?«

Sie schüttelte den Kopf.

»Sie wissen nicht einmal, ob er überhaupt in die Wohnung gekommen ist?«

Wieder schüttelte sie den Kopf.

»Halten Sie es für möglich, dass Ihr Mann das Haus verlassen hat, nachdem er die Gaststätte geschlossen hatte? Dass er zum Strand gegangen ist?«

Auch diesmal schüttelte Frau Jesse den Kopf, allerdings erst nach kurzem Zögern und weit weniger bestimmt.

»Wie ist er dann in die Dünen gekommen?«

Erik starrte seinen Assistenten mit offenem Mund an. Sören schien zu vergessen, dass er hier die Frau eines Opfers und nicht eine Tatverdächtige vor sich hatte.

Irgendwas interessierte ihn an diesem Fall ganz besonders, das spürte Erik. Sören schien sogar schon eine Meinung zu Henner Jesses Schicksal zu haben. Und da Erik selbst weit entfernt von irgendeiner Erkenntnis war, ließ er ihn gewähren.

»Kann es sein, dass Ihr Mann ein Verhältnis hat?«

Nun schien sich Frau Jesse wieder ganz sicher zu sein. Energisch schüttelte sie den Kopf, und Erik pflichtete ihr heimlich bei. Henner Jesse war auch nach seiner Einschätzung kein Mann, der eine Affäre einging. Er war ein kleiner, dicker Gastwirt, missmutig und unattraktiv. Außerdem arbeitete er hart, noch dazu ständig an der Seite seiner Frau. Selbst wenn es mit seinen Chancen beim anderen Geschlecht gut bestellt gewesen wäre, an Gelegenheiten hätte es ihm auf jeden Fall gemangelt.

Sören war inzwischen offenbar bewusst, dass sein Auftreten nicht ganz angemessen war. Er setzte sich wieder hin und ging sogar so weit, Frau Jesses Hand zu nehmen. Erik, der im Dienst noch nie die Hand irgendeiner Person ergriffen hatte, konnte kaum glauben, dass Frau Jesse sie Sören nicht wieder entzog. Aber tatsächlich schien ihr Sörens Anteilnahme gutzutun. Sie verlor einen Teil ihrer Nervosität und sah ihn dankbar an.

Sören sprach jetzt sehr ruhig, Erik fand seinen Ton sogar salbungsvoll. Er wunderte sich immer mehr.

»Gibt es irgendeine Erklärung dafür, Frau Jesse, dass Ihr Mann sich nachts am Strand aufhielt?«

Nun entzog sie ihm doch ihre Hand. »Manchmal brauchte er, wenn wir das Lokal geschlossen hatten, noch ein bisschen Entspannung.«

»Und die fand er, indem er zum Strand ging?«

Sie zuckte mit den Schultern. Erik hätte schwören können, dass Henner Jesse kein einziges Mal in seinem Leben nachts zum Strand gegangen war.

»Warum nicht? Am Ende der Hochsaison ist mein

Mann immer total fertig. Er hat schon seit Wochen Schlafstörungen.«

»Wegen der vielen Arbeit? Oder gibt es einen anderen Grund?«

Frau Jesse stand auf und sah auf Sören hinab. »Ich will zu meinem Mann!«

Auch Sören erhob sich. Da Frau Jesse zurückwich, hatte sie nun wohl seine Fahne bemerkt.

»Später, Frau Jesse.«

»Nein! Jetzt!« Sie ging in den Flur und kehrte kurz darauf mit einer Jacke über dem Arm zurück. »Was soll eigentlich diese Fragerei? Es liegt doch auf der Hand, was geschehen ist. Mein Mann hat einen Strandspaziergang gemacht und wurde überfallen. Haben Sie bei ihm eine Brieftasche gefunden?«

Sören sah seinen Chef fragend an, der schüttelte den Kopf.

»Da sehen Sie's. Er wurde beraubt! Es treiben sich nachts häufig junge Leute am Strand herum, die dort lagern, grillen, saufen und anschließend ihren ganzen Dreck am Strand liegenlassen. Mein Mann hat oft darüber geschimpft. Wahrscheinlich hat er ein paar Jugendliche entdeckt und sie zur Rede gestellt.« Sie drehte sich um und ging in den Flur zurück. Anscheinend erwartete sie, dass die beiden Polizeibeamten ihr folgten. »Das waren sicherlich Drogensüchtige«, rief sie über die Schulter zurück. »Die brauchen immer Geld.«

»Sie fahren am besten schon in den Süder Wung«, raunte Erik seinem Assistenten zu, als sie die Wohnung verließen. »Ich bringe Frau Jesse in die Nordseeklinik und komme dann nach.«

Sören sah blass und mitgenommen aus, als Erik am Süder Wung eintraf. Kraftlos saß er am Küchentisch, die Hände auf der Tischplatte gefaltet, als wollte er im Schnellverfahren und in angenehmer Gesellschaft den versäumten Sonntagsgottesdienst nachholen. Als Erik die Küche betrat, richtete er sich auf und sah ihn erwartungsvoll an. Doch Erik zeigte mit einer knappen Handbewegung an, dass er später mit ihm reden wolle, nach dem Essen und unter vier Augen.

»Was ist los, Sören?«, fragte er stattdessen und gab sich so aufgeräumt, als hätte es nie einen Schwerverletzten im Dünengras gegeben. »Steckt Ihnen der Junggesellenabschied noch immer in den Knochen?«

Sören nickte vage. »Aber wenn ich Ihrer Schwiegermutter beim Kochen zusehen darf, vergesse ich glatt meinen Kater.«

Mamma Carlotta strahlte dankbar, während sie die Antipasti auf einer Platte anrichtete. Sie schien den ersten Schock des Tages verkraftet zu haben, was Erik insgeheim wunderte. Normalerweise bemühte sich seine Schwiegermutter nicht um die schnelle Bewältigung eines Dramas. Sie musste es lange drehen und wenden und sämtliche Eventualitäten und Konsequenzen erwägen. Erst wenn es ihr kein lautes »Madonna!« mehr entlockte, konnte man hoffen, dass sie bereit war, die Fakten ruhen zu lassen. Heute schien es schneller zu gehen. Anscheinend war ihr nicht aufgegangen, wie schlimm es um Henner Jesse stand.

»Du siehst erleichtert aus, Enrico! Ist der Mann doch nicht so schwer verletzt, wie es den Anschein hatte?«

Erik nickte, ohne seine Schwiegermutter anzusehen. »Er kommt wieder auf die Beine.«

»Und weißt du schon, wer ihn so zugerichtet hat?«

»Wenn er bei Bewusstsein ist, wird er es uns erklären.«

Damit war Mamma Carlotta zu seinem Erstaunen fürs Erste zufrieden. Das ließ nur einen Schluss zu: In der Zwischenzeit hatte sich eine weitere Sensation angebahnt.

Und da kam sie auch schon! »Sören war so freundlich,

mich zu beraten, Enrico!«, rief sie mit leuchtenden Augen und schien zu erwarten, dass er wusste, wovon sie sprach. »Ist das nicht reizend?«

Irgendetwas hatte sich in der letzten Stunde ereignet, das noch spektakulärer war als ein zusammengeschlagener Mann am Strand. Erik wusste, dass er nicht genauer nachfragen musste – er würde in wenigen Minuten über alles genauestens Bescheid wissen. Er setzte sich und versuchte sich nicht anmerken zu lassen, wie wohl es ihm tat, sich an einem gedeckten Tisch niederzulassen. Hätte er geäußert, wie sehr er das genoss, hätte Mamma Carlottas Entzücken über eine derart emotionale Äußerung vermutlich die Antipasti vom Tisch gefegt. Womöglich müsste er sich dann sogar herzen und küssen lassen. Nur das nicht!

»Wobei konnten Sie meine Schwiegermutter beraten, Sören?«

»Bei der Auswahl des richtigen Liedes«, antwortete Mamma Carlotta an Sörens Stelle und holte die Panini aus dem Ofen, die zu den Antipasti serviert werden sollten.

»Ich wusste gar nicht, dass Ihre Schwiegermutter eine so schöne Stimme hat«, meinte Sören und sah seinen Chef an, als wäre ihm ernst, was er sagte. »Es ist nett, wenn während des Kochens gesungen wird, finden Sie nicht auch?«

Sören wusste ganz genau, was sein Chef von der Singerei hielt, die zurzeit sein Haus und seine Ruhe erschütterte. Daher glaubte Erik, aus Sörens Worten die verschlüsselte Botschaft herauszuhören, dass er ebenfalls gern von dem Gesang verschont geblieben wäre, der Qualität der Mittagsmahlzeit zuliebe jedoch vor keiner Lobhudelei zurückschreckte. Wahrscheinlich wirkte er gar nicht wegen des vorabendlichen Alkoholgenusses so mitgenommen, sondern weil er seit einer geschlagenen Stunde etwas vorgesungen bekam.

Erik schenkte seinem Assistenten ein warmes Lächeln.

Die Tatsache, dass er mit seiner jähen Abneigung gegen Chorgesang anscheinend nicht allein war, tröstete ihn darüber hinweg, dass er die Hälfte dieses Sonntags mit seiner Arbeit verbringen musste.

Freundlich fragte er seine Schwiegermutter: »Und welches Lied ist nach Sörens Meinung geeignet?«

»Er hat mir vom Ave Maria abgeraten«, berichtete Mamma Carlotta, während sie die Kräuterbutter in eine Form drückte, deren Umrisse der Kuppel des Petersdoms entsprachen. »Und er hat recht. Das Ave Maria ist zu schwer, zu pompös und auch zu anspruchsvoll. Man soll sich nicht zu viel zumuten.«

Erik sah seinen Assistenten fragend an, noch immer verstand er kein Wort. Aber Sören hob nur die Schultern, als wollte er sagen: Ich kann nichts dafür.

»Sören hatte die richtige Idee!« Mamma Carlotta stellte so schwungvoll die Panini auf den Tisch, dass eins aus dem Korb hüpfte und direkt neben Eriks Teller landete.

»Dass ich nicht selber darauf gekommen bin! Ich werde natürlich ein italienisches Lied singen: ›O sole mio‹!«

Erik fuhr zusammen, als Mamma Carlotta urplötzlich in den Sopran wechselte. Dann nahm er erleichtert zur Kenntnis, dass es ihr nicht darum ging, die Mahlzeit mit ihrem Gesang zu bereichern, sondern um die Aufnahme in den Inselchor, auf die sie sich gründlich vorbereiten wollte. Erik konnte nur an eins denken: dass die Chorproben in einem Übungsraum stattfanden, der so weit vom Süder Wung entfernt lag, dass er nichts davon mitbekommen würde. Also nickte er zufrieden und bestärkte seine Schwiegermutter darin, die nächsten Abende mit dem Inselchor zu verbringen. Voll heimlicher Freude malte er sich aus, wie ruhig die Abende sein würden, die ihm bis zum Chorwettbewerb bevorstanden. Kein Heideröslein und auch kein Brunnen vor dem Tore würden in seinem Hause besungen werden.

Mamma Carlotta öffnete die Küchentür und rief ihre Enkel zu Tisch. Erik wunderte sich nur wenig darüber, dass sie ihre Namen nicht nach der Melodie von »Freude schöner Götterfunken« ins Treppenhaus trällerte.

Wenig später erschien Carolin in einem rosa T-Shirt, was Erik sehr überraschte. Normalerweise konnten ihr Kleidung und Frisur gar nicht schlicht genug sein, und jede Art von dekorativem Make-up lehnte sie rundheraus ab. Lucia war, wenn sie Carolins Kleiderschrank öffnete, oft in lautes Wehklagen ausgebrochen, weil sie mit einer Tochter gestraft war, die sich weigerte, sich zu einer reizvollen jungen Frau zu entwickeln. Carolin ließ nur Graues und Beiges an sich heran und duldete als Haarschmuck nicht mehr als das Gummiband, mit dem sie ihre Haare im Nacken zusammenraffte. Und nun ein rosa T-Shirt!

»Wow!«, machte Felix, der hinter ihr die Küche betrat. »Demnächst wird es wohl auch eine weiße Rüschenbluse sein, wie Marianne sie gern trägt. Wie wär's noch mit einem Dirndl?«

Mamma Carlotta nahm ihm zur Strafe für diese Hänselei sein Käppi ab und versprach ihm Wasser und Brot statt Saltimbocca, wenn er es noch einmal wagen sollte, es bei Tisch auf dem Kopf zu behalten. Dann wandte sie sich Carolin zu, griff, wie sie es schon hundertmal vorher getan hatte, in ihren Nacken und zog ihre Haare aus dem Gummi. »Molto bello, dieses rosa T-Shirt! Nun noch die Haare offen! Ecco, so musst du beim Chorwettbewerb aussehen.«

Erik staunte seine Tochter an, die verlegen lächelte und zum ersten Mal, seit ihre Nonna versuchte, ihre Frisur zu verändern, darauf verzichtete, ihr Haar wieder in das Gummiband zu zwingen. Wenn er sich nicht täuschte, hatte sie sogar ein wenig Rouge aufgelegt. Er musste sich unbedingt bei nächster Gelegenheit nach diesem Michael erkundigen. Und natürlich nach der Familie Silbereisen.

Ein völlig untypischer Name für Sylt. Dass ihm der noch nie begegnet war …

»Was ist mit Henner Jesse?«, fragte Felix, schnappte sich mit der linken Hand eine marinierte Paprikaschote und nutzte, während seine Nonna sich darüber empörte, die rechte Hand dafür, sein Käppi wieder auf den Kopf zu schieben. »Ist er sehr schwer verletzt?«

»Er wird durchkommen!«, beruhigte Mamma Carlotta ihn, die immer schneller im Antworten war als Erik. »Sobald er bei Bewusstsein ist, wird er deinem Vater erklären, wer ihn zusammengeschlagen hat. Und dann wird Enrico ihn verhaften, und er wird seine gerechte Strafe bekommen. Davvero, Enrico?«

Während sie die Antipasti aufspießten, die Panini zerbröselten, die Spaghetti aufwickelten, die Holzspieße aus den Kalbsschnitzeln zogen, den krossen Parmaschinken zwischen den Vorderzähnen knirschen ließen, die Panna cotta löffelten und schließlich den Espresso schlürften, warfen Erik und Sören sich gelegentlich Blicke zu, fragende, verständnisinnige, komplizenhafte. Als Erik sich dann erhob, auf seinen Magen klopfte und behauptete, er müsse noch vor dem Grappa ein paar Schritte im Garten tun, um seine Verdauung anzuregen, behauptete Sören sofort, dass auch ihm ein wenig Bewegung guttun würde.

Kaum hatten sie die Terrassentür hinter sich zugezogen, fragte Sören: »Stimmt es wirklich, dass Jesse bald wieder auf die Beine kommt?«

Erik schüttelte den Kopf. »Er ist ins Koma gefallen. Möglich, dass er überlebt, aber wie schwer seine Kopfverletzungen sind, können die Ärzte noch nicht sagen.«

»Und Frau Jesse? Ist sie dabei geblieben, dass er während eines Spaziergangs überfallen und ausgeraubt worden ist?«

Erik nickte. »Sie hat es bestimmt hundertmal wiederholt.«

»So, als dürfe niemand auf die Idee kommen, dass es anders gewesen sein könnte?«

Erik blieb neben einem Busch stehen, als wollte er mit Sören besprechen, wie er für den Herbst zu beschneiden sei. Nervös strich er seinen Schnauzer glatt, wie er es immer tat, wenn er unter Anspannung stand. »Warum haben Sie behauptet, dass Frau Jesse etwas weiß? Glauben Sie etwa, dass sie hinter dem Anschlag auf ihren Mann steckt?« Noch ehe Sören antworten konnte, fügte er an: »Dann vergessen Sie das am besten schnell wieder. Ich kenne die Jesses zwar nicht gut, aber so was ist außerhalb des Möglichen.«

Sören winkte ab. »Das weiß ich. So weit kenne ich die Familie Jesse auch.«

»Was meinen Sie dann? Frau Jesses Verhalten?«

Sören nickte, dann ging er ein paar Schritte tiefer in den Garten hinein. »Sie wissen doch, über welches Thema ich meine Examensarbeit geschrieben habe.«

Erik sah ihn erstaunt an. »Über die kalabrische Mafia! Was hat das mit diesem Fall zu tun?«

»Frau Jesses Verhalten ist typisch für Mafia-Opfer. Warum hat sie ihren Mann nicht vermisst gemeldet? Weil sie längst ahnte, was mit ihm passiert war. Aber sie schreckte vor der Lügengeschichte zurück, die sie Ihnen auftischen musste. Warum nahm sie gleich an, dass er tot ist? Weil die Mafia so mit den Leuten umgeht, die nicht spuren! Und was ist mit der Behauptung, ihr Mann mache nachts manchmal Strandspaziergänge, weil er Schlafstörungen hat? Haben Sie ihr das etwa geglaubt?«

Erik schüttelte den Kopf. »Aber Sie wollen doch nicht etwa sagen …« Er brachte es nicht über sich, den Satz zu Ende zu führen.

Sören war nun derart in seinem Element, dass er ihn sowieso nicht hätte ausreden lassen. »Warum wollte sie uns unbedingt glauben machen, ihr Mann sei das zufällige

Opfer von aggressiven Jugendlichen geworden? Weil sie Angst hat, dass die Wahrheit ans Licht kommt und sie dann womöglich als Verräterin dasteht! Sie will nicht, dass es ihr genauso geht wie ihrem Mann.«

Erik legte einen Zeigefinger auf seine Lippen. Sören war in seiner Erregung immer lauter geworden. »Sie wollen wirklich behaupten, die Mafia mache sich auf Sylt breit?«

Sören senkte seine Stimme nur geringfügig. »Wir müssen diese Möglichkeit im Auge behalten. Jesse ist ein Sturkopf. Dem traue ich zu, dass er sich querstellt. Vielleicht auch nur, weil er nicht glauben wollte, was Sie ebenfalls nicht glauben wollen. Wenn Schutzgelderpresser bei ihm aufgetaucht sind, dann hat er sie vielleicht nicht ernst genommen.«

Erik merkte, dass ihm das Atmen schwer wurde. Mit einer raschen Bewegung öffnete er seinen Hemdkragen. Dann entschloss er sich, sogar seinen Pullunder auszuziehen, weil ihm plötzlich warm wurde. »Wir müssen die Staatsanwältin verständigen, wenn sich der Verdacht erhärten sollte.«

»Das wird schwer sein.« Sörens Stimme klang tröstend. Er wusste ja, wie ungern sein Chef mit der Staatsanwältin zusammenarbeitete. Wenn Erik sie anrufen musste, benötigte er manchmal eine ganze Tafel Trauben-Nuss-Schokolade zur Nervenstärkung, wie er sagte, ehe er Frau Dr. Specks Nummer wählen konnte. Und wenn das Gespräch dann beendet war, ärgerte er sich nicht nur über ihre herablassende Behandlung, sondern außerdem über die unnötigen Kalorien.

»Wenn es wirklich stimmt, was ich vermute«, überlegte Sören, »und wenn sich herumspricht, was mit Henner Jesse passiert ist, dann wird es niemanden mehr geben, der sich gegen die Forderungen der Mafia stellt. Wie sollen wir dann beweisen, dass es sie auf Sylt überhaupt gibt?«

Erik, der gerade das auf keinen Fall beweisen wollte, versuchte den Kopf in den Sand zu stecken. »Warten wir erst mal ab, Sören. Vielleicht gibt es eine ganz einfache Erklärung, wenn Henner Jesse aus dem Koma erwacht.«

Erleichtert vernahm er Mamma Carlottas Stimme. »Enrico! Sören! Was ist nun mit dem Grappa?« Dann erschrak er, weil ihre Stimme so nah war. Warum hatte er nicht gemerkt, dass sie sich während ihres Gesprächs dem Fenster genähert hatten, das von der Speisekammer nach draußen führte? Und dass es offen stand, war ihm auch nicht aufgefallen. Wie lange mochte Mamma Carlotta dort schon nach der Grappaflasche suchen?

Erik griff nach Sörens Arm und flüsterte: »Kommen Sie! Das mit der kalabrischen Mafia vergessen wir erst mal. Das wäre ja noch schöner! Die Mafia auf Sylt ...!«

Sie hatten kaum die Terrassentür wieder aufgeschoben, da stand Mamma Carlotta vor ihnen. »Die Mafia? Auf Sylt?«

»Pscht!« Erik brachte sie mit einer heftigen Handbewegung zum Schweigen. »Dass die Kinder nichts davon mitbekommen!«

»Naturalmente!« Mamma Carlotta flüsterte nun so laut, dass sie ebenso gut über die Umtriebe der Mafia ein Lied hätte anstimmen können. »Dann ist also dieser arme Mann in den Dünen ... Terribile!«

In diesem Augenblick waren Felix' Schritte zu vernehmen, und Mamma Carlotta schwieg augenblicklich. So schwer es ihr auch fiel, sensationelle Neuigkeiten für sich zu behalten, niemals hätte sie etwas gesagt oder getan, was ihre Enkelkinder in Angst und Schrecken versetzte!

Felix hatte sich nach dem Mittagessen in die Gesellschaft seiner Fußballfreunde begeben, wo gelegentlich zwar das Vereinslied gegrölt, aber ganz gewiss nie ein Volkslied gesungen wurde, und Carolin hatte sich zum Üben in ihr

Zimmer zurückgezogen. Da es mit der Schallisolierung im Hause Wolf nicht zum Besten stand, kam Erik und Sören der Gedanke, im Kliffkieker noch einmal in aller Ruhe über den Fall Jesse zu reden. Dass sie Mamma Carlotta allein lassen mussten, bedauerten sie zwar, versprachen aber, zum Abendessen pünktlich zurück zu sein. Erst recht, als sie hörten, dass Pizza tonno auf dem Speiseplan stand, die Mamma Carlotta mit vielen roten Zwiebeln und Kapern zu belegen pflegte.

Ärgerlich sah sie den beiden hinterher. Glaubten die wirklich, sie hätte nicht gemerkt, warum sie das Haus verließen? Der Grund lag doch auf der Hand. Sie sollte nicht erfahren, was es mit dem Überfall auf den armen Gastwirt auf sich hatte. Aber wenn tatsächlich die Mafia dahintersteckte, dann musste Erik doch wissen, dass sie ihm helfen konnte! Sie war Italienerin, sie erkannte einen Landsmann auf den ersten Blick und konnte Gespräche belauschen, die auf Italienisch geführt wurden. Hatte er daran noch nicht gedacht? Oder vertraute er ihr etwa nicht?

Am Fuß der Treppe rief sie mit leiser Stimme gegen die laut vorgetragene Behauptung an, in einem kühlen Grunde gehe ein Mühlenrad: »Ich mache einen Spaziergang!« Natürlich hatte Carolin sie nicht gehört, und Mamma Carlotta machte sich zufrieden auf den Weg. Später konnte sie reinen Gewissens behaupten, sie habe vor dem Verlassen des Hauses Bescheid gesagt. Nicht dass sie etwas gegen einen Spaziergang mit ihrer Enkelin gehabt hätte, aber mit Carolin zusammen hätte sie einen anderen Weg wählen müssen, mit einem anderen Ziel. Jetzt jedoch hatte sie beschlossen, ihre Fragen in Käptens Kajüte zu tragen, einen Imbiss, wo sie zwar nicht immer beantwortet, aber doch jedes Mal unter angenehmen Umständen erörtert werden konnten. Nicht nur, dass dort Rotwein aus Montepulciano ausgeschenkt wurde, in Käptens Kajüte ließ sich vor allem jedes kleinste Problem genüsslich drehen und wenden und von allen Seiten betrachten. Dem Wirt blieb nichts anderes übrig, als hinter seiner Theke stehen zu bleiben und sich alles anzuhören, was er erzählt bekam, und Strandwärter Fietje, der dort seine gesamte Freizeit verbrachte, war stets hocherfreut, wenn überhaupt jemand das Wort an ihn richtete. Mamma Carlotta gehörte zu den wenigen, die sein schlechter Ruf nicht scherte.

Mit großen Schritten ging sie den Süder Wung entlang. Wie schön es war, in diesem Tempo eine längere Strecke zu laufen! In ihrem Dorf ging es entweder steil bergauf oder bergab, und wer sich dort fortbewegte, ging langsam und mühevoll oder zumindest sehr vorsichtig. Herrlich, dieses ungehinderte Ausschreiten!

Sie verlangsamte ihr Tempo erst, als sie die Westerlandstraße überquert hatte. Obwohl die Hochsaison vorbei war, herrschte dort noch reger Verkehr. Und das am Sonntag! In ihrem umbrischen Dorf lagen die Gassen an einem Sonntagnachmittag verlassen da, auf Sylt jedoch war der Sonntag allen anderen Tagen gleich.

Als Mamma Carlotta in den Hochkamp einbog, ließ sie die Unruhe hinter sich. Aus einem der Häuser drang der Geruch von gebratenem Fisch, aus einem anderen sanfte Klaviermusik. Hier wohnten nicht nur Feriengäste, sondern auch Sylter. Sie liebte die Endlosigkeit dieser Straßen, die aufs Meer zuliefen und so aussahen, als würden sie direkt in den Himmel führen.

»Ach, Dino«, murmelte sie, »wenn ich dir das zeigen könnte!«

Aber er war ja schon zu krank gewesen, als Lucia sich entschloss, einem deutschen Touristen nach Sylt zu folgen. Von der Hochzeit, die in Umbrien stattfand, hatte er nichts mehr mitbekommen. Was er dachte und fühlte, konnte er am Ende nur noch mit der linken Hand ausdrücken, die unablässig nach ihrer tastete. Ruhig war er nur gewesen, wenn er wusste, dass sie neben ihm saß. An eine Reise nach Sylt war nicht zu denken gewesen, nicht einmal an Lucias Beerdigung hatte sie teilnehmen können. Weinend war sie an Dinos Bett sitzen geblieben, während Lucias sechs Geschwister die schwere Reise nach Norddeutschland antraten.

Carlotta kramte ein Taschentuch hervor und schnäuzte sich kräftig. Hatte sie genug Lebenszeit hingeblättert, um für ihre Reisen nach Sylt zu ihrem Schwiegersohn und ihren Enkeln so viel Geld ausgeben zu dürfen? Oder würde Dino ihr, wenn er es könnte, vorhalten, dass sie sein sauer Erspartes zum Fenster hinauswarf? Sie schickte einen Blick gen Himmel, mit dem sie sich rechtfertigen wollte. Immerhin hatte sie vor jedem Syltbesuch einen Friseur aufgesucht, hatte sich Lippenstift und Lockenstab angeschafft, ihre dunklen Kleider ganz hinten in den Schrank verbannt und stattdessen viel Geld für Blümchenstoffe, bunte Blusen und sogar Hosen ausgegeben. Für diesen Aufenthalt hatte sie nicht einmal vor modischen Schuhen zurückgeschreckt, die sich Sneakers nannten. Dino hätte kein Verständnis für diese Anschaffungen gehabt, aber ehe sie ihm erklären konnte, warum sie sich im Recht fühlte, wenn sie etwas tat, was sie glücklich machte, war sie Gott sei Dank an ihrem Ziel angelangt.

Der Imbiss, der sich Käptens Kajüte nannte, war in einem dunklen Haus untergebracht, das auf einem viel zu großen Grundstück stand. Der Platz hinter dem Haus hätte einen passablen Biergarten abgegeben, war aber mit Bierfässern, Getränkekisten und allerlei Gerümpel zugestellt. Die paar Meter vor der Eingangstür hätten längst gepflastert werden müssen. Ein paar Stehtische wackelten auf dem buckligen Boden hin und her. Nach regnerischen Tagen standen sie in Pfützen, während einer Schönwetterperiode im Staub.

Die Tür zu Käptens Kajüte stand weit offen, wie immer, wenn es nicht regnete und die Temperaturen deutlich über dem Gefrierpunkt lagen. An diesem Tag schien sogar die Sonne, und der Lichteinfall tat dem düsteren Ambiente der Imbiss-Stube sehr gut. Bei Regenwetter und geschlossener Tür verliehen ihr die olivgrünen Bodenfliesen, die holzvertäfelte Decke und die verklinkerten Wände das Flair eines Kohlenkellers.

Das Gesicht des Wirtes verzog sich zu einem Lächeln, als er seinen ersten Gast erkannte. »Signora! Das wurde aber auch Zeit, dass Sie sich hier blicken lassen! Ich dachte schon, Sie hätten sich eine neue Stammkneipe gesucht.«

»Buongiorno!« Mamma Carlotta liebte herzliche Begrüßungen. Wenn diese hier auch nichts mit dem lauten Hallo zu tun hatte, mit dem man sich in der Cafeteria ihres Dorfes zu begrüßen pflegte, so wusste sie doch, dass Tove normalerweise selten mehr als ein genuscheltes »Moin!« über die Lippen kam. Diese vielen Wörter, noch dazu mit einem Lächeln vorgebracht, waren also unbedingt als herzliche Begrüßung zu verstehen.

Strahlend schwang sie sich auf einen Barhocker und stellte hochzufrieden fest, dass es ihr von Mal zu Mal besser gelang, dieses ungemütliche Sitzmöbel zu erklimmen, das aber, wenn man die Unterarme richtig auf der Theke positionierte, dann doch erstaunlich bequem war. »Woher wissen Sie, dass ich schon seit drei Tagen auf Sylt bin?«

»Ich habe Sie bei Gosch an der Kliffkante gesehen. Ich hätte Sie gern angesprochen, aber Sie waren nicht allein.«

»Ja, ich war mit meiner Familie dort.«

»Zum Glück ist mir noch rechtzeitig eingefallen, dass der Hauptkommissar besser nichts davon erfährt, dass Sie bei mir Ihren Rotwein trinken.« Er verschwand in seinem Vorratsraum und kam mit einer Flasche zurück. »Aus Montepulciano! Ich habe gleich nach Ihrem letzten Besuch eine neue Kiste bestellt.«

Aber Mamma Carlotta winkte ab. »Sie wissen doch: Alkohol erst nach Sonnenuntergang!«

Doch nachdem Tove Griess ihr die vielen Ausnahmen vorgehalten hatte, die sie in Käptens Kajüte bereits zugelassen hatte, kam sie zu der Ansicht, dass es auf eine weitere nicht ankam. »D'accordo! Aber nur ein halbes Glas!«

Nachdenklich sah sie zu, wie Tove das Glas randvoll einschenkte, dann fragte sie: »Hatten Sie seit meinem letzten Besuch etwa Ärger mit der Polizei?«

Tove Griess schüttelte den Kopf. »Ein paar Anzeigen wegen Ruhestörung, das war's auch schon. Ihr Schwiegersohn hatte wenig Arbeit mit mir.« Er warf einen Blick zur Tür, auf die Schritte zugeschlurft kamen. »Und Fietje war seit Ihrem letzten Besuch auch nicht mehr im Bau. Obwohl er dicht dran war.«

»Schnack kein dummes Zeug«, sagte der Strandwärter, der in diesem Moment die Imbiss-Stube betrat. Als er Mamma Carlotta erkannte, lüftete er die Strickmütze mit dem dicken Bommel, die er sommers wie winters auf dem Kopf hatte und eigentlich nie abnahm. Tove behauptete, er trüge sie sogar im Schlaf. »Moin, Signora!« Und zu Tove sagte er, ohne ihn anzusehen: »Mir war nichts nachzuweisen, also bin ich unschuldig, jawoll. Und nun mach mir ein Jever und schnack nicht von Leuten, die ihre Vorhänge nicht zuziehen und sich dann beschweren, dass sie gesehen werden.«

»Weil du in ihren Garten eingestiegen bist, du unverbesserlicher Spanner!«

Mamma Carlotta kannte die Streitereien der beiden zur Genüge und ging dazwischen, ehe es zu Handgreiflichkeiten kommen konnte. »Finito!«

Fietje Tiensch nickte friedfertig und schob sich neben Mamma Carlotta auf einen Barhocker. »Heute Morgen war ein Krankenwagen am Strand. Weiß Ihr Schwiegersohn schon, was sich in der Nacht dort ereignet hat?«

Ehe Mamma Carlotta antworten konnte, fuhr Tove dazwischen: »Heute Nacht? Woher weißt du das? Hast du dich bei Dunkelheit in den Dünen rumgetrieben? Schon wieder Jagd auf Liebespärchen gemacht?«

»Der Strand ist für alle da«, erwiderte Fietje. »Wenn Henner Jesse sich da mit jemandem trifft und ich beobachte das zufällig … dann kann mir keiner einen Vorwurf machen.«

Mamma Carlotta fuhr so ruckartig zu ihm herum, dass sie beinahe vom Barhocker gekippt wäre. »Er hat sich am Strand mit jemandem getroffen? Mitten in der Nacht?«

Fietje nickte. »Gegen zwölf.« Er grinste. »Geisterstunde! Aber Geister waren das nicht.«

»Mit wem hat er sich getroffen?«

Fietje hob die Schultern. »Mit zwei Typen, die weiß Gott keinen guten Eindruck machten! Also, ich hätte denen nicht mal bei Sonnenschein begegnen mögen. Aber so genau hab ich nicht hingesehen. Bin dann ja auch gleich abgehauen, jawoll.«

»Wie kannst du dann sagen, dass sie keinen guten Eindruck machten?«, mischte sich Tove wieder ein und stellte Fietje sein Jever hin.

»So was merkt man doch gleich. Wie die sich angeschlichen haben! Der arme Jesse war zu Tode erschrocken. Obwohl er auf sie gewartet hatte.«

»Das hast du auch gesehen, obwohl du gleich abgehauen bist?«

»Ich habe eben eine schnelle Auffassungsgabe«, erwiderte Fietje würdevoll.

Tove zeigte seinem Stammgast einen Vogel, aber zum Glück betrat in diesem Augenblick ein weiterer Gast das Lokal, sodass ein handfester Streit vermieden werden konnte.

Während Tove sich um die Zubereitung einer Currywurst zu kümmern hatte, fragte Mamma Carlotta nach:

»Wie sahen die beiden Männer aus?« Sie neigte sich zu Fietje und flüsterte: »Dunkelhaarig? So wie … Italiener?«

Fietje sah sie überrascht an. »Sie meinen, das waren Bekannte von Ihnen?«

»No! Natürlich nicht.« Mamma Carlotta wurde nervös. »Aber … konnten Sie hören, was gesprochen wurde? Hatten die beiden einen Akzent?«

»Zu weit weg.« Fietje steckte die Nase in sein Jever und machte keinen Hehl daraus, dass ihm Mamma Carlottas Fragen lästig wurden.

Aber sie ließ nicht locker. »Wenn Sie etwas beobachtet haben, dann müssen Sie meinem Schwiegersohn davon erzählen!«

Fietje tippte sich an die Stirn. »Freiwillig zur Polizei?«

»Aber Sie können doch nicht wollen, dass diese brutalen Kerle ungestraft davonkommen!«

Statt einer Antwort bestellte Fietje ein weiteres Jever, was so viel hieß wie: Jeder muss selbst sehen, wo er bleibt.

Ein weiterer Currywurst-Kunde betrat Käptens Kajüte. Dass Tove abgelenkt war, nutzte Carlotta, um zu insistieren: »Diese Kerle müssen bestraft werden! Sehen Sie das nicht ein?«

Fietje sah es vielleicht ein, aber wichtiger war ihm, dass er selber keinen Ärger bekam.

»Was ist, wenn ich meinem Schwiegersohn nun erzähle, was Sie beobachtet haben? Dann müssen Sie mit einer Vorladung rechnen.«

Fietje trank sein Jever aus. »Und wie wollen Sie Ihrem Schwiegersohn dann erklären, warum Sie hier mit mir an der Theke sitzen und heimlich Ihren Vino trinken?«

Carlotta starrte ihn verblüfft an. »Das würden Sie ihm verraten?«

»Und Sie würden mich zwingen, eine Aussage zu machen?«

Zum Abschied legte er ein paar Münzen auf die Theke und verließ ohne ein weiteres Wort die Imbiss-Stube.

Tove sah Mamma Carlotta vorwurfsvoll an. »Sie wollen Fietje verpfeifen?«

Mamma Carlottas Erregung wurde gefährlich. Sie kippelte auf ihrem Barhocker herum, warf den Kopf, als sie das Glas austrank, so weit in den Nacken, dass sie beinahe hintenübergekippt wäre, und knallte es auf die Theke, dass Tove um seine Ausstattung zu fürchten begann. »So etwas trauen Sie mir zu? Ich will nur, dass zwei Schläger ihre gerechte Strafe bekommen.«

»Aber Fietje riskiert seinen Job! Wenn morgen in der Zeitung steht, dass der inselbekannte Spanner sich nachts in den Dünen rumgetrieben hat, kriegt er Ärger.« Tove betrachtete sie kopfschüttelnd. »Warum interessieren Sie sich überhaupt für Henner Jesse und diese beiden Kerle?«

Mamma Carlotta antwortete mit einer Gegenfrage: »Und seit wann interessiert es Sie, dass Fietje keinen Ärger bekommt?«

In diesem Augenblick stellte Tove fest, dass sein Mayonnaise-Spender dringend einer gründlichen Säuberung bedurfte. Und natürlich konnte er sich um nichts anderes kümmern, als er den Deckel abschraubte, und war zu keiner Antwort fähig, während er die Öffnung reinigte, die die Mayonnaise seit Beginn der Hochsaison nur mühsam passierte, weil irgendeine Verunreinigung sie aufhielt.

Carlotta beobachtete ihn eine Weile, und wer sie kannte, wusste, dass ihr Schweigen gefährlich war. »Es stimmt also«, sagte sie plötzlich leise.

Tove fiel auf den Bluff herein und warf den Deckel des Mayonnaise-Spenders zur Seite. »Was stimmt?«, brummte er. »Dass Fietje ein Spanner ist, wissen Sie doch. Und dass er schon jede Menge Ärger deswegen hatte, wissen Sie auch.«

»Sie wollen nicht, dass die beiden Männer, die Fietje

beobachtet hat, entlarvt werden«, sagte Mamma Carlotta so ruhig, dass sie vor sich selbst Angst bekam. »Jedenfalls wollen Sie nicht, dass Ihr Name im Spiel ist, wenn sie gefasst werden.«

»Blödsinn!«, knurrte Tove.

»Es hat Sie noch nie interessiert, ob Fietje seinen Job verliert, weil er es nicht lassen kann, in fremde Schlafzimmer zu gucken.«

»Jetzt interessiert es mich eben.«

»Und außerdem interessiert Sie die Rache der Mafia«, sagte Mamma Carlotta, ehe der Mayonnaise-Spender zu Boden polterte.

Vera Ingwersen war eine patente Person. Dieser Meinung waren alle, sogar die eingefleischten Sylter, die ungern eine Frau in ihre Mitte ließen, die jeden zweiten Satz mit »gell« beendete, Dirndl trug und hartnäckig versuchte, bayerische Küche und bayerisches Ambiente auf der Insel durchzusetzen.

»Na ja, vielleicht nicht auf der ganzen Insel«, korrigierte Carolin sich selbst, während sie mit Mamma Carlotta die Braderuper Straße entlangradelte, »aber zumindest in der Muschel II.«

Haarklein erzählte sie ihrer Großmutter, wie Vera Ingwersen nach Sylt gekommen war und sich im Restaurant ihres Mannes schnell unentbehrlich gemacht hatte. Der Münchener Chor, in dem Vera vor zwei Jahren noch sang, hatte ein Gastspiel in Keitum gegeben, und Vera war auf der Insel geblieben, um ein paar Urlaubstage zu genießen. Bei dieser Gelegenheit war sie Arne Ingwersen begegnet, hatte sich Hals über Kopf in ihn verliebt und ihn schon bald geheiratet. Damit bekam die Muschel II, das Restaurant, das Arne Ingwersen soeben übernommen hatte, eine Chefin, die zwar nichts von Gastronomie wusste, aber trotzdem ihren Mann stand.

»Ihre Eltern besaßen eine Metzgerei in der Nähe von München«, erzählte Carolin weiter. »Die sollte Vera eigentlich mit ihrem Bruder zusammen weiterführen. Aber der heiratete eine Frau, mit der Vera sich nicht verstand, deswegen entschloss sie sich zu einer kaufmännischen Ausbildung.«

»So was kann man in einem Restaurant schließlich auch gut gebrauchen«, ergänzte Mamma Carlotta etwas geistesabwesend. Sie musste sich gewaltig zusammenreißen, um Carolins Erzählungen zu folgen und sie nicht merken zu lassen, dass ihr die Freude aufs Chorsingen gründlich vergangen war.

Beim Radeln durch die herrliche Sylter Landschaft, beim Blick über die weiten Wiesen und in die weißgrauen Wolken, die über sie hinweghetzten, kreisten immer wieder dieselben Gedanken in ihrem Kopf: Was wird aus dieser wunderschönen Insel, wenn sich die Mafia hier breitmacht? Muss Erik dann einem großen Kommissariat vorstehen, das viele Mitarbeiter braucht, weil der Kampf gegen die Skrupellosigkeit sonst nicht zu gewinnen war?

Sie starrte am Turm der Keitumer Kirche hoch, ohne aufzunehmen, was Carolin ihr von der St.-Severin-Kirche erzählte. »Früher hat Sylt mal elf Kirchen gehabt! Aber von denen sind nur St. Martin in Morsum und St. Severin erhalten geblieben. Angeblich wurde diese Kirche schon 1240 urkundlich erwähnt. Damals war Sylt viel größer und noch keine Insel.«

Während Mamma Carlotta das Gesicht zu einer ehrfürchtigen Grimasse verzog, dachte sie nur an das eine: Ihre Enkelkinder würden nicht in Ruhe und Sicherheit aufwachsen können. Wie die Mafia mit den Polizisten umging, die sie bekämpften, war ja bekannt. Und dass sie auch deren Familien nicht verschonten, wusste in Italien jedes Kind.

»Sylt ist erst 1362 durch eine große Sturmflut zur Insel

geworden, Nonna. Damals wurden große Teil von Sylt weggerissen, die die Insel vorher mit dem Festland verbunden hatten.«

Mamma Carlotta nickte geistesabwesend. »Vielleicht solltest du doch Lehrerin werden?«

Doch Carolin blieb bei ihrem Plan, eine Karriere als Sängerin einzuschlagen. Während sie weiterfuhren, legte sie ihrer Nonna dar, wie sie sich das vorstellte. Und da ihre Pläne eindeutig in die Kategorie der Luftschlösser gehörten, hatte Mamma Carlotta kein schlechtes Gewissen, dass sie nur mit halbem Ohr zuhörte.

Was würde Erik überhaupt tun können? Das Schweigen der Opfer, die lieber zahlten, als um ihr Leben fürchten zu müssen, sorgte überall dafür, dass die Mafia ihre Ziele erreichte. So würde es auch auf Sylt geschehen. Wenn sogar ein Mann wie Tove, der sonst vor nichts Angst hatte, verhindern wollte, dass zwei Verbrechern das Handwerk gelegt wurde, war es schlimm um die Zukunft dieser Insel bestellt.

Sie wurde erst aus ihren trüben Gedanken gerissen, als Carolin vor ihr auf den Parkplatz eines Restaurants einbog. »Vera hat gesagt, wir sollen vor der Probe hier vorbeikommen. Dann kann sie in Ruhe mit dir reden«, erklärte sie, während sie ihr Fahrrad abstellte.

Mamma Carlotta betrachtete das lang gestreckte weiße Gebäude. Die Fenster waren klein und quadratisch mit Butzenscheiben, dunkelrote Eriken wuchsen in den Blumenkästen, dazwischen war kräftiges Efeu gepflanzt worden, dessen lange Ranken fast bis zur Erde reichten. Über der Eingangstür stand in sanft schimmernden Leuchtbuchstaben »Muschel II«.

Ein elegant gekleidetes Paar trat auf die dunkle Glastür zu, die sich genau im richtigen Moment öffnete, sodass Mamma Carlotta einen Blick auf festlich eingedeckte Tische, blitzendes Silber, funkelnde Gläser und gelangweilt herumstehende Ober erhaschte, die besser gekleidet waren als ihr Dino zu seiner eigenen Hochzeit.

Erschrocken griff sie nach Carolins Strickjacke. »Müssen wir da wirklich rein, Carolina?«

Carolin sah sich erstaunt zu ihr um. »Warum nicht?«

Mamma Carlotta fuhr mit beiden Handrücken von der Stirn zu ihren Knien. »Ich bin nicht danach angezogen.«

Carolin lachte. »Wir wollen doch da nicht dinieren, Nonna! Nur ins Büro, wo Vera auf uns wartet. Gemeinsam mit ihr gehen wir dann zur Probe.«

Da Carolin selbstbewusst das Restaurant betrat, wollte ihre Großmutter ihr nicht nachstehen. Und als gleich der erste Ober, der Carolin anscheinend kannte, sie mit einer kleinen Verbeugung begrüßte und zur Tür des Büros wies, richtete sich Mamma Carlottas Selbstvertrauen wieder auf. Die letzten Meter auf den weichen Teppichen genoss sie sogar.

Vera Ingwersen war wirklich eine patente Person. Ohne Zweifel wäre sie auch das Aushängeschild der elterlichen Metzgerei gewesen. Sie verkörperte alles, was Frische, Sauberkeit und Gesundheit ausmachte. Ihr rundes Gesicht wurde von einem hellblonden Pagenkopf umrahmt, ihre Wangen waren rosig, ihre Augen glänzten. Das blitzsaubere Dirndl war gut gefüllt, ihre Hüften rundeten sich unter dem Band der Schürze, und die weißen Rüschen am Ausschnitt garnierten das, was man in ihrer Heimat »Holz vor der Hüttn« nannte. Vera Ingwersen gehörte zu den Frauen, die noch mit einer fiebrigen Erkältung oder einem Magen-Darm-Katarrh kerngesund aussehen.

Sie begrüßte Carlotta freundlich und bot ihr einen bequemen Sessel an, der vor ihrem Schreibtisch stand. Carolin hockte sich auf die Fensterbank. Es sah so aus, als hätte sie schon öfter dort gesessen, wenn es mit der Chorleiterin etwas zu besprechen gab.

»Ihre Enkelin hat mir erzählt«, begann Vera lächelnd,

»dass Sie gern singen, eine schöne Stimme haben und auch schon Erfahrung im Chorgesang.«

Zu den ersten beiden Punkten nickte Mamma Carlotta bekräftigend, den dritten ließ sie unkommentiert. Kleine Übertreibungen zählte sie zwar nicht zu der Sünde der Lügen, aber ausdrücklich bestätigen wollte sie die Erfahrung mit ihrem Chor, der kaum ein Vierteljahr bestanden hatte, nun doch nicht.

Vera Ingwersens Gesicht nahm einen bekümmerten Ausdruck an. »Der Inselchor wird immer kleiner. Allein in der letzten Woche kamen vier Krankmeldungen. Und das kurz vor dem Chorwettbewerb! Der Sopran besteht nur noch aus drei Sängerinnen. Die Chöre aus Niebüll und Flensburg sind doppelt so groß wie der Sylter Inselchor. Die singen uns glatt an die Wand.« Sie legte beide Unterarme auf den Schreibtisch und beugte sich vor, sodass ihr Dekolleté sich noch um einiges eindrucksvoller präsentierte. »Im Klartext: Ich bin für jede Stimme dankbar, vor allem im Sopran. Vorausgesetzt natürlich, es ist eine Stimme, die sich in unseren Chor einfügt und die sauber singt. Und natürlich eine Sängerin, die sicher im Repertoire ist. Das ist zum Glück einfach, die Melodien der Volkslieder prägen sich schnell ein.«

Mamma Carlotta versicherte, dass das längst geschehen sei. »Carolin übt so viel zu Hause, dass ich mittlerweile alle Melodien kenne und die meisten Texte auswendig kann.«

»Obwohl Sie Italienerin sind?« Vera nickte anerkennend. »Wunderbar! Dann werden wir ja gleich sehen, wie Sie sich einfügen. Wenn es klappt, können Sie beim Chorwettbewerb mitmachen. Ansonsten würde ich mich freuen, Sie als regelmäßige Gastsängerin begrüßen zu dürfen. Wir haben mehrere Feriengäste, die dem Chor als Gastsänger beigetreten sind.« Sie beugte sich vertraulich vor. »Der Inselchor hat nur ein Ziel: Spaß am Gesang.

Daran ändert auch der Wettbewerb nichts. Ob wir gewinnen oder verlieren, ist eigentlich egal. Aber dadurch hat das regelmäßige Üben ein Ziel bekommen! Das fördert die Motivation.«

Mamma Carlotta versicherte strahlend, einer solchen Motivation bedürfe es bei ihr eigentlich nicht, und machte sich bereit, um der Chlorleiterin ihren klaren Sopran vorzuführen.

Doch Vera Ingwersen winkte ab. »Nicht nötig. Ich vertraue auf Carolins Einschätzung.«

Carolins Gesicht rötete sich vor Freude, und Mamma Carlotta betrachtete ihre Enkelin stolz. »Ja, Carolin kennt sich aus. Schließlich möchte sie später mal Sängerin werden.«

»Ich könnte mir vorstellen, dass sie in ein paar Jahren die Chorleitung übernimmt«, wich Vera aus. »Sie kann nicht nur Noten lesen, sondern auch vom Blatt singen. Mit dem Dirigieren hat sie es auch schon versucht, als ich krank war. Und ich muss sagen ... alle Achtung!«

Mamma Carlottas Stolz erreichte prompt schwindelerregende Höhen. Bevor sie jedoch auf alle weiteren Vorzüge Carolins hinweisen und auch gleich sämtliche Talente ihrer anderen Enkelkinder zur Sprache bringen konnte, sah Vera auf die Uhr. »Meine Schwiegermutter muss jeden Augenblick kommen. Dann können wir aufbrechen. In einer Viertelstunde beginnt die Probe.«

Als hätte sie auf ihr Stichwort gewartet, betrat eine Frau das Büro. Nein, Mamma Carlotta korrigierte sich heimlich: Eine Dame war es, die hereinkam. Und wieder korrigierte sie sich: Nein, sie war nicht hereingekommen, sie hatte einen Auftritt. Einen winzigen Augenblick war sie in der Tür stehen geblieben, als wollte sie das Einsetzen das Beifalls abwarten, dann begann ihre Rolle mit den Worten: »Störe ich?«

Vera erhob sich und machte Mamma Carlotta mit ihrer

Schwiegermutter bekannt. »Ein neues Chormitglied, wie ich hoffe. Utta Ingwersen, unsere Solosängerin!«

Das also war die Dame, die auf einem Konservatorium Gesang studiert hatte. Mamma Carlotta schüttelte ihr, stumm vor Überwältigung, die Hand.

»Haben Sie auch die Gesangskarriere der Familie zuliebe aufgeben müssen?«, fragte Utta Ingwersen und strich sich mit einer eindrucksvollen Geste die glatten kurzen Haare zurück.

Mamma Carlotta hätte am liebsten bejaht und sich erst später überlegt, wie diese Übertreibung zu rechtfertigen war, brachte es dann aber doch nicht über sich. Und kurz darauf musste sie feststellten, dass Utta Ingwersen an ihrer Antwort ohnehin nicht interessiert war. Diese Frage war nur das Stichwort für den Monolog, der folgte: Eigentlich hätte sie Karriere machen können, aber ihr Vater hatte das Studium nur bewilligt, wenn sie sich bereit erklärte, anschließend das Restaurant zu übernehmen. Dann hatte sie zwar einen Ehemann gefunden, der in diese Verpflichtung eingesprungen war, der aber ebenso dagegen war, dass sie als Sängerin Karriere machte. Und dann war sie Mutter geworden, und der Traum von der Karriere war ausgeträumt. »So ist aus meinem Talent ein Hobby geworden, und beruflich habe ich mich mit einem Geschenkartikelladen begnügen müssen.«

Utta Ingwersen seufzte, während sie ihrer Schwiegertochter und Carolin zum Ausgang folgte. »Es ist tragisch, dass man als Frau sein ganzes Leben der Familie opfern muss. Erst dem Vater, dann dem Mann und schließlich dem Kind.«

Dazu fiel Mamma Carlotta nichts ein. Mitleidsäußerungen für eine Frau mit dem Privileg, ein eigenes Geschäft zu führen und überdies in einem Chor als Solosängerin aufzutreten, wollten ihr nicht so ohne Weiteres über die Lippen kommen.

In diesem Augenblick öffnete sich in ihrer Nähe eine Tür, auf der »Nur für Personal« stand, und eine junge Frau trat heraus. Sie mochte Ende zwanzig sein, war auffallend schlank und braun gebrannt. Ihr schmales Gesicht wurde von riesigen dunklen Augen dominiert, das braune lange Haar hatte sie straff zurückgekämmt und am Hinterkopf festgesteckt. Zu einer weißen Leinenhose trug sie ein weißes Top und darüber eine weiße Jeansjacke. Der auffällige braune Modeschmuck machte aus den schlichten Einzelteilen ein raffiniertes Outfit. Eine junge Frau, die nicht nur sehr hübsch war, sondern es auch verstand, ihre Schönheit zur Geltung zu bringen.

Sie lächelte, als sie Vera und Utta Ingwersen sah. »Na, dann wollen wir mal!« Anscheinend gehörte auch sie zum Inselchor und wollte sich ihnen anschließen.

Mamma Carlotta wunderte sich insgeheim über Vera Ingwersens Reaktion. Sie, die doch angeblich froh war über jedes Chormitglied, warf der jungen Frau nur einen kurzen Blick zu und erwiderte den Gruß nicht. Da die junge Frau augenscheinlich nicht nur Mitglied des Inselchors, sondern auch Angestellte der Muschel II war, schien es mit dem Betriebsklima nicht besonders gut bestellt zu sein.

Vor der Tür wurden sie von einer Stimme zurückgehalten. »Vera!«

Ein auffällig gut aussehender Mann war ihnen gefolgt. Groß und schlank, mit einem schmalen, intelligenten Gesicht und dunklen Haaren, die er sorgfältig nach hinten gegelt hatte. Er bedachte Utta Ingwersen mit einem knappen Lächeln. »Hallo, Mutter!« Dann wandte er sich seiner Frau zu. »Hast du an die Weinbestellung gedacht?«

Vera nickte. »Den Barolo 2004! Die Bestellung ist heute Morgen rausgegangen.«

»Hast du mit Papa darüber gesprochen?«

»Warum?«

»Ich hätte gerne zuerst seine Meinung eingeholt.«

Ehe Vera antworten konnte, mischte sich seine Mutter ein. »Warum muss dein Vater zu allem seinen Senf dazugeben?«

Arne Ingwersen sah sie an wie ein kleiner Junge, der unbedingt das rote Gummibärchen und nicht das grüne will. »Ich verlasse mich nun mal gern auf seinen Rat.«

»Die Muschel II gehört dir«, entgegnete seine Mutter mit scharfer Stimme. »Harms Rat ist in der Muschel I gefragt. Du musst deine Entscheidungen endlich allein treffen.«

Ohne ein weiteres Wort drehte Arne Ingwersen sich um und ging ins Restaurant zurück. Vera warf ihrer Schwiegermutter einen undefinierbaren Blick zu. Carlotta hatte das Gefühl, dass die eine etwas ausgesprochen hatte, was die andere sich versagte und deshalb nicht hören wollte.

Erik betrat die Polizeistation Westerland mit der Zeitung in der Hand. »Moin!«, sagte er, ohne aufzusehen.

Eine Antwort bekam er nicht, denn sowohl Obermeister Rudi Engdahl als auch Polizeimeister Enno Mierendorf telefonierten und nickten ihm nur flüchtig zu.

Erik las den Artikel zu Ende, während er seine Jacke über den Haken neben der Tür hängte und die Tasche auf den Stuhl stellte, um ihr Pfeife und Tabak zu entnehmen. Er rauchte nie in seinem Büro, hatte seine Pfeife aber trotzdem gern griffbereit.

Als er sich an seinem Schreibtisch niederließ, legte er die Zeitung zufrieden beiseite. Das Inselblatt hatte berichtet, was er der Redaktion gestern Abend verraten hatte: Ein Sylter Gastwirt war am Strand überfallen und ausgeraubt worden. Wenn sich Menno Koopmann, der Chefredakteur, bis heute Mittag nicht gemeldet hatte, dann war diese Meldung für ihn nicht bedeutsamer als der Wetterbericht. Auch bei den Meteorologen würde er heute nicht anrufen, um nachzufragen, ob hinter dem angekündigten Tief etwas steckte, was seinen Lesern vorenthalten werden sollte.

Auf Eriks Schreibtisch lag der Bericht der Spurensicherung. Die Schuhspuren von fünf Menschen hatte Kommissar Vetterich mit seinen Leuten gefunden. Die des Opfers natürlich und die von Erik und Felix, außerdem aber noch Spuren von zwei weiteren Personen. Beide hatten Turnschuhe der Marke Adidas in den Größen vierundvierzig beziehungsweise fünfundvierzig getragen. Deren Sohlenrelief war so auffällig , dass die Schuhmodelle leicht zu ermitteln gewesen waren.

Erik ließ den Bericht sinken. Immerhin wussten sie nun, dass Henner Jesse von zwei Personen, von zwei Männern vermutlich, niedergeschlagen worden war. »Und was bringt uns das?«, murmelte Erik. »Nichts!«

Die Spur der beiden Schuhpaare war nicht weit zu verfolgen gewesen. Ihre Besitzer hatten den Holzsteg betreten, der an der Kliffkante entlangführte, so viel stand fest. Aber da nach der Tat viele Stunden vergangen waren, hatten sich die Spuren schon bald unter den Verwehungen verloren.

Bis gegen zehn Uhr durchforstete Erik das Intranet der Polizei nach Informationen über mafiöse Umtriebe in Deutschland, dann lehnte er sich zurück und starrte an die Decke. Plötzlich war er sich nicht mehr so sicher, dass Sören recht hatte. Im internen Informationsnetz der Polizei fand sich kein einziger Hinweis darauf, dass ausgerechnet auf Sylt mit der Mafia gerechnet werden musste. Klar, sie arbeitete flächendeckend, aber es gab auch in Deutschland Landstriche, die weitgehend verschont blieben. Erik hätte bis zu diesem Tag seine Hand dafür ins Feuer gelegt, das Sylt dazugehörte. Vielleicht hatte Frau Jesse doch recht, und das Inselblatt berichtete genau das, was sich zugetragen hatte?

Als Sören gegen elf den Kopf zur Tür hereinsteckte,

bekam er von seinem Chef zu hören, dass er die These von der Mafia verworfen habe. Gegen zwölf jedoch sah alles wieder ganz anders aus. Da nämlich meldete Rudi Engdahl einen Besucher: »Harm Ingwersen von der Muschel I in Westerland.«

Erik nickte erfreut, stand auf und reichte Harm Ingwersen die Hand. »Ich glaube, es ist das erste Mal, dass Sie mich besuchen!« Er wies auf den Stuhl, der vor seinem Schreibtisch stand. »Zechprellerei? Oder Schlimmeres?«

»Schlimmeres«, antwortete Harm Ingwersen ernst.

Erik erschrak. Harm Ingwersen sah sehr besorgt aus, und allein die Tatsache, dass er sich selbst herbemühte und keinen seiner Angestellten schickte, zeigte an, dass sein Besuch einen außergewöhnlichen Grund haben musste.

Ingwersen senior war ein gepflegter, gut aussehender Mann von Mitte fünfzig. Er stammte aus Norden, lebte aber seit knapp dreißig Jahren auf Sylt, seitdem er geheiratet und das Restaurant seines Schwiegervaters in Westerland übernommen hatte. Seiner Frau hatte er damit die Last von den Schultern genommen, selbst in den elterlichen Betrieb einsteigen zu müssen, und ihr Vater war froh gewesen, dass mit dem richtigen Schwiegersohn sein Restaurant erhalten bleiben würde. Für seinen Sohn Arne, der seinem Vater nacheiferte, hatte Harm Ingwersen vor Kurzem ein Restaurant in Keitum eröffnet. Aus dem Stammhaus, der Muschel in Westerland, wurde die Muschel I, Arnes Restaurant bekam den Namen Muschel II.

Die Ingwersens gehörten zu den Sylter Familien, die das Gesicht der Insel prägten. Harm Ingwersen spendete stets großzügig, wo Not am Mann war, und legte sich auch mit Politikern und Investoren an, wenn er um das Wohl seiner Insel fürchtete.

»Ich möchte Anzeige erstatten«, sagte er mit fester Stimme. »Und zwar gegen einen Schutzgelderpresser.«

Erik starrte ihn mit offenem Mund an. »Schutzgeld?

Wollen Sie damit sagen …« Also doch! Sören hatte recht gehabt!

»Die Mafia erpresst mich. Und sicherlich nicht nur mich. Vor ein paar Tagen ist ein junger Italiener bei mir erschienen.«

»Hat er sich selbst als Mitglied der Mafia bezeichnet?«

Ingwersen nickte. »Ich habe ihn erst mal ausgelacht. Da kann ja jeder kommen und behaupten, er wäre von der Mafia.« Er sah auf seine perfekt manikürten Hände. »Aber ich gebe auch zu, dass ich eingeschüchtert war. Ich hätte gleich zu Ihnen kommen müssen. Aber … ich hatte Angst.«

Erik nickte verständnisvoll. »Und warum jetzt?«

»Der Kerl hat gesagt, ich würde schon sehen, wohin das führt, wenn ich ihm nicht glaube. Es gäbe einen Gastwirt, der auch nicht einsehen wolle, dass man es ernst meine. Ich könne demnächst in der Zeitung lesen, was mit dem passiert.«

»Henner Jesse!«

»Ich habe gestern Abend gehört, dass er schwer verletzt in die Nordseeklinik eingeliefert wurde. Und heute Morgen habe ich in der Zeitung gelesen, was geschehen ist.«

»Dass er überfallen und ausgeraubt wurde«, ergänzte Erik.

Ingwersen warf ihm einen prüfenden Blick zu. »Aber das stimmt nicht. Oder?«

Erik zuckte die Achseln. »Seine Frau ist davon überzeugt.«

»Sie hat Angst, das ist verständlich.«

»Und Sie? Sie haben keine Angst mehr?«

Harm Ingwersen hob die Schultern, als könne er sich zu einem Ja nicht durchringen, und ließ sie fallen, weil ihm das Nein genauso schwer über die Lippen kam.

»Sie wissen, welches Risiko Sie eingehen, wenn es sich bestätigen sollte, dass wir es mit der Mafia zu tun haben?«

Harm presste die Lippen zusammen, dann entgegnete er: »Ich bin bereit, es einzugehen.« Er erhob sich und trat ans Fenster. Anscheinend war es um seinen Mut doch nicht so gut bestellt, wie er Erik weismachen wollte. »Sie haben mir heute Nacht die Fenster der Lagerräume eingeschlagen«, sagte er nach einer Weile.

»Woher wissen Sie, dass das die Leute waren, die Sie erpressen?«

»Ich bekam heute Morgen einen Anruf. Demnächst wären die vorderen Fenster dran. Ich könne mir ja ausrechnen, wann ich selbst dran sei, wenn ich nicht zahlen will.« Plötzlich fuhr er herum, Verzweiflung stand in seinem Gesicht. »Wo soll das hinführen? Ich lasse mich doch nicht von solchen Halunken erpressen! Die kriegen mich nicht klein! Mich nicht! Ich werde auf keinen Fall zahlen!«

Erik erhob sich und trat zu ihm. So sehr ihn Ingwersens Haltung beeindruckte, ihm war nicht klar, ob der Gastronom wirklich wusste, worauf er sich einließ. »Ich muss jetzt die Anzeige aufnehmen.«

Harm Ingwersen nickte. »Deswegen bin ich hier. Lieber lasse ich mich von denen abknallen, als den Rest meines Lebens in Angst zu verbringen.«

»Das ist sehr mutig von Ihnen, Herr Ingwersen.« Erik öffnete die Tür und rief nach Sören. »Sie können mir sicherlich eine Personenbeschreibung des Erpressers geben?«

Harm Ingwersen nickte. »Ich habe ihn mir genau angesehen.«

»Hervorragend!« Erik hatte sich noch nie so hilflos gefühlt wie in diesem Moment. Ein Kampf gegen die Mafia? War er dem überhaupt gewachsen?

»Wie sieht's mit der Muschel II aus?«, erkundigte er sich. »Wird Ihr Sohn auch erpresst?«

Harm zögerte. »Es kommt mir so vor. Arne ist in letzter Zeit sehr nervös. Aber ich will ihn nicht fragen. Und beeinflussen will ich ihn erst recht nicht. Er muss selbst wissen, wie er damit umgeht. Man darf niemanden zwingen, mutig zu sein. Außerdem habe ich Angst um meinen Sohn. Ich will nicht schuld daran sein, dass ihm etwas zustößt.«

Der Tag hatte unter einem kalten Licht begonnen, das sich noch immer nicht erwärmt hatte. Es war ein Tag ohne Farben. Der Sommer war schon zu verbraucht, um noch zu leuchten, der Herbst noch zu jung, um mit seinen Farben über das Ende des Sommers hinwegzutrösten.

Mamma Carlotta wanderte durch den Garten, die Noten, die sie am Abend zuvor von Vera Ingwersen bekommen hatte, fest an ihre Brust gedrückt. Sie fror. Und als könnten auch die schwarzbraune Haselnuss oder die Reisenden hoch auf dem gelben Wagen eine Gänsehaut bekommen, schob sie die Noten unter ihre Jacke und legte die Arme fest darüber. Wichtig fühlten sie sich an, und wichtig fühlte sie sich selbst, seit man sie ihr ausgehändigt hatte.

Sie hatte nie gelernt, Noten zu lesen, aber dass die auf den oberen Linien für höhere Töne standen als die, die sich auf den unteren tummelten, war ihr klar gewesen. Nun aber wusste sie auch, dass eine Note, die oben ein kleines Fähnchen trug, kürzer gesungen wurde als die, denen das Fähnchen fehlte. Faszinierende Erkenntnisse, die sie gern mit jemandem geteilt hätte.

Sie warf einen langen Blick in den Nachbargarten. Zu dumm, dass Frau Kemmertöns halbtags in der Kurverwaltung arbeitete und nicht zu Hause war. Am Nachmittag hatte sie zwar immer viel zu tun mit ihrem Haushalt und den Ferienwohnungen, die sie vermietete, aber Mamma Carlotta hätte darauf keine Rücksicht genommen und ihr trotzdem erzählt, wie bewundernswert die

Arbeit einer Chorleiterin war, die sämtliche Stimmen im Kopf haben musste, mit der linken Hand die Frauenstimmen und mit der rechten die der Männer dirigierte, bis am Ende sämtliche Stimmen zu einem großen Akkord zusammenfanden. Eine berauschende Erfahrung! Mamma Carlotta hatte bei jedem Schlussakkord eine Gänsehaut bekommen. Welch ein Glück, dass bis zum Chorwettbewerb jeden Abend geübt werden sollte!

Von dem Solo, das Utta Ingwersen zum Besten gegeben hatte, war sie allerdings enttäuscht gewesen. Von einer Frau, die an einem Konservatorium Gesang studiert hatte und nach eigenen Angaben ein verhinderter Opernstar war, hätte sie mehr erwartet. Doch als Utta Ingwersen zu »Amazing Grace« angesetzt hatte, musste Mamma Carlotta an Arianna Spira, die Haushälterin des Notars, denken, die bei einem Dorffest dieses Lied gesungen hatte und mit viel Beifall bedacht worden war. Sie war überzeugt davon, dass Ariannas Sopran keineswegs so schrill gewesen war wie Utta Ingwersens. Wenn deren Talent für eine große Karriere ausgereicht hätte, dann hätte man Arianna raten sollen, den schlecht bezahlten Job beim Notar an den Nagel zu hängen.

Mamma Carlotta wurde in ihrer Ansicht bestätigt, als in ihrer Nähe jemand flüsterte: »Die kann froh sein, dass ihre Schwiegertochter den Chor leitet.«

Es war die junge Frau aus der Muschel II, die sich ihnen eigentlich hatte anschließen wollen, als sie zur Chorprobe in der Tanzschule Jäger aufbrachen, es dann aber vorgezogen hatte, mit einem Abstand von zehn Metern hinter ihnen herzugehen.

»Still, Susanna!«, zischte eine andere zurück. »Du hast dir oft genug den Mund verbrannt.«

Mit Carolin hätte sie beim Frühstück gern ausführlich den Abend Revue passieren lassen, hätte über Vera Ingwersens Fähigkeiten als Chorleiterin gesprochen, über das

Gesangstalent ihrer Schwiegermutter, über die hübsche Susanna, und dann wäre sie ganz unauffällig auf den blonden Jungen zu sprechen gekommen, der Carolin am Ende der Chorprobe etwas zugetuschelt hatte, was Mamma Carlotta zu ihrem größten Leidwesen nicht verstanden hatte. Nicht entgangen war ihr jedoch Carolins verlegenes Lächeln. Ihre Enkeltochter hatte sich also verliebt! Und dass ihre Nonna darüber genauestens unterrichtet werden musste, verstand sich wohl von selbst!

Doch Carolin musste früh zur Schule aufbrechen. Felix' Unterricht begann zwar erst zur zweiten Stunde, aber ihren Enkelsohn hätte Carlotta schon auf dem Stuhl festbinden müssen, damit er sich anhörte, wie wohl sie sich als Teil des Inselchors gefühlt hatte. Auch Erik war zurzeit nicht als geduldiger Zuhörer einzuplanen, er war in Gedanken stets bei dem Fall Jesse.

Da sich bei den Kemmertöns' noch immer nichts regte, musste sie wohl nach einer anderen Gelegenheit suchen, ihr übervolles Herz auszuschütten. Die Kassiererinnen bei Feinkost Meyer hatten leider zu wenig Zeit für ausführliche Plaudereien, und ein Besuch auf dem Friedhof und der Blick auf Lucias Grabstein war einfach nicht dasselbe wie der Blick in das Gesicht eines Menschen, dessen Augen interessiert auf sie gerichtet waren.

Zu Hause in Umbrien hätte sie nur ein paar Schritte durch ihre Gasse machen müssen, bis sie auf die Nonna einer anderen Familie gestoßen wäre, die sich hocherfreut alles angehört und kommentiert hätte, was Carlotta Capella auf der Seele lag. Aber da die Sylter nicht einmal bei schönstem Sonnenschein vor ihren Häusern saßen, blieben nur Tove Griess, der Wirt, vor dem Erik sie immer wieder warnte, und Fietje Tiensch, dessen Leben so leer war, dass er es mit den Erlebnissen anderer Menschen füllen musste.

Also brachte Carlotta die Notenblätter ins Haus, die zu

kostbar waren, um in Käptens Kajüte getragen zu werden, und machte sich auf den Weg. Doch leider wartete eine weitere Enttäuschung auf sie. Vor Toves Theke herrschte der Ausnahmezustand. In die Imbiss-Stube war ein männlicher Kegelclub aus dem Ruhrgebiet eingefallen, den man kurz vorher aus einem Bistro geworfen hatte, weil man das Grölen und die üblen Witze leid gewesen war. So musste Tove sich nun etwas über arrogante Sylter Gastwirte anhören, die vom derben Frohsinn einfacher, aber herzlicher Männer nichts verstanden. Daher hatte er am Zapfhahn alle Hände voll zu tun und natürlich keine Zeit, sich mit Carlottas Erlebnissen aus dem Inselchor zu beschäftigen.

Also setzte sie ihren Weg zum Strand fort. So hatte es sicherlich auch Fietje gemacht, als er, wie jeden Tag, bei Tove sein erstes Jever trinken wollte. Doch das Strandwärterhäuschen am Ende der Seestraße war leer. Entweder hatte Fietje keinen Dienst, oder er sah am Wenningstedter Strand nach dem Rechten, oder aber er nahm es mit seinen Pflichten mal wieder nicht so genau und trieb sich irgendwo herum, wo ihm fremde Menschen das Leben zeigten, an dem er selbst nicht mehr teilhatte.

Missmutig stieg Mamma Carlotta die Treppe zum Strand hinab und wanderte zur Wasserkante. Zugegeben, der Blick aufs Meer entschädigte für den Mangel an Kommunikation, aber er machte ihr gleichzeitig das Herz schwer. Hätte sie Erik doch nie von der Mafia reden hören! Wie sollte man unter diesen Umständen den wunderschönen Anblick genießen?

Verspielt war das Meer heute. Nur weit draußen gab es die hohen, gleichmäßigen Wellen. Sobald sie sich dem Strand näherten, kräuselten sie sich, kamen wie eine ausgelassene Horde daher, winkten mit ihren Gischtkrönchen und warfen sich dann übermütig auf den Sand. Beinahe kam es Mamma Carlotta so vor, als kicherten sie.

Beim Anblick der verspielten Wellen musste sie an Willem Jäger denken, den sie am Abend zuvor zum ersten Mal getroffen hatte. Einen solchen Mann hatte sie noch nie kennengelernt. Als sie die Tanzschule betraten, kam er mit kleinen Schritten auf sie zugelaufen und rief: »Da seid ihr ja, ihr Süßen!«

Er begrüßte jede von ihnen mit Bussi-Bussi, behauptete, es sei total süß, dass nun eine Italienerin den Chor bereichere, und die italienische Lebensart sei ja sowieso das Süßeste, was es gäbe ... dann lief er voraus, um zu kontrollieren, ob der Toilettenraum für seine Süßen in einwandfreiem Zustand war. »Meine kleinen Ballettratten nehmen das nicht immer so genau!«

Mamma Carlotta starrte ihm nach. Sie war sicher, nie zuvor einen schöneren Mann gesehen zu haben. Willem Jäger war von kleiner, zarter Statur. Seine schmalen Hüften steckten in einer hautengen schwarzen Lederhose, darüber bauschte sich ein weißes Hemd. Dunkle Augen hatte er und schwarzes Haar, das sich zu seinem größten Bedauern über der Stirn bereits lichtete. Das tat aber seiner Attraktivität keinen Abbruch, wenn er es selbst auch nicht glauben mochte. Das Schönste an ihm war vermutlich sein Lächeln. Es verriet viel von seiner Warmherzigkeit und von dem ehrlichen Bemühen, den Nächsten so zu lieben wie sich selbst. Zum Dank dafür wurde auch er geliebt. Von seinen Ballettschülerinnen, die er am Nachmittag im ersten Stock seiner Tanzschule im Spitzentanz unterrichtete, und von den Jugendlichen, die am Abend bei ihm Standard- und lateinamerikanische Tänze lernten. Von den erwachsenen Mitgliedern der diversen Tanzkreise ganz zu schweigen.

Carolin stieß ihre Großmutter an, während sie hinter Willem Jäger die Treppe in den Ballettsaal hinaufstiegen, der abends dem Inselchor zur Verfügung stand. »Was starrst du ihn so an?«

Carlotta konnte ihren Blick nur mit Mühe von dem Tanzlehrer lösen, der gerade eine weitere seiner Süßen herzte und ihr versicherte, dass sie heute besonders süß aussähe.

»Der ist so ... anders.«

Carolin grinste. »Schwul eben.«

»Was ist das? Schwul?«

»Pscht! Nicht so laut! Sonst denkt er noch, du machst dich über ihn lustig.«

»Warum sollte ich das tun?«

Mittlerweile waren sie im Ballettsaal angekommen, wo die anderen Chormitglieder warteten. Vera zählte sie besorgt.

»Wo ist Rosi?«

»Schwanger!«

»Kein Grund, mit dem Singen aufzuhören.«

»Aber ihr ist ständig übel.«

Vera seufzte. »Wenn das so weitergeht, werden wir am Chorwettbewerb nicht teilnehmen können, weil wir die Mindestzahl der Sänger nicht erreichen, die ein Chor braucht.« Sie wandte sich lächelnd Carlotta zu. »Zum Glück haben wir Zuwachs bekommen.«

Mamma Carlotta wurde gebeten, sich vorzustellen und über ihre Erfahrungen im Chorgesang zu berichten, sodass sie nun doch nicht ohne ein paar gewaltige Übertreibungen auskam, damit niemand auf die Idee kam, sie für eine Dilettantin zu halten. So aber freuten sich alle, dass eine italienische Mama zur Rettung des Chors angetreten war.

Während Vera die Noten sortierte, die an diesem Abend geprobt werden sollten, tuschelte Mamma Carlotta ihrer Enkelin zu: »Nun sag schon! Was ist mit dem netten Herrn Jäger?«

Carolin wandte sich sichtlich ungern von dem blonden Jungen ab, der ihr gerade etwas ins Ohr geflüstert hatte, was ihr ein aufgeregtes Kichern entlockte. »Ich sag doch, er ist schwul!«, zischte sie. »Er liebt keine Frauen, sondern Männer! So was dürfte man auch in Umbrien schon gehört haben.«

Damit hatte sie recht. Trotzdem war Mamma Carlotta konsterniert. Ein derart schöner und netter Mann – und dann so was! Ob es Sinn hatte, ihm ins Gewissen zu reden, damit er seine Einstellung noch einmal überdachte?

Darüber grübelte sie noch immer nach, obwohl Carolin ihr später auf dem Heimweg dringend davon abgeraten hatte, sich dieses Problems anzunehmen, das für Willem Jäger keins war. Aber Carolin war ja noch so jung. Was wusste sie schon vom Leben und von der Liebe? Andererseits ... vielleicht war es tatsächlich besser, sich nicht um Willem Jäger zu kümmern, sondern stattdessen lieber ein Auge auf diesen blonden Jüngling zu haben, der sich den ganzen Abend in Carolins Nähe herumgedrückt hatte. Die erste Liebe eines jungen Mädchens war etwas so Wichtiges, da durfte man nichts dem Zufall überlassen. Carolin hatte keine Mutter mehr, die über das Glück ihres Kindes wachen konnte, also musste ihre Großmutter sich darum kümmern. Wie gut, dass das Chorsingen ihr zu dieser Chance verhalf. Wenn Michael Ohlsen ihre Enkelin unglücklich machen wollte, dann würde sie es zu verhindern wissen. Dafür waren Großmütter da!

Sie war so in ihre Grübelei versunken, dass sie gar nicht merkte, wie Fietje zu ihr trat. Daher erschrak sie heftig, als plötzlich eine Stimme sagte: »So in Gedanken, Signora?«

»Fietje! Sie sind wirklich ein Meister im Anschleichen!«

Der Strandwärter trat von einem Bein aufs andere, als hätte er etwas Wichtiges mitzuteilen. Schließlich druckste er: »Was ich noch sagen wollte, Signora ... ich werde Ihrem Schwiegersohn natürlich nichts verraten. Das mit dem Vino in Käptens Kajüte, meine ich. Jawoll!«

Mamma Carlotta war erleichtert. Dass nun ein Zugeständnis von ihr erwartet wurde, gefiel ihr zwar nicht, aber sie wusste, dass ihr nichts anderes übrig blieb. »Wenn das so ist, verrate ich natürlich auch nicht, wo Sie sich in der letzten Nacht rumgetrieben haben!«

Kurz darauf wurde Fietje zu aufgeregten Eltern gerufen, deren Kind in eine spitze Muschel getreten war. Erst in diesem Augenblick fiel Carlotta ein, dass sie die Gelegenheit versäumt hatte, Fietje vom Inselchor zu erzählen. Außerdem musste sie endlich irgendwo loswerden, dass Vera sie am Ende der Probe gelobt hatte. Musste sie etwa nach Umbrien telefonieren oder warten, bis sie auf ihrem Dorfplatz über ihre Erlebnisse in Deutschlands kaltem Norden berichten konnte?

Sören schob seinem Chef eine Tafel Trauben-Nuss-Schokolade hin. »Rudi hat kürzlich einen größeren Vorrat angelegt. Damit Sie nicht jedes Mal zum Bäcker laufen müssen, bevor Sie mit der Staatsanwältin telefonieren.«

Erik wusste nicht, ob er sich darüber freuen oder ärgern sollte, von seinen Mitarbeitern derart durchschaut zu werden. Schließlich grummelte er: »Es ist doch gut, Kollegen zu haben, die mitdenken.«

Er genehmigte sich ein großes Stück und bestand darauf, dass auch Sören sich bediente. Dann fühlte er sich tatsächlich wundersam gestärkt und wählte die Nummer der Staatsanwältin.

Sie begrüßte ihn kurz angebunden: »Moin, Wolf! Was gibt's?«

Erik entschloss sich, genauso knapp zu schildern, was ihn bewegte. Als er fertig war, wusste er, dass die Staatsanwältin selber in keinster Weise bewegt war.

»Das glauben Sie doch selbst nicht, dass die Mafia sich auf Sylt breitmachen will!«

»Alles spricht dafür.«

»Alles? Was denn? Dass irgendein Kleinkrimineller den Mafioso spielt?«

»Wir wissen nicht, ob es so ist. Wir kennen ihn ja nicht, diesen … Kleinkriminellen.«

»Dann finden Sie erst etwas über ihn heraus. Aber behalten Sie Ihren Verdacht für sich, bis Sie mehr wissen. Auf keinen Fall darf die Bevölkerung beunruhigt werden.« Sie spuckte ihm ein verächtliches Lachen ins Ohr. »Mafia! Die Leute machen sich ja gleich in die Hosen, wenn sie das Wort nur hören.«

»Harm Ingwersen ist jedenfalls in großer Sorge, und er ist ein vernünftiger Mann, der sich nichts vormachen lässt.«

»Ich bin sicher, dass er kein großes Risiko eingeht, wenn er sich weigert zu zahlen. Der Möchtegern-Mafioso wird ihm vielleicht noch ein paar Fenster einwerfen, aber dann klein beigeben und ihn in Ruhe lassen.«

»So wie bei Henner Jesse?«

»Wer sagt denn, dass der mit diesem sogenannten Schutzgelderpresser was zu tun hat? Womöglich betrügt der seine Frau, wollte sich mit seiner Geliebten nachts am Strand ein bisschen amüsieren und hat den Fehler gemacht, seine Brieftasche mitzunehmen. Das erklärt auch das Verhalten seiner Frau.«

»Aber Herr Ingwersen sagt, der Erpresser hätte vorher darauf hingewiesen, dass einem Gastwirt, der ebenfalls nicht zahlen wollte, etwas zustoßen wird.«

»Menschen, die Angst haben, verstehen vieles so, wie es ihnen die Angst vorgaukelt. Das wissen Sie doch selbst!«

Erik konnte Sörens intensiven Blick plötzlich nicht mehr ertragen. Anscheinend wartete sein Assistent darauf, dass er der Staatsanwältin Dampf machte und sie von der großen Gefahr überzeugte, die auf Sylt zukam. Aber Erik verspürte nach Frau Dr. Specks Worten eine seltsame Erleichterung und war froh, dass er nicht mehr an die große Gefahr glauben musste. Sören hatte sich vermutlich, ohne es selbst zu wissen, an dem Thema seiner Examensarbeit berauscht. Sicherlich hätte er nie damit gerechnet, all das, was er während der Vorbereitung auf sein Examen gelernt hatte, jemals in der Praxis anwenden zu dürfen. Aber wenn Frau Dr. Speck nichts von Schutzgelderpressungen auf Sylt wusste und nie davon gehört hatte, dass eine solche Gefahr auf deutsche Nordseeinseln zukam, dann war vielleicht wirklich nichts dran. Ihre Idee, dass ein Kleinkrimineller sich als Mafioso ausgegeben und für Angst und Schrecken gesorgt hatte, gefiel Erik viel zu sehr, als dass er etwas dagegen einwenden wollte.

»Herr Ingwersen hat eine genaue Beschreibung des Erpressers abgegeben«, sagte er, weil er unter Sörens Blick das Gespräch nicht so schnell beenden konnte. Sein Assistent durfte nicht den Eindruck haben, dass sein Chef sich von persönlichen Ängsten leiten ließ.

»Kommen Sie nicht auf die Idee, die Personenbeschreibung im Inselblatt zu veröffentlichen. Ich will, dass die Sache unter dem Tisch gehalten wird. Bloß kein Aufsehen! Wie gesagt ...«

»... die Bevölkerung darf nicht beunruhigt werden, schon klar.« Erik versuchte, seiner Stimme einen selbstbewussten Klang zu geben. »Aber ich gehe davon aus, dass wir den Kerl auch ohne Suchanzeige erwischen. Ingwersen wird uns anrufen, wenn er sich bei ihm meldet.«

Die Staatsanwältin unterbrach ihn mit spöttischer Stimme. »Der Kerl meldet sich vorher an? Dann ist er dümmer, als die Polizei erlaubt, und ganz sicherlich kein Mafioso.«

Erik korrigierte sich. »Ingwersen wird uns anrufen, nachdem er Besuch von ihm bekommen hat. Wir können die Muschel I observieren, dann werden wir ihn schnell haben, wenn er das Restaurant wieder verlässt.« Erik merkte, dass er am liebsten zu einem weiteren Stück Trauben-Nuss-Schokolade gegriffen hätte. »Wie sollen wir uns dann verhalten? Festnehmen? Oder ihn erst mal beobachten, um an eventuelle Hintermänner zu kommen?«

Frau Dr. Speck dachte kurz nach. »Nein, nicht festnehmen«, sagte sie dann. »Besser, wir wiegen ihn erst mal in Sicherheit, sonst können wir ihm am Ende nichts nachweisen. Wenn Sie ihn haben, rufen Sie mich an. Dann werde ich dafür sorgen, dass ein Mobiles Einsatzkommando nach Sylt geschickt wird. Das MEK wird den Kerl dann rund um die Uhr beobachten. So werden wir schon merken, ob wirklich die Mafia dahinter steckt.«

Sören sah Erik deprimiert an, als er aufgelegt hatte. »Sie hat Ihnen nicht geglaubt?«

Erik schüttelte den Kopf. »Sie könnte recht haben. Harm Ingwersen ist auf einen Ganoven reingefallen, der ein guter Schauspieler ist. Er hat erfolgreich den Mafioso gespielt.«

»Und Henner Jesse? Wer hat den krankenhausreif geprügelt?«

»Das muss nicht dieser angebliche Mafioso gewesen sein. Jesse ist vielleicht aus ganz anderen Gründen nachts zum Strand gegangen.« Erik stand auf und klopfte Sörens Schulter. »Nun gucken Sie nicht so enttäuscht. Oder wäre es Ihnen etwa lieber, wenn aus unserer Insel ein Mafia-Nest wird?« Über Sörens Schulter griff er nach einem weiteren Stück Schokolade. »Sorgen Sie dafür, dass die Muschel I überwacht wird! Ich rufe Ingwersen an, damit er Bescheid weiß.«

»Und dann?« Sören sah seinen Chef mit gerunzelter Stirn an. Eriks unerwartete Dynamik war ihm suspekt.

»Dann fahren wir zur Muschel II nach Keitum. Vielleicht erfahren wir von dem Junior mehr.«

»Sie glauben, auch die Muschel II wurde von dem Mafioso heimgesucht?«

»Davon bin ich überzeugt. Wer den Vater erpresst, wird vor dem Sohn nicht haltmachen.«

Arne Ingwersen sah seinem Vater sehr ähnlich, an Attraktivität überbot er ihn sogar. Aber ihm fehlte die Souveränität. Zwar gab auch Arne sich selbstbewusst, aber es schien, als ahmte er seinen Vater nach, als wäre der echte Arne Ingwersen ein anderer als der, den er präsentierte. Ein Sohn im Schatten seines Vaters? Mit einem Vorbild, das er nie erreichen würde?

Arne Ingwersen führte die beiden Beamten in sein Büro. Als er hörte, dass sein Vater soeben im Kommissariat Westerland eine Anzeige erstattet hatte, wurde sein Blick unstet.

»Sie haben auch Besuch von dem Schutzgelderpresser bekommen?«, erkundigte sich Erik.

Arne sah ihn eine Weile schweigend an, dann schüttelte er langsam den Kopf. »Ich weiß nicht, wovon Sie reden.«

Erik nickte, als hätte er seine Frage mit Ja beantwortet. »Sie wollen sich dazu nicht äußern?«

»Ich bin doch nicht lebensmüde.«

»Wir hatten gehofft, von Ihnen weitere Informationen zu bekommen.«

»Tut mir leid.«

»Aber Sie geben zu ...«

»Gar nichts gebe ich zu«, unterbrach Arne Ingwersen ihn. »Ich bin nicht so mutig wie mein Vater. Ich wollte, ich wäre es, aber ... ich bin es nicht.« Er griff nach seinem Jackett, das über einem Stuhl hing, und zog es über. »Sie erfahren von mir nichts, Herr Wolf!«

Als sie die Muschel II verließen, brummte Sören unwillig: »Das hätten Sie sich denken können.«

»Wenigstens wissen wir jetzt, dass er auch erpresst wird.«

»Er und vermutlich viele andere auch, die es ebenfalls nie zugeben werden.«

Beinahe hätten sie das Telefonklingeln nicht gehört, denn sie probten einen Shanty, der unbedingt laut gesungen werden musste. Carolin hatte ihrer Nonna erklärt, dass dieses Lied Optimismus ausstrahlten sollte und geradeheraus, natürlich und frisch über die Lippen zu kommen hatte. Also legte Carlotta ihren gesamten Optimismus in ihre Stimme und sang so frisch, natürlich und laut, dass es selbst bei geschlossenen Fenstern im ganzen Süder Wung zu hören war.

Felix behauptete mehrmals, die Nachbarn hätten sich über den Lärm beschwert, aber nachdem jede dieser Verlautbarungen als plumper Versuch entlarvt worden war, eine künstlerische Darbietung zu unterbrechen, reagierten weder Mamma Carlotta noch Carolin mehr darauf. Gegen das Gebrüll von Metallica kamen sie ohne Weiteres an, weil Felix vorsichtiger geworden war, nachdem ihm am Tag zuvor ein Lautsprecher seiner Stereoanlage durchgeknallt war.

Wenige Minuten später flog die Haustür donnernd ins Schloss. Die beiden Sängerinnen überzeugten sich mit einem Blick aus dem Fenster davon, dass Felix keinen terroristischen Anschlag plante und wohl auch keine Selbstmordabsichten hegte, sondern vor ihren Sangeskünsten kapituliert hatte. Er trug sein Trikot, hatte einen Lederball auf den Gepäckträger seines Fahrrades geklemmt und floh vor dem Gesang zum Fußballplatz.

»Va bene«, sagte seine Großmutter.

Das war der Moment, in dem ihnen das Telefonklingeln auffiel. Mamma Carlotta hastete zum Apparat und nahm den Hörer ab. »Pronto!«

»Endlich«, sagte Erik. »Ich wollte schon wieder auflegen.«

»Carolin und ich waren sehr beschäftigt.«

»Mit Kochen?«, fragte Erik hoffnungsvoll.

»Ja, ja … das natürlich auch.«

»Was gibt's heute Abend?«

»Eine … Minestrone vielleicht?«

Es entstand eine Pause. Anscheinend nahm Erik an, seine Schwiegermutter stünde am Anfang einer längeren Aufzählung. Aber als sie schwieg, sagte er schnell: »Wunderbar! Deine Minestrone ist ja unvergleichlich. Vielleicht noch … ein paar selbst gebackene Panini?«

»Scusi, Enrico! Aber du hast wohl die Chorprobe heute Abend vergessen. Ich werde frisches Brot vom Bäcker holen. Va bene?«

»Natürlich!« Erik lachte ein wenig verkniffen. »Unser Bäcker hat gutes Brot. Soll ich auf dem Nachhauseweg welches besorgen?«

»Nicht nötig, Enrico! Ich habe dem Bäcker versprochen, heute noch selbst vorbeizukommen. Er will mir ein Rezept von seiner Schwägerin geben, die in der Türkei lebt. Couscous-Salat! Er behauptet, er schmecke wunderbar!«

Erik schien darüber nachzudenken, ob sie wirklich von dem Bäcker redete, an den er dachte, da fragte Mamma Carlotta: »Hast du angerufen, um mich nach dem Abendessen zu fragen?«

Erik schrak zusammen. »Natürlich nicht. Ich rufe an, um dich zu beruhigen. Die Meldung, dass Sylt von der Mafia heimgesucht wird, war falsch. Eine Ente. Ein Irrtum.«

Wenn Erik auf einen Ausruf der Erleichterung gehofft hatte, wurde er enttäuscht. Nach längerem Schweigen brachte Carlotta mühsam ein »Davvero?« heraus. Sie konnte nicht glauben, was ihr Schwiegersohn sagte, so schön es auch klang. Wenn die beiden Kerle, die Fietje nachts am Strand beobachtet hatte, nicht zur Mafia gehörten, warum wollte Tove dann verhindern, dass man sie festnahm? War es ihm wirklich nur um Fietje und seinen Job gegangen? Mamma Carlotta hätte es gerne geglaubt, aber es gelang ihr nicht.

Voll schwerer Gedanken legte sie nach ein paar Abschiedsworten auf und hörte so nicht mehr, wie Erik seinen Assistenten fragte: »Wussten Sie, dass unser Bäcker eine Schwägerin hat, die in der Türkei lebt?«

Sören zuckte die Schultern. »Woher sollte ich das wissen?«

»Meine Schwiegermutter weiß es.«

Mamma Carlotta war wie immer als Erste auf den Beinen. So war es in Umbrien, und so war es auch auf Sylt. Die ersten zehn Minuten des Morgens genoss sie sogar die Stille um sich herum, dann aber sehnte sie das Erwachen der anderen Familienmitglieder herbei, auch das war in Umbrien genauso wie auf Sylt.

An diesem Morgen allerdings war der Wunsch nicht besonders ausgeprägt. Das Ende des Alleinseins konnte der Anfang unangenehmer Fragen sein. Hoffentlich würde Carolin als Erste bei ihr in der Küche erscheinen! Dann konnte Mamma Carlotta, noch bevor Erik dazukam, in Erfahrung bringen, wie er auf das späte Heimkommen seiner Schwiegermutter reagiert hatte und ob mit Vorwürfen zu rechnen war, weil Carolin beim Einsetzen der Dunkelheit ohne großmütterlichen Schutz von Keitum nach Wenningstedt geradelt war. Möglicherweise würde Erik beruhigt sein, wenn er hörte, dass ein kräftiger junger Mann seine Tochter auf dem Weg beschützt hatte, möglich war aber auch, dass Erik ihr genau das vorwerfen würde. Carolin war noch nie verliebt gewesen! Wie also sollte Mamma Carlotta wissen, wie ihr Vater auf den ersten Mann in ihrem Leben reagierte?

Nur gut, dass reichlich Eier im Haus waren und jede

Menge von dem durchwachsenen Speck, den Erik so gern zum Rührei aß. Mamma Carlotta beeilte sich, die Pfanne auf den Herd zu stellen. Wenn der Duft des kross gebratenen Specks durchs Haus zog, standen die Chancen, dass ihr verziehen wurde, auf jeden Fall besser.

Es war aber auch unmöglich gewesen, der netten Plauderei aus dem Wege zu gehen, die sich nach der Chorprobe angebahnt hatte. Für die Chorleiterin und ihre Schwiegermutter schien es Gewohnheit zu sein, sich anschließend an die kleine Bar zu setzen, die Willem Jäger unterhielt. Als sich dann noch die Paare des Tanzkreises dazugesellten, war im Nu eine fröhliche Runde beisammen, der Mamma Carlotta sich unmöglich entziehen konnte. Der nette Herr Jäger hatte sie sogar ausdrücklich gebeten, sich dazuzusetzen, und von Utta Ingwersen war sie regelrecht genötigt worden. Warum sie Wert auf Carlottas Gesellschaft legte, stellte sich bald heraus. In dem neuen Chormitglied hatte sie jemanden gefunden, der sich anhörte, was bei allen anderen längst Fluchtreflexe auslöste: die Karriere, die sie der Familie geopfert hatte.

Während die anderen sich witzige Geschichten erzählten, zu denen Mamma Carlotta gerne die eine oder andere beigetragen hätte, ließ sich Utta Ingwersen darüber aus, wie entbehrungsreich das Leben der Frauen im Allgemeinen und das ihrige im Besonderen sei. Von dem Zorn, der in Mamma Carlotta heranwuchs, bemerkte sie nichts. Und der Frage, wie sie sich über ein so bequemes und sicheres Leben beklagen könne, entging sie nur, indem sie Mamma Carlotta ein freundliches Angebot unterbreitete.

Die hatte gerade erwähnt, dass ihre Schwiegertochter, die Frau ihres ältesten Sohnes Guido, bald Geburtstag hatte. »Sandra wünscht sich, dass ich ihr etwas von Sylt mitbringe. Sonst bekommt sie ja immer Stoff für ein Kleid, den sie sich selbst im Laden von Signorina Augusta aussuchen kann. Aber diesmal will sie unbedingt ein Souvenir von Sylt.«

»Dann kommen Sie doch morgen früh bei mir vorbei«, hatte Utta Ingwersen vorgeschlagen. »In meinem Laden werden Sie schon was finden. Wir können auch jetzt noch in den Laden gehen, wenn Sie Zeit haben. Ich habe sowieso heute Abend noch dort zu tun. Die Umsatzsteuererklärung! Morgen habe ich einen Termin bei meinem Steuerberater.« Und tuschelnd hatte sie hinzugefügt: »Ich gebe Ihnen Prozente.«

Das hatte den Ausschlag geben! Für einen großzügigen Nachlass war Carlotta bereit, sich Utta Ingwersens sämtliche verpassten Gelegenheiten noch einmal anzuhören. Mit der Umsatzsteuererklärung wollte sie sie zwar allein lassen, aber am nächsten Morgen würde sie gleich um neun vor der Tür der Perlenmuschel erscheinen, um etwas Hübsches für Sandra auszusuchen. Dann blieb noch genug Zeit, um in Käptens Kajüte einzukehren und Tove auf den Zahn zu fühlen. Es wurde Zeit, dass er ihr verriet, warum er so nervös geworden war, als sie die Mafia erwähnt hatte.

Sie hörte Eriks Schritte schon auf der Treppe, noch ehe das Olivenöl heiß war. Und dann seine Stimme: »Wir treffen uns in der Nordseeklinik!«

Er klappte sein Handy zusammen, während er die Küche betrat, warf einen sehnsüchtigen Blick zur Pfanne, wünschte zerstreut einen guten Morgen und ging zur Espressomaschine. »Zum Frühstücken habe ich keine Zeit.«

»Ist was passiert?«, fragte Mamma Carlotta erschrocken.

»Henner Jesse ist aus dem Koma erwacht.«

»Er hat im Koma gelegen? Du hast gesagt, es wäre nicht so schlimm, und er würde bald wieder auf die Beine kommen!«

»Ja, ja …« Erik begann zu stottern. »So sah es zunächst aus. Aber dann ist er eben ins Koma gefallen.«

»Das hast du mir nicht erzählt!« Mamma Carlotta war empört. Jemand, dem Jesses Schicksal so naheging wie ihr, hatte es verdient, über alle Veränderungen in seinem Gesundheitszustand informiert zu werden.

Erik wurde ärgerlich. »Jedenfalls ist er jetzt aus dem Koma erwacht. Der Arzt sagt zwar, er ist noch nicht vernehmungsfähig, aber wir versuchen es trotzdem.« Er zog die Tasse unter der Espressomaschine weg und trank sie leer, während er zur Tür ging. »Hattest du einen netten Abend beim Inselchor?«

»Sì, es war sehr schön.«

»Prima! Dann bis später!« Als er die Küchentür öffnen wollte, bemerkte er, dass er die Tasse noch in der Hand hielt, und brachte sie zurück. »Grüß die Kinder!«

Damit fiel die Küchentür ins Schloss, kurz darauf auch die Haustür.

»Va bene«, sagte Mamma Carlotta.

Die Nordseeklinik empfing ihre Besucher mit einer breiten Auffahrt, die an einer Schranke endete. Erst als Erik seinen Dienstausweis gezückt und sein Anliegen vorgebracht hatte, wurde ihm gestattet, das Torhaus zu passieren und bis zum Eingang der Klinik vorzufahren.

Sören sah unzufrieden aus. Vermutlich war er mit dem köstlichen Gedanken aufgewacht, dass der Tag nicht mit einem Kanten Brot vom Vortag beginnen würde, sondern mit einem reichhaltigen Frühstück bei Mamma Carlotta. Und dann der Anruf des Chefs, der ihn direkt in die Nordseeklinik beorderte!

»Hätten wir das nicht nach dem Frühstück erledigen können?«, brummte er.

»Sie hätten wirklich die Nerven gehabt, erst ausgiebig zu frühstücken?«, fragte Erik zurück. Und er sah es Sören an der Nasenspitze an: Ja, er hätte kein Problem damit gehabt. »Wer weiß, wie lange das dauert! Und danach steht uns vermutlich wieder eine Diskussion mit der Staatsanwältin bevor!«

»Die soll mir mal bloß nicht blöd kommen!« Sören schien entschlossen zu sein, Erik konsequent mit Verdrießlichkeit dafür zu bestrafen, dass ihm sein Frühstück entzogen worden war. »Die war es doch, die es nicht geschafft hat, schon gestern Leute für die Observierung bereitzustellen.«

»Sie wird nicht Ihnen, sondern mir blöde kommen«, korrigierte Erik, während sie auf den Eingang der Nordseeklinik zugingen. »Und leider habe ich zugestimmt, als sie fragte, ob es früh genug sei, heute mit der Observierung zu beginnen.«

»Wer konnte auch ahnen, dass der Kerl gestern schon wieder bei Ingwersen auftaucht?«

Gegen acht war es gewesen, als Eriks Handy klingelte. Harm Ingwersens Stimme klang aufgeregt, er redete fahrig und atemlos. »Er war da! Verdammt, ich habe Ihre Leute aber nicht gesehen.«

»Die Observierung beginnt erst morgen«, sagte Erik erschrocken. »Das habe ich Ihnen doch gesagt.«

»Dann ist er Ihnen also durch die Lappen gegangen? Verdammt, verdammt! Er wird nicht noch einmal kommen.«

Erik zwang sich zur Ruhe. »Wie ist er bei Ihnen erschienen? Zu Fuß? Mit dem Auto? War er allein? Haben Sie ihn beobachten können, als er Sie verließ?«

Ingwersen beruhigte sich allmählich. »Ich habe ihn nicht hereinkommen sehen. Ich war im Restaurant beschäftigt, aber dann wollte ich ein Telefonat führen ... und da stand er neben meinem Schreibtisch und grinste mich an.«

»Was hat er gesagt?«

»Er hat mich gefragt, ob ich mir die Sache noch mal

überlegt hätte. Wenn ja, würde er ab dem nächsten Ersten seine Leute zum Kassieren schicken.«

»Und? Was haben Sie ihm geantwortet?«

Harm Ingwersen schien sich erst fangen zu müssen. Als er fortfuhr, klang seine Stimme gepresst. »Ich habe ihm klipp und klar erklärt, dass ich mich nicht erpressen lasse. Dass er von mir keinen Cent bekommt.«

Und wieder war Erik voller Bewunderung für diesen aufrechten, mutigen Mann. Hoffentlich würde er nicht irgendwann für seine Tapferkeit bezahlen müssen! »Aber Sie haben nicht verraten, dass Sie bereits Anzeige erstattet haben?«

»Nein! Wie verabredet!«

»Was passierte dann?«

»Er zog einen Schlagring aus der Jackentasche, stülpte ihn sich über und hielt ihn mir vor die Nase.«

»Er hat Sie bedroht?«

»Er wollte mir zeigen, dass er zu allem bereit ist. Ich solle mir nicht einbilden, hat er gesagt, dass ich davonkomme. Wenn ich glaubte, er meine es nicht ernst, dann würde ich bald erfahren, wie ernst er es meint.«

»Und dann?«

»Dann drehte er sich um und ging.«

»Sind Sie ihm nachgelaufen?«

»Ich bin zu einem Fenster gegangen. Von dort kann man den Eingang überblicken. Er überquerte den Parkplatz, als wäre er zu Fuß gekommen. Aber dann sah ich, dass am Straßenrand ein Wagen wartete. Der Motor wurde gestartet, kurz bevor er den Wagen erreichte.«

»Er war also nicht allein.«

»Nein, im Wagen hat jemand auf ihn gewartet.«

Erik schreckte aus seinen Gedanken auf, als Sören nach seinem Arm griff. »Wir können hier nicht einfach reinlaufen. Wir müssen uns anmelden.«

Er drückte auf einen Klingelknopf, kurz darauf öffnete sich die Tür der Intensivstation leise knarrend. Mit dem gleichen Geräusch schloss sie sich wieder hinter ihnen. Stille empfing sie. Eine Stille, die aus dem Surren, Klopfen, Saugen und Atmen von Maschinen bestand. Hinter einer der Türen war die Stimme einer Krankenschwester zu hören, eine andere antwortete mit einem hellen Lachen. Bevor sie sich entschlossen hatten, an eine der Türen zu klopfen, öffnete sich die erste, und ein Arzt trat auf den Gang. »Die Herren von der Polizei?«

Erik nickte. »Wie geht es Herrn Jesse?«

Der Arzt warf einen langen Blick durch eins der großen Fenster, hinter denen Menschen lagen, die durch Maschinen und Geräte am Leben erhalten wurden, ehe er antwortete: »Er ist vor ein paar Minuten gestorben. Nur drei Stunden, nachdem er aus dem Koma erwacht war.«

Mamma Carlotta radelte über die Westerlandstraße. Der Wind fuhr ihr entgegen, ein frischer Wind mit eiskalten Spitzen. Aber sie hielt ihm lachend das Gesicht hin. So unheimlich ihr der Wind bei ihrem ersten Besuch auf Sylt gewesen war, so herrlich fand sie es jetzt, sich von ihm treiben zu lassen. Und genauso schön war es, sich ihm entgegenzustemmen und die eigene Kraft mit seiner zu messen. Je öfter sie an die lähmende Hitze dachte, die auch jetzt noch über ihrem Dorf in Umbrien stand, desto mehr genoss sie den kalten Wind und die klare Luft.

Lucia hatte früher oft darüber gesprochen, aber ihre Mutter hatte sich nicht vorstellen können, dass ein Mensch, der glühende Tage, laue Nächte und die Lautlosigkeit der Hitze gewöhnt war, es sich bei Kälte, rauem Wind und tosender Brandung wohl sein lassen konnte. Jetzt verstand sie es bei jedem ihrer Besuche besser. Lucia hatte diese Insel liebengelernt, weil sie ihre Heimat geworden war.

Die Bebauung von Wenningstedt endete, der Radweg führte nun zwischen der Straße und einem weiten Heidefeld hindurch, das bis zu den Dünen reichte. Kurz hinter dem Norderplatz machte sie wie immer halt an dem Geschäft, das die wunderbaren Strandkörbe anbot, an denen sie sich nicht sattsehen konnte, dann folgte sie der Norderstraße weiter bis zum Rathaus.

Es war kurz vor neun. In der Strandstraße rüstete man sich für den kommenden Tag. Manche Türen öffneten sich bereits, und Ständer mit Sonderangeboten wurden auf die Straße gestellt, in anderen beschäftigte sich der Ladenbesitzer noch hinter geschlossener Tür mit der Kasse, damit sie bei Geschäftsbeginn einsatzbereit war. Mamma Carlotta schob ihr Fahrrad durch die Straße, obwohl es kaum Passanten gab, die sie hätte stören können. Nur ein paar Verkäuferinnen hasteten ihrer Tätigkeit entgegen, einige verschlafene Zeitungskäufer traten aus dem Laden neben dem Hotel Stadt Hamburg. Wer in einer Ferienwohnung Urlaub machte, lief mit einer Brötchentüte über die Strandstraße oder direkt aufs Café Wien zu, um dort zu frühstücken.

Hinter dem Café wechselte sie zur Friedrichstraße, überquerte sie und schwang sich wieder auf den Sattel. Die Bismarckstraße führte geradewegs auf die Käpt'n-Christiansen-Straße, wo die Muschel I lag. In das Restaurant integriert war die Perlenmuschel, der Geschenkartikelladen von Utta Ingwersen. Sie hatte ihr am Vorabend alles genau erklärt.

Das Stammhaus der Ingwersens glich der Muschel II in Keitum aufs Haar. Auch die Muschel I war weiß getüncht, hatte dunkle Fensterrahmen, und die Butzenscheiben bestanden aus getöntem Glas, genau wie die Eingangstür. Die Perlenmuschel war Teil des Gebäudes, setzte sich aber deutlich ab durch ein niedrigeres Dach, große Schaufenster und eine eigene Eingangstür.

Es war fünf nach neun, als Mamma Carlotta ihr Fahrrad abstellte. Hinter den Schaufenstern brannte kein Licht, im Laden rührte sich nichts. Sie kontrollierte die Öffnungszeiten, die auf einem kleinen Schild neben der Tür vermerkt waren. »Montag bis Freitag neun bis achtzehn Uhr! Na also!«

Mamma Carlotta betrachtete die Auslagen und wartete. Hübsche Accessoires führte Utta Ingwersen in ihrem Laden, ausgefallenen Modeschmuck, Porzellan, Stoffe, Kuscheltiere, Blumenvasen ... ein buntes Durcheinander. Als Mamma Carlotta sich sattgesehen und schon das eine oder andere für Sandra ins Auge gefasst hatte, war es zehn nach neun. Noch immer war es dunkel im Laden, nach wie vor rührte sich nichts.

Mamma Carlotta trat von einem Bein aufs andere. Was sollte sie tun? Unverrichteter Dinge nach Hause fahren? Nein, das kam nicht infrage! Eine Ladeninhaberin hatte pünktlich ihr Geschäft zu öffnen! Das war ja noch schöner! In Deutschland nahm man es mit der Pünktlichkeit sehr genau, also konnte man auch erwarten, dass ein Geschäft rechtzeitig geöffnet wurde. In ihrem Dorf war das was anderes. Signora Tamigi öffnete ihren Wäscheladen immer erst, wenn sie den Abwasch erledigt hatte, keine Minute früher. Gab es viel abzuwaschen, mussten die Kunden eben ein wenig warten. Und wenn sie Liebeskummer hatte, dann blieb der Laden sogar tagelang geschlossen. Aber das war nicht weiter schlimm, denn jeder wusste ja, dass Signora Tamigi hinter ihrem Laden wohnte. Dann klopfte man an ihre Tür, betrat durch den Hintereingang das Geschäft und suchte sich aus, was man brauchte. So etwas wäre bei einer Frau wie Utta Ingwersen undenkbar gewesen.

Als sich nach fünf weiteren Minuten noch immer nichts tat, griff Mamma Carlotta nach der Klinke. Sie war sicher, die Tür verschlossen vorzufinden, doch zu ihrem Erstaunen ließ die Klinke sich bewegen, und die Tür schwang auf. »Hallo?«

Niemand antwortete ihr.

»Ist jemand da?«, versuchte sie es noch einmal, doch wieder kam keine Antwort. Dunkel und kühl lag der Verkaufsraum vor ihr, die elektronische Kasse sah sie mit finsterem Display an.

Mamma Carlotta trat ein, ließ die Tür aber geöffnet. Sie wollte nicht mit der Stille in dem Laden allein sein, wollte sich nicht in dem Dämmerlicht einschließen und vor allem nichts Verbotenes machen. Solange die Tür geöffnet blieb, war sie nicht unerlaubt hier eingedrungen, sondern hatte den Laden lediglich aufgeweckt. Schritt für Schritt wagte sie sich voran, und die Stille, die sie umfing, wurde ihr immer unheimlicher.

Sören hatte schon eine Tafel Trauben-Nuss-Schokolade hervorgeholt, aber noch weigerte sich Erik, zuzugreifen. Er wollte nicht vor diesem Fall und seinen Dimensionen kapitulieren. So jedenfalls wäre es ihm vorgekommen, wenn seine Reaktion auf Henner Jesses Tod der unverzügliche Anruf bei der Staatsanwältin gewesen wäre. »Was hat sich verändert durch Jesses Tod?«, fragte er verzweifelt.

»Wir haben es nicht mehr mit Körperverletzung zu tun«, antwortete Sören, »sondern mit fahrlässiger Tötung oder Körperverletzung mit Todesfolge, womöglich sogar mit Totschlag oder Mord.«

»Hängt davon ab, ob Henner Jesse in einem Handgemenge was abbekommen hat oder ob er gezielt zusammengeschlagen wurde. Ob sein Tod billigend in Kauf genommen wurde oder ob man ihn sogar töten wollte.«

»Damit niemand es wagt, sich gegen den Schutzgelderpresser zu stellen.« Sören saß auf dem Stuhl vor Eriks Schreibtisch und kippelte damit hin und her. Diese Angewohnheit hatte Erik ihm noch nicht austreiben können, obwohl er es schon oft versucht hatte. Ihm fiel das Nachdenken schwer, wenn er ständig in Sorge sein musste, dass Sören in den nächsten Augenblicken rücklings ins Zimmer fallen würde.

Er entschloss sich, die Wand anzustarren, während er überlegte. »Und wenn es ein eifersüchtiger Ehemann war, mit dessen Frau Henner Jesse ein Verhältnis hatte?«

Sören würdigte seinen Chef keiner Antwort. Diese Möglichkeit erschien ihm genauso absurd wie Erik.

»Welche Indizien haben wir?«, fragte Erik weiter. »Zwei Paar Turnschuhe der Marke Adidas. Das war's. Können wir es wagen, den Todesfall an die große Glocke zu hängen? Die Bevölkerung aufrufen, uns Beobachtungen zu melden? Nach Zeugen suchen? Frau Jesse befragen?«

»Ich wäre gern dabei gewesen«, meinte Sören versonnen, »als der Arzt ihr die Todesnachricht überbrachte. Wie sie wohl reagiert hat?«

Doch Erik hörte ihm nicht zu. »Die Staatsanwältin glaubt nicht an die Mafia, also können wir diesen Todesfall so behandeln wie alle anderen. Aber was ist, wenn sie sich irrt? Und wenn wir beide dann in die Schusslinie der Mafia kommen?«

Sören sah ihn beunruhigt an. »Ich habe nicht im Kopf, wie viele Polizistenmorde allein auf das Konto der kalabrischen Mafia gehen.«

»Und was ist mit Harm Ingwersen? Mit der Observierung sind wir zu spät gekommen. Wie sollen wir den Kerl erwischen, der ihn erpressen wollte? Und was ist, wenn es Ingwersen über kurz oder lang so geht wie Jesse?«

»Vielleicht genehmigt die Staatsanwältin Personenschutz.«

»Ob das reichen wird?«

»Wir müssen mit anderen Gastwirten reden. Vielleicht

finden sich welche, die bereit sind, auszusagen.« Nun stellte Sören seinen Stuhl sogar auf ein einziges Bein, indem er sich an der Schreibtischkante festhielt.

Erik wandte den Blick erneut ab und strich seinen Schnauzer glatt, wie er es immer tat, wenn er in Sorge war. »Die Bevölkerung darf nicht verunsichert werden. Es wird Unruhe geben, wenn sich herumspricht, dass die Mafia sich hier breitmacht. Die Angst wird grassieren.«

»Die, die bisher schweigend gezahlt haben, werden diese Angst schon kennen.«

»Aber es wäre verdammt peinlich, wenn sich herausstellt, dass die Staatsanwältin recht hat und ein kleiner Ganove sich als Mafioso aufspielt.«

Ein Moment der Stille trat ein, Sören kippelte weiter mit seinem Stuhl, Erik glättete sich den Schnauzer, als würde er dafür bezahlt. Beide atmeten erleichtert auf, als das Telefon klingelte und sie aus ihren schweren Gedanken geweckt wurden.

Eriks Gesicht verlor den grüblerischen Ausdruck nicht, als er abnahm und sich meldete. Dann wurde seine Miene schlagartig ungeduldig. »Warum rufst du mich im Dienst an?«

Plötzlich saß er kerzengerade da. »Was sagst du?«

Sören, der erneut versuchte, sein Denk- und Kombinationsvermögen auf einem einzigen Stuhlbein zu trainieren, wurde aufmerksam. Und als er dann hörte, was geschehen war, passierte zum ersten Mal das, was Erik ihm schon oft prophezeit hatte: Er fiel rücklings ins Zimmer.

Carlotta Capella hatte sich in einem Tafelservice versteckt. Zwischen Suppentassen und Saucieren gab es eine Nische, in die hatte sie sich gedrückt. Dort wurde sie von der Eingangstür nicht erkannt, und sie selbst musste die Tote nicht sehen, die direkt hinter der Kasse lag, mit verrenkten Gliedern und weit aufgerissenen Augen. Mamma Carlotta hätte es keine Minute in der Nähe dieser Augen ausgehalten. Schlimm genug, dass sie sich dem gebrochenen Blick nicht hatte entziehen können, während sie zum Telefon ging und Eriks Nummer wählte. Danach hatte sie in aller Eile die Eingangstür abgeschlossen und sich nach einem Platz umgesehen, an dem sie sich einbilden konnte, dass alles nur ein fürchterlicher Irrtum oder ein böser Traum war. Natürlich wäre sie viel lieber aus dem Laden gerannt und hätte Zeter und Mordio geschrien, aber Erik hatte ihr eingeschärft zu bleiben, wo sie war, und darauf zu warten, dass er am Tatort eintraf.

Tatort! Wie war es möglich, dass sie zu einem Geschenkartikelladen fuhr und an einem Tatort landete? Sie drückte sich noch tiefer in die Nische, bis sie die Regalwände an beiden Seiten ihres Oberkörpers spürte. Sie wurde gehalten, das tat ihr gut.

Allmählich wurde sie ruhiger. Sie war in der Lage, sich umzusehen, ohne dass ihr die leblose Gestalt Utta Ingwersens unter die Augen kam und die Blutlache, in der ihr Kopf lag. Die Perlenmuschel bestand aus einem großen und hohen Raum, der vermutlich in hellstem Licht erstrahlte, wenn die unzähligen kleinen Scheinwerfer gegen die weißen Regale leuchteten. Im hinteren Teil gab es eine zweite Ebene, eine Galerie, zu der eine steile Treppe hinaufführte. Mamma Carlotta konnte dort den Bildschirm eines Computers erkennen und in einem Regal verschiedene Aktenordner. Dort hatte sich Utta Ingwersen gestern Abend wohl mit ihrer Umsatzsteuererklärung beschäftigt.

Vor den Stufen stand ein großer Tisch, auf dem die Waren verpackt wurden, daneben die Kasse. Unter der Galerie gab es einige Glasvitrinen, die die Kostbarkeiten der Perlenmuschel enthielten: Armbanduhren, Schmuck, nautische Geräte und Swarovski-Figuren. Sämtliche Vitrinen waren mit einem Schloss gesichert, jedes unversehrt. Genau wie die Kasse.

Wie und warum war Utta Ingwersen gestorben? War sie auf der Stiege gestolpert und dann gestürzt? Carlotta mochte es nicht glauben. Aber um einen Raubmord handelte es sich offenbar auch nicht.

Stunden schienen vergangen zu sein, als endlich Autoreifen vor dem Haus quietschten. Türen schlugen, eilige Schritte kamen auf die Perlenmuschel zu. Sie reckte den Hals. »Enrico!«

So eilig rappelte sie sich hoch, dass beinahe ein Teil des Tafelservices zu Bruch gegangen wäre, weil sie mit der Schulter ein Regalbrett angehoben hatte. Dass sie das Milchkännchen, das herabpurzelte, mit einer schnellen Körperdrehung im Schoß auffing, wertete sie als gutes Zeichen. Ihr Reaktionsvermögen war wieder auf der Höhe. Und damit kehrten auch alle anderen Lebensgeister zurück. Angesichts der Hilfe, die in Form ihres Schwiegersohnes vor der Tür erschien, wurde sie schnell wieder die Alte. Sie fing schon an zu erzählen, was sich zugetragen hatte, als sie den Schlüssel noch nicht umgedreht und die Tür noch nicht geöffnet hatte.

Aber weder Erik noch Sören achteten auf ihre Worte. Mamma Carlotta wurde zur Seite geschoben, und Augenblicke später kniete Erik neben der Leiche.

»Haben Sie etwas angefasst, Signora?«, fragte Sören.

»Nur die Tür und das Telefon.« Und wieder begann sie zu berichten, wie merkwürdig es ihr vorgekommen war, dass Utta Ingwersen ihre Verabredung vergessen haben sollte. »Und dann merkte ich, dass die Tür nicht verschlossen war …«

Doch wieder hörte ihr niemand zu. Sie würde wohl später alles noch einmal erzählen müssen. Aber eigentlich war das genau richtig so. Sie wusste jetzt schon, dass es für sie sehr wichtig sein würde, so oft wie möglich zu erzählen, wie groß ihre Angst und wie gewaltig ihr Mitleid gewesen war. Nicht nur Erik, auch den Kindern, Tove und

Fietje, Frau Kemmertöns, den Kassiererinnen von Feinkost Meyer, dem Bäcker und später in ihrem Dorf den Nachbarn, die auf der Piazza zusammenlaufen würden, wenn sich herumgesprochen hatte, was Carlotta Capella auf Sylt erlebt hatte. Dann erst durfte sie darauf hoffen, dass sie das Schreckliche verkraftet hatte, ohne seelischen Schaden genommen zu haben.

Wieder hielt ein Wagen vor der Tür, die Spurensicherung erschien. Erik ging Kommissar Vetterich entgegen und begrüßte ihn knapp. Während seine Leute sich die Schutzanzüge überzogen, führte Erik den Leiter der Spurensicherung zur Leiche.

»Schauen Sie sich das an«, sagte er leise und wies auf Utta Ingwersens linken Arm, der einen rechten Winkel bildete. In diesem Winkel war ein merkwürdiges Zeichen zu erkennen, drei ineinander verschlungene Doppelkreise. »Das hat augenscheinlich jemand auf den Boden gemalt«, flüsterte Erik.

Vetterich beugte sich darüber. »Der Täter?«

»Fotografieren Sie das bitte.«

»Meinen Sie, darauf wäre ich nicht selbst gekommen?«

»Und versuchen Sie herauszufinden«, fuhr Erik ungerührt fort, »welcher Stift benutzt wurde. Könnte ja sein, dass uns das weiterhilft.«

Kommissar Vetterich nickte und schob Erik und Sören beiseite. Für das, was jetzt kam, brauchte er Platz.

»Was ist mit Dr. Hillmot?«, fragte Sören. »Ist der steckengeblieben?«

»Es ist Nachsaison«, gab Erik geistesabwesend zurück. »Es gab keinen Stau in Westerland.«

Sören grinste. »Ich meine nicht, dass er im Verkehr steckengeblieben ist, sondern in seinem Kleinwagen. Irgendwann muss es doch mal passieren, das er hinter dem Lenkrad festsitzt.«

Sören neigte in Gegenwart einer Leiche zu Galgenhumor, während Erik in derselben Situation jeglicher Sinn für Humor abhanden kam. Deswegen verzog er auch keine Miene. Selbst dann nicht, als ein Wagen vorfuhr und der übergewichtige Gerichtsmediziner Mühe hatte, sich aus dem Wagen zu wuchten.

»Signora!«, rief er hocherfreut, als er Mamma Carlotta erkannte. »Wie kommen Sie an den Tatort?«

»Das wüsste ich auch gern«, sagte Erik und unterband damit die langatmigen Erklärungen, zu denen seine Schwiegermutter gerade ansetzte.

Aber die hatte das reinste Gewissen der Welt. Niemand konnte ihr vorwerfen, Utta Ingwersens Angebot angenommen zu haben, zu verbilligten Preisen bei ihr einzukaufen. Sie machte einen weiteren Versuch, Erik zu erklären, was sie gesehen, gehört, gedacht, gefühlt und vermutet hatte, aber wieder ohne Erfolg.

Erik nickte ungeduldig, als er begriffen hatte, dass ihr weder Neugier noch Einmischung in seine Arbeit vorzuwerfen war, und wandte sich an Sören: »Der Ehemann weiß anscheinend noch nicht Bescheid?« Sein Blick ging zu einer Tür mit der Aufschrift »Zum Restaurant«. Er drückte die Klinke und nickte zufrieden, als die Tür sich öffnete. Mit einer Kopfbewegung winkte er Mamma Carlotta zu sich heran. »Hier durch«, sagte er und schob sie vor sich her.

Harm Ingwersen hatte das Gesicht in beide Hände gelegt. Seine Schultern zuckten, seine Finger bebten, er schien außerstande zu sein, Erik anzusehen. Der war sicher, dass Harm zu den Männern gehörte, die seit ihrer Kindheit nicht mehr in Gegenwart anderer geweint hatten. Erik hatte großes Mitleid mit ihm und wünschte sich insgeheim, dass Vetterich untrügliche Anzeichen dafür finden würde, dass Utta von einem Einbrecher überrascht worden und für den Inhalt ihrer Kasse gestorben war. Oder

Dr. Hillmot käme mit der Mitteilung, alles sähe nach einem Unfall aus: Utta sei durch unglückliche Umstände von der Galerie gestürzt und habe sich dabei tödlich verletzt.

Ob Harm Ingwersen in seiner ersten Verzweiflung daran dachte, was vermutlich hinter dem Tod seiner Frau steckte? Es würde nicht lange dauern, bis ihm klarwerden musste, warum sie gestorben war.

Erik gab sich einen Ruck. Er musste aufpassen, dass er sich nicht festfuhr, musste in alle Richtungen ermitteln, alles für möglich halten, nicht nur das, was der Anschein hergab. Vielleicht steckte hinter Utta Ingwersens Tod etwas ganz anderes als die Brutalität der Mafia?

Noch bevor Sören an der Tür zu seiner Privatwohnung hatte klingeln können, war Ingwersen ahnungslos ins Restaurant gekommen, um seine Putzfrau einzulassen. Er war durch eine Tür in der Nähe der Theke eingetreten, auf der »Privat« stand und die anscheinend in die Wohnung der Ingwersens führte. Unrasiert und ungekämmt war er, trug eine Jogginghose und ein T-Shirt und war sehr erstaunt, auf die Polizisten und eine ihm fremde Frau zu treffen.

»Hat meine Frau Sie eingelassen? Wo ist sie überhaupt?«, hatte er gefragt. Normalerweise ließ Utta die Putzfrau ins Restaurant, hatte er erklärt, damit er selbst, der oft bis tief in die Nacht im Restaurant zu tun hatte, ausschlafen konnte. Aber diesmal hatte die Putzfrau ihn telefonisch aus dem Bett geklingelt. »Sie hat behauptet, der Laden wäre verschlossen. Und noch irgendwas hat sie erzählt, was ich nicht verstanden habe. Sie redet ja nur gebrochen Deutsch.« Während er sprach, hatte er die Tür des Restaurants aufgeschlossen und eine dunkelhäutige junge Frau eingelassen, die sich in die Küche begab und kurz darauf mit dem Putzeimer klapperte. Dann hatte er den unverhofften Besuch angelächelt, aber Erik konnte beobachten, wie seine Mundwinkel zu zittern begannen und allmählich herabsanken. »Was ist passiert? Haben Sie den Kerl?«

Erik strich sich den Schnauzer glatt und räusperte sich, doch bevor er umständlich mit der schrecklichen Wahrheit herausgerückt war, hatte schon Mamma Carlotta eingegriffen. Erik wollte sie zurückhalten, sah aber bald ein, dass er selbst niemals derart einfühlsame Worte gefunden hätte. Sie schaffte es, Harm Ingwersen einerseits die volle Wahrheit zu sagen, ohne etwas zu vertuschen oder zu beschönigen, ihm aber gleichzeitig Trost zu spenden, der sich nicht auf hohle Phrasen beschränkte. Gegen seinen Willen bewunderte er seine Schwiegermutter mal wieder für ihre Emotionalität, der er sich stets unterlegen fühlte.

Nun hatten sie eine Weile geschwiegen und Harm Ingwersen seinem Schmerz überlassen. Plötzlich stöhnte er, ohne aufzusehen: »Das habe ich nicht gewollt.« Langsam hob er den Kopf. »Wenn ich gewusst hätte, dass dieses Schwein sich an meiner Frau vergreift ...«

»Sie wissen, wer es getan hat?«, fragte Mamma Carlotta aufgeregt. Aber Erik brachte sie mit einer energischen Handbewegung zum Schweigen. Erschrocken legte sie eine Hand auf den Mund, als müsste sie die Worte daran hindern, unversehens aus ihr herauszupurzeln.

»Als er mir gedroht hat, habe ich nur daran gedacht, dass er mir etwas antun könnte. Er hat nie davon gesprochen, dass seine Rache auch meine Familie treffen könnte. Nie! Sonst hätte ich doch alles für den Schutz meiner Frau getan!« Seine Stimme war immer lauter geworden, schließlich schrie er: »Dieses Schwein! Sich an einer Frau zu vergreifen! Utta wusste von nichts. Sie hatte keine Ahnung, dass sie in Gefahr war. Und ich ...« Er schluchzte auf und legte das Gesicht wieder in die Hände. »Und ich auch nicht«, ergänzte er dann leise.

Erik warf Mamma Carlotta vorsichtshalber einen weiteren warnenden Blick zu, ehe er fragte: »Sie glauben also, dass der Schutzgelderpresser Ihre Frau ermordet hat?«

Harm fuhr auf. »Wer denn sonst? Natürlich war er es.« Er sackte wieder in sich zusammen. »Vielleicht nicht er selbst. Der hat seine Leute, die die Drecksarbeit für ihn erledigen. Der Kerl hat nur den Auftrag gegeben ...«

Erik nickte. Ja, so könnte es gewesen sein. Utta Ingwersen hatte dafür zahlen müssen, dass ihr Mann nicht bereit war, sich erpressen zu lassen. Aus seinem Mut war ihr Verderben geworden. Dieser Kerl war verdammt schnell gewesen, was dafür sprach, dass es sich um einen Profi handelte. Vermutlich hatte er geahnt, dass jemand wie Harm den Mut hatte, zur Polizei zu gehen. Und natürlich hatte er sich denken können, dass es eine Observierung und über kurz oder lang auch Personenschutz geben würde. Sämtlichen Maßnahmen war er zuvorgekommen.

Harm stand auf, ging zur Theke und goss sich mit zitternden Händen ein Glas Wasser ein. »Demnächst werde ich zahlen«, flüsterte er. »Sonst passiert Arne auch noch was. Oder Vera.«

Aufgeregt wisperte Mamma Carlotta ihrem Schwiegersohn zu: »Du hast doch gesagt, das mit der Mafia wäre eine falsche Information gewesen?«

Erik stand auf. »Du gehst jetzt besser.«

Mamma Carlotta sah ihn an, als wollte sie ihm damit drohen, nie wieder Antipasti einzulegen, damit er sie nicht wegschickte. Aber sie merkte schnell, dass Erik unerbittlich sein würde. Hier handelte es ich um eine polizeiliche Maßnahme, da hatte sie nichts zu suchen.

»Deine Zeugenvernehmung machen wir später«, ergänzte er.

Damit hatte er genau das Richtige gesagt. Dass Erik sie nicht zu den Neugierigen zählte, sondern sie eine Zeugin nannte, änderte die Sache. »Naturalmente«, entgegnete

Mamma Carlotta würdevoll und machte sich auf den Weg zur Tür.

Sie wurde in diesem Augenblick aufgerissen, und Menno Koopmann, der Chefredakteur des Inselblattes, erschien auf der Schwelle. »Eifersuchtsdrama oder Raubmord?«, fragte er Erik und sah Harm Ingwersen so eindringlich an, dass der sich erhob und zur Theke ging.

Erik zögerte nur kurz, dann antwortete er: »Kann ich nicht sagen. Wir fangen ja gerade erst mit den Ermittlungen an.«

»Dann tippe ich mal auf Raubmord!« Menno Koopmann wandte sich an Mamma Carlotta: »Haben Sie etwa die Leiche gefunden?«

Diesmal war es Erik, der seine Augen sprechen ließ. Und Carlotta schüttelte gehorsam den Kopf. »Wie kommen Sie denn darauf?«

Menno Koopmann fuhr zu Erik herum. »Wer dann? Wer hat die Leiche gefunden?«

»Das werden Sie noch früh genug erfahren.« Mit Eriks Geduld war es vorbei. »Und jetzt verschwinden Sie! Sie stören die Ermittlungen.«

Er schob Koopmann hinaus und schloss die Tür erst hinter ihm, als er beobachtet hatte, wie Mamma Carlotta sich aufs Fahrrad schwang und die Käpt'n-Christiansen-Straße hinunterradelte, ohne von Menno Koopmann besonders beachtet oder gar verfolgt zu werden. Dass ein Fotograf des Inselblattes Aufnahmen vom Ladeneingang der Perlenmuschel machte, ließ sich vorerst nicht verhindern. Es konnte aber nicht mehr lange dauern, bis ein Streifenwagen mit den Kollegen eintreffen würde, die dafür sorgten, dass sich Utta Ingwersens Laden niemand mehr näherte.

Erik drehte den Schlüssel um, bevor er sich wieder Harm Ingwersen zuwandte. Der wankte mit dem Wasserglas in der Hand zu einem Stuhl, um sich zu setzen.

»Tut mir leid, Herr Ingwersen. Menno Koopmann gehört leider nicht zu den sensibelsten Zeitgenossen.«

Harm winkte mit einer müden Geste ab. »Schon gut.« Er legte beide Hände um das Wasserglas und starrte auf die Tischplatte. Erik ging zur Theke, holte sich einen Bestellblock und einen Bleistift und kehrte damit zu Harm Ingwersen zurück. Ungelenk begann er zu malen, setzte mehrmals an, riss immer wieder ungeduldig den obersten Zettel vom Block, bis er schließlich einigermaßen zufrieden war. Dann schob er Harm das Ergebnis seiner Malerei hin: drei ineinander verschlungene Doppelkreise. »Haben Sie dieses Zeichen schon mal irgendwo gesehen?«

Harm Ingwersen starrte lange auf den Block, ehe er aufsah. »Warum fragen Sie das?«

»Dieses Zeichen hat jemand auf den Boden gemalt. Direkt neben die Leiche Ihrer Frau.«

Harm schwieg so lange, bis Erik nicht mehr mit einer Antwort rechnete. Aber dann sagte er: »Ja, das Zeichen kenne ich. Der Erpresser trug einen auffälligen Ring mit diesem Zeichen! Oder es sah zumindest so ähnlich aus.«

Erik riss den Zettel ab, knüllte ihn zusammen und steckte ihn in die Hosentasche, dann wechselte er das Thema. »Warum haben Sie nicht bemerkt, dass Ihre Frau heute Nacht nicht zu Hause war?« Sehr sanft fragte er, so, als ging es nur um freundliches Interesse.

Harms Tonfall war genauso gleichmütig. »Wir haben … wir hatten unterschiedliche Lebensrhythmen. Ich war abends sehr lange im Restaurant. Wenn ich in die Wohnung kam, schlief meine Frau längst. Und wenn ich aufwachte, war sie bereits in ihrem Laden. Natürlich haben wir getrennte Schlafzimmer, sonst hätten wir uns ja ständig gestört.«

Erik verstand. »Als Sie heute Nacht in die Wohnung gingen, glaubten Sie also, dass Ihre Frau bereits schlief?«

Harm nickte. »Natürlich. So war es ja immer.«

»Die Tür zur Perlenmuschel war nicht abgeschlossen. Können Sie sich das erklären?«

Harm seufzte. »Ich habe so oft gesagt: Utta, schließ ab, wenn du außerhalb der Öffnungszeiten im Geschäft bist. Aber sie hat immer erst den Schlüssel rumgedreht, wenn sie in die Wohnung ging.«

»Wie war das gestern? Sie war doch zunächst bei der Chorprobe, oder?«

Harm dachte nach. »Stimmt, das hatte ich ganz vergessen.«

»Ist sie denn, als sie zurückkehrte, durchs Restaurant in den Laden gegangen?«

»Keine Ahnung, ich habe sie nicht gesehen.« Harm schüttelte den Kopf. »Aber das muss nichts heißen. Man ist ja ständig unterwegs, von der Küche an einen Tisch, zurück zur Theke, in den Weinkeller …« Er dachte kurz nach und schüttelte den Kopf noch einmal. »Nein, sie wird wohl direkt ins Geschäft gegangen sein. Sie musste noch irgendwas für die Steuer erledigen, das hatte sie am Nachmittag erwähnt.«

»Und sie hat nicht hinter sich abgeschlossen?«

»Sieht so aus.«

»Das war leichtsinnig.«

»Sie war keine ängstliche Person.«

»Kann es auch sein, dass sie abgeschlossen hatte und der Täter durchs Restaurant in den Laden gekommen ist?«

Harm sah Erik nachdenklich an. »Dann hätte man ihn sehen müssen.«

»Wenn er sich unauffällig verhalten hat, wenn er seriös aussah, anständig gekleidet war …«

»Den Erpresser hätte ich wiedererkannt.«

»Der war sicherlich nicht der Mörder Ihrer Frau.«

Harm seufzte auf. »Sie meinen, da kommt einer zum Essen, tut dann so, als ginge er zur Toilette …«

»Auf dem Weg dorthin kommt er an der Zwischentür vorbei, oder?«

Harm nickte, dann führte er den Satz fort: »… und geht stattdessen in die Perlenmuschel und bringt meine Frau um?«

»Dann verlässt er den Laden durch die Eingangstür, in der der Schlüssel steckte. Das könnte der Grund sein, warum sie unverschlossen war.«

»Und warum ist er nicht zurück ins Restaurant gekommen?«

»Vielleicht … weil Blut an seiner Kleidung klebte. Oder weil er zu aufgewühlt war.«

»Wir hatten keinen Fall von Zechprellerei gestern Abend.«

»Möglich auch, dass er nicht allein war. Ein anderer hat für ihn die Rechnung bezahlt.« Erik dachte an die Schuhabdrücke, die neben Henner Jesse gefunden worden waren. Abdrücke von zwei Personen. »Ein Komplize.«

Nun mischte Sören sich ein. »Können wir zusammen mit Ihren Mitarbeitern rekonstruieren, wer gestern bei Ihnen gegessen hat?«

Harm Ingwersen nickte. »Das wird nicht leicht sein. Das Restaurant war voll, obwohl die Hochsaison vorbei ist. Und es waren vor allem Touristen, die bei uns gegessen haben. Die kennt ja keiner mit Namen.«

»Wir können es trotzdem versuchen.«

In diesem Augenblick öffnete sich die Küchentür. Erik erwartete, dass die Putzfrau vor ihnen erscheinen würde, um sich zu erkundigen, ob sie nun endlich mit dem Staubsaugen beginnen könne. Aber es war eine außergewöhnlich hübsche junge Frau, die aus der Küche trat. Verblüfft sah sie Erik und Sören an, dann wandte sie sich an Harm Ingwersen. »Was ist in der Perlenmuschel los?«

Ingwersen stand auf und ging zu ihr. »Es ist etwas

Fürchterliches passiert«, hörte Erik ihn sagen. »Meine Frau ist tot. Sie ist ... ermordet worden.«

Erik sah, wie sich die Augen der jungen Frau weiteten und ihr Mund sich öffnete. Ehe sie etwas sagen konnte, ergriff Ingwersen ihren Arm, um sie in die Küche zurückzudrängen.

Aber Erik kam ihm zuvor. Er erhob sich gleichfalls und stellte sich neben Ingwersen. »Darf ich fragen, wer Sie sind?« Er machte eine einladende Geste zum Tisch.

Die junge Frau folgte der Aufforderung sichtlich ungern. Als sie sich neben Harm Ingwersen niederließ, hockte sie sich auf die vordere Stuhlkante, als wollte sie bei nächster Gelegenheit wieder aufspringen und das Restaurant verlassen.

»Susanna Larsen«, stellte sie sich vor. »Ich bin Kellnerin in der Muschel II in Keitum.«

»Was führt Sie hierher?«

»Ich wollte in die Perlenmuschel. Einkaufen. Ein Geschenk für meine Mutter. Aber da ist geschlossen. Und die Polizei hat alles abgeriegelt. Und da ... da dachte ich ...«

»Sie hat den Hintereingang benutzt«, erklärte Harm. »Der führt durch die Küche.«

»Woher kennen Sie den Hintereingang?«, fragte Erik.

Susanna Larsen fuhr sich mit einer Geste durch die langen braunen Haare, die etwas Einstudiertes hatte. »Ich habe schon oft hier ausgeholfen«, erklärte sie. »Wenn in der Muschel II nicht viel los war und sich hier jemand krankgemeldet hatte.«

»Daher kennen Sie Frau Ingwersen?«

»Nicht nur! Wir singen auch gemeinsam im Inselchor. Oder vielmehr ... wir sangen. Ob das mit dem Chorwettbewerb jetzt noch was wird?«

Erik fand die Frage höchst unpassend. Ihm fiel auf, dass Sören Susanna Larsen anstarrte, als wäre ihm Angelina Jolie erschienen. Wer ihn kannte, wusste, dass er diese

Schauspielerin verehrte. Und wer Susanna Larsen ansah, konnte eine gewisse Ähnlichkeit nicht verhehlen.

Erik berührte Sörens Arm, damit er sich vom Anblick der hübschen jungen Frau losriss. Es fiel ihm sichtlich schwer, aber es blieb ihm nichts anderes übrig, als seinem Chef zu folgen. Erik übersah den langen Blick, den sein Assistent zurückwarf.

»Was halten Sie von diesen drei Doppelkreisen?«, fragte er, als sie vor dem Restaurant standen. »Ist das ein Zeichen?«

Sören sah ihn derart verwirrt an, als wüsste er nicht, wovon die Rede sei. Dann riss er sich zusammen. »Was sonst? Das muss das Zeichen einer Mafia-Familie sein.«

»Damit wir ganz genau wissen, wer Utta Ingwersen umgebracht hat?«

Sören nickte, dann stutzte er plötzlich. »Warum eigentlich? Harm Ingwersen weiß es doch sowieso.«

»Eben!« Sie waren an Eriks Auto angekommen. »Warum dieses Zeichen? Ist es üblich, dass sich ein Mafia-Mörder zu seiner Tat bekennt?«

Sören schüttelte den Kopf. »Nur wenn es um rivalisierende Mafia-Familien geht. Dann will jede Familie ihre Macht beweisen.«

»Haben Sie bei der Vorbereitung auf Ihre Examensarbeit jemals von drei Doppelkreisen gehört?«

»Kann mich nicht erinnern!« Sören rüttelte an der Klinke der Beifahrertür. »Können Sie nicht endlich aufschließen?«

Erik erwachte aus seinen Gedanken, sie stiegen ein und starteten. Aber schon an der nächsten Ecke bremste Erik und fuhr rechts ran. »Warum haben wir das Zeichen nicht neben Henner Jesse gefunden?«

»Weil wir uns geirrt haben? Weil er doch kein Opfer der Mafia geworden ist?«

Erik biss sich auf die Unterlippe. »Oder weil ich das

Zeichen nicht gesehen habe. Ich habe mich um ihn gekümmert und nicht weiter auf Spuren geachtet. Es war windig, das Zeichen war vielleicht schon verweht, und dann kamen die Sanitäter und haben alles zertrampelt.«

»Vorausgesetzt, es hat neben Henner Jesse überhaupt ein Zeichen gegeben«, meinte Sören.

Carlotta Capella versuchte zu fliehen – vor der Angst, vor dem Schrecken, vor dem Bild, das sie nicht verdrängen konnte: Utta Ingwersen in ihrem Blut, die weit aufgerissenen Augen, die verkrampften Hände, die vergeblich versucht hatten, das Leben festzuhalten! Carlotta fuhr, so schnell sie konnte, doch das Bild war nicht abzuschütteln. Ebenso wenig wie die schrecklichen Worte. Schutzgeld! Erpressung! Mafia! Erik hatte sie also belogen. Die Mafia auf Sylt, das war keine falsche Information gewesen. Das war Wirklichkeit!

Mamma Carlotta stieß ein bitteres Lachen aus, das ein junger Vater, dem der Ball seines Sohnes unter dem Arm wegrutschte, falsch interpretierte. Er beschimpfte Mamma Carlotta, während er den Ball verfolgte, wegen ihrer Schadenfreude und schrie ihr sogar hinterher, sie und ihre leichtsinnige Fahrweise seien schuld, und sie solle gefälligst dabei helfen, den Ball unter dem parkenden Lkw hervorzuholen ...

Aber sie nahm den protestierenden Feriengast gar nicht wahr und ließ ihn schreien, ohne auf die Idee zu kommen, seine Anschuldigungen könnten etwas mit ihr zu tun haben. So schwungvoll bog sie in die Boysenstraße ein, dass es ihr beinahe ähnlich ergangen wäre wie dem bunten Gummiball des verärgerten Sylt-Touristen. Doch sie hielt sich auf dem Sattel, obwohl ihr ein Lkw entgegenkam, dessen Fahrer augenscheinlich nicht mit einer rasenden italienischen Mamma gerechnet hatte. Aber auch von seinem Ausweichmanöver bekam Carlotta nicht viel mit.

Ihre Gedanken wanderten zu Tove und seiner Sorge um Fietje. Nach wie vor glaubte sie Tove kein Wort. Wenn Fietje auch sein einziger Stammgast war – darüber hinaus verband die beiden nichts als die Tatsache, dass einer wie der andere keine Freunde auf dieser Insel hatte. Und wenn Tove in diesem Fall ein gutes Wort für Fietje einlegte, dann musste die Sache einen Haken haben. Vielleicht war ihm aus ganz egoistischen Motiven daran gelegen, dass sich nicht herumsprach, was Fietje in der Nacht beobachtet hatte? Womöglich hatte Tove Angst vor Rache und wollte deshalb nicht, dass die beiden Männer, die Jesse zusammengeschlagen hatten, der Polizei ausgeliefert wurden? Ausgerechnet Tove, der stark wie ein Bär war und sich sonst vor nichts fürchtete! Angeblich war er jahrelang als Kapitän zur See gefahren und hatte sich sogar einmal nach einem Schiffbruch vor Gibraltar als Einziger schwimmend an Land gerettet. Wenn ein solcher Mann Angst hatte, musste er einen guten Grund haben.

Mamma Carlotta brauchte nur an ihren Onkel Renzo zu denken, der ebenfalls stark wie ein Bär gewesen war. Als er nach Kalabrien ging, um in Tropea ein Eiscafé zu eröffnen, wurde er prompt von der Mafia erpresst. Seinen ersten Besuch in der Heimat machte er mit einem frisch gebrochenen Nasenbein, später bewirtete er die Geldeintreiber der Mafia mit Zitronensorbet und Früchtebechern und legte ihnen das Schutzgeld unter den Teller. Dass er von da an täglich seine Frau verprügelte, um sich für seine verlorene Mannesehre schadlos zu halten, war eine andere Sache.

Mamma Carlotta schlidderte in die Friedrichstraße, auf der das Fahrradfahren verboten war, dachte aber nicht daran abzusteigen. »Die paar Meter!«, murmelte sie, als ein empörter Kunde von Fisch-Blum hinter ihr her schimpfte. Sie tat so, als fühlte sie sich nicht angesprochen, und fuhr auf die Strandstraße zu, obwohl sie wusste, dass Radfahrer auch dort nicht gern gesehen waren. Dann jedoch hatte sie die Steinmannstraße erreicht, und dort war das Fahrradfahren erlaubt. Das schnelle Fahren tat ihr gut, der Wind zwang sie, sich richtig ins Zeug zu legen. Und da körperliche Anstrengung ihr schon immer bei der Bewältigung von Schwierigkeiten geholfen hatte, ging es ihr allmählich besser.

Zu Hause wusch sie sämtliche Gardinen auf einmal, wenn sie emotional aufgewühlt war, oder räumte den Abstellraum derart gründlich auf, dass sie sich damit prompt das nächste Problem auf den Hals lud: die Verlustmeldungen aufgebrachter Familienangehöriger, die vergeblich Werkzeug, Spielsachen oder alte Fotoalben suchten. Zum Glück war die körperliche Verausgabung beim Fahrradfahren nicht halb so folgenschwer.

Am Brandenburger Platz beschloss sie, ihren Weg am Strand fortzusetzen. Der Blick aufs Meer würde sie den Blick in das Gesicht der Toten vergessen lassen. Selbstredend war das Fahrradfahren auf der Kurpromenade ebenfalls verboten, aber Mamma Carlotta ignorierte auch das. Sie blieb sogar auf dem Sattel sitzen, als aus der befestigten Kurpromenade der hölzerne Kurweg wurde. Nur dann stieg sie ab, wenn er vom Sand überweht war und das Fortkommen per Rad schwierig wurde.

Als der Weg vom Strand wegführte, blieb sie stehen und dachte nach. Sollte sie versuchen, das Fahrrad an der Wasserkante entlangzuschieben, wo der Sand feucht und fest war? Sie sah eine Weile nachdenklich in den Himmel. Tief hingen die Wolken, zum Greifen nah. Wie häufig hatten die Kinder kurz nach Lucias Tod in den Himmel geschaut und Trost gefunden, wenn die Wolken sich zur Erde senkten! Dann war ihnen ihre Mutter nahe, das glaubten sie noch heute, in Umbrien wie auf Sylt.

»Ach Lucia!«, murmelte Mamma Carlotta. »Gut, dass du nicht miterleben musst, dass deine Insel zum Opfer der

Mafia wird!« Sie sah einem Wolkenfetzen nach, der sich aus einem aufgeplusterten Wolkenberg löste und wie ein transparentes Ausrufezeichen den Himmel teilte. »Vielleicht kannst du ein wenig auf Sylt aufpassen, la mia piccola?«

Sie sah dem Ausrufezeichen dabei zu, wie es sich an eine herantreibende Wolke schmiegte und in ihr aufging. Warum sie sich getröstet fühlte, konnte sie nicht sagen. Aber als sie die Lornsenstraße entlangradelte, wurde sie immerhin nicht mehr von dem totenbleichen Gesicht Utta Ingwersens verfolgt.

Der Radweg führte über den Parkplatz zur meteorologischen Station, dann an der Nordseeklinik entlang. Am Ende der Seedüne bog sie in den Hochkamp ein und stand kurz darauf vor Käptens Kajüte. Noch immer wusste sie nicht, wie sie Tove dazu bringen sollte, ihr die Wahrheit zu sagen. Ob er ihr gestehen würde, Schutzgeld zu zahlen, wenn sie ihm von dem gewaltsamen Ende Utta Ingwersens berichtete? Aber diesen Gedanken verwarf sie gleich wieder. Wenn Tove Angst hatte, dann würde sie damit nicht geringer. Im Gegenteil! Und da morgen das Inselblatt vom Tode Utta Ingwersens berichten würde, war heute wohl ihre letzte Chance, etwas aus Tove herauszubekommen.

Als die Stimmen der beiden Italiener an ihr Ohr drangen, horchte sie auf. Zwei dunkelhaarige Männer waren es, die aus der Imbiss-Stube traten. Sie trugen schwarze Anzüge über weißen T-Shirts, der eine war klein und zierlich, der andere ein großer, breiter Kerl, dessen Muskeln das Jackett zu sprengen drohten. Der Kleine warf seine Zigarette zu Boden und trat sie aus, während der Große ihn fragte, was es mit Francescos merkwürdiger Verabredung auf sich habe. Ob da eine Frau im Spiel sei? Der Kleinere lachte, antwortete etwas, was Mamma Carlotta nicht verstand, dann schlenderten die beiden den Hochkamp entlang zu ihrem etwa hundert Meter entfernt geparkten Auto.

Während sie davonfuhren, fragte sich Mamma Carlotta, warum sie den Wagen wohl nicht direkt vor Käptens Kajüte abgestellt hatten, wo genug Platz war. Und plötzlich kam ihr eine Idee ...

»Moin, Signora!« Toves Laune schien noch schlechter zu sein als sonst. Er räumte lautstark die Spülmaschine aus, knallte Teller und Tassen auf die vorgesehenen Regalbretter und warf dann die Tür der Spülmaschine zu, als dürfte sie nie wieder einen einzigen Teller spülen.

»Buongiorno, Tove«, sagte Mamma Carlotta. »Un cappuccino, per favore.«

Tove warf ihr einen finsteren Blick zu. »Wieso reden Sie neuerdings italienisch mit mir?«

Carlotta tat so, als wäre ihr ein Versehen unterlaufen. »Scusi! Es war nur wegen dieser beiden Herren, die gerade bei Ihnen rauskamen. Die beiden Italiani. Sie kamen mir übrigens bekannt vor«, behauptete sie, nachdem Tove ihr etwas vorgesetzt hatte, was in ihrer Heimat niemals als Cappuccino durchgegangen wäre.

»Solche Typen kennen Sie?« Tove legte unvermittelt seine dicht behaarten Unterarme auf die Theke und beugte sich Mamma Carlotta so weit entgegen, dass sie seinen Schweißgeruch wahrnahm. Vorsichtig wich sie zurück, aber dem Geruch konnte sie nicht entgehen, wenn sie nicht vom Barhocker kippen wollte. »Diese beiden Drecksäcke kennen Sie nicht!«, erklärte er bestimmt. »Wetten?«

»Drecksäcke?«, wiederholte Mamma Carlotta freundlich. »Was ist das?«

»Halunken! Halsabschneider! Betrüger! Ganoven!«

»Ah, ladroni! Ich verstehe! Dann könnte es wirklich sein, dass ich sie kenne.«

Tove starrte sie an, als hätte sie angekündigt, ein Restaurantkritiker würde demnächst seine Imbiss-Stube heimsuchen.

»Ich glaube, die waren schon mal in meinem Dorf.«

»In Ihrem Dorf? Das sind doch mindestens ... keine Ahnung, wie viele Kilometer. Aber verdammt viele.«

»Na und? Ich bin doch auch auf Sylt. Trotz der vielen Kilometer. In einem Flugzeug geht das molto rapido.«

Tove stieß sich von der Theke ab. »Als wenn ich das nicht wüsste!«

Eine vollschlanke junge Frau mit einer Weight-Watchers-Tabelle in der Hand betrat den Imbiss. Bevor sie bestellte, wollte sie darüber diskutieren, mit welcher Punktzahl das kulinarische Angebot zu Buche schlagen würde.

»Ich habe schon zehn Kilo abgenommen«, sagte sie mit einem Seitenblick auf Mamma Carlotta und erklärte in groben Zügen das Prinzip der Weight Watchers.

»Mir ist das Abnehmen ohne Punktezählen gelungen«, entgegnete Mamma Carlotta. »Mein Mann ist gestorben. Schon kurz nach der Beerdigung passten mir meine Kleider nicht mehr.«

Die junge Frau überlegte, welchen Vorteil diese Variante haben könnte, beschloss dann aber, sie auf später zu verschieben. »Ich bin ja erst seit zwei Jahren verheiratet.«

Wie immer, wenn Tove Einblick in eine fremde Welt erhielt, in der er sich nicht auskannte und die er nicht verstand, wurde er wütend. Er knallte eine Portion Pommes frites auf die Theke und fragte: »Wie viele Punkte dürfen Sie essen?«

»Höchstens vier«, antwortete die junge Frau, während sie auf ihre Tabelle starrte. »Dann habe ich noch drei Punkte fürs Abendessen.«

»Die Pommes bringen nicht mehr als dreieinhalb«, behauptete Tove und schob ihr die Pommes frites entgegen. »Höchstens! Für vier Punkte könnte ich Ihnen noch eine

Currywurst dazulegen. So was kann nicht mehr als einen halben Punkt bringen.«

Nach erneutem Studium ihrer Tabelle wies die junge Frau jedoch beides zurück und entschied sich für eine halbe Portion Krautsalat, vorausgesetzt, er werde täglich frisch zubereitet und komme ohne Konservierungsstoffe aus.

Tove bestätigte beides, ohne rot zu werden, und schien es gar nicht erwarten zu können, endlich wieder mit Mamma Carlotta allein zu sein. Als es so weit war, begann er die Gläser zu spülen, die längst sauber waren, und fragte währenddessen: »Sie meinen also wirklich, Sie hätten diese beiden Kerle schon mal in Ihrem Dorf gesehen?«

Mamma Carlotta nickte. »Ich glaube, einer von ihnen ist verwandt mit Carlo Vallese, unserem Briefträger. Aber beim letzten Besuch hat er ihn aus dem Haus geworfen. Mit der Mafia will er nichts zu tun haben, hat er gesagt.«

Tove rutschte ein Glas aus der Hand, das ins Spülwasser zurückfiel. »Mafia? So was gibt's doch nur im Kino.«

Mamma Carlotta schob ihm ihre Tasse entgegen. »Noch einen Cappuccino bitte.«

Sie beobachtete Tove scharf. Obwohl er ihr den Rücken zuwandte, während er an der Espressomaschine hantierte, war sie immer sicherer, dass ihr Gefühl sie nicht trog. Sobald Tove sich wieder zu ihr umdrehte, würde sie ihren Bluff zu Ende bringen. Er stellte ihr die Tasse hin, ohne sie anzusehen.

»Ich glaube, Carlos Verwandter hat mich erkannt«, sagte Mamma Carlotta versonnen. »Ich sollte meinen Schwiegersohn auf die beiden aufmerksam machen. Vielleicht waren die es, die sich an Henner Jesse vergriffen haben.«

Tove war derart erschrocken, dass Mamma Carlotta zum ersten Mal Zweifel hatte, ob er sich wirklich vor

Gibraltar schwimmend an Land gerettet hatte. »Sind Sie wahnsinnig?«

»Wollen Sie etwa nicht, dass die beiden bestraft werden? Wenn ich Enrico erzähle, dass ich zwei Mafiosi gesehen habe, ist Fietjes Aussage nicht mehr nötig. Das ist Ihnen doch so wichtig.« Zögernd setzte sie hinzu: »Angeblich.«

Tove schob ihr geistesabwesend den Salzstreuer hin und versuchte es, als sie ihn zurückwies, mit der Ketchupflasche. Dass sie selbst nach dem Zuckertopf angelte, bekam er nicht mit. »Sie werden denken, dass ich sie verpfiffen habe.«

Mamma Carlotta rührte den Zucker in ihre Tasse, ohne Tove aus den Augen zu lassen. Dann sagte sie so ruhig, wie es ihr möglich war: »Es stimmt also? Die beiden sind Schutzgelderpresser?«

Tove schüttelte den Kopf. »Die kommen jede Woche zum Kassieren. Der Erpresser ist ein anderer.«

»Warum kann Frau Dr. Speck Sie eigentlich nicht leiden?« Sören sah seinen Chef vorwurfsvoll an, als wäre der schuld daran, dass das Polizeirevier Westerland so häufig in die Schusslinie der Staatsanwältin geriet, die ständig mit dem Finger am Abzug spielte. Und er hatte ja recht. Erik war tatsächlich schuld. Wenn es auch eine Schuld war, die ihm nicht vorgeworfen werden konnte. Genau genommen standen zwischen ihm und der Staatsanwältin ein apricotfarbener Unterrock und eine dumme Angewohnheit. Frau Dr. Speck pflegte nämlich, wenn sie nachdachte, den Rock anzuheben und die Rückseite ihrer Oberschenkel zu kratzen. Selbstverständlich nur, wenn sie allein war. Aber dann kam dieser Tag, an dem Erik zu ihr gerufen worden war, sie aber sein Klopfen nicht gehört hatte, weil die Fassade der Staatsanwaltschaft restauriert wurde, was viel Lärm verursachte. Seitdem wusste Erik von dem kleinen Geheimnis, und die Staatsanwältin war davon überzeugt, dass das gesamte Kommissariat Westerland ebenfalls davon wusste. Ein guter Grund, es Erik und seinen Kollegen immer wieder heimzuzahlen.

»Es muss an meiner Nase liegen«, sagte Erik und schob Sören die Trauben-Nuss-Schokolade hin, der er diesmal unbedingt widerstehen wollte. Dann wählte er die Nummer der Staatsanwältin und erzählte ihr, was sich zugetragen hatte. Während er berichtete, gab er sich große Mühe, Frau Dr. Speck nicht merken zu lassen, dass er die These von dem Kleinkriminellen, der den Mafioso spielte, für widerlegt hielt. Er wollte tapfer sein, der Gefahr ins Auge blicken, die auf seine Insel zukam, wollte sich nicht vor ihr verstecken. Es hatte keinen Sinn mehr, die Gefahr zu leugnen, also musste man sich ihr stellen.

Das schien die Staatsanwältin zu spüren. Ihr Widerspruch blieb zwar nicht gänzlich aus, kam aber leise und unsicher daher. »Es gibt kein anderes Motiv? Raubmord scheidet aus?«

»Die Kasse ist nicht angerührt worden. Es fehlt nichts.«

»Motive im persönlichen Bereich?«

»Nein, die Ingwersens sind eine angesehene Familie. Ich werde natürlich auch in diese Richtung ermitteln, aber auf den ersten Blick ist kein persönliches Motiv zu erkennen.«

»Ein Mann stellt sich gegen die Mafia, und zur Strafe bringt sie seine Frau um?« Die Stimme der Staatsanwältin klang nun sehr nachdenklich, sie nahm die Sache offensichtlich ernst. »Warum seine Frau? Warum nicht ihn?«

»Weil er erpressbar bleiben soll. Ab jetzt wird er zahlen. Schließlich hat er noch einen Sohn und eine Schwiegertochter.«

»Es hätte Ihnen klar sein müssen, dass nicht nur Herr Ingwersen, sondern auch seine Familie gefährdet sein würde.«

Aha! Erik hätte es sich ja denken können, dass sie etwas fand, was ihm anzulasten war. »Wir wollten heute mit den Schutzmaßnahmen beginnen. Der Kerl ist uns zuvorgekommen!«

»Tja, manchmal sind die Ganoven eben schneller als die Polizei«, kam es spitz zurück.

Erik winkte nach der Schokolade. Sören verstand sofort und brach ihm ein Stück ab. Erik schob es sich in die Backe, wo es lautlos schmelzen würde, ohne dass die Staatsanwältin etwas davon merkte.

»Man könnte glatt meinen«, fuhr Frau Dr. Speck fort, »es habe sich rumgesprochen, was wir planen. Kann es sein, dass es in Westerland eine undichte Stelle gibt?«

Erik verschlug es die Sprache. Er hatte schon viel mit der Staatsanwältin erlebt, aber das war der Gipfel! »An wen dachten Sie?«, fragte er mit schneidender Stimme zurück. »An mich selbst? Oder an meinen Assistenten?«

Frau Dr. Speck schien nun zu merken, dass sie zu weit gegangen war. »Nun seien Sie doch nicht so empfindlich, Wolf. Man wird ja noch einen Scherz machen dürfen.«

Erik, der genau wusste, dass ihre Bemerkung kein Scherz gewesen war, antwortete nicht.

»Lassen Sie uns lieber überlegen, wie wir jetzt vorgehen«, fügte die Staatsanwältin an, und ihre Stimme klang versöhnlich.

»Wir müssen den Erpresser finden. Von ihm gibt es eine Personenbeschreibung. Den Mord haben sicherlich andere verübt, aber die zu finden dürfte schwierig sein. Wir haben nichts von ihnen außer ihrer Schuhgröße.«

»Aber der Erpresser wird nicht auf Sylt herumlaufen, um sich verhaften zu lassen. Er muss damit rechnen, dass Ingwersen eine Personenbeschreibung abgegeben hat.«

»Und er wird für ein Alibi gesorgt haben, damit wir ihm nichts anhaben können«, fügte Erik an. »Möglich aber auch, dass er längst wieder in Italien ist und ein anderer hier an seine Stelle gerückt ist. Dann suchen wir vergeblich.«

»Es sei denn«, ergänzte die Staatsanwältin gedehnt, »es handelt sich doch um einen kleinen Ganoven, der nur den Mafioso spielt und keinerlei Kontakte zur Mafia hat.«

Erik hätte nichts lieber getan, als diese Möglichkeit zu vertiefen und Wort für Wort wahrscheinlicher zu machen. Aber er konnte nicht mehr daran glauben und ging daher nicht auf die Bemerkung ein. »Wir werden in jedem Fall nach ihm Ausschau halten.«

»Wenn Sie ihn haben, schicke ich das MEK. Sobald wir den Hintergrund des Mannes kennen, kommt das SEK und nimmt ihn und seine Helfershelfer hoch.«

Die Staatsanwältin verabschiedete sich mit der dringlichen Ermahnung, nichts, aber auch gar nichts an die große Glocke zu hängen, was die Bevölkerung verunsichern könnte.

Nachdem Erik den Hörer aufgelegt hatte, blieb es eine Weile still im Raum. Sören kippelte trotz der schlechten Erfahrung, die er am Morgen gemacht hatte, mit seinem Stuhl hin und her. Seine Schulterprellung war schon vergessen. »Sie haben der Staatsanwältin nichts von den drei Doppelkreisen erzählt«, stellte er fest.

Erik erwiderte seinen Blick nicht. »Soll ich ihr verraten, dass wir neben Henner Jesse keine gefunden haben? Weil ich nicht darauf geachtet habe? Und die Sanitäter, als sie eintrafen, erst recht nicht? Was denken Sie, was sie mit mir macht, wenn sie glaubt, dass drei Doppelkreise zertrampelt wurden, weil keiner sie zur Kenntnis genommen hat?«

»Aber das ist doch verständlich! Es ging nur darum, Jesses Leben zu retten! Sie konnten nichts von dem Hintergrund des Verbrechens ahnen.«

»Trotzdem!« Erik starrte in die Stille, die von dem rhythmischen Klopfen des Stuhlbeins zerstückelt wurde, mit dem Sören seine Gedanken unterstützte.

»Wie stellen Sie sich eigentlich die Suche nach diesem Mafioso vor?«, fragte Sören. »Wir können niemanden um Hilfe bitten.«

»Nur die Kollegen von der Verkehrssicherheit. Die sollen in Zukunft nach unserem Erpresser Ausschau halten.«

»Und wenn sie den Kerl finden?«

»Dann müssen sie uns verständigen, damit wir ihn beschatten können. Wir müssen wissen, wo er wohnt und mit wem er Kontakt hat. Anschließend kann das MEK ihn observieren.«

Sören fing wieder an zu kippeln. »Wie wär's, wenn wir noch mal mit Frau Jesse reden? Vielleicht ist sie nach dem Tod ihres Mannes bereit, mehr zu verraten.«

»Ich glaube es ja nicht, aber einen Versuch ist es wert.«

Sören erhob sich. »Wir könnten Enno Mierendorf zu ihr schicken. Der hat mir vor einer halben Stunde erzählt, dass er die Jesses privat ganz gut kennt. Er war mal mit ihnen zusammen in einem Kegelklub.«

»Also gut! Vielleicht ist die Jesse aufgeschlossener, wenn ein Bekannter vor ihr sitzt.«

Sören ging ins Revierzimmer, um Enno Mierendorf zu Frau Jesse zu schicken, Erik stand auf und trat ans Fenster. Wenn er den Kopf nach links neigte und einen langen Hals machte, konnte er bis zum Bahnhofsgebäude sehen. Die grünen Riesen, die auf dem Vorplatz standen, wurden gerade von einigen Kindern bestaunt, andere schleppten ihre Koffer vorbei, ohne die Skulpturen eines Blickes zu würdigen. Als sie vor Jahren aufgestellt worden waren, hatten sie für Wirbel und viele unterschiedliche Meinungen gesorgt. Mittlerweile hatte man sich an sie gewöhnt.

Harm Ingwersen war es gewesen, der den Gegnern der grünen Riesen den Wind aus den Segeln genommen hatte.

Im Inselblatt war seine Meinung zu lesen gewesen, nämlich dass genau die richtigen Skulpturen ausgewählt worden seien, die jedem Reisenden auf der Stelle den richtigen Eindruck von Westerland vermittelten: zu groß, zu schräg, zu hässlich. Am Ende hatten alle Sylter einsehen müssen, dass Harm Ingwersen recht hatte. Auch wer Sylt liebte und nirgendwo anders zu Hause sein wollte, durfte ruhig zugeben, dass Westerland nicht zu den Schönheiten der Insel gehörte.

Erik wandte sich vom Fenster ab und seufzte. Ausgerechnet Harm Ingwersen! Ein Mann, der immer offen seine Meinung gesagt hatte, der sich mutig allen Schwierigkeiten entgegenstellte und für die Wahrheit focht, auch wenn sie unbequem war – ausgerechnet dieser Mann war nun für seine Zivilcourage bestraft worden. In Erik wuchs der Zorn über diese Ungerechtigkeit. Er musste alles tun, um den Mord an Harm Ingwersens Frau so schnell wie möglich aufzuklären. Und er musste dem Mann helfen, seinen Mut nicht zu verlieren. Wenn Menschen wie Harm Ingwersen sich von der Mafia einschüchtern ließen, dann war es um die Zukunft der Insel schlecht bestellt.

Auf einmal musste er lächeln. Ob er selbst damit rechnen durfte, dass ihm Felix als erwachsener Mann mit ebensolcher Liebe und Hochachtung begegnen würde wie Arne Ingwersen seinem Vater? Der Junior hatte in Keitum sofort alles stehen und liegen lassen, als er hörte, was geschehen war. Und als er die Muschel I betrat, war er wortlos auf seinen Vater zugegangen und hatte ihn in die Arme geschlossen. Harm Ingwersen allerdings schien die innige Nähe zu seinem Sohn in Gegenwart der Polizisten unangenehm zu sein, er löste sich schnell daraus. »Wir müssen jetzt tapfer sein, mein Junge.«

Erik hatte sich gefragt, wie Arne wohl die Mitteilung aufnehmen würde, dass seine Mutter gestorben war, weil sein Vater sich nicht hatte einschüchtern lassen. Wie würde er reagieren, wenn er begriff, dass seine Mutter noch leben könnte, wenn sein Vater klein beigegeben hätte? Würde es dann mit der guten Beziehung zwischen Vater und Sohn vorbei sein?

Aber Erik hatte sich umsonst gesorgt. Kein Vorwurf kam über Arnes Lippen. Er sah seinen Vater nachdenklich an, und dann sagte er leise: »Ich wollte, ich hätte auch so viel Mut.«

Erik setzte sich wieder an seinen Schreibtisch und strich so lange seinen Schnauzer glatt, bis ihm klar wurde, was das ungute Gefühl zu bedeuten hatte, das in ihm rumorte. Es war die fehlende Trauer um die Mutter. Arne Ingwersen hatte sich um seinen Vater gesorgt, war voller Mitgefühl für ihn gewesen, hatte ihn bewundert für seinen Mut, ihn bestärkt, das Richtige getan zu haben ... aber Trauer um seine Mutter hatte er nicht gezeigt. Bestürzt war er gewesen, ja, betroffen und auch erschrocken. Aber traurig? Nein!

Erik wurde in seinen Gedanken durch einen Anruf des Gerichtsmediziners unterbrochen. Dr. Hillmot keuchte seinen Namen in den Hörer und brauchte dann erst mal eine Weile, um Luft zu bekommen. Anscheinend hatte er sich soeben neben Utta Ingwersens Leiche aufgerichtet. Möglich aber auch, dass er mit der Tatortarbeit bereits fertig und nun in der Gerichtsmedizin angekommen war. Die Treppe, die in die erste Etage führte, wo sein Büro lag, hatte mindestens zwanzig Stufen. Ein ewiges Ärgernis für Dr. Hillmot, das ihn einen beträchtlichen Teil seiner Arbeitszeit kostete. Denn er musste nach jeder fünften oder sechsten Stufe verschnaufen und auf dem Podest der ersten Etage mehrere Minuten um Atem ringen, bis er sich in der Lage fühlte, die Klinke seiner Bürotür nach unten zu stemmen.

»Ich verschone Sie mit Einzelheiten, mein Lieber«, pustete er in den Hörer. »Nur so viel – die Frau ist nicht an dem Sturz von der Galerie gestorben. Als sie unten ankam, war sie vermutlich schon tot.«

»Erschlagen?«

»Mit einem stumpfen Gegenstand, vermutlich aus Metall. Vetterich hat keine Tatwaffe gefunden, also hat der Täter sie wohl mitgenommen.«

»Todeszeitpunkt?«

»Ich schätze, zwischen zweiundzwanzig Uhr und Mitternacht. Einen detaillierten Bericht bekommen Sie morgen.«

»Danke, Doc.«

»Ach, noch was ... in der rechten Hand der Toten habe ich ein Kettchen gefunden. Vetterich wird es Ihnen gleich vorbeibringen.«

»Ach Lucia! Nur gut, dass du das nicht mehr erleben musst!« Mamma Carlotta übergoss die Tomaten mit kochendem Wasser und starrte trübe in die Schüssel, ohne zu sehen, wie das Wasser unter den Tomaten hervorperlte und sie in träge Bewegung versetzte. »Ob es dein Vater gewesen ist, der dich rechtzeitig zu sich geholt hat? Weil er von dort oben sehen konnte, welches Unheil auf die Insel zukommt?«

Carlotta dachte kurz nach, dann rückte sie von dieser Möglichkeit wieder ab. Nein, Dino hatte, als er noch im Vollbesitz seiner geistigen und körperlichen Kräfte war, seinen Kindern beigebracht, dass Weglaufen keine Lösung war. Er hätte dafür gesorgt, dass Lucia die Kraft hatte, sich zu widersetzen. Andererseits ... gegen die Mafia zu kämpfen, das hätte er sicherlich keinem seiner Kinder empfohlen. Was passierte, wenn man sich gegen sie stellte, das sah man ja an dem armen Mann, der nun damit leben musste, am Tod seiner Frau schuld zu sein.

Sie goss das Wasser von den Tomaten, die sich nun leicht häuten ließen. Tove hatte sich sehr geschämt, als er zugeben musste, klein beigegeben und gezahlt zu haben. Aber ihr Zuspruch hatte ihn aufgerichtet. »Es ist verrückt, Tove, sich gegen die Mafia zu stellen! Sie haben es ganz richtig gemacht!«

Am liebsten hätte sie ihm am Beispiel von Harm und Utta Ingwersen vorgehalten, wo es hinführte, sich mit einem Mafioso anzulegen, aber es war ihr, wenn auch nur mit großer Kraftanstrengung, gelungen zu schweigen. Erik war es wichtig, dass niemand etwas über die Hintergründe dieses Mordes erfuhr, und Carlotta gab ihm recht. Die Sylter durften nicht in Angst und Schrecken versetzt werden. Zu ihnen gehörten schließlich auch ihre Enkelkinder. »Ich werde auf sie aufpassen, Lucia, das verspreche ich dir.«

Sie hoffte, dass Lucia da oben im Himmel die Angst ihrer Mutter nicht durchschaute. Wenn Erik demnächst gezwungen sein würde, die Mafia zu jagen, in welcher Gefahr würden dann seine Kinder schweben? Würde Mamma Carlotta überhaupt eine Chance haben, die beiden zu schützen? Vielleicht musste sie Carolin und Felix mit in ihr Dorf nehmen, damit sie nicht irgendwann für den Mut ihres Vaters zahlen mussten, so wie Utta Ingwersen für den Mut ihres Mannes gezahlt hatte. »Dio mio!« Mamma Carlotta hatte sich selten so hilflos gefühlt wie an diesem Tag.

Sie würfelte die Tomaten, während sie das Olivenöl erhitzte, und versuchte, sich mit einem Lied von den trüben Gedanken abzulenken. So hatte sie es oft während der langen Jahre gemacht, die sie an Dinos Bett verbringen musste. Entweder hatte sie deutsche Vokabeln geübt, hatte Dino alle Geschichten, die ihr auf Italienisch erzählt worden waren, in deutscher Sprache wiedergegeben, oder aber sie hatte gesungen. Ihrem schwerkranken Mann war es wichtig gewesen zu fühlen und zu hören, dass sie bei ihm war, obwohl er sie schon lange nicht mehr verstand und nur noch selten reagierte. Also war es gleichgültig, ob sie deutsch oder italienisch mit ihm sprach, ob sie mit ihm redete oder ihm etwas vorsang. Hauptsache, er wusste, dass sie bei ihm war.

Dann aber hatte er einmal, in einem seiner wenigen lichten Momente, mit schwacher Stimme darum gebeten, sie möge keinen solchen Lärm machen. Und das ausgerechnet, als Carlotta etwas gelungen war, das gut und gerne eine Koloratur genannt werden konnte. Tief verletzt war sie gewesen, aber da die Wünsche eines Todkranken vor allen anderen standen, war bis zu Dinos Tod keine Melodie mehr über ihre Lippen gekommen. Erst in der Kirche, neben seinem Sarg, hatte sie wieder gesungen und sich heimlich gewundert, dass ihre Stimme nichts von dem glockenhellen Klang verloren hatte.

Die Tomatenwürfel zischten, als sie im heißen Olivenöl landeten. Mamma Carlotta holte tief Luft, um zu dem Choral anzusetzen, den sie während Dinos Beisetzungsfeierlichkeiten gesungen hatte, da hörte sie, wie sich ein Schlüssel in der Haustür drehte.

Carolins Stimme erklang: »Hallo, Nonna! Bist du zu Hause?«

»Carolina!« Mamma Carlotta war hocherfreut, wie immer, wenn sie eines ihrer Enkelkinder sah, egal, ob sie gerade aus der Schule oder von einem längeren Auslandsaufenthalt zurückkehrten. »Hast du eher freibekommen?«

Carolin betrat die Küche und zog einen blonden jungen Mann hinter sich her, den Carlotta kannte. »Michael hat mich in der Pause abgeholt. Weißt du eigentlich, dass er in der Muschel II ein Praktikum macht? Und stell dir vor, Nonna, er hat mir erzählt, dass was ganz Schreckliches geschehen ist!«

Carlottas Neugier hielt sich in Grenzen. Sie wusste, dass ihr Informationsvorsprung nicht aufzuholen war.

Wie angenehm, dass sie es sich leisten konnte, sich in aller Ruhe mit der Frage zu befassen, ob Carolin etwa den Unterricht geschwänzt hatte, ob dieser blonde Junge daran schuld und ob er überhaupt der Richtige für ihre Enkeltochter war.

»Es ging nicht anders«, wehrte Carolin die strenge Nachfrage ihrer Großmutter ab. »Soll ich etwa seelenruhig Englischvokabeln lernen, während der Inselchor sich auflöst?«

Carlotta zog Michael Ohlsen, der verlegen in der Tür stehen geblieben war, an den Tisch, setzte ihn darüber in Kenntnis, dass sie eine Tomatensuppe kochte, und fragte ihn, ob er später mit ihnen essen wolle. »Die Suppe wird auf jeden Fall reichen, Antipasti sind immer genug da, und von dem Olivenrisotto mache ich eben ein bisschen mehr. Non c'è problema!«

Sie drückte Michael auf einen Stuhl. Dem Jungen war anzusehen, wie gern er stehen geblieben wäre und sich bei nächster Gelegenheit mit Carolin zusammen verdrückt hätte. Aber er hatte keine Chance. Zwar wurden ihm seine Beteuerungen, dass er in der Muschel II zum Mittagessen erwartet wurde, abgenommen, aber um weitere Antworten kam er nicht herum. Mamma Carlotta gab erst Ruhe, als sie wusste, dass Michael Ohlsen über einen Realschulabschluss verfügte, den Beruf des Restaurantleiters anstrebte und dass seine Eltern in Rantum ein kleines Lokal betrieben, in denen es auch Pizza und Spaghetti Bolognese gab.

»Nonna!«, rief Carolin verzweifelt. »Hörst du mir denn gar nicht zu? Es ist etwas Schreckliches geschehen! Willst du gar nicht wissen, was? Du bist doch sonst immer so neugierig.«

Carlotta ging zum Herd, rührte die Tomatenwürfel um und goss sie mit Brühe auf. Dafür, dass Carolin sie neugierig nannte, hatte sie eine kleine Strafe verdient. »Ich weiß es längst, Carolina!«, sagte sie würdevoll und genoss die Verblüffung im Gesicht ihrer Enkelin.

Carolin und Michael hingen an ihren Lippen, während sie berichtete, dass ausgerechnet sie es gewesen war, die die Tote gefunden hatte. »Dieses viele Blut!«, schloss sie. »Es war … terribile!« Sie stand auf und rührte angewidert in der Tomatensuppe. »Ich glaube, ich werde nichts davon essen. Madonna, die Suppe hat die gleiche Farbe wie Utta Ingwersens Blut!«

»Die esse ich auch nicht«, beschloss Carolin kurzerhand, und Michael sah so aus, als wäre er sehr froh, dass es ihm erspart blieb, Carlottas Einladung zum Essen anzunehmen.

»Wie schade um den Chorwettbewerb!«, seufzte Mamma Carlotta. »Ich hatte mich so darauf gefreut. Und auf die Chorproben!«

Michael schien längst verstanden zu haben, dass die Konversation mit der Großmutter seiner Freundin als besonders gelungen galt, wenn Neuigkeiten zu verkünden waren. Carolin lächelte ihn stolz an, als er berichtete: »Der Wettbewerb wird stattfinden. Die Chefin hat gesagt, man könne es den Chormitgliedern nicht antun, die Teilnahme abzusagen. Noch dazu, wo Sylt der Gastgeber ist!«

Mamma Carlotta sah ihn verblüfft an. »Ihre Chefin? Das ist doch … Vera Ingwersen. Ihre Schwiegermutter ist ermordet worden, und sie will mit den Chorproben fortfahren?«

Michael zuckte mit den Schultern. »Heute fällt die Probe aus, aber ab morgen wird wieder täglich geübt. Die Frage ist nur, wer den Solopart übernimmt. Die Chefin denkt darüber nach, es selbst zu tun.«

»Sie will dann diese beiden Lieder ihrer Schwiegermutter widmen«, warf Carolin ein.

»Davon erhofft sie sich bei der Jury Sonderpunkte«,

ergänzte Michael und sah ein wenig geringschätzig drein. »Die Chefin ist ehrgeizig. Wenn die sich was davon verspricht, auf die Tränendrüse zu drücken, dann tut sie es.«

Mamma Carlotta war erschüttert. »Fröhliche Lieder singen, wenn tags zuvor die Schwiegermutter umgekommen ist?« Missbilligend schüttelte sie den Kopf. »In Ordnung ist das nicht.«

»Die Chefin mochte ihre Schwiegermutter nicht besonders gern«, verriet Michael. Und Mamma Carlotta hing an seinen Lippen, als er fortfuhr: »Frau Ingwersen hatte sich eine andere Schwiegertochter gewünscht. Eine Metzgertochter war ihr nicht gut genug. Aber ihr Mann hatte gleich kapiert, dass Vera für seinen Sohn genau die Richtige ist. Der braucht jemanden, der die Ärmel hochkrempelt und die Probleme anpackt.«

»Mit ihrem Schwiegervater verstand sich Vera also besser?«, fragte Mamma Carlotta.

Michael nickte. »Mit dem verstehen sich alle gut. Auch sein Sohn kam mit der Mutter nicht besonders gut aus. Mit dem Vater allerdings ...« Er schnalzte mit der Zunge. »Manchmal kommt es mir so vor, als wäre es Vera Ingwersen gar nicht recht, dass ihr Mann so an seinem Vater hängt.«

»Warum nicht?«, fragte Mamma Carlotta. »Es ist doch schön, wenn ein Mann seinen Vater liebt.«

»Vera wäre es lieber, wenn ihr Mann sie um Rat fragt und nicht immer seinen Vater.« Michael verzog das Gesicht. »Wenn die Leute hören, was passiert ist, wird Harm Ingwersen sich vor lauter Anteilnahme nicht retten können.«

Mamma Carlotta nickte schweigend. Wie würden die Leute erst reagieren, wenn sie wüssten, wie es zu Utta Ingwersens Ermordung gekommen war?

Erik verstand die Welt nicht mehr. Das allein war nicht weiter schlimm, das kam des Öfteren vor, wenn seine Schwiegermutter zu Besuch war. Wenn er versuchte, ihren schnellen Gedanken und ihrem rasanten Redefluss zu folgen, begriff er nicht selten viel zu spät, wovon die Rede war, manchmal erst, wenn Mamma Carlotta und Felix in Gelächter ausbrachen und Carolin grinsend den Kopf schüttelte.

Diesmal jedoch hatte er auch nach einer angemessenen Frist noch nicht herausgefunden, warum Carolin ihn mit Tränen in den Augen einen total blöden Vater genannt, Felix sich feixend die Hände gerieben hatte und von Sören kein einziger solidarischer Blick gekommen war. Sein Assistent hatte nur stumm auf seinen Teller geblickt, während Mamma Carlotta mit vielen überflüssigen Worten versuchte, der aufgeladenen Stimmung die Explosionsgefahr zu nehmen. So, wie sie es immer tat, wenn sie familiäres Unheil witterte. Aber wie und wo war dieses Unheil entstanden? Erik war ratlos.

Dabei hatte er sich ehrlich gefreut, als er den blonden Jungen in seiner Küche vorfand, von dem Felix ihm am Strand erzählt hatte. Er würde also ausnahmsweise nicht hinter seiner Schwiegermutter zurückstehen müssen, wenn demnächst von Carolins Liebesleben die Rede sein sollte, sondern genauso vertrauensvoll mit dem Freund seiner Tochter umgehen können, wie Mamma Carlotta es vermutlich längst tat. Und er wollte von Anfang an deutlich machen, dass er nicht zu den eifersüchtigen Vätern gehörte, die dem ersten Verehrer der Tochter mit Ablehnung begegneten.

»Schön, dich kennenzulernen«, sagte er also jovial und überlegte fieberhaft, welchen Namen Felix genannt hatte, als er ihm von dem Jungen erzählte, der Carolin bewogen hatte, sich der Volksmusik zu widmen. Zum Glück fiel er ihm schon im nächsten Moment wieder ein. »Florian!

Du musst mir unbedingt erzählen, woher deine Familie stammt! Der Name Silbereisen ist mir auf Sylt noch nie begegnet!«

Felix prustete in seine Suppe, der Junge mit den blonden Locken schluckte den höflichen Gruß, zu dem er zweifellos ansetzen wollte, hinunter, und Carolin brüllte ihren Vater wütend an: »Du bist total blöd! Zum Glück will er sowieso nicht bei uns essen! Wir gehen!«

Sie zerrte ihren Freund vom Stuhl, schob ihn zur Küchentür hinaus und warf sie krachend ins Schloss. Erik starrte mit offenem Mund die Tür an. Hatte er was falsch gemacht? Kannte er die Familie Silbereisen womöglich längst und hatte nun verraten, dass keins ihrer Mitglieder Eindruck auf ihn gemacht hatte? Felix' Lob »Das hast du ja sauber hingekriegt, Papa!« konnte Erik nicht erfreuen.

Er überlegte, ob es Sinn hatte, sich nach dem Grund für das merkwürdige Verhalten seiner Tochter zu erkundigen oder ob er sich damit völlig zum Deppen machte. Er wusste inzwischen, dass sechzehnjährige Töchter eine andere Vorstellung hatten von dem, was peinlich war, als Menschen jenseits der dreißig. Und selbst wenn man es ihm erklärt hatte, war er nicht unbedingt schlauer gewesen als zuvor.

Ehe Erik zu einem Entschluss gefunden hatte, lenkte Sören das Gespräch auf die Kette, die Dr. Hillmot in der Hand der Toten gefunden hatte.

»Was für ein Mist!«, begann Sören so plötzlich zu schimpfen, als wäre er froh, etwas gefunden zu haben, was nichts mit pubertierenden Töchtern, ahnungslosen Vätern und einem gewissen Florian Silbereisen zu tun hatte.

Erik war ihm dankbar dafür. »Ich hatte auch gedacht«, bestätigte er, »dass die Kette uns zum Täter führen würde.«

Nachdem Vetterich, der Chef der Spurenfahnder, sie bei

ihm abgeliefert hatte, war Erik umgehend zur Muschel I gefahren, wo Harm Ingwersen damit beschäftigt war, seinen Mitarbeitern Instruktionen für den Abend zu geben.

»Ich habe mich entschlossen«, erklärte er Erik, »das Restaurant heute Abend zu öffnen. Wie immer! Ich selbst werde nicht arbeiten, aber mein Oberkellner wird schon ohne mich klarkommen! Ich werde eine Schlaftablette nehmen und versuchen, für ein paar Stunden alles zu vergessen.«

Er war blass, auf seinem Gesicht lagen Schatten, als wäre er schlecht rasiert. Inzwischen trug er eine dunkle Jeans und ein weißes Hemd. Obwohl Harm gut zehn Jahre älter war, kam Erik sich in seiner Gegenwart schwerfällig vor, regelrecht unattraktiv. Er war froh, dass niemand seine Gedanken lesen konnte, als er insgeheim feststellte, dass Harm Ingwersen die Trauer gut stand. Seine Freundlichkeit, seinen Charme hatte er notgedrungen eingebüßt, aber der Ernst, der in seinen Augen stand, machte ihn noch anziehender, als er ohnehin war. Auch alle weiteren Gedanken, die Erik durch den Kopf gingen, hätte er niemals laut ausgesprochen: Utta Ingwersen war keine sympathische Frau gewesen, gut aussehend zwar, aber hochmütig und selbstgefällig. Hatte Harm sie womöglich wegen ihres Geldes geheiratet und wegen des Restaurants, das er führte wie sein eigenes? Erik betrachtete Ingwersen, während er ihm die Plastiktüte hinschob, die die Halskette enthielt. Es war nie etwas laut geworden von Eheproblemen, Seitensprüngen oder familiären Streitigkeiten bei den Ingwersens. Wenn über die Familie getuschelt worden war, dann immer nur darüber, dass der Sohn seinen Vater verehrte, auch die Schwiegertochter sich gut mit ihm verstand und die Mitarbeiter für ihren Chef durchs Feuer gingen, während Utta es nicht einmal geschafft hatte, zu ihrem einzigen Sohn ein liebevolles Verhältnis aufzubauen. Erik fiel es schwer zu glauben, dass Harm

Ingwersen eine Frau verloren hatte, die er liebte, aber an seiner Loyalität zu ihr gab es wohl keinen Zweifel.

»Diese Kette hatte Ihre Frau in der Hand«, sagte Erik. »Es könnte sein, dass sie sie ihrem Mörder abgerissen hat, als sie sich gegen ihn zur Wehr setzte.«

Harm bewegte seinen Kopf so langsam hin und her, dass Erik nicht sicher war, ob er ihn schüttelte oder nur seine Erschütterung ausdrücken wollte.

»Haben Sie das Kettchen schon mal gesehen?«

Nun bewegte Harm den Kopf auf und ab. Kein Zweifel, er nickte.

»Sie kennen es? Sie wissen, wem es gehört?«

Harm schöpfte tief Luft. »Meiner Frau.«

Die Enttäuschung machte Erik stumm. Vor wenigen Augenblicken war es noch sein größter Schatz, das einzige mögliche Beweismittel gewesen, doch nun lag nur noch ein billiges Kettchen zwischen ihnen auf dem Tisch. Wieso überhaupt hatte Utta Ingwersen derart einfachen Schmuck getragen? Sie gehörte doch zu den Frauen, die das Exklusive liebten.

Harm schob die Plastiktüte zurück. »Es stammt aus dem Laden«, sagte er. »Vor ein paar Wochen hatte Utta diese Kettchen eingekauft und sich selbst eins davon genommen. Ehe alle weg sind, hat sie gesagt. Die Kettchen gingen anscheinend gut.«

»Hat sie es gestern Abend getragen?«, fragte Erik hilflos.

»Sie trug es seitdem ständig«, korrigierte Harm. »Ich glaube, sie hatte es zu ihrem Talisman gemacht. Utta war nicht religiös, aber das kleine Kreuz sollte sie wohl beschützen.« Er schluchzte trocken auf. »Warum hat sie es sich abgerissen?«

Erik hob die Schultern und ließ sie deprimiert wieder fallen. »Der Täter wird von hinten gekommen sein, dann hat er zugeschlagen. Der erste Schlag war vermutlich noch nicht tödlich, ihre Hände fuhren zum Hals, weil ihr die Luft wegblieb, dann kam der zweite Schlag, die Hände verkrampften sich …« Erik sprach nicht weiter.

Nach einer kurzen Pause nahm er die Plastiktüte wieder an sich. »Hat der Mafioso sich schon wieder bei Ihnen gemeldet?«, fragte er, obwohl er sich von Harm Ingwersens Antwort nichts erhoffte.

Es kam, was er erwartet hatte: »Ich möchte dazu nichts sagen.«

Erik nickte und senkte den Kopf. Er konnte Harm Ingwersen verstehen. Der Mann hatte sich einmal mit der Mafia angelegt, noch einmal würde er kein Risiko eingehen.

»Und ich möchte Sie auch bitten«, fuhr Ingwersen fort, »meinen Sohn in Ruhe zu lassen. Ich will nicht, dass Sie ihn mit Fragen belästigen, die er sowieso nicht beantworten wird.«

Erik nickte erneut. Jedem anderen hätte er gesagt, dass er sich in seine Ermittlungsarbeit nicht dreinreden lasse und persönliche Wünsche selbstverständlich nicht berücksichtigen könne. Aber hier war das etwas anderes. Wer von der Mafia erpresst wurde, konnte unmöglich zu einer Aussage gezwungen werden, erst recht nicht ein Mann, dessen Mutter soeben ermordet worden war.

Was für ein vertrackter Fall! Erik erinnerte sich mit einem Mal an einen Carabiniere, den er bei Verwandten seiner Frau kennengelernt hatte. Der arme Mann war an seinem Beruf verzweifelt und hatte sich später entschlossen, den Dienst zu quittieren, um fortan seinen Lebensunterhalt in einer Bar in Napoli zu verdienen. »Gegen die Mafia zu kämpfen«, hatte er gesagt, »ist sinnlos. Und jahrein, jahraus etwas Sinnloses zu tun, das hält niemand aus.« Allmählich verstand Erik, was er damit gemeint hatte.

Mamma Carlotta trug das dampfende Olivenrisotto

auf, ohne das silberne Kettchen aus den Augen zu lassen. »Das wäre genau das Richtige für Sandra gewesen«, sagte sie. »Was meinst du, Enrico, ob diese Kettchen schon ausverkauft sind?«

»Woher soll ich das wissen?«, knurrte Erik. »Ich habe mir nicht die Auslagen angesehen, bevor ich den Tatort betrat.«

Mamma Carlotta überhörte seine Anzüglichkeit. »Was wird nun mit der Perlenmuschel geschehen?«, überlegte sie. »Wird sie geschlossen bleiben? Oder gibt es jemanden, der das Geschäft weiterführt?«

Sören schien nicht zu wollen, dass die Frau, die ihm das köstliche Olivenrisotto vorgesetzt hatte, unfreundlich behandelt wurde, und kam seinem Chef zuvor: »Soviel ich weiß, führte Utta Ingwersen den Laden allein. Aber es gibt eine Aushilfskraft, die gelegentlich einspringt. Ob die wohl in der Lage sein wird, das Geschäft allein zu betreuen?«

»Möglich, dass ihre Schwiegertochter den Laden übernimmt«, meinte Mamma Carlotta. »Dann ist er vielleicht morgen schon wieder geöffnet.«

Erik betrachtete seine Schwiegermutter kopfschüttelnd. »Du glaubst doch wohl nicht im Ernst, dass Vera Ingwersen sich morgen hinter die Ladentheke der Perlenmuschel stellt. Genau dorthin, wo ihre Schwiegermutter am Tag vorher zu Tode kam!«

Mamma Carlotta schien es durchaus glauben zu können. »Wetten, dass die Geschäfte so gut gehen wie nie zuvor? Alle werden in die Perlenmuschel kommen, um etwas über den Mord zu erfahren. Und damit sie nicht für neugierig gehalten werden, kaufen sie das eine oder andere Teil.«

Sören lächelte amüsiert, und Felix schlug vor: »Man könnte zehn Prozent Mordaufschlag verlangen!«

Erik lag ein Rüffel auf der Zunge. Aber da er es sich

bereits mit seiner Tochter verdorben hatte, zog er es vor, sich die Sympathien des Sohnes nicht auch noch zu verscherzen, und schwieg.

»Ich werde sie morgen bei der Chorprobe fragen«, beschloss Mamma Carlotta, »wann die Perlenmuschel wieder geöffnet wird. Die Kette wäre genau das richtige Geschenk für Sandra.«

»Vera Ingwersen wird die Chorproben nicht fortsetzen.« Erik warf ihr einen Blick zu, der sie strafen sollte für die Unterstellung, eine Frau könne nach der Ermordung ihrer Schwiegermutter ihr Leben fortführen, als wäre nichts geschehen.

»Ich weiß, dass weiter geprobt werden soll«, erklärte Mamma Carlotta und gab sich Mühe, nicht allzu triumphierend zu klingen. »Michael hat es erzählt.«

»Wer ist Michael?«

»Carolins Freund.«

»Ich denke, der heißt Florian.«

»Eben nicht!«, rief Felix und warf die Arme zur Decke, wie es seine Mutter immer getan hatte, wenn sie auf Unverständnis traf. »Deswegen war Caro doch so sauer auf dich!«

»Du hast mir aber am Strand von einem Florian Silbereisen erzählt, ich erinnere mich genau.«

»Aber ich habe nicht behauptet, dass er Caros Freund ist. Das fehlte noch! Michael Ohlsen ist weiß Gott schlimm genug.«

Erik sah Sören an, als könnte von ihm Hilfe kommen, aber sein Assistent widmete sich mit solcher Inbrunst seinem Risotto, dass man meinen konnte, er wolle zu diesem Thema auf keinen Fall etwas beitragen. »Und wenn schon«, sagte Erik dann. »Man kann sich mal irren. Kein Grund, beleidigt davonzurauschen!«

Nach dem Essen forderte Erik seinen Sohn auf, sich den Schularbeiten zu widmen. »Wenn Carolin zurückkommt, wird sie wieder für den Chorwettbewerb üben, dann hast du keine Ruhe mehr.«

Felix, der gerade Luft geholt hatte, um sämtliche Gründe vorzubringen, die gegen die Erledigung von Schularbeiten sprachen, besann sich anders und stand auf. »Okay! Und sobald hier gesungen wird, gehe ich auf den Fußballplatz.«

Er hatte kaum die Küche verlassen, als Erik eine Miene aufsetzte, die Mamma Carlotta aufmerken ließ. So hatte er ausgesehen, als er nach Umbrien gekommen war, weil er um Lucias Hand anhalten wollte, und so ähnlich hatte er sie angeblickt, als er bei einem Besuch im Hause von Carlottas Tante Melania deren gefürchteten Kräuterlikör heimlich in die Petunien gekippt und gehofft hatte, dass seine Schwiegermutter ihn nicht verriet. Mamma Carlotta beschloss, sich einen doppelten Espresso zu gönnen. Erik wollte etwas von ihr, so viel stand fest, und sie war auf alles gefasst.

Er warf Sören einen Blick zu. Dann begann er umständlich: »Was ich noch sagen wollte ... Wir müssen etwas mit dir besprechen.«

Er strich sich ausgiebig den Schnauzer glatt, dann holte er seine Pfeife und suchte lange nach dem richtigen Tabak. So lange, bis Mamma Carlotta das Warten nicht mehr ertrug.

»Geht es um die Mafia?«, fragte sie.

Erik fuhr überrascht herum. »Wie kommst du darauf?«

»Die Mafia hat die beiden Morde begangen. Stimmt's?«

Als sie in Sörens vielsagende Miene blickte, bereute sie prompt, so voreilig gewesen zu sein. Wie sollte sie erklären, was sie von der Mafia wusste? Dass Tove ihr die Schutzgelderpressung gestanden hatte, konnte sie unmöglich preisgeben. Erstens, weil sie ihm Stillschweigen versprochen hatte, zweitens, weil Erik nichts von ihren häufigen Besuchen in Käptens Kajüte erfahren sollte, und drittens, weil er sowieso nicht für möglich halten würde, dass Tove Griess ausgerechnet sie in ein gefährliches Geheimnis eingeweiht hatte.

Prompt kam Sörens Frage: »Woher wissen Sie das, Signora?«

Erik sah Mamma Carlotta an, als hätte er sie bereits bei einer Lüge ertappt. »Ich habe dir gesagt, es stimmt nicht, dass Sylt von der Mafia heimgesucht wird. Das war ein Irrtum, habe ich dir gesagt.«

»Nur weil du mich beruhigen wolltest!«, gab Mamma Carlotta zurück. Sie hatte soeben eine Erklärung gefunden, ohne Toves Namen ins Spiel zu bringen. »Ich bin Italienerin. Jeder Italiener hat einen sechsten Sinn, wenn es um die Mafia geht.« Diese Behauptung konnte ein friesischer Polizeibeamter nicht widerlegen. Trotzdem fragte sie vorsichtshalber, ehe Erik weiter insistieren konnte: »Und warum ist es dir jetzt nicht mehr wichtig, dass ich beruhigt bin?«

»Weil wir deine Hilfe brauchen.«

Mamma Carlotta verschlug es die Sprache. Die deutsche Polizei bat sie um Hilfe? Es war immer schön, um Hilfe gebeten zu werden, sich großzügig zu zeigen und für zehnmal »per favore« hundertmal »grazie« zurückzubekommen. Aber das Glück war kaum zu beschreiben, wenn von höchster Stelle die Mitarbeit einer italienischen Mamma eingefordert wurde. Carlotta Capella, ohne die der Kampf gegen die Mafia nicht zu gewinnen war!

Sie konnte sich nur mit Mühe auf das konzentrieren, was Erik ihr umständlich auseinandersetzte. »Ich habe im Büro versucht, ein Telefongespräch mit einem italienischen Kollegen in Neapel zu führen. Es gibt dort einen Mafia-Fahnder, der sich gut auskennt. Nur … in seiner Abteilung spricht niemand Deutsch.«

Mamma Carlotta ging ein Licht auf. »Ich soll als … wie sagt man …?«

»… als Dolmetscherin fungieren«, ergänzte Sören.

Mamma Carlottas Augen begannen zu leuchten. »Dolmetscherin«, wiederholte sie ehrfürchtig. Hoffentlich vergaß sie dieses wichtige Wort nicht wieder!

»Natürlich verfügt die Polizei über Dolmetscher«, erklärte Erik, »aber bis ich in Flensburg einen angefordert habe …« Er führte den Satz nicht zu Ende.

Mamma Carlotta hielt es nicht auf ihrem Stuhl. »Gib mir die Telefonnummer, und ich rufe in Napoli an. Weißt du eigentlich, dass eine meiner Cousinen nach Napoli geheiratet hat? Damals war ihr Mann noch ein Carabiniere, aber dann hat er seinen Beruf aufgegeben und sich eine Bar in der Nähe des Hafens gekauft. Maria musste als Küchenhilfe in einem Restaurant arbeiten, um den Kredit abzubezahlen. Sie hoffte natürlich, dass die Bar schon bald gut laufen würde, damit sie ihren Job wieder an den Nagel hängen konnte, aber soviel ich weiß, arbeitet sie heute noch als Küchenhilfe. Und ihr Mann mixt die meisten Cocktails in seiner Bar für sich selbst. Wenn er nach Hause kommt, ist er immer sinnlos betrunken.«

Erik wurde ungeduldig. »Ja, ja, ich habe bei Tante Melania mit ihm gesprochen. Kurz bevor er den Dienst quittierte.« Er nahm ihr die Spülbürste aus der Hand, damit sie aufhörte, zu ihren schnellen Worten den Takt zu schlagen. »Du musst mir aber versprechen, über das Gespräch strengstes Stillschweigen zu bewahren. Kannst du das?«

Mamma Carlotta betrachtete ihn empört. »Hältst du mich etwa für eine … eine …«

»Klatschbase?«, half Erik freundlich aus. Dann fiel ihm ein, dass er es sich mit Mamma Carlotta nicht verderben wollte, und er ergänzte schnell: »Natürlich nicht!

Aber du musst wissen, dass die Dolmetscher, die für die Polizei arbeiten, allesamt vereidigt sind. Daran siehst du, wie wichtig Verschwiegenheit ist.«

Mamma Carlotta hob feierlich zwei Finger. »Du kannst dich auf mich verlassen.«

»Kein Wort von der Mafia zu irgendwem! Vor allem nicht zu den Kindern! Niemand darf wissen, dass Utta Ingwersen allem Anschein nach ein Opfer der Mafia geworden ist. Es bleibt dabei – sie ist einem Raubmord zum Opfer gefallen, verstanden?«

Mamma Carlotta nickte atemlos.

»Und Henner Jesse ebenfalls!«

»Capito!«

Erik schrieb eine Telefonnummer auf. »Du kannst dich an die drei ineinander verschlungenen Doppelkreise erinnern, die der Mörder neben Utta Ingwersen auf den Boden gemalt hat?«

»Certo! In meinem ganzen Leben werde ich sie nicht vergessen.«

»Dann fragst du also den Kollegen, ob er dieses Zeichen kennt und was es zu bedeuten hat.«

»Capito!«

»Und anschließend fragst du, ob es Anzeichen dafür gibt, dass die Mafia sich auf Sylt breitmachen will.«

»Capito!«

»Und dass du meine Schwiegermutter bist, verrätst du nicht. Tu so, als wärst du eine staatlich vereidigte Dolmetscherin.«

»Capito!«

Der italienische Commissario hieß Adriano Girotti und wohnte, wie Carlotta schnell herausfand, in dem Viertel Napolis, in dem Marias Mann seine Bar betrieb. Mamma Carlotta war klar, dass ihr Schwiegersohn es anders angefangen hätte, aber sie selbst war nun mal der Ansicht, dass ein wichtiges Gespräch fruchtbarer verlief, wenn man freundliches Interesse säte, bevor man wichtige Informationen erntete.

Erik machte ungeduldige Handzeichen, während Carlotta dem Commissario erzählte, dass ihre arme Cousine als Küchenhilfe arbeitete, während ihr Mann sich Tag für Tag in der eigenen Bar betrank und es somit nie schaffen würde, den Kredit abzubezahlen, den er für den Erwerb der Bar aufgenommen hatte. Als Carlotta verriet, dass der bedauernswerte Mann einmal ein Kollege Girottis gewesen war, kamen sie zum eigentlichen Thema. Denn Adriano Girotti gestand, dass auch er sich lieber in einer eigenen Bar betrinken würde, als tagein, tagaus gegen die Mafia zu kämpfen.

Erik, dem die Vorrede viel zu lange dauerte, signalisierte, dass seine Schwiegermutter endlich zum Punkt kommen solle, aber Mamma Carlotta ließ sich nicht stören. Sie sprach italienisch! Wie also sollte Erik wissen, dass sie diese Gelegenheit nutzte, um etwas über Marias Schicksal und das ihres Mannes herauszufinden? Erik verstand kein Wort, konnte also später nichts beweisen.

Den Commissario jedenfalls interessierte das schwere Schicksal des früheren Kollegen, und er versprach, demnächst in dessen Bar einzukehren. Und in dem Restaurant, in dem Maria arbeitete, würde er seinen Hochzeitstag feiern und sie von ihrer Cousine Carlotta grüßen. Anschließend war er umso redseliger, als es um Eriks Fragen ging. Von drei ineinander verschlungenen Doppelkreisen hatte er allerdings noch nie etwas gehört und glaubte nicht, dass sie ein mafiöses Symbol darstellten. Auch von der Verlagerung der Aktivitäten irgendeiner Mafia-Familie nach Sylt war ihm nichts zu Ohren gekommen. Da er jedoch einer Dolmetscherin, deren Cousine mit einem ehemaligen Kollegen verheiratet war, unbedingt eine Gefälligkeit erweisen wollte, versprach er, sich umzuhören und sich zu melden, wenn er etwas herausfinden sollte, was für die deutsche Polizei von Bedeutung sein könnte.

Als Mamma Carlotta den Hörer auflegte, verdrehte Erik die Augen. »Wie kann man so lange über etwas so Simples wie drei Doppelkreise reden?«

»Du hast mir eine wichtige Aufgabe übertragen«, entgegnete Mamma Carlotta würdevoll. »Und die werde ich nicht schlampig erledigen, sondern gründlich.« In aller Ausführlichkeit berichtete sie dann von Girottis Zweifeln, dass die Morde auf Sylt wirklich etwas mit der Mafia zu tun hätten. »Er kennt keine Mafia-Familie, die sozusagen ihren Stempel neben der Leiche zurücklässt. Und das Symbol der drei Doppelkreise ist ihm ebenfalls nicht bekannt.«

Erik sah seinen Assistenten ratlos an, Sören erwiderte den Blick genauso ratlos. »Irgendwelche neuen Erkenntnisse von der Spurenfahndung?«, fragte Erik.

Sören schüttelte den Kopf. »Und Dr. Hillmot hat auch nichts gefunden, was uns weiterhelfen kann.«

»Aber er bleibt dabei, dass Utta Ingwersen auf ihrem Stuhl gesessen haben muss, als der Schlag auf ihren Schädel niederging«, sagte Erik nachdenklich. »Komisch eigentlich, dass sie nicht aufgestanden ist, als jemand in ihren Laden kam.«

»Vielleicht hat sie es nicht bemerkt«, gab Sören zurück.

Erik nickte. »Er hat sich angeschlichen, sie war in ihre Steuerunterlagen vertieft ...«

»Andererseits ist die Treppe, die zur Galerie hochführt, aus Holz. So eine Treppe knarrt immer.«

»Aber sie hat es nicht gehört.«

»Oder ... sie hat den Täter gekannt, hat sich nur kurz umgesehen und mit der Arbeit weitergemacht.«

Erik starrte seinen Assistenten an. »Sie meinen, Utta Ingwersen kannte den Mafioso?«

Sören dachte kurz nach, dann schüttelte er den Kopf. »Nein, das kann ich mir eigentlich nicht vorstellen.«

In diesem Augenblick klingelte Eriks Handy. Enno Mierendorf war am anderen Ende. »Er ist gesehen worden! Auf der Friedrichstraße! Vor Leysieffer! Er trinkt dort Kaffee, zusammen mit einer jungen Frau.«

Mamma Carlotta saß am Küchentisch und starrte auf Carolins unangetasteten Teller. Sie verstand genauso wenig wie Erik, warum die Enkelin derart empfindlich reagiert hatte. War es denn so schlimm, einen Jungen versehentlich mit einem falschen Vornamen anzusprechen?

Sie war froh, als Felix in die Küche kam. »Felice! Was ist los mit deiner Schwester? Dieser Irrtum deines Vaters – was war daran so schlimm?«

»Na, hör mal! Wer mich mit Florian Silbereisen verwechseln würde, der wäre für mich auch gestorben!«

»Warum?«

»Weil der Typ total uncool ist.«

»Uncool? Was bedeutet das?«

»Na ... uncool eben. Versuch nicht, das Wort im Lexikon zu finden, da steht es nicht. Jeder weiß auch so, was uncool ist.« Er warf sich auf einen Stuhl und legte ein Schulbuch auf den Küchentisch. »Nonna! In Italien habt ihr doch auch Matheunterricht, oder?«

Mamma Carlotta nickte. »Naturalmente!«

»Auch damals schon, als du zur Schule gegangen bist?« Er sah sie an, als wäre das mindestens hundert Jahre her.

Mamma Carlotta erinnerte sich, dass sie im Kopfrechnen immer eine der Schnellsten gewesen war, und nickte noch einmal.

»Okay, dann hör mal zu: Die Quersumme einer zweistelligen Zahl ist dreizehn. Die Zehnerziffer ist um zwei kleiner als die doppelte Einerziffer. Wie heißt die Zahl?« Felix blickte auf. »Wie habt ihr das in Italien gerechnet?«

Mamma Carlotta starrte ihn mit offenem Munde an. Da Felix selten erlebte, dass es seiner Nonna die Sprache verschlug, ging er wohl davon aus, dass sie über die Lösung der Aufgabe nachdachte, und sah sie erwartungsvoll an. Als sie noch immer schwieg, half er nach: »X plus y ist dreizehn, das müsste die erste Gleichung sein. Aber die zweite?«

Entschlossen sprang Mamma Carlotta auf. »Ich mache mir Sorgen um Carolina. Sie hat nicht zu Mittag gegessen. Ist einfach verschwunden! Wenn ihr nun was zugestoßen ist!« Schon lief sie in den Flur, wo ihre Jacke am Garderobenhaken hing.

»Was soll ihr schon zugestoßen sein?«, rief Felix ihr nach. »Sie wird mit Michael in die Muschel II gefahren sein und ihm dort seine Wunden lecken.«

Mamma Carlotta steckte den Kopf zur Küche herein. »Ich werde nach ihr sehen und dafür sorgen, dass sie deinem Vater verzeiht.«

»Und was ist mit meiner Matheaufgabe?«

»Allora, Felice ... das ist alles schon so lange her ...«

Die Luft war klar und frisch, als sie die Braderuper Straße entlangradelte. An ihrem Ende bog sie rechts ab und wurde prompt von einer Bö erfasst. Tief beugte sie sich nun über den Lenker, um dem Wind wenig Angriffsfläche zu bieten, sodass sie nicht einmal Augen für das imposante Munkmarscher Fährhaus hatte. Sie blickte erst auf, als das Wahrzeichen Keitums, die Kirche St. Severin, in Sicht kam. Aus dunklem Backstein war der Turm, weiß verputzt das Kirchenschiff, mit einer Kreuzblende unter der Dachkante. Sie gefiel ihr, weil sie sich nicht in den Himmel reckte, sondern verwurzelt schien, dem Boden sehr nahe. Als sie das Fahrrad vor der Muschel II abstellte, fragte sich Mamma Carlotta, wie sie Carolin eigentlich finden sollte. Und wie würde ihre Enkeltochter reagieren, wenn die Großmutter plötzlich vor ihr stand? Aus leidvoller Erfahrung wusste sie, wie undankbar pubertierende

Kinder der Sorge ihrer Eltern und Großeltern begegneten. War es richtig, beim Oberkellner nach Michael Ohlsen zu fragen? Oder würde der Junge dann in Verdacht geraten, sich durch private Besuche von der Arbeit ablenken zu lassen? Oder würde man ihn suchen und ihn bei dieser Gelegenheit dabei ertappen, dass er mit seiner Freundin zusammen war, statt zu arbeiten?

Mamma Carlotta trat unsicher von einem Bein aufs andere. Warum war sie überhaupt hergekommen? War sie nicht eigentlich nur vor der Matheaufgabe geflüchtet und dem Bekenntnis, über Bruchrechnung und Dreisatz nie hinausgekommen zu sein? Während sie vor der Eingangstür des Restaurants auf und ab ging, bemühte sie sich, wie eine Sylttouristin auszusehen, die auf ihren Begleiter wartete, um in der Muschel II ein spätes Mittagessen einzunehmen. Unauffällig lenkte sie dann ihre Schritte zum Garten des Lokals. Auf der Stelle wirkte sie wie eine interessierte Jubilarin, die ihren runden Geburtstag im Garten der Muschel II zu feiern gedachte.

Mit den Händen auf dem Rücken wanderte sie zwischen den Hecken entlang und betrachtete mit bewundernden Blicken das Ambiente. Dabei horchte sie genau hin, damit ihr kein verdächtiges Geräusch entging, weder das Seufzen eines Mädchens, das sich von seinem Vater nicht verstanden fühlte, noch die besänftigende Stimme eines Jungen, der versuchte, die Situation für seine Zwecke zu nutzen. Ein Mädchen, das mit seinen Eltern haderte, war schnell bereit, etwas zu tun, was diesen missfallen würde. Es konnte also nicht falsch sein, wenn die Großmutter Augen und Ohren offenhielt.

Auf die Stimmen wurde sie erst aufmerksam, als sie um eine Hecke herumgegangen war und das Fenster sah, das einen Spaltbreit offenstand.

»Dein Vater! Immer nur dein Vater!«, hörte sie eine Frau sagen, die der Stimme nach Vera Ingwersen sein musste. »Wann wirst du endlich erwachsen und triffst deine eigenen Entscheidungen?«

»Ich lasse mich gern von meinem Vater beraten! Warum soll das falsch sein?« Das konnte nur Veras Mann sein.

»Du musst dich endlich abnabeln, Arne! Es wird Zeit!«

»Was hast du neuerdings gegen meinen Vater?«

»Gar nichts! Im Gegenteil! Du solltest wissen, wie sehr ich ihn mag. Aber die Muschel II gehört uns, nicht deinem Vater!«

»Wir haben sie ihm zu verdanken. Er hat sie uns geschenkt.«

»Du bist sein einziger Sohn, irgendwann wirst du sowieso alles erben. Kein Grund, ihm so schrecklich dankbar zu sein.«

»Du verstehst einfach nicht, was er mir bedeutet. Ich wollte, ich wäre so wie er. Du ahnst ja nicht, wie mutig er ist.«

»Erzähl's mir.«

»Ich will darüber nicht reden.«

Mamma Carlotta sah nun einen dunklen Anzug am Fenster, erschrocken wich sie zurück. Aber Arne Ingwersen blickte nicht hinaus, sondern drehte dem Garten den Rücken zu.

»Das hätte ich mir denken können!« Veras Stimme klang bitter. »Wann redest du überhaupt noch mit mir? Wenn es ums Geschäft geht, ist dein Vater dein Ansprechpartner, und wenn es ums Privatleben geht …«

Mamma Carlotta sah, dass Arnes Hand zum Fenstergriff tastete, als suchte er Halt.

Nach kurzem Zögern fuhr Vera fort: »Ich frage mich oft, was du denkst und fühlst. Aber ich erfahre es nicht. Mir vertraust du dich nicht an.«

Arnes steifem Rücken war anzusehen, dass seine Frau auf ihn zugetreten war.

»Warum, Arne? Mit wem redest du, wenn du Sorgen hast?«

Nun entfernte sich Arne vom Fenster, wahrscheinlich flüchtete er zur Tür.

»Ist sie jünger als ich? Hübscher? Schlanker?«

Die unerschütterliche Vera, die überall im Leben ihren Mann stand, war eifersüchtig! Auf ihren Schwiegervater und anscheinend auch auf eine Frau, mit der ihr Mann sie betrog. Mamma Carlotta war erschüttert. Da sah man es mal wieder: Männer waren undankbar. Statt glücklich mit einer Frau zu sein, die so viel leistete wie Vera, sahen sie sich nach einer Jüngeren, Hübscheren, Schlankeren um. Mamma Carlotta schnalzte missbilligend mit der Zunge. »Scandalo!«

Da drang Veras Stimme erneut in den Garten. »Kenne ich sie? Kann es sein, dass sie bei uns arbeitet? Gib's zu!«

»Jetzt reicht's aber!«, brüllte Arne Ingwersen unvermittelt los. »Deine Eifersucht ist wirklich unerträglich!«

Vera stand ihm in nichts nach. »Dann geh doch zu Papi und heul dich bei ihm aus!«

Eine Tür fiel donnernd ins Schloss, Arne Ingwersen war vor den Vorwürfen seiner Frau geflüchtet. Mamma Carlotta machte eine Bewegung am Fenster aus und zog sich hastig zurück. Von Vera wollte sie auf keinen Fall im Garten entdeckt werden. Wie sollte sie ihre Anwesenheit hier erklären?

Schritt für Schritt wich sie zurück, darauf bedacht, kein Geräusch zu verursachen. Erst als sie sich in Sicherheit wähnte, drehte sie sich um und wollte loslaufen … doch gerade in diesem Augenblick startete jemand hinter einer Hecke in der gleichen Absicht in dieselbe Richtung. Einer, der ungesehen entwischen wollte. Der Zusammenprall ließ sich nur vermeiden, weil Carlotta ihre neuen Sneakers mit den rutschfesten Sohlen trug – ganz im Gegenteil zu ihrem Unfallgegner Willem Jäger, der Schuhe mit glatten Ledersohlen an den Füßen hatte. Er schlidderte beim Versuch, die Kollision zu vermeiden, in Mamma Carlottas Seite. Dass er versuchte, sich an etwas festzuklammern, was ihm Halt bot, durfte man ihm nicht verübeln. Und da Mamma Carlotta über Willems sexuelle Orientierung informiert war, unterstellte sie ihm keinen Annäherungsversuch. Sie fing ihn einfach auf, sorgte dafür, dass er seine Nase aus ihrem Dekolleté nahm, entfernte seine Hände von dem, was ihn gehalten hatte, und war froh, dass sie kein leichtes Sommerkleid, sondern eine dicke, wetterfeste Jacke trug.

»Signore! Sie haben es aber eilig!«

Willem Jäger ordnete mit bebenden Fingern seine Frisur. »Ich wollte eigentlich nur kondolieren. Aber dann wurde mir plötzlich schwindelig ... Es ist ja so schrecklich, was mit Arnes Mutter geschehen ist!«

»Molto terribile!«, bestätigte Mamma Carlotta und hätte sich gern in Einzelheiten über all das Schreckliche ergangen, wenn sie nicht vollauf damit beschäftigt gewesen wäre, Willem Jägers attraktives Gesicht zu bestaunen, das sich vorsichtig von ihr entfernte. Nie zuvor war ihr ein Mann begegnet, der seine Wimpern tuschte und die Wangen puderte.

»Plötzlich wurde mir regelrecht übel«, haspelte Willem Jäger weiter, »und ich dachte, es ist besser, erst mal ein wenig Luft zu schnappen. Beim Gespräch über diesen entsetzlichen Mord wäre es womöglich noch schlimmer geworden. Weiß der Himmel, was sich dann in meinem Magen-Darm-Trakt abgespielt hätte. Und außerdem habe ich ja so nah am Wasser gebaut ...« Willem Jäger entfernte sich, während er weiterredete, Schritt für Schritt und brachte schließlich eine letzte Erklärung für seine Anwesenheit vor, die nicht besser war als alle vorangegangenen: »Inmitten der Natur fällt es leichter, mit schweren Schicksalsschlägen fertig zu werden.« Dann drehte er sich um und verschwand.

Kaum war sie allein, fiel Mamma Carlotta wieder ein, dass sie nicht in diesem Garten angetroffen werden wollte. Also folgte sie Willem Jäger eilig. Der hatte es anscheinend aufgegeben, den Ingwersens zu kondolieren, denn er lief am Eingang der Muschel II vorbei und ging mit großen Schritten die Straße hinunter.

Nachdenklich blickte sie ihm nach. Was hatte Willem Jäger wohl wirklich im Garten der Muschel II gewollt? Mamma Carlotta beschloss, sich eine Tasse Tee in der Keitumer Teestube zu gönnen, die ihr Frau Kemmertöns neulich sehr ans Herz gelegt hatte, und über das Geschehene nachzudenken. Dass Willem Jäger Trost in der Natur gesucht und auf die Erholung seines Magen-Darm-Traktes gehofft hatte, wollte sie nicht glauben. Warum also diese Rechtfertigungen?

Schwer hing der Himmel über dem Meer. Es war von einem dunklen Grau, die Gischt auf den Wellen das einzig Helle an diesem frühen Morgen. Sogar der Strand war finster. Oder kam es ihm nur so vor, weil er den Blick nicht von der Blutlache nehmen konnte, die sich um den Kopf des Opfers ausgebreitet und den Sand schwarz gefärbt hatte? Die Scheinwerfer, die die Spurensicherung aufgestellt hatte, waren so grell, dass alles andere umso finsterer war.

Erik unterdrückte ein Gähnen, was Sören gar nicht erst versuchte. Er riss den Mund so ungeniert auf, als wollte er sagen, dass es in der Nähe einer so unanständigen Tat nicht darauf ankam, sich anständig zu benehmen. Unruhig ging er hin und her. »Wann können wir endlich loslegen?«

Erik antwortete nicht. Mit Vetterich, dem Chef der Spurenfahndung, war nicht zu spaßen, wenn ihn jemand bei seiner Arbeit störte. Wer ihm eine Spur zertrampelte, konnte sich auf etwas gefasst machen. Nach der Feststellung, dass dem Mann, der dort oben im Dünengras lag, nicht mehr zu helfen war, hatte er niemanden mehr in die Nähe der zahlreichen Spuren gelassen.

»Fußabdrücke satt«, hörte Erik ihn knurren. »Hier waren entweder mehrere Täter am Werk oder mehrere Zeugen oder mehrere Leute, die den Mann gefunden haben.«

Erik schüttelte heimlich den Kopf. Dass Vetterich, der altgediente Spurenfahnder, nach wie vor von Fußabdrücken sprach, wenn er in Wirklichkeit Schuhabdrücke meinte, amüsierte ihn immer wieder. Früher hatte er ihn oft provozierend gefragt: »Sie glauben also, dass der Täter barfuß war?« Aber mittlerweile verkniff er sich diese spitze Bemerkung.

Erik wandte sich zu Enno Mierendorf um.»Können Sie etwas über die Stimme des Anrufers sagen?«

Mierendorf zuckte mit den Schultern. »Keine junge Stimme. Männlich. Jemand von hier, würde ich sagen.«

»Warum?«

»Weil er so sprach und weil er sich gut auskannte.«

»Haben Sie einen bestimmten Verdacht?«

Enno Mierendorf steckte die Hände in die Jackentaschen und wiegte sich hin und her. »Wenn das man nicht wieder Fietje Tiensch war!«

Erik lächelte leicht. »Der Spanner?«

Mierendorf nickte. »Der traut sich nicht, seinen Namen zu nennen. Der will sich nicht fragen lassen, was er nachts am Strand zu suchen hat.«

»Ist der Anruf aufgezeichnet worden?«

Wieder nickte Enno Mierendorf. »Wie alles, was über den Notruf reinkommt.«

»Dann werden wir schnell feststellen, ob Fietje es war, der den Toten entdeckt hat.« Erik griff nach dem Absperrband, das im Wind knatterte. Vetterich hatte darauf bestanden, die Grenzen des Tatorts zu markieren, obwohl zu dieser frühen Morgenstunde der Strand menschenleer war.

»Brauchst du eine Plane?«, rief Mierendorf die Düne hoch.

»Nur wenn der Regen heftiger wird«, kam es zurück. »Im übrigen bin ich gleich fertig. Und der Doc auch!«

Erik beobachtete, wie Dr. Hillmot sich aus dem Sand hochwuchtete, dann wandte er sich wieder an Enno Mierendorf. »Kennen Sie den Toten? Haben Sie ihn schon mal gesehen?«

Mierendorf schüttelte ungeduldig den Kopf. »Ich hab's Ihnen doch schon gesagt ... Er lag auf dem Bauch. Auf dem Gesicht! Ich habe ihn nicht umgedreht. Bei der klaffenden Kopfwunde gab es keinerlei Hoffnung, dass er noch leben könnte. Und dann dieser Blutverlust ...!«

»Ja, ja.« Erik winkte ab.

Geduld gehörte eigentlich zu seinen Stärken, aber diesmal konnte er es nicht abwarten, endlich in das Gesicht des Mannes zu sehen, der dort oben tot im Dünengras lag. Er hatte dafür gesorgt, dass Vetterich zunächst nach den Doppelkreisen Ausschau hielt, doch der Spurenfahnder hatte in der Nähe des Toten nichts gefunden, was diesem Symbol auch nur ähnlich war. Also hatte der gewaltsame Tod vielleicht gar nichts mit der Mafia zu tun? Und es gab keinen Zusammenhang mit den beiden anderen Todesfällen? Erik konnte nicht sagen warum, aber er glaubte es nicht. Oder hoffte er nur, dass dieser dritte Tote ihn weiterbrachte in seiner Ermittlungsarbeit? Er brauchte dringend einen Erfolg. Das Inselblatt hatte zum Glück noch nicht Lunte gerochen, aber die Staatsanwältin rief mehrmals täglich an, um zu hören, was er herausgefunden hatte, und drohte jedes Mal mit dem Einsatz einer Sonderkommission, wenn er nicht endlich vorankäme.

Sören schien die gleichen Gedanken zu haben wie sein Chef. »So ein Pech aber auch, dass wir den Kerl gestern nicht erwischt haben«, schimpfte er leise.

Mierendorf ging sofort in die Verteidigung. »Ich konnte nichts dafür.«

»Weiß ich doch«, gab Erik gereizt zurück. Er war es leid, sich immer wieder Mierendorfs Ausflüchte anzuhören. Natürlich konnte der nichts dafür, dass der dunkelhaarige, südländisch aussehende junge Mann verschwunden war, als Erik in der Friedrichstraße auftauchte. Der Verkehrspolizist, dem er aufgefallen war, glaubte, seiner Pflicht mit der Meldung Genüge getan zu haben. Niemand hatte ihn angewiesen, den Mann zu verfolgen, den er an einem der Stehtische vor dem Café Leysieffer entdeckt hatte.

Mit einer vagen Geste zeigte er zum Hotel Roth. »Da irgendwo ist er verschwunden.«

Ob er das Hotel betreten hatte oder in die Ladenpassage eingebogen war, die hinter dem Hotel entlangführte, das konnte er nicht sagen. Und von der jungen Frau, mit der der Mafioso Kaffee getrunken hatte, wusste er auch nicht viel zu berichten. Sie sei sehr hübsch gewesen, das war alles, was Erik erfuhr. Nicht einmal, was die Haarfarbe betraf, wollte sich der Verkehrspolizist festlegen. »Irgendwas zwischen Blond und Braun!« Aber lange Haare habe sie gehabt, da war er ganz sicher. Und sie hatte sich ziemlich plötzlich verabschiedet und war eilig in Richtung Bahnhof gelaufen. Der Mafioso hatte daraufhin einen Geldschein auf den Stehtisch gelegt, ihn mit dem Aschenbecher beschwert, damit er nicht davonflog, und war in die entgegengesetzte Richtung gegangen, ohne darauf zu warten, dass die Bedienung den Geldschein kassierte. Während Sören drauf und dran gewesen war, dem Kollegen von der Verkehrssicherheit die Dienstmütze abzureißen und darauf herumzutrampeln, hatte Erik sich damit getröstet, dass der Mafioso immerhin noch auf Sylt war. Und da er einmal gesehen worden war, konnte es gut und gerne ein zweites Mal geschehen.

»Oder kann es sein, dass er durch Ihr Auftauchen gewarnt worden ist?«, hatte er eindringlich gefragt.

Aber der Verkehrspolizist schwor Stein und Bein, sich ganz unauffällig verhalten zu haben, während sein Kollege ebenso unauffällig zum Streifenwagen gegangen sei und das Kommissariat Westerland verständigt habe.

Erik beobachtete, wie Vetterich und Dr. Hillmot den Toten umdrehten. Nun endlich winkte Vetterich ihn zu sich hinauf. Sämtliche Spuren waren gesichert.

Trotz seiner Ungeduld stieg Erik langsam die Düne hoch. Sören, der den Tatort gerne gestürmt hätte, kannte seinen Chef und blieb hinter ihm, so schwer es ihm auch fiel. Er hatte längst gelernt, dass Bedächtigkeit nicht nur zu Eriks Temperament gehörte, sondern auch zu seiner Ermittlungsarbeit. Er stürzte sich niemals auf einen Fall, er näherte sich ihm.

Dr. Hillmot bat Vetterich, das Gesicht des Toten von Sand und Blut zu befreien, damit er sich selbst nicht noch einmal bücken oder gar auf die Knie niederlassen musste. Ohne ein Anzeichen von Unruhe wartete Erik darauf, dass Vetterich den Blick auf das Gesicht des Toten freigab, während Sören nervös von einem Fuß auf den anderen trat.

»Die Tatwaffe könnte dieselbe gewesen sein wie bei Utta Ingwersen«, sagte Dr. Hillmot. »Keine Anzeichen von Gegenwehr. Der Mann scheint ebenfalls von hinten überrascht worden zu sein. Der Tod ist vor etwa vier Stunden eingetreten. Vielleicht fünf.«

»Also ist er zwischen Mitternacht und ein Uhr erschlagen worden?«, meinte Sören.

In diesem Augenblick gab Vetterich den Blick auf die Leiche frei. Das Gesicht des Mannes war nun gut zu erkennen. Erik hörte, wie Sören scharf die Luft einsog. Und in diesem Moment stellte Vetterich fest, dass es auch hier das Symbol der drei Doppelkreise gab. Nur ganz anders.

Mamma Carlotta starrte auf den Zettel, den sie auf dem Küchentisch gefunden hatte. Und plötzlich war sie ganz sicher, dass das Telefon zu nachtschlafender Zeit geklingelt hatte. Sie erinnerte sich, dass sie versucht hatte, sich aufzurichten und die Beine über die Bettkante zu schwingen. Aber dann war sie wieder zurückgesunken, wollte erst mal Kraft sammeln ... und war vermutlich gleich wieder eingeschlafen, weil das Klingeln ein Ende gehabt hatte. Das konnte nur bedeuten, dass Erik schneller gewesen war als sie und das Gespräch angenommen hatte. Das musste auch der Grund sein, warum er noch vor Sonnenaufgang aus dem Hause gegangen war und nur diese kurze Nachricht zurückgelassen hatte. Und dass er schneller am Telefon gewesen war als seine Schwiegermutter, konnte wiederum nur bedeuten, dass er schlaflos im Bett gelegen hatte. Vermutlich, weil er sich große Sorgen um seine schöne Insel machte, nach der die Mafia ihre gierigen Klauen ausstreckte.

Wenn er schon vor Tagesanbruch angerufen wurde, bedeutete das womöglich, dass ein weiterer Mord geschehen war? Der arme Erik hatte doch die anderen beiden Todesfälle noch gar nicht aufgeklärt! »Dio mio!«

Mamma Carlotta hätte gern mit Carolin in aller Ausführlichkeit die unangenehme Lage ihres Vaters erörtert, aber leider war ihre Enkelin noch immer nicht gut auf ihren Erzeuger zu sprechen. Sie war ohne jede Anteilnahme und fand den Fleck auf ihrem neuen Pulli viel eklatanter als die gestörte Nachtruhe ihres Vaters. »Wie kriege ich den wieder raus?«

Mamma Carlotta seufzte heimlich. Carolin wusste eben

nichts von der Gefahr durch die Mafia, sonst hätte sie mehr Verständnis für ihren Vater.

»Tu was, Nonna! Heidelbeermarmelade!«

Mamma Carlotta seufzte noch einmal, diesmal laut und vernehmlich. »Zieh den Pulli aus. Heidelbeerflecken lassen sich am besten mit Joghurt entfernen. Ein bis zwei Stunden einwirken lassen, dann mit lauwarmem Wasser nachspülen! Das hat meine Nonna schon so gemacht.«

Carolin überließ ihrer Großmutter dankbar ihren Pulli und suchte geeigneten Ersatz heraus. Dabei war sie anscheinend ihrem Bruder in die Quere gekommen, der sich lauthals darüber beschwerte, dass man in diesem Haus nie ausschlafen könne, auch wenn man erst zur dritten Stunde Unterricht habe.

Als Carolin in die Küche zurückkehrte, hatte sie wieder einen ihrer unauffälligen grauen Pullover angezogen, aber immerhin trug sie dazu eine bunte Glasperlenkette. Mamma Carlotta betrachtete ihre Enkelin wohlwollend. Carolins Haare fielen seidig glänzend auf die Schultern, das leichte Rouge, das sie aufgelegt hatte, ließ sie gesund und strahlend aussehen. Was so ein bisschen Verliebtsein nicht alles veränderte!

»Ich war gestern Nachmittag in der Keitumer Teestube«, begann Mamma Carlotta vorsichtig. »Frau Kemmertöns hat gesagt, dort müsste man unbedingt gewesen sein.«

»Stimmt!« Carolin rückte ein wenig vom Tisch ab und beugte sich dann vor, um in ihr Marmeladebrötchen zu beißen, ohne dass ihr Pulli Schaden nahm.

Mamma Carlotta verrieb eifrig den Joghurt auf dem Heidelbeerfleck. »Ich hatte gehofft, dich und deinen Freund in Keitum zu treffen. Wir hätten dann zusammen Tee trinken können. Oder … oder seid ihr gar nicht nach Keitum gefahren?«

»Doch, sind wir.«

»Und was habt ihr gemacht?«, fragte Mamma Carlotta, obwohl sie wusste, dass solche direkten Fragen nicht beliebt waren.

Aber Carolins Antwort kam ganz unbekümmert: »Wir waren in der Muschel II. Ich wollte mit Vera reden, und Michael war bereit, mich zu unterstützen.«

»Wobei?«

»Ich möchte beim Chorwettbewerb Uttas Part übernehmen.«

»Aber dein Freund hat doch erzählt ... wie hieß er noch gleich?«

»Jedenfalls nicht Florian Silbereisen«, antwortete Carolin patzig.

Mamma Carlotta merkte, dass sie sich auf rhetorischem Glatteis bewegte, und beschloss, vorsichtig zu sein. »Ach ja, Michael hat erzählt, dass Vera den Solopart selbst übernehmen möchte.«

»Ich glaube, dass sie sich zu viel vorgenommen hat. Was ist, wenn ihr mittendrin die Tränen kommen?«

Mamma Carlotta hielt das auch für wahrscheinlich. »Aber meinst du wirklich, dass du das kannst?« Sie setzte sich zu Carolin. »Singen, so ganz allein, vor einem großen Publikum?«

Carolin sah sie vorwurfsvoll an. »Glaubst du etwa nicht an mich?«

Mamma Carlotta, die in die Fähigkeiten ihrer sämtlichen Enkelkinder großes Zutrauen hatte, antwortete hastig: »Sì, sì! Naturalmente!« Dann erhob sie sich, um sich einen weiteren Espresso zu kochen und um Carolin nicht zu zeigen, wie bang ihr bei dem Gedanken wurde. »Natürlich bist du begabt«, behauptete sie. »Und da du mal Sängerin werden willst ...«

»... muss ich sehen, dass ich Konzertpraxis bekomme. Zumindest im Finale will ich Uttas Solo singen.«

Mamma Carlotta pustete in die dampfende Espressotasse. »Und was sagt Vera dazu?«

»Sie hatte keine Zeit. Ein wichtiges Gespräch mit ihrem Mann.«

Mamma Carlotta betrachtete die Wände der Küche, als dächte sie darüber nach, ob sie gestrichen werden müssten. »Und was habt ihr dann gemacht, Michael und du?«

»Wir haben ein Duett geübt. Für den Wettbewerb.«

»Aber das Programm steht doch längst.«

»Nicht mehr! Hast du vergessen, dass unsere Solosängerin ausgefallen ist? Unser Programm hat ein paar Lücken.«

»Und du willst sie füllen? Mit einem Solo und einem Duett?« Mamma Carlottas Stimme sollte optimistisch und triumphierend sein, aber sie wusste, dass sie doch nur verzagt klang.

Carolin dagegen schien sich ihrer Sache sehr sicher zu sein. »Michael will übrigens auch Sänger werden. Vielleicht stehen wir später mal gemeinsam auf der Bühne.«

Bei der Aussicht, eine berühmte Sängerin in der Familie zu haben, wäre Mamma Carlotta gern in Jubel ausgebrochen, aber in diesem Fall versagte ihr der Optimismus. Sie musste unbedingt das Thema wechseln, um Carolin nicht zu verunsichern. »Wo habt ihr das Duett geübt?«

»In der Muschel II. Michael hat dort ein Zimmer.«

Mamma Carlotta fiel nichts anderes ein, als sich um einen dritten Espresso zu kümmern. Mochte ihr auch der Kreislauf versagen, dieser Sache musste nachgegangen werden. So unauffällig wie möglich! Also am besten mit dem Gesicht tief über einem dampfenden Kaffee.

Sie selbst war in Carolins Alter gewesen, als Dino sie überredet hatte, sich mit ihm in einer Berghütte zu verstecken. Vom Fenster aus hatten sie beobachten können, wie Carlottas Mutter sie suchte, und sich köstlich darüber amüsiert, dass sie nicht entdeckt wurden. Später hatte

Carlotta oft gedacht, es wäre besser gewesen, ihre Mutter hätte verhindert, was dann in der Hütte geschah. Nicht dass sie mit Dino unglücklich geworden wäre! Nicht dass sie ihren Erstgeborenen weniger geliebt hätte als die sechs, die nach ihm kamen! Nein, Gott bewahre! Trotzdem wäre es nicht schlecht gewesen, wenn das eheliche Glück erst zwei, drei Jahre später begonnen und ihre Jugend ein wenig länger gedauert hätte.

Hatten Carolin und Michael wirklich ein Duett geübt? Sie selbst hatte damals ihrer Mutter weisgemacht, mit Dino bei der Weinlese die Zeit vergessen zu haben. Wer also sagte ihr, dass Carolin es mit der Wahrheit genauer nahm als sie selbst im Alter von sechzehn Jahren?

»Papa wird sich noch wundern«, sagte Carolin. »Wenn wir erst mal berühmt sind, wird er es nicht mehr wagen, Michael Florian Silbereisen zu nennen.«

»Das war ein Versehen! Er hat es nicht böse gemeint.«

Carolins Augen waren von einem Moment zum anderen voller Tränen. Zornig warf sie ihr Marmeladebrötchen auf den Teller und sprang auf. »Der macht sich über Michael lustig. Das ist so was von gemein!«

»Jeder Mensch kann sich mal irren«, versuchte es Mamma Carlotta noch einmal. »Ich darf gar nicht daran denken, wie oft die alte Bernina mich mit dem Namen meiner Schwester anredet, nur weil ich ihr ähnlich sehe. Nehme ich ihr das übel? No!«

Aber sie erreichte ihre Enkeltochter nicht mehr. »Ihr seid alle total ätzend«, schrie Carolin und rannte aus der Küche. Kurz darauf fiel die Haustür donnernd ins Schloss.

Kopfschüttelnd blieb Mamma Carlotta zurück. Was war nur in das Kind gefahren? Warum reagierte sie auf Eriks kleines Versehen so gereizt?

Felix betrat die Küche. Obwohl er Carolins Abgang mitbekommen hatte, war er fern von jeder Anteilnahme. »Was hat sie denn?«

»Wenn ich das wüsste!«, seufzte Mamma Carlotta.

»Egal!« Felix schnappte sich ein Brötchen und tunkte es in die Heidelbeermarmelade. »Wenn sie heult, ist das immer noch besser, als wenn sie singt.«

»Verstehen Sie das?«, fragte Sören, während sie über die Holzstege durch die Dünen zurück zum Parkplatz gingen. »Der Mafioso wird an der Buhne 16 erschlagen, und wieder finden sich die drei Doppelkreise. In diesem Fall auf seinem Ring.«

»Von dem hatte uns schon Harm Ingwersen erzählt«, erinnerte Erik.

»Als Utta Ingwersen umgebracht wurde, hat der Täter dieses Zeichen hinterlassen, um dem Ehemann zu zeigen, warum seine Frau sterben musste.«

»Womöglich haben sie es bei Henner Jesse auch so gemacht, aber wir haben es nicht gemerkt. Oder vielmehr ... ich habe es nicht gemerkt.«

Sören ging großzügig über Eriks Ergänzung hinweg. »Nun aber wird der Erpresser selbst umgebracht ...« Er blieb plötzlich stehen und starrte in die Dünenlandschaft. Sie hatte längst ihre herbstliche Färbung angenommen, auch das Heidekraut war dunkel geworden. In die Senken hatte sich ein feiner Nebelschleier gelegt. »Ist der Tote überhaupt der Erpresser?«

Auch Erik war stehen geblieben. Er schien auf das Rufen der Strandvögel zu lauschen, auf das Wogenrauschen hinter den Dünen, auf das Wispern des Dünengrases. »Sie haben ihn nicht erkannt?«, fragte er schließlich. »Er sieht genauso aus, wie Harm Ingwersen ihn beschrieben hat. Und dann der Ring ... auch den hat er so beschrieben.«

»Wir werden ja sehen, wie Ingwersen reagiert, wenn wir ihm das Foto des Toten vorlegen.«

»Glauben Sie, dass auch dieser Mord auf das Konto der Mafia geht?«

»Auf wessen Konto sonst?«

Erik strich ausgiebig seinen Schnauzer glatt, dann steckte er die Hände in die Manteltaschen und ging plötzlich so schnell weiter, dass Sören Mühe hatte, ihm zu folgen. »Wenn der Mörder des Mafiosos gewusst hat, dass Utta Ingwersens Mörder neben der Leiche drei Doppelkreise hinterlassen hat, dann hätte er es hier genauso gemacht.«

»Ja, dass die Doppelkreise fehlen, könnte tatsächlich bedeuten, dass wir es hier mit einem anderen Täter zu tun haben.«

»Könnte sein, dass dem Mafioso die anderen Morde untergeschoben werden sollen. Deswegen die Doppelkreise neben Utta Ingwersens Leiche, als Hinweis auf seinen Ring.«

»Aber der ist dahintergekommen und musste deshalb auch dran glauben.«

Erik blieb so plötzlich stehen, dass Sören um ein Haar gegen ihn geprallt wäre. »Finden Sie es nicht auch merkwürdig, dass der Tote kein Handy bei sich hatte?«, fragte er, noch ehe er sich zu Sören umgedreht hatte.

»Wahrscheinlich hat der Mörder es ihm abgenommen.«

»Warum?«

»Um die Identifizierung zu erschweren. Oder um sich selbst nicht zu verraten.«

»Das würde bedeuten, dass es vorher einen telefonischen Kontakt zwischen dem Mörder und seinem Opfer gegeben hat.«

»Das ist anzunehmen«, meinte Sören. »Die beiden kannten sich sicherlich. Womöglich haben sie sich telefonisch an der Buhne 16 verabredet. Das Strand-Bistro ist ein guter Treffpunkt. Der Täter konnte sich dort verstecken und auf sein Opfer warten.«

»Der Tote war sicherlich nur ein kleines Rädchen der Mafia. Vielleicht hat er einen Fehler gemacht und musste dafür mit seinem Leben bezahlen. Zum Beispiel … er hat Utta Ingwersen umgebracht oder umbringen lassen, ohne die Genehmigung von ganz oben zu haben. Und dann ist er noch so dumm gewesen, die Insignien seiner Mafia-Familie zu hinterlassen.«

»Er wurde also aus Rache getötet?«

»Könnte sein!« Erik sah so aus, als wäre er mit keiner seiner Theorien wirklich einverstanden. Missmutig brummte er etwas, bis er wieder verständliche Worte von sich gab: »Idiotisch, diese Doppelkreise! Harm Ingwersen wusste sowieso, wer seine Frau auf dem Gewissen hat. Frau Jesse brauchte auch keinen besonderen Hinweis. Ist diese Spur für uns gelegt worden? Soll die Polizei wissen, was demnächst auf Sylt abgeht? Wird die Mafia bald bei uns im Polizeirevier erscheinen?«

Sören ging nicht weiter darauf ein. »Grund zur Rache hätten auch seine Opfer. Sylter Geschäftsleute, die sich nicht mehr von ihm erpressen lassen wollen.«

»Wer würde so dumm sein, sich mit der Mafia anzulegen? Jedes Kind weiß, dass die Mafia sich nichts gefallen lässt, ohne Vergeltung zu üben. Die beiden Geldeintreiber sind auf der Insel! Sie würden den Mörder des Mafiosos liquidieren, ohne mit der Wimper zu zucken.«

»Dazu müssten sie erst mal wissen, wer der Mörder ist. Oder die Mörder. Sind die beiden Geldeintreiber es vielleicht gewesen? Vielleicht hatten sie mit dem Mafioso Streit!«

»Wir müssen aufpassen! Von unseren Ermittlungen darf nichts nach außen dringen. Keine Selbstjustiz auf der Insel!«

Sören berührte sanft den Arm seines Chefs, damit er endlich weiterging. Und tatsächlich setzte sich Erik langsam in Bewegung.

»Wie stellen Sie sich eigentlich unsere Ermittlungen vor?«, fragte Sören. »Bei den Sylter Geschäftsleuten nachfragen, ob sie auf Schutzgelderpressungen eingegangen sind? Das geht wohl nicht.«

Wie es aussah, hatte Sören keine Antwort zu erwarten. Der Holzsteg führte nun durch eine Senke, die mit Wasser gefüllt war. Danach ging es auf Sandwegen weiter. Sie bewegten sich im Gleichschritt voran, beide sahen zu Boden.

»Eins der Mafia-Opfer kennen wir«, sagte Sören nachdenklich. »Oder vielmehr ... zwei!«

Wieder blieb Erik abrupt stehen. »Sie meinen Harm Ingwersen?«

Sören nickte. »Und seinen Sohn. Beide hätten Grund, sich zu rächen.«

Erik schüttelte so langsam den Kopf, als wäre er eigentlich zu schwer dafür. »Harm Ingwersen ist kein Mörder«, sagte er dann. »Er ist ein grundanständiger Mensch. Das hat er doch bewiesen.«

»Und sein Sohn?«

»Der ist viel zu schwach für einen Mord. Außerdem ... wie sollte es einem der beiden gelungen sein, den Mafioso nachts an den Strand zur Buhne 16 zu locken?«

Sören sah seinen Chef mit offenem Mund an. »Noch dazu ohne seine Bodyguards!« Er seufzte tief auf. »Nein, das können wir vergessen.«

Die Vorspeise war fertig und musste nur noch eine Weile durchkühlen. Zufrieden schob Mamma Carlotta die Fischpastete in den Kühlschrank, dann betrachtete sie den Ort ihres Wirkens mit dem angenehmen Gefühl, gut vorbereitet zu sein. Für die Pasta alla rucola hatte sie die Salatblättchen schon verlesen und gewaschen, für das Hauptgericht das Pouletfleisch zerschnitten und die Sardellenfilets zerkleinert, und sogar der Ricottapudding stand bereits im Wasserbad. Es war alles getan, damit ihr armer Schwiegersohn, der in aller Herrgottsfrühe aus dem Bett geholt worden war, mit einem guten Mittagessen entschädigt wurde.

Einen Cappuccino in Käptens Kajüte hatte sie sich redlich verdient.

Sie schlüpfte in die winddichte Jacke, die eigentlich Erik gehörte, die er ihr aber bei jedem ihrer Besuche zur Verfügung stellte, griff nach dem Einkaufsbeutel und verließ das Haus. Während sie in Richtung Westerlandstraße ging, atmete sie die kalte, klare Luft ein. An der Einmündung wollte sie sich nach links wenden, blieb jedoch wie angewurzelt stehen. Ein dunkler Mercedes, der sich anscheinend in der Fahrtrichtung geirrt hatte, versuchte rückwärts in den Süder Wung zu setzen, um dann zu wenden. Das schien dem Fahrer eines alten, verbeulten Lieferwagens gar nicht zu gefallen. Er hatte das Manöver wohl zu spät durchschaut und wurde zum scharfen Bremsen genötigt. Wütend riss er die Tür auf und brüllte ein paar Beschimpfungen über die Westerlandstraße: »Fischkopp! Touristenpack!« Dann sah er, dass seine Rüpelhaftigkeit für helle Empörung gesorgt und damit ihr Ziel erreicht hatte, und gab wieder Gas. Während der Fahrer des dunklen Mercedes noch unter Schock stand, entfernte sich der Lieferwagen kreischend.

Kopfschüttelnd sah Mamma Carlotta dem alten Vehikel hinterher, das Richtung Dorfteich ratterte. Es war rostrot, hier und da mit brauner Farbe ausgebessert worden und hatte einen grünen und zwei ockergelbe Kotflügel. Die seitliche Beschriftung bestand nur noch aus wenigen Buchstaben: TENS KAJÜ! Nach der Hauptsaison hatte Tove sich eigentlich ein neues Auto anschaffen oder zumindest seinen alten Lieferwagen neu lackieren lassen wollen. Aber vermutlich musste er aufgrund der neuen finanziellen Belastungen, über die er nicht einmal laut schimpfen konnte, diese Pläne auf Eis legen.

Mamma Carlotta zögerte, dann bog sie rechts in die Westerlandstraße ein. Den Weg zu Käptens Kajüte konnte sie sich sparen. Anscheinend war dort noch geschlossen, und da in Toves Laune mal wieder Sturmflut herrschte, würde es dort auch nicht besonders gemütlich werden. Da war es wohl besser, ihm heute aus dem Weg zu gehen.

Der Bäcker, bei dem Carlotta das Brot kaufen wollte, das zur Fischpastete gereicht werden sollte, hatte sich während der Hauptsaison den Beinamen »Steh-Café« gegeben und in seinem Verkaufsraum drei Stehtische aufgestellt, wo er Getränke ausschenkte und Kuchen oder belegte Brötchen servierte. Also würde sie ausnahmsweise dort ihren Cappuccino zu sich nehmen und sich vom Bäcker erzählen lassen, wie es seiner Schwester in der Türkei ging, ob sie dort glücklich war oder oft Heimweh hatte. Für Unterhaltung würde also gesorgt sein.

Gegenüber von der Touristeninformation gab es eine Boutique. Carlotta hatte schon einige Male die Auslagen bewundert, sich jedoch jedes Mal zu der Ansicht durchgerungen, dass das Flugticket genug Geld verschlungen habe und weitere Ausgaben nicht zu verantworten seien. Dass sie trotzdem die Boutique ansteuerte, lag daran, dass eine junge Frau davor stand, die Mamma Carlotta bekannt vorkam: eine sehr attraktive Frau, schlank, langbeinig, mit schimmernden braunen Haaren und so vollen Lippen, dass man glauben konnte, hier sei der Natur auf die Sprünge geholfen worden. Carlotta hatte schon von solchen Maßnahmen gehört, konnte aber nicht glauben, dass auch Susanna Larsen ihre Schönheit solchen Manipulationen verdankte.

Leider betrat sie gerade die Boutique, obwohl Mamma Carlotta sie gerne noch vor dem Schaufenster angesprochen hätte. So aber blieb ihr nichts anderes übrig, als ihr zu folgen, wenn sie herausfinden wollte, was die Kellnerin der Muschel II verbarg. Und das wollte Carlotta Capella unbedingt! Es musste ja einen Grund dafür geben, dass Vera Ingwersen ihre Angestellte nicht mochte. Und nach dem Gespräch, das Mamma Carlotta am Vortag belauscht hatte, konnte sie sich denken, welcher Grund das war. So interessant solche Vermutungen auch waren, Gewissheiten waren einfach besser. Und da Carlotta einen siebten Sinn hatte, wenn es um Amore ging, betrat sie hinter Susanna Larsen die Boutique ohne den geringsten Zweifel, dass sie den Laden mit neuen Erkenntnissen wieder verlassen würde. Vielleicht sogar mit einer Idee, wie Vera Ingwersen zu helfen war! Dieser Gedanke beschwingte Mamma Carlotta. Eine betrogene Ehefrau zu unterstützen, das war ein löblicher Grund und viel besser als blanke Neugier.

Sie sah sich um, als suchte sie etwas Bestimmtes, dann ging sie zu dem Ständer mit denOberteilen in Größe sechsunddreißig, den Susanna Larsen gerade in Augenschein nahm. Den Fingerzeig der Verkäuferin, die Mamma Carlotta zum Warenangebot in Größe vierundvierzig winken wollte, übersah sie geflissentlich.

Zum Glück wurde Susanna Larsen schnell auf sie aufmerksam, und prompt wurde sie von einem Schwall freudiger Überraschung übergossen: »Wir kennen uns! Sie singen auch im Inselchor! Und wir haben uns in der Muschel I gesehen, kurz nachdem Utta Ingwersen …« Mamma Carlotta senkte die Stimme. »Sie wissen schon.«

Ja, Susanna Larsen wusste Bescheid und die Verkäuferin anscheinend auch. Einzelheiten waren ihr jedoch offenbar noch nicht zu Ohren gekommen, denn sie kam unauffällig näher, damit sie keine Neuigkeiten verpasste.

Mamma Carlotta kam auf Vera Ingwersen zu sprechen und fühlte sich in sämtlichen Verdachtsmomenten bestätigt, als sich Susanna Larsens Miene plötzlich verschloss. Schließlich wusste sie, wie Menschen reagierten, wenn sie ihre Gefühle nicht verraten wollten! Sie benahmen sich wie Schwerhörige, sobald von demjenigen die

Rede war, mit dem sie etwas Verbotenes verband. So wie Vera Ingwersen und ihre Angestellte waren auch Rosella Luciano und Micaela Rossa, die in Rosellas Alimentari-Laden Wurst und Käse verkaufte, miteinander umgegangen. Carlotta hatte schon Bescheid gewusst, noch ehe sie gesehen hatte, wie Micaela mit Rosellas Mann beim Dorffest hinter den Büschen verschwand. Das junge Mädchen hatte unermüdlich Mortadella aufgeschnitten und Parmesan gerieben, wenn die Rede auf die Ehe ihrer Chefin gekommen war. Zum Glück hatte der untreue Ehemann sich später besonnen und dafür gesorgt, dass Micaela zu ihren Eltern nach Milano zurückkehrte und eine andere Verkaufshilfe eingestellt wurde. So war es Rosella erspart geblieben, ihren Ehemann der Untreue zu überführen. Carlotta hoffte, dass auch Vera Ingwersen dieser Beweis zu ersparen war.

Ob sie wohl durchblicken lassen sollte, dass Susannas Verhältnis mit Arne Ingwersen kein Geheimnis mehr war? Vielleicht würde Susanna dann schnurstracks zu Arne gehen und auf eine Entscheidung drängen! Und der würde sich selbstverständlich für seine tüchtige Frau entscheiden, ohne die es mit der Muschel II schnell bergab gehen würde. Die Affäre würde dann ein Ende haben und Susanna vermutlich die Insel verlassen, um woanders ihr Glück zu suchen.

Carlotta versuchte es mit einem Loblied auf Vera Ingwersen, auf ihre Fähigkeiten als Chorleiterin, ihr gutes Aussehen und ihren unermüdlichen Fleiß und wurde erneut bestätigt: Mehr als ein kurzes Nicken hatte damals auch Micaela nie zustande gebracht, wenn ihr Rosellas Gutmütigkeit vorgehalten wurde. Als Mamma Carlotta dann noch Arnes ungewöhnliche Attraktivität erwähnte, war sie sich ganz sicher, dass Veras Eifersucht einen guten Grund hatte: Susanna gab mit einem nachlässigen Schulterzucken vor, noch nie zur Kenntnis genommen zu haben, dass Arne ein außergewöhnlich gut aussehender Mann war. Genauso hatte Micaela reagiert, wenn in ihrer Gegenwart darüber geredet wurde, dass der Mann ihrer Chefin ein beträchtliches Vermögen auf der hohen Kante hatte. »Es muss schrecklich sein, die Mutter auf diese Weise zu verlieren«, schloss Mamma Carlotta.

Endlich antwortete Susanna nicht mit einer Geste oder einer hingeworfenen Bemerkung, sondern mit einem vollständigen Satz. »Er hatte kein gutes Verhältnis zu seiner Mutter.«

»Trotzdem war sie doch seine Mutter! Und es ist immer schrecklich, la mamma zu verlieren. Und dann noch durch Mord!«

Zum Glück gab in diesem Moment die Verkäuferin ihre Zurückhaltung auf, kam noch einen Schritt näher und schob auf einem Ständer die Pullover hin und her, als wollte sie für Ordnung sorgen. »Ich bin mit Arne zur Schule gegangen«, verriet sie. »Alle Mädchen waren verrückt nach ihm. Seinem Vater laufen ja heute noch die Frauen nach.«

Nun zeigte sich, dass die Verkäuferin, die auf der Insel geboren war und ein friesisches Naturell hatte, plaudern konnte wie eine Italienerin, während Susanna Larsen sich einer weißen Winterjacke zuwandte und dem Gespräch den Rücken zukehrte.

»Arne hätte gern einen künstlerischen Beruf ergriffen«, erzählte die Verkäuferin. »Ein eigenes Restaurant wollte er nie. Mitarbeiterführung, das war nichts für ihn, Schreibtischarbeit erst recht nicht. Small Talk mit den Gästen, das ist auch nicht sein Ding.«

»Hat sein Vater ihn etwa gezwungen?«, fragte Mamma Carlotta, während Susanna Larsen zu den Kostümen und Hosenanzügen schlenderte.

Die Verkäuferin wehrte empört ab. »So etwas würde Harm Ingwersen niemals tun. Nein, Arne durfte sich frei entscheiden. Und ich glaube, er hat es nie bereut, dass er sich für das Restaurant entschieden hat. Vera nimmt ihm alle unangenehmen Arbeiten ab, und sein Vater hilft ihm mit seiner Erfahrung. Vor allem ist der Vater zufrieden mit seinem Sohn. Das war Arne immer sehr wichtig.«

»Und seine Mutter?«

»Die hat in der Familie nie eine große Rolle gespielt. Utta redete nur von sich und ihrem angeblichen Talent.« Die Verkäuferin zog die Mundwinkel herab und beugte sich vertraulich an Mamma Carlottas Ohr. »Dabei weiß ich aus zuverlässiger Quelle, dass eine Köchin der Muschel I gekündigt hat, weil Utta Ingwersen jeden Mittag bei geöffnetem Fenster Tonleitern sang. Das Fenster lag direkt neben der Küche.« Sie nahm Susanna den schwarzen Hosenanzug ab, der so exklusiv war, dass er von fachmännischer Hand zurückgehängt werden musste. »Aber Harm Ingwersen hat sich nie was anmerken lassen. Er war absolut loyal. Wenn der Inselchor auftrat, saß er mit Arne immer in der ersten Reihe.« Die Verkäuferin wandte sich an Susanna Larsen. »Habe ich recht? Sie singen doch auch im Inselchor.«

Susanna nickte bestätigend, und Mamma Carlotta gelang es hinzuzufügen, dass auch sie seit Kurzem zu den Chorsängern gehörte. Aber leider konnte sie auf diesen wichtigen Umstand nicht näher eingehen, weil Susanna nach einem rosa Rollkragenpullover der Firma René Lezard fragte und darum bat, sie zu verständigen, sobald er geliefert worden sei.

Die Verkäuferin sicherte es ihr zu und sah Susanna Larsen nach, als sie den Laden verließ. Dann sagte sie verächtlich: »Erstaunlich, dass die sich René Lezard leisten kann. So eine Kellnerin verdient doch noch weniger als unsereins.«

Sören brauchte Nervennahrung. Die war bei ihm rabenschwarz, scharf und salzig und färbte die Zunge und sogar die Zähne dunkel. Angeblich hatte sie dafür gesorgt, dass er seinerzeit die Abschlussprüfungen ohne körperliche und seelische Spätfolgen überstanden hatte, und da der aktuelle Fall ihn stark an diese Zeit erinnerte, glaubte Sören, dass ihm Salmiakpastillen auch jetzt dabei helfen würden, durchzuhalten und zu einem guten Ergebnis zu kommen. »Der Kiosk hat dänische Lakritze«, sagte er, »und herrlich weiche Salmiakpastillen, die im Mund zu einem knetbaren schwarzen Klumpen werden!« Er sah darüber hinweg, dass Erik sich vor Ekel schüttelte. »Die aus der Apotheke sind so hart, dass man sie nur lutschen kann. Das ist nur der halbe Genuss.«

Erik schüttelte sich noch einmal. »Als ich Kind war, hieß es, Lakritz würde aus Ochsenblut hergestellt.«

Sören war nur kurz verunsichert. »Das kann ich mir nicht vorstellen«, sagte er dann, und da er glaubhaft versichern konnte, dass Salmiakpastillen sein Denken positiv beeinflussten, hatte Erik nichts dagegen, dass sein Assistent zum Kiosk am Ende der Käpt'n-Christiansen-Straße lief. Erik begleitete ihn sogar dorthin und beschloss, als er die lange Schlange der Wartenden sah, ein paar Minuten am Strand allein zu sein.

Er stieg die hölzerne Treppe hoch und war kaum auf dem Kamm der Düne angekommen, als er schon die Befreiung spürte, für die es sich immer lohnte, einen Blick aufs Meer zu werfen. Der Wind griff nach ihm, als hätte er ihm aufgelauert, und schlug ihm eiskalte Böen um die Ohren, als er ihm das Gesicht hinhielt.

Harm Ingwersen hatte nur einen kurzen Blick auf das Foto geworfen. »Ja, das ist der Schutzgelderpresser!«, hatte er erklärt. Diesmal hatte er die Polizeibeamten in seiner Wohnung über dem Restaurant empfangen. Er hatte sie in einen Wohnraum geführt, der karg, aber sehr elegant möbliert war. Schwarze Ledersofas standen in der Nähe der Balkontür auf hellen Bodenfliesen, davor ein riesiger quadratischer Glastisch auf einem flauschigen hellgrauen Teppich. Ein angrenzender Raum, dessen Tür offen stand, war voller Bücherregale, in der Mitte prangte ein schwarzer Flügel. »Heißt das, jetzt ist Schluss mit den Erpressungen?«, hatte Harm Ingwersen gefragt. »Oder wird ein anderer an seine Stelle treten?« Er hatte auf das Foto gezeigt und dann schnell den Finger zurückgezogen, als hätte er Angst, den toten Mann zu berühren. »Ist er von einem seiner Opfer umgebracht worden? Oder von der Mafia selbst?«

Ruhig hatte Erik geantwortet: »Wir wissen es nicht. Wir kennen ja nicht einmal seinen Namen. Zunächst müssen wir seine Identität feststellen. Dann können wir uns ein Bild machen von seinen Plänen, seiner Stellung in der Mafia und hoffentlich auch von dem Motiv des Mörders.«

Durch das Klingeln seines Handys wurde Erik aus seinen Erinnerungen gerissen. Vetterich war am anderen Ende. »Wir haben die Fußabdrücke ausgewertet.«

»Und? Wieder die Adidas-Schuhe in Größe vierundvierzig und fünfundvierzig?«

Vetterich stieß ein Grunzen aus, von dem Erik wusste, das es mit »Nein« zu übersetzen war. »Um den Toten herum gab es unzählige Abdrücke, aber die meisten waren alt. Sie stammten wohl von Spaziergängern, die sich am Tag dort aufgehalten haben. Zwei Arten von Abdrücken überlagerten die anderen: Die einen waren die des Toten. Er hat relativ kleine Füße, Schuhgröße zweiundvierzig, und trug Trekkingschuhe mit einem starken Sohlenrelief. Die anderen Abdrücke sind glatter, stammen von einer unauffälligen Sohle. Aber etwas fällt auf: Es handelt sich um Schuhe in Größe siebenundvierzig. Sie brauchen also nur einen Täter mit großen Füßen zu suchen.«

Erik starrte in den Sand, der zertrampelt war von unzähligen Abdrücken. »Haben Sie die Spur verfolgen können?«

»Nicht weit. Nur so viel kann ich sagen: Der Mann ist den Weg zur Düne hochgegangen, dort ist seine Spur noch zu verfolgen, obwohl wir alle auch diesen Weg genommen haben. Aber auf den Holzplanken ist die Spur leider nicht mehr zu erkennen. Allerdings ist der Täter auf Nummer sicher gegangen. Wir haben eine Besenspur ausgemacht. Anscheinend hat er einen Besen hinter sich hergezogen, um seine Spur auf jeden Fall zu verwischen.«

»Und später? Der Weg zum Parkplatz ist wieder ein Sandweg.«

Vetterich bedauerte. »Keine Spuren mehr.«

Sören sah sehr zufrieden aus, als er vom Kiosk zurückkehrte. Er hatte die Backen voller Salmiakpastillen und gab Schmatzgeräusche von sich, die Erik nicht behagten. Aber da er an Sörens Behauptung, dieser schwarze Klumpen in seinem Mund täte der Ermittlungsarbeit gut, nicht zweifeln wollte, schwieg er lieber.

Er warf einen Blick auf die Uhr. »Haben Sie eigentlich schon gefrühstückt?«

Sören zuckte mit den Schultern, was wohl bedeuten sollte, dass er sich, nachdem das Telefon ihn aus dem Schlaf gerissen hatte, einen Kaffee gekocht hatte, um wach zu werden, und sich irgendetwas in den Mund geschoben hatte, was in seiner Küche herumlag. Das war immerhin mehr, als Erik in den Magen bekommen hatte. »Wir haben die Wahl. Entweder, wir gehen ins Luzifer zu einem späten Frühstück und überlegen dort, wie wir weiter vorgehen, oder wir fahren nach Hause und sehen nach, wie weit meine Schwiegermutter mit dem Mittagessen ist.«

Sören entschied sich ohne zu zögern für die zweite Variante. Sie schwiegen, bis sie in die Maybachstraße eingebogen waren und das Rathaus passierten. Dann fragte

Erik: »Wie weit ist Rudi Engdahl mit seiner Arbeit? Hat er herausgefunden, wer am Abend, als Utta Ingwersen umgebracht wurde, in der Muschel I gegessen hat?«

Sören schüttelte den Kopf. »Zwei oder drei Sylter, die über jeden Verdacht erhaben sind, alle anderen waren den Kellnern unbekannt. Touristen eben! Niemand hat sich auffällig verhalten. An südländisch aussehende Männer kann sich keiner erinnern. Es ist auch niemandem aufgefallen, dass jemand den Tisch verlassen hat und nicht wiedergekommen ist.«

»Und natürlich hat auch keiner beobachtet, dass sich jemand in die Perlenmuschel schlich«, ergänzte Erik bitter.

»Schade, dass Mierendorf von Frau Jesse nichts erfahren hat. Aber sie bleibt bei ihrer ersten Aussage. Die Brieftasche ihres Mannes ist angeblich verschwunden, sie hat die Kreditkarten sperren lassen.«

Erik umrundete den Kreisverkehr am Norderplatz so langsam, als traute er seinem Reifenprofil nicht. Und als sie die ersten Häuser Wenningstedts erreichten, fuhr er nicht schneller als dreißig.

»Wir werden einen Telebildabgleich machen. Kümmern Sie sich bitte darum! Schicken Sie das Bild des Toten ans Bundeskriminalamt, die gleichen es dann mit allen Interpol-Dienststellen ab.«

»Vielleicht können wir den Fall ganz nach Italien abschieben?«, fragte Sören hoffnungsvoll. »Henner Jesse wurde ein Opfer der Mafia, Utta Ingwersen ebenfalls, und nun hat's den Schutzgelderpresser selbst erwischt. Das ist ein Fall für die Mafia-Jäger, nicht für uns!«

»Er fällt aber in unsere Zuständigkeit«, entgegnete Erik, »und mir wäre es lieber, wir könnten den Fall lösen, bevor die Staatsanwältin uns eine Sonderkommission vor die Nase setzt.«

Das Haus lag ruhig da, die Kinder waren noch in der

Schule. Als Erik die Tür aufgeschlossen hatte, stellte er enttäuscht fest, dass aus der Küche kein Laut drang. Er sah seinen Assistenten bedauernd an und hob die Schultern. »Sieht so aus, als hätte meine Schwiegermutter noch nicht mit uns gerechnet.«

»Kein Wunder«, gab Sören zurück. »Es ist noch nicht mal zwölf.«

Dann aber hörten sie das Geräusch. Es drang aus dem Keller, das war leicht auszumachen. Beunruhigt stellte Erik fest, dass die Kellertür, die aus robustem Stahl war und durch die kaum ein Laut drang, geschlossen war. Lucia hatte im ersten Jahr ihrer Ehe dort unten einmal um Hilfe geschrien, weil ihr im Wäschekeller eine Maus begegnet war, und Erik hatte es nicht gehört, weil auch an jenem Abend die Kellertür geschlossen gewesen war. Was an dieser Tür nicht scheiterte, war laut, sehr laut. Oder aber von einer Frequenz, die sich überall durchsetzte.

»Was mag das sein?«, flüsterte Erik.

Mamma Carlotta war gekränkt. Sehr gekränkt sogar! Da konnte Erik noch so oft versichern, er hätte es nicht so gemeint. Eine Künstlerin zu verspotten, das war unverzeihlich. Erik konnte von Glück sagen, dass die Vorbereitungen fürs Essen schon weit fortgeschritten waren, sonst hätte Mamma Carlotta sich ernsthaft überlegt, die Küche zu bestreiken. Für Sören hätte es ihr zwar leidgetan, der sich immerhin Mühe gab, seinen Fehler wiedergutzumachen, aber auch sein breites Grinsen war ihr nicht entgangen und dass er mühsam ein Lachen unterdrückte, genauso wenig. Also wäre der Verzicht auf die Fischpastete auch für ihn eine gerechte Strafe gewesen.

»Die Waschküche hat nun mal die beste Akustik«, erklärte sie immer wieder. »Und Vera hat gesagt, wir müssen lernen, frei heraus zu singen.«

Das hatte sie getan. Frei heraus mit dem Leid der zwei

Königskinder! »Gefühle zeigen!«, hatte Vera auch gesagt. Also hatte sie das schrecklich tiefe Wasser besungen, als sollte sie selbst darin ertrinken. Und gerade als die falsche Nonne die Kerzen auspustete, mit denen die Königstochter ihrem Liebsten den Weg weisen wollte, hatte ihr Schwiegersohn plötzlich die Tür zur Waschküche aufgeschoben und sich erkundigt, ob er den Arzt holen solle, er mache sich Sorgen. Mamma Carlotta war beleidigt. Tödlich beleidigt!

Sie knallte die Fischpastete auf den Tisch, ohne auf das heuchlerische Lob zu hören, das sie erntete, warf das Ciabatta-Brot und ein Messer daneben und erkundigte sich mit keiner Silbe danach, warum Erik bei Nacht und Nebel das Haus hatte verlassen müssen. Dass sie sich nicht für die Arbeit ihres Schwiegersohnes interessierte, würde ihn genauso kränken, wie sie von seinem Spott gekränkt worden war. Ärgerlich war allerdings, dass sie damit auch sich selbst strafte, denn natürlich hätte sie gern gewusst, ob ein neuer Mord auf der Insel geschehen war, der Erik um seine Nachtruhe gebracht hatte.

Aber ihr war auf die Schnelle einfach nichts anderes eingefallen, womit sie ihm zeigen konnte, wie tief verletzt sie war. Während sie das Olivenöl erhitzte und an den Knoblauchzehen ihre Wut ausließ, gab sie sogar vor, sich kein bisschen für das Gespräch der beiden Männer zu interessieren, die über einen Toten redeten, der bei der Buhne 16 im Dünengras gefunden worden war.

Die Sardellenfilets machten gerade Anstalten, sich aufzulösen, bedurften also größter Aufmerksamkeit, da fiel Mamma Carlotta ein, dass sie für die Füllung der Tomaten hart gekochte Eier brauchte. Pouletfleisch und Stangensellerie waren bereits vorbereitet, aber da die Eier nicht nur hart gekocht, sondern auch erkaltet sein mussten, ehe sie gehackt werden konnten, wurde es höchste Zeit, sich um sie zu kümmern.

Wenn Carlotta Capella zornig war, wurden ihre Bewegungen unkoordiniert, wenn sie es eilig hatte, hetzten ihre Augen schon zum zweiten Handgriff, wenn der erste noch nicht ausgeführt war. Sobald sie gleichzeitig wütend und in Zeitnot war, musste man sich vor ihr in Acht nehmen, vor allem wenn sie mit heißem Öl und kochendem Wasser hantierte.

Sören zuckte ängstlich zusammen, als Mamma Carlotta die Eier aus dem Kühlschrank holte und gleichzeitig in der Pfanne rührte, in der einige Sardellenfilets um ihre Aufmerksamkeit bettelten, um eine Havarie kam er aber trotzdem nicht herum: Mamma Carlotta bückte sich, noch während sie die Kühlschranktür schloss, um ein Rucolablättchen aufzuheben, das ihr unter die Füße geraten war. Sören sah eine Kollision mit ihrer Kehrseite auf sich zukommen, die er unbedingt vermeiden wollte, und rückte rasch den Stuhl nach hinten. Dabei landete ein Stuhlbein auf dem Fuß seines Chefs. Der schrie auf, kippte den Stuhl nach vorn und damit seinen Assistenten in die Arme von Mamma Carlotta.

Die war erschrocken herumgefahren, als sie merkte, was sich hinter ihrem verlängerten Rücken abspielte. Dabei rutschte das Foto des Toten aus Sörens Brusttasche und fiel Mamma Carlotta auf die nagelneuen Sneakers.

Im selben Moment war ihr Ärger auf Erik und Sören vergessen, die Sardellenfilets und die Eier ebenfalls. Mit bebenden Händen nahm sie das Foto zur Hand und betrachtete das bleiche, leblose Gesicht, die blau umschatteten Lider, den farblosen Mund.

»Der Mann ist heute Morgen tot aufgefunden worden«, sagte Erik, der seiner Schwiegermutter das Foto gern wortlos abgenommen und weggesteckt hätte. Doch da er sie auf keinen Fall noch einmal kränken wollte, ließ er es ihr und ergänzte vorsichtig: »Der Fall darf noch nicht an die Öffentlichkeit. Ich kann mich doch auf deine Verschwiegenheit verlassen?«

Aber Mamma Carlotta hörte seine Worte nicht. Und sie hatte die schwere Beleidigung, die Königskinder, die Pasta alla rucola und auch die Pomodori luculli vergessen, als sie sagte: »Das ist Francesco.«

Sören warf seinem Chef einen intensiven Blick zu, während er an seiner Seite die Treppe hinaufstieg. Seine Augen fragten: Glauben Sie wirklich, dass wir ihr das zumuten können? Und er wirkte nicht ruhiger, als Eriks Augen antworteten: Wird schon gehen. Es muss einfach sein.

Zum Glück hatte Mamma Carlotta sich nach dem ersten Schreck schnell wieder beruhigt und schritt nun aufrecht und gefasst vor ihnen die Treppe hoch. Das Entsetzen war, während sie erzählt hatte, Stück für Stück von ihr abgefallen, am Ende war nur noch eine vage Ähnlichkeit zwischen Francesco und dem toten Mann übrig geblieben. Sie wiederholte es ein ums andere Mal: »Ich habe ihn selten gesehen, er war ja nur ein angeheirateter Verwandter. Außerdem ist er seit Jahren verschwunden. Niemand weiß, was aus ihm geworden ist. Und eigentlich kann es ja auch gar nicht sein! Ein solcher Zufall!«

Aber Erik merkte, dass sie sich selbst beruhigen wollte. Ein Mitglied der Familie Capella war ermordet worden? Nein, das durfte nicht sein. Da mussten sich Gründe finden, die dagegen sprachen. Mamma Carlotta fand viele, aber nicht einer davon konnte Erik wirklich überzeugen.

Dann fiel ihr etwas ein, was Erik missmutig machte, weil er diese Idee gern selbst gehabt hätte. »Ich rufe in Chiusi an. Wie lange habe ich schon nicht mehr mit Giovanna und Maria telefoniert! Es wird höchste Zeit, dass ich mich mal wieder bei ihnen melde. Und dabei werde ich ganz unauffällig nach Francesco fragen. Wenn ich dann höre, dass er wieder in Chiusi aufgetaucht ist, wissen wir, dass ich mich getäuscht habe. Wenn nicht ...« Diesen Satz sprach sie nicht zu Ende, sondern stöhnte: »Dio mio!« Dann begab sie sich auf die Suche nach der Telefonnummer von Maria, einer früheren Nachbarstochter, die Carlottas frisch verwitweten Cousin geheiratet und den missratenen Sohn Francesco mit in die Ehe gebracht hatte.

Der Ärger über die Kränkung war vergessen, Mamma Carlotta besaß sogar die Freundlichkeit, sich zunächst um die Pasta alla rucola zu kümmern, damit Erik und Sören beschäftigt waren, während sie telefonierte. Damit, dass dieses teure Ferngespräch nicht in fünf Minuten zu erledigen war, fand Erik sich schon ab, bevor die italienische Telefonnummer gewählt worden war, ebenso damit, dass Mamma Carlotta nicht zügig zum Thema kommen würde. Natürlich wurde zunächst ausgiebig bejubelt, dass man nach so langer Zeit wieder etwas voneinander hörte, dann kamen die Erörterungen über den Gesundheitszustand jedes Familienmitglieds, über zu erwartende Eheschließungen, über Seitensprünge und zu befürchtende Scheidungen, über unerwartete Schwangerschaften und bedauerliche Todesfälle ...

Erik und Sören aßen schweigend ihre Nudeln. Sie merkten erst auf, als zum ersten Mal der Name Francesco fiel, und bemühten sich, von Carlottas Gesicht abzulesen, was sie über das schwarze Schaf der Capellas zu hören bekam. Eriks Hoffnung fiel schnell in sich zusammen, denn die entzückte Miene seiner Schwiegermutter und ihr helles Gezwitscher ließen darauf schließen, dass es Francesco gutging, dass er zu einem anständigen Lebenswandel zurückgefunden und all seine Sünden bereut hatte.

Seine Mutter Maria hatte viele Tränen um ihn geweint, wie Mamma Carlotta ihnen vor dem Telefonat berichtet hatte. Anscheinend kam der Junge ganz auf seinen Vater, der ein verantwortungsloser, ja sogar krimineller Kerl gewesen war. Allerdings auch ein sehr charmanter, gut aussehender, sodass Maria trotz aller Warnungen auf ihn reingefallen war und sich Hoffnungen gemacht hatte, über kurz oder lang seine Ehefrau zu werden. Dass er nichts dergleichen im Sinn hatte, zeigte sich, als Maria schwanger wurde. Der Vater ihres Kindes verschwand über Nacht und ließ nie wieder etwas von sich hören. Ihre Bemühungen, seinen Aufenthaltsort herauszufinden, um Alimente von ihm zu bekommen, verliefen im Sande. Maria war froh, als Carlottas Cousin ihr einen Heiratsantrag machte und sie endlich die Familie bekam, die sie sich gewünscht hatte.

Francesco lebte zu diesem Zeitpunkt bei seinen Großeltern, da Maria gezwungen gewesen war, den Lebensunterhalt für sich und ihren Sohn zu verdienen und keine Zeit für die Kindererziehung hatte. Ihre Eltern führten eine kleine Pension in der Nähe von Chiusi, dort war Francesco aufgewachsen. Die Großeltern hätten die Verantwortung für den schwer erziehbaren Enkel gern abgegeben, als Maria heiratete, aber da Francesco schon bald die Erfahrung machte, dass sein Stiefvater sich nicht auf der Nase herumtanzen ließ, lehnte er es ab, bei seiner Mutter und ihrem Ehemann zu leben. So mussten sich die armen Großeltern weiterhin mit dem Jungen rumplagen, der ständig die Schule schwänzte, in Schlägereien verwickelt war, immer wieder beim Diebstahl erwischt wurde und nicht einmal davor zurückschreckte, seinen eigenen Großeltern ins Portemonnaie zu greifen. Dann war er eines Tages verschwunden und mit ihm sämtliche Ersparnisse der armen Alten. Die hatten seit vielen Jahren Geld zur Seite gelegt, um endlich ihre Pension modernisieren zu können, nun standen sie vor dem Nichts.

Aber mittlerweile schien sich etwas geändert zu haben. Mamma Carlotta gab anerkennende Laute von sich, sagte mehrmals »caspita«, was, soviel Erik wusste, »Donnerwetter!« hieß, und verabschiedete sich anschließend mit so viel Gekicher, dass daraus nur ein Schluss zu ziehen war: Francesco war ein guter Junge geworden und hatte in Chiusi eine Familie gegründet. Erik schob die Hoffnung beiseite, der Identität des Toten auf die Spur zu kommen. Wäre ja auch zu schön gewesen!

Doch kaum hatte Mamma Carlotta das Gespräch beendet, fiel ihr das Lächeln aus dem Gesicht. Erik hatte die Absicht gehabt, sie an die hart gekochten Eier zu erinnern, mit denen die Tomaten gefüllt werden sollten, aber als sie sich schwer auf einen Stuhl fallen ließ, vergaß er die Eier sofort wieder. »Hast du mit der Mutter gesprochen? Was hat sie gesagt?«

Carlotta schüttelte benommen den Kopf. »Giovanna war am Apparat. Du weißt doch, die mal mit dem deutschen Schlagersänger zusammen war und lange in München gelebt hat.«

Längst hatte Erik sich daran gewöhnt, dass seine Schwiegermutter von Leuten redete, die er angeblich kannte, deren Namen ihm aber völlig fremd waren. In diesem Falle flog jedoch tatsächlich eine Erinnerung an ihn heran. Die Aufregung war seinerzeit groß gewesen, als es hieß, Giovanna selbst könne in Kürze Starruhm genießen. Denn der Schlagersänger hatte sie zu einer seiner Background-Sängerinnen gemacht, und Giovanna war von da an häufig im Fernsehen zu bewundern gewesen. In Umbrien wartete man seitdem darauf, dass ein Produzent kommen, Giovanna entdecken und sie nach vorn ins Rampenlicht holen würde. Was daraus geworden war, konnte Erik nicht sagen. Wenn er es sich genau überlegte, hatte er weder von Giovanna noch von dem Schlagersäger in den letzten Jahren etwas gehört.

»Giovanna ist Marias Schwester, also Francescos Tante«, erklärte Mamma Carlotta. »Er hat sich vor Kurzem bei der Familie gemeldet. Jahrelang war er verschwunden und nun …« Sie rang nach Luft, als hätte sie ihren gesamten Atemvorrat im Gespräch mit Giovanna verbraucht. »Vor ein paar Wochen hat er angerufen, stell dir das vor, Enrico! Obwohl niemand mehr daran geglaubt hat, scheint doch noch etwas aus ihm geworden zu sein. Er arbeitet regelmäßig, hat er erzählt, und verdient gut. Er hat seinen Großeltern sogar schon einen Teil des Geldes erstattet, das er ihnen gestohlen hat. Und den Rest will er ihnen auch bald schicken.«

Erik runzelt die Stirn. »Leben die beiden Alten noch?«

»Naturalmente! Sonst hättest du doch längst eine Nachricht bekommen und wärst zur Beerdigung nach Chiusi gefahren!«

Erik beugte sich über den Pastateller und versuchte ein paar Rucolablättchen aufzuspießen. Nach Lucias Tod hatte er sämtliche Todesanzeigen, die ihn erreicht hatten, unbeachtet zur Seite gelegt. Nie im Leben wäre er auf die Idee gekommen, zu einer Beerdigung nach Chiusi zu fahren.

»Francesco hat sogar erzählt, dass er heiraten will. Er ist schrecklich verliebt. In eine Deutsche! Stell dir das vor!«

Erik zuckte zusammen. »Soll das heißen …?«

»Er ist in Deutschland, ja!«

»Wo in Deutschland?«, fragte Sören aufgeregt.

»Das wusste Giovanna nicht.«

»Dann könnte es also sein«, stellte Erik fest und strich sich ausgiebig den Schnauzer glatt.

Das tat er auch, während er nun beobachtete, wie Mamma Carlotta von Dr. Hillmot in Empfang genommen wurde. »Signora! Wie schön, dass Sie mich besuchen!«

»Er tut so«, raunte Sören seinem Chef zu, »als betriebe er hier ein gemütliches Café. Ob Ihre Schwiegermutter weiß, worauf sie sich einlässt?«

»Die ist hart im Nehmen. Sie hat dem Zimmermann in

ihrem Dorf schon oft geholfen, wenn er einen Sarg fertig hatte und jemanden brauchte, der ihm die Leiche schminkte.«

Sören schüttelte sich. »Manchmal kommt es mir so vor, als hatte die Signora in ihrem einsamen Dorf schon mehr erlebt als wir hier auf unserer Schickimicki-Insel.«

Eriks Miene verschloss sich. »Warten Sie ab! Wenn auf Sylt die Mafia das Sagen hat, werden wir mehr erleben, als uns lieb ist. Wo ein Mafioso erschossen wird, gibt es Krieg!« Er zeigte auf das Foto, das wieder in Sörens Brusttasche steckte. »Jetzt wäre eine gute Gelegenheit, sich um den Telebildabgleich zu kümmern.«

Sören nickte zufrieden. »Schauen wir mal, ob noch jemandem außer Ihrer Schwiegermutter diese Visage bekannt vorkommt.« Beschwingten Schrittes entfernte er sich.

Mamma Carlotta spürte, dass sie zitterte. Beruhigend drückte Dr. Hillmot ihren Arm, während er neben ihr auf die große Tür zuschnaufte, und öffnete sie dann so schwungvoll, als wartete dahinter ein Kurorchester und nicht ein nackter Mann mit einem Schildchen am großen Zeh.

Mamma Carlotta blieb vor der geöffneten Tür stehen. »In einer Stunde muss ich aber wieder zu Hause sein«, erklärte sie. »Dann kommen die Kinder von der Schule. Und solange ich auf Sylt bin, werden die beiden sich an einen gedeckten Tisch setzen und ein gesundes, nahrhaftes Essen bekommen!«

Dr. Hillmot nickte. »Es wird nicht lange dauern. Entweder Sie kennen ihn, oder Sie kennen ihn nicht.«

»Va bene!« Mamma Carlotta richtete sich zu ihrer vollen Größe auf und betrat den Raum. Erst jetzt gestand sie sich ein, dass sie Angst hatte. Angst vor diesem Tod, der so ganz anders war als der Tod, den sie kannte. Leichen hatte sie in ihrem Leben schon oft gesehen, denn in ihrem Dorf wurde noch zu Hause gestorben. Aber ein Mordopfer? Das war Carlotta Capella noch nie unter die Augen gekommen. Würde der Tote entstellt aussehen? Misshandelt, verstümmelt, verunstaltet?

Aber Dr. Hillmot beruhigte sie: »Sein Gesicht ist unversehrt. Dass sein Hinterkopf zertrümmert wurde, werden Sie gar nicht bemerken.« Um Mamma Carlotta vollends zu besänftigen, führt er ein paar Details auf, die einen Gerichtsmediziner beruhigen mochten, nicht aber eine italienische Mamma, die damit rechnen musste, in das bleiche Antlitz eines ermordeten Verwandten zu blicken. »Die Verletzungen sind flächiger Natur, aber ich verspreche Ihnen, Sie werden nichts davon sehen. Aus Mund, Nase und Ohren ist natürlich viel Blut ausgetreten, das ist nun mal so bei schweren Schädel-Hirn-Verletzungen. Aber ich habe alle Öffnungen gründlich gereinigt.«

Dr. Hillmot schien der Ansicht zu sein, dass alles getan war, um Mamma Carlotta den Besuch in der Pathologie so leicht wie möglich zu machen. Und er fühlte sich bestätigt, als sie keinen Versuch unternahm, die Flucht zu ergreifen.

Sie flüsterte ein letztes Mal »Madonna!«, dann fühlte sie sich stark genug, um auf den Tisch zuzugehen, auf dem unter einer weißen Decke ein menschlicher Körper lag.

Am liebsten hätte sie nach Eriks Hand gegriffen, um sich seiner Nähe ganz sicher zu sein. Aber sie wusste ja, wie wenig er es schätzte, wenn in seiner Gegenwart Gefühle gezeigt wurden. Umso bemerkenswerter, geradezu überwältigend war es, als sie spürte, dass sich seine Hand unauffällig auf ihren Rücken legte. Für diese wunderbare Geste hätte sie sich bereit erklärt, zehn weitere Leichen in Augenschein zu nehmen.

So war sie ganz gefasst, als Dr. Hillmot das weiße Tuch vom Gesicht des Toten nahm. Schweigend betrachtete sie seine bleichen Lippen, die eingefallenen Wangen, die spitze Nase, die violetten Augenlider. Durch ihre Erinnerung lief ein vorlauter, aufsässiger kleiner Junge, dessen Augen flink umherhuschten und nirgendwo haften blieben, ein Junge, der seine Sehnsucht zeigte, aber niemandem sagte, wonach er sich sehnte. Dann der Jugendliche, der rebellierte, ohne zu wissen, wogegen, ein Kind, das niemand lieb haben konnte, ein Jugendlicher, den niemand mochte.

Erik ertrug das Warten nicht länger. »Ist er es?«, flüsterte er in Mamma Carlottas Rücken.

Sie betrachtete noch einmal das leblose Gesicht, dann drehte sie sich zu Erik herum. »Ich ... ich weiß es nicht.«

Erik sah sie enttäuscht an. »Du weißt es nicht?«

»Nicht sicher. Ich habe ihn so lange nicht gesehen. Und ich kannte ihn nicht besonders gut.«

Erik gab Dr. Hillmot einen Wink, der das Tuch wieder über das Gesicht des Toten zog. »Aber du kannst nicht ausschließen, dass er es ist?«

Mamma Carlotta nickte. »Er könnte es sein. Nur ... sicher bin ich nicht.«

Erik griff nach ihrem Arm und schob sie dem Ausgang entgegen. »Ich werde heute noch den Mafia-Spezialisten nach Francesco Corrado fragen.« Er blieb stehen und runzelte die Stirn. »Wie heißt er noch gleich?«

»Adriano Girotti«, antwortete Mamma Carlotta, ohne zu zögern. »Ich kann ihn noch einmal anrufen, wenn du willst. Vielleicht weiß er schon etwas von Federica und kann mir Grüße von ihr ausrichten.«

Erik wandte sich an Dr. Hillmot. »Aber wir machen natürlich auch eine DNA-Probe.«

Der Gerichtsmediziner nickte, wenn er auch keinen besonderen Gefallen an dieser Aussicht fand. Bevor er sich über die Mehrarbeit beklagen konnte, schlug er sich vor den Kopf. »Fast hätte ich es vergessen: Ich habe noch was für Sie!«

Er ging zu einem Tisch, auf dem die Gegenstände lagen, die bei dem Toten gefunden worden waren. Ein paar Münzen, zwei Zehn- und drei Zwanzig-Euro-Scheine, ein Päckchen Zigaretten, ein Feuerzeug und der auffällige Ring mit den drei Doppelkreisen. Dr. Hillmot griff zu einem Schlüssel und hielt ihn Erik hin. »Den haben wir erst entdeckt, als wir ihn auszogen. Sieht aus wie ein Wohnungsschlüssel. Er steckte in seiner Gesäßtasche.«

Erik betrachtete den Schlüssel von allen Seiten. »Jetzt brauchen wir nur noch die passende Tür.« Er steckte den Schlüssel ein. »Was Auffälliges an seiner Kleidung?«

Dr. Hillmot schüttelte den Kopf. »Alles durchschnittliche italienische Konfektionsware. Mittlere Qualität.«

Keiner der beiden Männer bemerkte die Veränderung, die mit Mamma Carlotta vor sich ging. Auch dass sie wie magisch angezogen auf den Tisch zuging, fiel ihnen nicht auf. Erik wurde erst aufmerksam, als Carlotta plötzlich hervorstieß: »Dieser Ring! Den habe ich schon mal gesehen!« Sie richtete sich auf und machte einen so entschlossenen und überzeugten Eindruck, dass Erik schon jetzt sicher war, dass er ihr jedes Wort glauben würde. »An der Hand von Francescos Vater!«

»Ich denke, Francesco ist ohne Vater aufgewachsen?«

»Bevor Maria schwanger wurde, habe ich ihn ein paar Mal gesehen. Sie haben uns zusammen besucht, als Dino Geburtstag hatte, als mein Bruder heiratete, als die Zwillinge der Smariggis zur Erstkommunion gingen ...«

»Und jedes Mal trug er diesen Ring?«

»Sì! Ich fand ihn sehr auffällig und irgendwie ... protzig. Einmal habe ich ihn darauf angesprochen. Und er hat gesagt, der Ring hätte eine besondere Bedeutung für ihn. Vor allem aber gefiel er ihm, das hat er ausdrücklich betont.« Mamma Carlotta setzte die hochmütige Miene auf, die sie gern trug, wenn sich etwas herausstellte, was sie als Einzige vorhergesehen hatte. »Damit war er für mich erledigt. Ein Mann mit so einem schlechten Geschmack! Ich habe Maria gesagt, sie soll die Finger von ihm lassen. Aber sie …«

»… sie hat nicht auf dich gehört.« Erik legte Wert darauf, die Erzählung zu verkürzen. »Wie hieß der Mann?«

»Ja, wie hieß er nur?« Mamma Carlotta starrte den Ring noch eine Weile an, blickte dann in Dr. Hillmots erwartungsvolles Gesicht und schaute schließlich an Eriks rechtem Ohr vorbei, als stünde der Name von Francescos Vater an der gegenüberliegenden Wand. »Ich glaube, der Vorname fing mit A an.«

»Augusto, Andrea, Angelo?«, half Erik aus.

Auch Dr. Hillmot konnte mit Vorschlägen aufwarten: »Adamo, Alberto, Agostino?«

»No, no!« Mamma Carlotta versuchte es nun selber und lauschte dem Klang von Alessio nach, dann versuchte sie es mit Alessandro. Aber beide Namen lösten nichts in ihr aus.

»Vielleicht kannst du dich an den Nachnamen erinnern?«, fragte Erik hoffnungsvoll.

Diesmal brauchte sie nicht lange zu überlegen. »No! Ich weiß nicht einmal genau, ob ich den jemals gehört habe.« Nun fing sie an, sich hin und her zu bewegen, weil Fragen, die geschaukelt und geschüttelt wurden, eher zu Antworten führten. Jedenfalls war das bei Carlotta Capella so. Dass sie dabei in die unmittelbare Nähe des Toten geriet, fiel ihr nicht auf, derart konzentriert war sie.

In diesem Moment trat Sören ein und meldete, dass der Telebildabgleich in die Wege geleitet worden sei. Gleich erhielt er von seinem Chef einen neuen Auftrag: »Besorgen Sie sich von Vetterich die Fotos, die er von den Gegenständen gemacht hat, die bei dem Toten gefunden wurden. Und dann schicken Sie ein Fax nach Italien. Girotti soll sich das Foto ansehen, das Vetterich von dem Ring gemacht hat.«

Auf dem Weg zum Polizeirevier fuhr Erik Wolf langsam – wie immer, wenn er in Gedanken war – ohne sich von der Ungeduld anderer Verkehrsteilnehmer drängen zu lassen. Sören, der seinen Chef gut kannte, schwieg und versuchte nur, durch erhöhte Aufmerksamkeit Schlimmstes zu verhüten. Selbstverständlich ging er davon aus, dass Erik in Gedanken bei dem toten Mafioso war und sich überlegte, welche Schritte zu unternehmen seien, wenn dessen Identität einwandfrei feststünde. Hätte er gewusst, dass Erik über ein privates Problem nachdachte, hätte er seinen Chef sicherlich zur Eile angetrieben.

Carolin hatte ihrem Vater den Rücken zugedreht und nicht einmal einen knappen Gruß für ihn übrig gehabt! Eine bedrückende Erfahrung, die Erik zurzeit mehr belastete als seine Angst vor der Mafia. Als sie in den Süder Wung eingebogen waren, um Mamma Carlotta zu Hause abzusetzen, hatte er gesehen, dass Carolin ihr Fahrrad an den Gartenzaun lehnte. Ebenso der Junge, dieser ... wie hieß er nun eigentlich? Florian? Michael? Besser, er sprach ihn nie wieder mit Namen an, wenn er die Vergebung seiner Tochter erlangen wollte.

Wie empfindlich sechzehnjährige Mädchen reagierten! Erik fand es maßlos übertrieben, dass Carolin sich abwandte, als sie seinen Wagen erkannte, und ihren Freund anstieß, damit er ihr hinters Haus folgte, wo sie beide vor Erik sicher waren. Und das alles nur, weil er den Vornamen verwechselt hatte! Er würde es nie begreifen.

»Was machen wir eigentlich, wenn sich der Verdacht Ihrer Schwiegermutter bestätigt?«, fragte Sören und riss damit Erik aus seinen Gedanken. »Wenn dieser tote Mafioso wirklich ihr angeheirateter Verwandter sein könnte?«

»Dann brauchen wir Gewissheit. Wir müssen einen Verwandten nach Sylt holen, der ihn eindeutig identifizieren kann. Seine Mutter oder seine Tante. Außerdem müssten wir einen DNA-Vergleich mit den italienischen Behörden machen.«

Sören nickte. »Bin gespannt, was es mit dem Ring auf sich hat.«

Erik bog auf den Hof des Polizeireviers ein. »Als Erstes müssen wir in Flensburg anrufen und die Dolmetscherin anfordern. Ich rechne noch heute mit Girottis Anruf.«

Sören grinste. »Notfalls haben wir ja noch Ihre Schwiegermutter. Die übernimmt die Aufgabe sicherlich gern. Schließlich will sie wissen, wie es ihrer Cousine geht.«

Erik verzichtete auf eine Antwort. Als er den Motor abgestellt hatte, blieb er im Wagen sitzen und starrte durch die Windschutzscheibe.

»Ist noch was?«, fragte Sören besorgt.

Erik nickte. »Wir haben zwar im Moment viel zu tun«, begann er zögernd, »aber ... wenn Sie mal Zeit haben, Sören, können Sie dann nach einer Familie Silbereisen auf Sylt fahnden?«

Sören starrte ihn mit offenem Mund an. »Das ist jetzt ein Scherz, oder?«

Erik zog den Schlüssel ab und stieg aus. »Okay, wir haben Besseres zu tun, Sie haben ja recht. Aber vielleicht später ... wenn unser Fall gelöst ist.«

Er ging auf den Hintereingang des Gebäudes zu, ohne weiter auf Sören zu achten. Erst im Revierraum, wo Enno Mierendorf ein Telefongespräch führte und Rudi Engdahl eine Diebstahlanzeige aufnahm, drehte er sich zu Sören um. Unter dem erwartungsvollen Blick seines Assistenten suchte er in seinen Taschen herum, bis er fand, was er suchte. »Den hat Dr. Hillmot in der Gesäßtasche des Toten gefunden.« Er streckte Sören den Schlüssel hin. »Versuchen Sie mal, die passende Tür dazu zu finden. Dahinter wird der Mafioso gewohnt haben. Und wenn wir dort eine Hausdurchsuchung machen, werden wir hoffentlich auf interessante Dinge stoßen.«

Sören betrachtete mürrisch den Schlüssel. »Auf Sylt gibt es Tausende von Wohnungen, die mit einem solchen Schlüssel geöffnet werden«, maulte er, da er solche Aufgaben nicht liebte.

»Was ist mit Ihrer Tante?«, fragte Erik. »Die arbeitet doch in der Kurverwaltung. Vielleicht hat die eine Idee. Die Staatsanwältin will Ermittlungsergebnisse von uns!«

In diesem Moment legte Enno Mierendorf den Telefonhörer auf. »Die wartet übrigens auf Sie«, sagte er. »In Ihrem Zimmer. Schon seit einer halben Stunde.«

Sören änderte schlagartig seine Dienstauffassung und lief zur Tür. »Bin schon unterwegs!«, rief er über die Schulter zurück. »Vielleicht kann man mir beim Zimmernachweis helfen.«

»Nehmen Sie meinen Wagen!« Erik zog den Schlüssel aus der Hosentasche und hielt ihn Sören hin. »Dann geht's schneller!«

Erik hatte es nicht eilig. Als Mierendorf ihm stolz mitteilte, dass er der Staatsanwältin bereits einen Kaffee serviert hatte, ließ er sich Zeit. Wenn er unvorbereitet auf Frau Dr. Speck traf, war er immer im Nachteil, das hatte sich schon oft bewiesen. Er brauchte Zeit, um sich auf ihre schnellen Fragen, ihre scharfen Augen, ihre Streitlust und ihre Eloquenz, die seiner eigenen weit überlegen war, einzustellen.

Er lehnte sich an die Theke, die die Arbeitsplätze der Polizeibeamten vom Eingangsbereich trennte, und wartete, bis Engdahl mit seiner Anzeige fertig war. »Sind Sie mit den Schuhgeschäften fertig?«, fragte er freundlich.

Engdahl nickte. »Aber ohne Ergebnis. Die meisten Läden haben eine kleine Auswahl an Modellen in Größe siebenundvierzig, aber ich habe nirgendwo einen Schuh gefunden, dessen Sohle mit unserem Abdruck übereinstimmt. Und niemand erinnert sich an einen Mann, der sich Schuhe in dieser Größe ausgesucht hat.«

Erik nickte, als hätte er nichts anderes erwartet. »Einen Versuch war es wert.« Dann atmete er tief durch und ging auf seine Bürotür zu.

Frau Dr. Speck stand am Fenster und sah hinaus. Als Erik ins Zimmer trat, wandte sie sich um und lächelte leicht. »Moin, Wolf! Ich wollte mich mal persönlich überzeugen, wie weit Sie mit Ihren Ermittlungen sind.« Sie verhinderte eine Begrüßung per Handschlag, indem sie sich auf einen Stuhl setzte und die Arme vor der Brust verschränkte. »Ich hoffe, Sie haben sich an meine Anweisungen gehalten. Die Angelegenheit wird weiterhin mit äußerster Diskretion behandelt. Nichts darf an die Öffentlichkeit dringen.«

»Natürlich.« Erik ließ sich an seinem Schreibtisch nieder und achtete gewissenhaft darauf, keinen Blick auf die Beine der Staatsanwältin zu werfen, die einen knappen Kostümrock trug und die Beine in geradezu fahrlässiger Weise übereinandergeschlagen hatte. »Sollte die Presse von dem letzten Todesfall Wind bekommen, werden wir von Raubmord sprechen.«

»Schlimm genug.« Frau Dr. Speck stand wieder auf und ging erneut zum Fenster. Diesmal sah sie nicht hinaus, sondern lehnte sich an die Fensterbank und kreuzte die Beine. »Das wäre der dritte Raubmord innerhalb weniger Tage. Die Bevölkerung wird beunruhigt sein.«

»Besser, als wenn sie erfährt, dass die Mafia hinter den Morden steckt.«

»Stimmt.« Sie stieß sich von der Fensterbank ab und ging vor Erik hin und her. Ihr Selbstbewusstsein war ihm unangenehm. Es zeigte ihm, wie wenig sie ihm zutraute, wie wenig sie von ihm hielt. Vielleicht wollte sie ihm auch zeigen, wie unattraktiv er war in seiner breiten Behäbigkeit, der braunen Cordhose und dem grob gestrickten Pullunder über dem hellblauen Hemd. Sie selbst war eine Frau, die etwas auf sich hielt. Zwar neigte sie unverkennbar zur Korpulenz, aber in ihren dunklen Kostümen und Hosenanzügen würde niemand sie für eine pummelige Blondine halten. Sobald sie sich in ihr Schicksal fügen und auf Diät, streckende Hosenschnitte und hohe Absätze verzichten würde, wäre sie eine. Und das wusste sie nicht nur genau, das wollte sie auch auf jeden Fall vermeiden. »Haben Sie schon Vermutungen, was den letzten Mord angeht?« Man sah ihr an, dass sie nicht mit einer befriedigenden Antwort rechnete.

»Das nicht«, sagte Erik, »aber immerhin scheint die Identität des toten Mafioso geklärt zu sein.« Damit übertrieb er zwar ein wenig, aber die Überraschung der Staatsanwältin war es wert. Er lehnte sich zurück und schaffte es, Überlegenheit auszustrahlen. »Anscheinend handelt es sich um einen gewissen Francesco Corrado. Ich lasse das gerade von einem neapolitanischen Mafia-Spezialisten bestätigen. Corrado trug einen Ring, der seinem leiblichen Vater gehörte. Auch den lasse ich zurzeit überprüfen. Möglicherweise führt uns der Ring zu einer Mafia-Familie. Dann wissen wir, mit wem wir es zu tun haben.«

Die Staatsanwältin war tatsächlich beeindruckt. »Dann sind Sie ja ein gutes Stück vorangekommen!« Sie ließ sich wieder auf dem Stuhl nieder und schlug erneut die Beine übereinander.

Erik konnte nicht verhehlen, dass ihm ihre Anerkennung guttat. Er hoffte nur, die Staatsanwältin möge nicht fragen, wie er zu diesen Ermittlungsergebnissen gekommen war. Er hätte ungern zugegeben, dass dieser Erfolg eigentlich seiner Schwiegermutter zu verdanken war. Damit hätte er einen Teil der Anerkennung gleich wieder verloren. Außerdem durfte er nicht zulassen, dass die Staatsanwältin nach einem Gespräch mit Mamma Carlotta verlangte, um mehr zu erfahren. Die Vorstellung, dass diese beiden Frauen aufeinandertrafen, verursachte ihm schlagartig Magenschmerzen.

Zum Glück fiel ihm etwas ein, womit er von den eigentlichen Ermittlungsergebnissen ablenken konnte. »Ich brauche die Dolmetscherin aus Flensburg. Girotti spricht nur Italienisch, kein Deutsch.«

»Auch kein Englisch?«

Erik schüttelte den Kopf und hoffte, dass er nicht rot wurde. Auf keinen Fall wollte er der Staatsanwältin gestehen, dass es um seine Englischkenntnisse derart schlecht bestellt war, dass er den italienischen Commissario gar nicht darum gebeten hatte, es mit dieser Sprache zu versuchen. Von Sören wusste er, wie ungern er sich auf Englisch unterhielt, Enno Mierendorf und Rudi Engdahl brauchte man gar nicht erst zu fragen. »Außerdem ist ja bekannt, wie die Italiener Englisch sprechen«, ergänzte er frech und schaffte es noch immer, sich seine Verlegenheit nicht anmerken zu lassen.

»Sie müssen es wissen.« Nun lächelte Frau Dr. Speck sogar. »Sie waren ja mal mit einer Italienerin verheiratet.«

Erik hoffte, dass sie ihm die Erleichterung genauso wenig ansah wie kurz zuvor sein Schuldbewusstsein. »Sprachliche Barrieren können wir nicht gebrauchen. Was Girotti uns zu sagen hat, ist wichtig. Es darf keine Missverständnisse geben.«

Die Staatsanwältin pflichtete ihm bei. »Haben Sie schon eine Idee, was hinter diesem Mord steckt?« Sie sah nun so aus, als sei sie tatsächlich an Eriks Meinung interessiert.

»Wir müssen unbedingt die Geldeintreiber finden«, sagte Erik. »Ich gehe davon aus, dass diese beiden Henner Jesse und Utta Ingwersen auf dem Gewissen haben. Womöglich sind sie auch für den Tod des Mafioso verantwortlich. Allerdings liegt das Motiv noch im Dunkeln.«

»Vielleicht ein Erpressungsopfer, das sich gerächt hat?«

Aber Erik wies ihre Vermutung mit so großer Sicherheit zurück, dass sie sie nicht wiederholte. »Würde der

Mafioso sich nachts mit einem seiner Opfer am Strand treffen? Noch dazu ohne Begleitung? Und umgekehrt – würde eines der Opfer sich mit dem Mafioso nachts an der Buhne 16 verabreden?«

»Vielleicht hat es keine Verabredung gegeben«, überlegte die Staatsanwältin, »sondern jemand hat den Mafioso zufällig beobachtet und ist ihm heimlich gefolgt. Und dann hat er seine Chance genutzt.«

»Jemandem heimlich durch die Dünen zu folgen, ist schwer. Und was ist mit der Tatwaffe? Wer hat schon zufällig etwas bei sich, mit dem man einen Menschen erschlagen kann?«

Die Staatsanwältin nickte. »Sie haben recht. Die These können wir vergessen.«

»Außerdem fehlt sein Handy. Ich gehe fest davon aus, dass er eins bei sich trug. Also wird der Mörder es ihm abgenommen haben. Das spricht dafür, dass es vorher eine telefonische Verabredung geben hat.«

»Und der Name des Mörders befand sich in der Anrufliste«, ergänzte Frau Dr. Speck.

»Ich glaube eher an ein Motiv innerhalb der Mafia«, fuhr Erik fort. »Vielleicht ist jemand geschickt worden, der Francesco Corrado umlegen sollte. Es gibt Spuren, die wir weder neben Henner Jesse noch neben Utta Ingwersen gefunden haben. Abdrücke sehr großer Schuhe. Größe siebenundvierzig!«

»Warum sollte der Mafioso umgelegt werden?«

»Vielleicht, weil er seine Kompetenzen überschritten hat? Die Mafiabosse sind nicht zimperlich.«

»Dann dürften die Geldeintreiber mittlerweile verschwunden sein«, sagte die Staatsanwältin nachdenklich. »Und der Mann mit den großen Füßen natürlich auch.«

»Das ist anzunehmen. Wenn wir die Wohnung des Mafioso gefunden haben, sehen wir vielleicht klarer. Dann werden wir hoffentlich wissen, wie seine Verbindungen zur Mafia aussehen, welche Pläne er hat, in welchem Auftrag er agiert. Und vorher das Gespräch mit Neapel! Das wird uns sicherlich auch weiterbringen.«

»Und wie lange wollen Sie auf den Anruf warten?«

Erik sah sie irritiert an. »Die Fotos sind erst vor ein paar Stunden rausgegangen. Und außerdem brauche ich die Dolmetscherin.«

Die Staatsanwältin erhob sich entschlossen. »Ich habe nach dem Abi ein Jahr als Au-pair-Mädchen in Rom gearbeitet, Sie kommen also ohne die Dolmetscherin aus. Jedenfalls, solange ich hier bin. Und dieser Girotti hat Zeit genug gehabt, um herauszufinden, was es mit diesem Francesco Dingsbums auf sich hat. Ich werde jetzt dort anrufen.« Sie streckte ihre Hand über Eriks Schreibtisch. »Geben Sie mir die Nummer!«

Erik blieb nichts anderes übrig, als ihr Girottis Nummer auszuhändigen. Gern tat er es nicht. Es war ihm, als legte er mit der Nummer den ganzen Fall in die Hände der Staatsanwältin.

In diesem Moment klingelte Eriks Telefon. Die Staatsanwältin ging mit dem Zettel in der Hand zur Tür. »Gehen Sie nur ran. Ich führe das Gespräch nebenan.«

Erik sah ihr seufzend nach, dann hob er den Hörer ab und meldete sich. Einen Augenblick später sah sein Gesicht aus, als hätte er in eine Zitrone gebissen. Zwei Augenblicke später öffnete sich sein Mund ganz langsam, weil er nicht mehr Herr über seine Kaumuskeln war. »Was sagst du da?«

Mamma Carlotta zögerte, als Käptens Kajüte in Sicht kam, dann trat sie entschlossen in die Pedalen und fuhr daran vorbei. Es waren zu viele Fragen in ihr, zu viel Erleichterung und gleichzeitig zu viel Bedrückung, um sich jetzt einfach auf einen Barhocker zu setzen, einen Cappuccino zu trinken und so zu tun, als wäre das Leben leicht oder als wäre es schwer. Beides beschrieb den derzeitigen Zustand des Lebens nicht richtig. Die Frage war, was überwog, Erleichterung oder Bedrückung. Tatsächlich war das Leben leichter geworden in der letzten Stunde, wenn da nicht der Zweifel wäre, dieser innere Widerstreit, der das leichte Glück zu Boden drückte.

Um den Zweifel von der Erleichterung zu trennen, brauchte sie das Meer. In Umbrien stieg sie in die Weinberge, wenn Sorgen sie drückten, auf Sylt ging sie an den Strand. Der Blick brauchte die Weite, um sich von den rumorenden Fragen zu lösen und dann mit einer Antwort zurückzukehren. So funktionierte es – hier wie dort.

Adriano Girotti war so sicher gewesen! Aber was, wenn er sich irrte? Erik schien diese Möglichkeit nicht in Betracht zu ziehen. Er hatte jedes Wort des Gesprächs, das sie telefonisch an ihn weitergegeben hatte, für bare Münze genommen, und sie hatte sich wirklich darum bemüht, nichts hinzuzufügen, nichts zu beschönigen oder zu dramatisieren. Natürlich hätte auch Mamma Carlotta gern auf Girottis Aussagen vertraut, aber ihr war die Sorge um Sylt durch das Gespräch mit ihm leider nicht genommen worden. Da war es ihr viel leichter gefallen, daran zu glauben, dass Federica von der einfachen Küchenhilfe zur Beiköchin aufgestiegen war und ihr Mann neuerdings nicht mehr täglich, sondern nur an den Wochenenden betrunken war, wenn die Bar gut besucht wurde und das Geld in der Kasse klingelte. Aber alles andere …?

Ihr Gesicht war sorgenvoll, als sie am Ende der Seestraße vom Fahrrad stieg, aber es glättete sich, nachdem sie die ersten Stufen der Holztreppe hinabgestiegen war. Das Donnern der Brandung übertönte den Zweifel, die Sonne, die gerade durch eine Wolkenlücke brach, wärmte sie, und eine frische Bö pustete den Zwiespalt aus ihren Gedanken. Ja, ein paar Minuten am Strand wirkten Wunder. Das Meer gab jedem das, was er brauchte.

Fietje kontrollierte gerade mit wichtiger Miene die Kurkarten einiger Jugendlicher, die über den Strand tobten. Sie winkte ihm zu, dann ging sie bis zur Wasserkante, um den Strand hinter sich zu lassen. Die Brandung war stolz, kräftig und laut. Mamma Carlotta blieb stehen und beschloss, nicht zurückzuweichen. In einem geheimen Pakt mit dem Meer machte sie ab, dass sie Girotti glauben wollte, sobald eine Welle über ihre Füße geschwappt war. Fünf Minuten wollte sie warten, dann musste die Entscheidung gefallen sein. Erleichtert atmete sie auf. Es tat gut, die Last der Entscheidung abzuwälzen.

Mit Carolin würde das nicht so einfach sein. Die Verachtung, mit der sie ihren Vater wegen eines kleinen Fehlers strafte, tat Mamma Carlotta genauso weh wie Erik selbst. Der Arme hatte doch genug am Hals mit diesen Mordfällen! Hatte er es nicht verdient, respekt- und liebevoll empfangen zu werden, wenn er von seinem schweren Dienst heimkehrte? Dabei ahnte er vermutlich nicht einmal, dass Carolins Ablehnung nicht die einzige Sorge war, die er sich machen sollte. Wie gern hätte Mamma Carlotta mit Erik die Gefahren erörtert, die einem jungen Mädchen drohten, das zum ersten Mal verliebt war. Vor allem, wenn der Freund ein eigenes Zimmer hatte, in das niemals ein Elternteil eindrang, um für Ordnung zu sorgen. Mamma Carlotta wusste seit dem Gespräch, das sie mit dem jungen Mann während des Mittagessens geführt hatte, dass Vera Ingwersen ihm über dem Restaurant ein Zimmer zur Verfügung gestellt hatte, wo er während seines Praktikums wohnte. Wenn er dort den Schlüssel umdrehte, würde niemand an der Tür pochen und sich erkundigen, was dort vor sich ging.

Doch bei all den Problemen, die Erik zurzeit hatte, durfte ihm kein weiteres aufgeschultert werden, das sich ohne seine Hilfe lösen ließ. Und zum Glück hatte die Stille in Carolins Zimmer nie länger angehalten, als zum Wenden eines Notenblattes nötig war. Mamma Carlotta hatte sich in der Küche nicht einmal leise verhalten müssen, um sicher sein zu können, dass dort oben nichts geschah, was einer Großmutter den Schweiß auf die Stirn trieb. Was sich zwischen Carolin und ihrem Freund abspielte, war gottlob nicht zu überhören gewesen. Die Erwägung, ob einer von ihnen ein Vöglein sei und auch zwei Flügel hätt', hatte durchs ganze Haus getönt. Felix war schon entnervt in die Küche gekommen, noch ehe das Duo sich damit abfand, dass es allhier zu bleiben hatte.

»Ich kann's nicht mehr hören!«, hatte er geflucht. »Was findet sie nur an diesem Volkslieder-Fuzzi? An diesem … Florian!«

Verdutzt hatte Mamma Carlotta die Tür angestarrt, die donnernd ins Schloss gefallen war. »Ich dachte, sein Name ist Michael! Madonna, wie heißt er denn nun eigentlich?« Sie musste aufpassen, dass Carolin sie demnächst nicht genauso schlecht behandelte wie ihren Vater, nur weil sie ihren Freund beim falschen Vornamen nannte.

In diesem Moment schwappte eine Welle über ihre Füße. Erschrocken wich sie zurück, dann fiel ihr ein, dass sie einen Wink des Meeres erhalten hatte. Adriano Girotti hatte also recht! Lächelnd schüttelte sie erst den linken, dann den rechten Fuß und überlegte, ob sie mit nassen Füßen in Käptens Kajüte einkehren durfte. Aber da Tove nicht kleinlich war, wenn es um die Reinlichkeit in seiner Imbiss-Stube ging, würde er die feuchte Spur, die sie auf dem Weg zur Theke hinterließ, vermutlich nicht mal bemerken.

Sie winkte Fietje noch einmal zu, dann stapfte sie durch den Sand zur Holztreppe zurück. Zehn Minuten später klebte der feuchte Sand, der von ihren Schuhen gefallen war, vor der Theke in Käptens Kajüte, aber Tove achtete nicht weiter darauf. Allerdings ignorierte er auch seinen Lieblingsgast weitgehend. Mamma Carlotta war gekränkt, weil ihr der Cappuccino hingeknallt wurde, als sei sie ein gewöhnlicher Strandbesucher. Tove war verändert. Immer wieder blickte er nervös zur Tür und kontrollierte den Inhalt seiner Geldtasche, die neben dem Zapfhahn lag.

Als sich ein Kunde mit einem Schietwettertee ans andere Ende der Theke verzog und ein anderer mit einem Hotdog die Imbiss-Stube verlassen hatte, fragte Mamma Carlotta leise: »Ist was, Tove? Sie wirken ... molto nervoso.«

Doch er brummte etwas Unverständliches und schüttelte den Kopf. Dabei sah er genauso aus wie in den seltenen Augenblicken, in denen er vom Untergang seines Schiffes vor Gibraltar erzählte und wie er sich als Einziger schwimmend an Land gerettet habe. Er log also. Warum? Er wusste doch, dass er ihr vertrauen konnte.

»Sagen Sie schon, was ist los! Immer noch Angst vor der Mafia?«

Tove warf einen erschrockenen Blick zu dem einsamen Gast, der schwermütig in seinen Schietwettertee starrte. Dann beugte er sich über die Theke und flüsterte: »Das Schutzgeld war heute Mittag fällig. Sie kommen immer um eins, wenn das Mittagsgeschäft im Gange ist. Die beiden essen dann eine Bratwurst, und mit dem Wechselgeld muss ich ihnen das Schutzgeld unterschieben.«

»Und heute sind sie nicht gekommen?«

Tove schüttelte den Kopf.

»Warum freuen Sie sich nicht darüber?«

»Freuen?« Er sah Mamma Carlotta entrüstet an. »Die Mafia ist nicht gnädig, und sie vergisst auch keinen ihrer Kunden. Wenn heute was anders läuft als in den vergangenen Wochen, dann muss man sich Sorgen machen.«

»Was befürchten Sie?«

Tove sah Mamma Carlotta scharf an. »Sie haben doch Ihrem Schwiegersohn nicht etwa verraten, dass ich an die Mafia zahle? Wenn die wüssten, dass ich der Schwiegermutter des Hauptkommissars von den Schutzgelderpressungen erzählt habe …« Er sprach den Satz nicht zu Ende, sondern führte seine Handkante mit einer scharfen Bewegung an den Kehlkopf.

Mamma Carlotta versicherte mit sämtlichen ihr zur Verfügung stehenden deutschen Vokabeln, dass ein guter Freund sich immer und überall auf sie verlassen könne. Aber Toves Angst war anscheinend größer als sein Vertrauen. Er sah sie so lange zweifelnd an, bis Mamma Carlotta sich genötigt sah, ihm zuliebe den Begriff von der absoluten Verschwiegenheit ein wenig großzügiger auszulegen. Natürlich nur so weit, dass sie später immer noch ruhigen Gewissens behaupten konnte, kein Dienstgeheimnis ausgeplaudert zu haben. Klitzekleine Andeutungen, wenn sie dazu angetan waren, einem armen Menschen seine Sorgen zu nehmen, konnten nicht falsch sein.

»Ich glaube, Sie brauchen nicht mehr mit den Geldeintreibern zu rechnen«, sagte sie so leise, dass Tove annahm, sich verhört zu haben. Als er sie weiterhin ungläubig anstarrte, ergänzte sie noch leiser: »Der Spuk ist vorbei! Finito!«

Tove zuckte zusammen, als die Tür sich öffnete, atmete aber erleichtert aus, als er Fietje erkannte. »Kein Wort mehr von der Mafia«, raunte er Mamma Carlotta zu. »Fietje hat zu oft mit der Polizei zu tun. Wenn der sich verplappert, werden die mich in meinem eigenen Fett frittieren.«

»Haben Sie nicht verstanden?« Mamma Carlotta beugte sich eindringlich vor. »Non capisce?«

Aber Tove antwortete nicht. Er stellte sich schweigend an den Zapfhahn und kümmerte sich um Fietjes Jever, ohne Mamma Carlotta noch einmal anzusehen.

Sie riss die Augenbrauen und die Schultern in die Höhe, ließ beides ausdrucksvoll wieder fallen und machte sich daran, ihr Kleingeld aus der Jackentasche zu suchen. Wenn

Tove nicht wollte, dann eben nicht! Wenn er ihr nicht glaubte, dann sollte er nur weiter in seiner Angst vor der Mafia vergehen! Und wenn er kein Zutrauen in ihre intellektuellen Fähigkeiten hatte …

Weiter kam sie nicht. Denn Tove zischte ihr plötzlich zu: »Schnell! In meine Küche! Und passen Sie auf, dass man Sie dort nicht sieht und nicht hört!« Schon stand er in der Küchentür und winkte sie aufgeregt heran. »Falls Sie aus dem Fenster klettern wollen – einfach aufschieben und hinterher wieder zudrücken. Es lässt sich nicht mehr richtig schließen.«

Erik brauchte dringend Wind und klare Luft, ja, sogar den leichten Regen, der gerade einsetzte. Aber einfach spazieren gehen? Während ein komplizierter Mordfall auf dem Schreibtisch lag? Völlig unmöglich! Andererseits … Sören hatte das Auto, und ihm fiel ein, dass es ein Ziel gab, das er ansteuern konnte. Frische Luft, kombiniert mit einer wichtigen Vernehmung. Dagegen war nichts zu sagen.

Er ging ins Revierzimmer, wo Enno Mierendorf mit zwei Fingern ein Protokoll in den Computer hackte. »Was hat eigentlich die Befragung von Fietje Tiensch ergeben?«

Mierendorf antwortete, ohne den Blick von der Tastatur zu nehmen: »Wie zu erwarten war: nichts! Er hat den Toten von oben gesehen, sagt er.«

»Wieso von oben?«

»Vom Holzsteg oberhalb des Dünenwalls. Da will er gestanden haben. Angeblich hat er von dort klar erkannt, dass dem Mann nicht mehr zu helfen war.«

»Und er hat niemanden gesehen?«

»Er sagt, nein.«

Diese Information reichte Erik. »Am besten, ich nehme ihn mir noch mal vor«, sagte er und holte seine Jacke. »Sören soll mich auf dem Handy anrufen, wenn er zurückkommt.«

Er ging ein paar Schritte den Kirchenweg entlang, überquerte dann die Trift und ging geradeaus, in die Friedrichstraße hinein in Richtung Strand. Wenn er erst die Schaufester und die gelangweilten Touristen hinter sich hatte, würde er mit seiner Insel allein sein. Auch dann, wenn er nicht der Einzige war, der am Strand entlanglief. Das Große, Einzigartige der Sylter Strände reichte für alle aus, die sich auch bei Sturm und Regen dort wohlfühlten. Als er die gepflasterte Kurpromenade hinter sich hatte, atmete er auf. Alles konnte er nun abschütteln, was Sylt gefährlich werden konnte. Alles! Er konnte froh sein, und eigentlich ... eigentlich war er es auch.

Das Gespräch der Staatsanwältin mit Adriano Girotti hatte lange gedauert. Länger als sein eigenes Telefonat mit Mamma Carlotta. Sie war sehr aufgeregt gewesen, kein Wunder. Adriano Girotti hatte bei ihr angerufen und sie, die er für die Dolmetscherin der Sylter Kriminalpolizei hielt, über das Ergebnis seiner Untersuchungen unterrichtet. Ganz still hatte Erik dagesessen, als er das Ergebnis von Girottis Untersuchungen kannte. Mamma Carlotta hatte ausdrücklich versichert, ihm das Gespräch Wort für Wort ins Deutsche übersetzt zu haben. Wirklich Wort für Wort? Aber es war auch nicht wichtig, ob sie übertrieben oder sich wirklich bemüht hatte, alle Einzelheiten so genau wie möglich wiederzugeben. Er würde ja alles noch einmal von der Staatsanwältin erzählt bekommen. Von nebenan konnte er ihre Stimme hören, ohne zu verstehen, was sie sagte.

Als die Staatsanwältin in sein Zimmer zurückkehrte, hatte sie ausgesehen, als hätte sie einen persönlichen Sieg errungen. »Habe ich's nicht von Anfang an gesagt?«

Adriano Girotti hatte schnell herausgefunden, dass der auffällige Ring einem Mafia-Boss gehört hatte: Antonio Capra! Mamma Carlotta hatte diesen Namen ins Telefon gejubelt. »Nun weiß ich es wieder! So hieß der Kerl, der

Maria ein Kind gemacht und sie dann sitzen gelassen hat!«Dass Antonio Capra ein Mitglied der Mafia gewesen war, hatte in Mamma Carlottas Familie niemand gewusst. Genauso wenig, auf welche Weise es Francesco geglückt war, seinen Vater zu finden. Anscheinend aber war es ihm gelungen. Nachdem er mit dem Ersparten seiner Großeltern durchgebrannt war, hatte er sich eine Weile herumgetrieben und sich mit Diebstählen über Wasser gehalten, dann hatte er sich irgendwann erwischen lassen und war im Gefängnis gelandet. Nach seiner Entlassung hatte er sich zu seinem Vater durchgeschlagen, war von ihm aufgenommen und in die Mafia-Familie Capra eingeführt worden.

»Capra wollte seinen einzigen Sohn zu seinem Nachfolger machen«, hatte die Staatsanwältin erzählt, »denn er war schwer krank und wusste, dass er nicht mehr lange zu leben hatte.«

Aber Francesco erfüllte seine Erwartungen nicht. Er erwies sich als feige, hinterhältig, hatte keine Führungsqualitäten, wurde von den anderen Mitgliedern der Capra-Familie abgelehnt. Antonio musste bald klar geworden sein, dass von seinem Sohn nichts zu erwarten war, trotzdem hatte er den Plan, mit Francesco zusammen die deutschen Touristikzentren zu erobern.

Doch bevor es so weit war, wurde die komplette Capra-Familie zerschlagen, sämtliche Mitglieder festgenommen, sie alle wurden zu hohen Haftstrafen verurteilt und saßen nun allesamt in kalabrischen Gefängnissen. Nur Antonio Capra und sein Sohn waren davongekommen. Der Alte, weil er, als seine Familie verhaftet wurde, im Krankenhaus lag, der Junior, weil ihm nichts vorzuwerfen und schon gar nichts nachzuweisen war. Natürlich war er von seinem Vater in sämtliche Machenschaften eingewiesen worden, wusste von den Schutzgelderpressungen, von Korruption, Geldwäsche und den Morden, die begangen worden waren, um den rabiaten Forderungen Nachdruck zu verleihen. Aber Francesco war selbst nicht daran beteiligt gewesen. Also durfte er unbehelligt am Bett seines Vaters sitzen bleiben, der am Tag nach der großen Verhaftungswelle starb und sich damit einem langen Gefängnisaufenthalt entzog.

Da sein Vater ihm den Ring mit den drei Doppelkreisen auf dem Sterbebett geschenkt hatte, fühlte Francesco sich wie sein Nachfolger, obwohl das Lebenswerk seines Vaters nicht mehr existierte. Anscheinend hatte er die Idee, nun ganz allein in die Tat umzusetzen, was seinem Vater nicht mehr gelungen war: deutsche Touristikzentren zu vereinnahmen. Er nahm den Kontakt zu zwei Mithäftlingen auf, die er im Gefängnis kennengelernt hatte, und bildete sich ein, mit ihnen zusammen eine Mafia-Familie gegründet zu haben. Tatsächlich schien er sogar Erfolg damit zu haben. Eine Reihe von Sylter Gastwirten hatten beim Wort Mafia anscheinend Angst bekommen und Schutzgeld gezahlt.

Offenbar war Henner Jesse der Erste gewesen, der sich gewehrt hatte, und war deshalb mundtot gemacht worden. Girotti ging davon aus, dass sein Tod nicht geplant, aber durchaus billigend in Kauf genommen worden war. Harm Ingwersen jedoch war ein anderes Kaliber, das hatte Francesco schon bald gemerkt. Ihm musste nachdrücklicher gezeigt werden, was passierte, wenn man sich der Mafia in den Weg stellte.

»Girotti sagt, dass die Doppelkreise neben Utta Ingwersens Leiche ein Beweis dafür sind, wie dumm dieser Francesco war. Größenwahnsinnig und eitel! Sein Vater hätte so etwas nie getan.« Die Staatsanwältin hatte einen Notizzettel auf Eriks Schreibtisch gelegt. »Das sind die Namen der beiden Kerle, die Francesco Corrado als Geldeintreiber angeheuert hat. Girotti ist sicher, dass er mit denen nach Sylt gezogen ist, um hier so was wie eine Mafia aufzuziehen.« Frau Dr. Speck lachte spöttisch. »Eine Mafia für Arme!«

Erik hatte nach dem Zettel gegriffen, aber Mühe gehabt, die Handschrift der Staatsanwältin zu entziffern. »Giulio Alviso und Lorenzo Follini«, hatte sie ihm ungeduldig vorgelesen. »Wir müssen sie zur Fahndung ausschreiben, vorsichtshalber. Obwohl ich nicht glaube, dass sie sich noch auf der Insel aufhalten. Nach Francescos Tod haben sie sich bestimmt schleunigst verdrückt. Gleichgültig, ob sie etwas mit dem Mord zu tun haben oder nicht.«

»Hält Girotti es für möglich, dass die beiden auch Francesco umgebracht haben?«, hatte Erik gefragt. »Oder einer von ihnen?«

»Wir haben darüber gesprochen«, hatte die Staatsanwältin nachdenklich erwidert. »Klar, möglich ist es. Vielleicht hat Francesco versucht, die beiden zu übervorteilen, hat ihnen ihre Anteile an den Erpressungen vorenthalten oder sie anderweitig betrogen. Aber dafür gibt es weder Indizien noch Beweise. Wir können davon ausgehen, dass Alviso und Follini für den Tod von Jesse und Frau Ingwersen verantwortlich sind. Girotti wird die beiden daher auch in Italien zur Fahndung ausschreiben. Wegen Mordverdacht. Kümmern Sie sich also vorrangig um den Mordfall Francesco Corrado!«

Während Erik wortlos dagesessen und seine liebe Mühe gehabt hatte, der neuen Entwicklung zu folgen, hatte Frau Dr. Speck zu ihrer Kostümjacke und ihrer Handtasche gegriffen. »Das Thema Mafia ist durch«, hatte sie abschließend gesagt. »Das können Sie vergessen, Wolf. Da hat sich ein kleiner Ganove einen Schuh angezogen, der zu groß für ihn war. Der wollte sich Mafia-Boss nennen, hatte aber mit der Mafia nichts zu tun. Habe ich ja gleich gesagt! Was er getan hat, ist zwar genauso schlimm, als wäre die Mafia dafür verantwortlich, aber die langfristigen Folgen sind anders.«

Erik hatte genickt. »Wenn wir den Fall aufgeklärt haben, können wir das Thema Schutzgelderpressung zu den Akten legen.«

»Genau! Ab jetzt geht es nur noch um gewöhnliche Erpressung, um Raub und Betrug. Und natürlich um Mord! Sorgen Sie dafür, dass der Tote noch von einem nahen Angehörigen identifiziert wird. Wir müssen ganz sicher sein. Und noch was, Wolf ... Wieso hat Girotti behauptet, dass er das alles schon einer Dolmetscherin erzählt habe?«

Erik hatte sich geräuspert, um Zeit zu gewinnen. »Wissen Sie, ich kenne jemanden hier auf Sylt, der Italienisch spricht ...«

Die Staatsanwältin hatte ihn mit einer schnellen Geste unterbrochen. »Sie haben recht, manchmal muss man unkonventionelle Wege gehen. Ab jetzt also: ganz normale Polizeiarbeit in drei Mordfällen! Aber konzentrieren Sie sich vor allem auf den dritten. Die anderen beiden dürften sich beweisen lassen, wenn wir die Ganoven gefunden haben, mit denen Corrado gemeinsame Sache gemacht hat. Und wenn Sie es für sinnvoll halten, die Öffentlichkeit einzuschalten – nur zu! Wäre ja ganz interessant zu erfahren, wie viele Sylter Geschäftsleute auf den angeblichen Mafioso reingefallen sind! Vielleicht finden Sie unter denen sogar den Mörder!«

Erik blieb stehen und sah aufs Meer hinaus. Manchmal war das Glück ein flügellahmer Vogel, der aufgeregt herumflatterte und verzweifelt versuchte, sich in die Lüfte zu schwingen. Es war also wirklich vorbei? Keine Angst mehr vor der großen Gefahr? Keine Sorge mehr, dass die Mafia die Insel einnehmen würde? Girotti war Mafia-Spezialist, er musste es wissen.

Während er weiterging, dachte er darüber nach, was es für Harm Ingwersen bedeuten mochte, dass der Mafioso, gegen den er sich so mutig gestellt hatte, gar kein Mafioso gewesen war, sondern nur ein größenwahnsinniger kleiner Ganove. Würde das den Tod seiner Frau noch sinnloser machen? Und Frau Jesse! Würde sie daran verzweifeln, dass ihr Mann es nicht gewagt hatte, zur Polizei zu gehen?

Erik ging mit gesenktem Kopf an der Wasserkante weiter, den Blick auf seine Füße gerichtet. Dabei schritt er so zügig aus, wie es im weichen Sand möglich war, und kam nach einer guten halben Stunde am Strandaufgang Seestraße an. Das Strandwärterhäuschen war leer, Fietje Tiensch sah entweder am Strand nach dem Rechten, oder er saß, was wesentlich wahrscheinlicher war, in Käptens Kajüte und ließ es sich gutgehen.

Erik bog in die Seedüne ein und von dort in den Hochkamp. Während er auf die Imbiss-Stube zuging, sah er durchs Fenster, dass Fietje an der Theke saß und gerade sein Bierglas hob.

Mamma Carlotta hatte sich hinter den kleinen weißen Holztisch geschoben und dort auf einem Ölkanister niedergelassen, sodass ihr die Tischkante bis zur Kehle ging. Sollte jemand die Küche betreten, würde sie den Kopf einziehen und verschwunden sein. So hoffte sie jedenfalls. Aber warum sollte sie hier aufgespürt werden? Niemand betrat je Toves Küche, außer ihm selbst. Sie war also sicher hier. Fietje war der Einzige, der gesehen hatte, wie sie hier verschwand, aber der ... Mamma Carlotta griff sich an die Brust und atmete tief ein. Fietje würde sie doch nicht verraten?

In diesem Moment hörte sie draußen eine wohlbekannte Stimme sagen: »Einen Kaffee, bitte.«

Was tat Erik hier? Mehr als einmal hatte er Käptens Kajüte eine Spelunke genannt und den Wirt einen Halsabschneider. Warum also trank er hier seinen Kaffee und nicht zu Hause am Süder Wung? Suchte er sie etwa? Hatte er herausgefunden, dass sie trotz seiner Warnungen

Stammgast in Toves Imbiss geworden war? Wollte er sie aus dessen schlechter Gesellschaft befreien?

»Tja, Herr Tiensch«, sagte Eriks Stimme nun, »dann lassen Sie uns mal ein bisschen schnacken.«

Fietje brummte etwas Unverständliches, zustimmend hörte es sich nicht an.

Mamma Carlotta rutschte auf dem Ölkanister hin und her. Warum war Erik gekommen? Um mit Fietje zu reden? Warum? Wurde das gar ein Verhör? Wenn nur Fietje sich nichts anmerken ließ!

»Nun mal ganz ehrlich, Herr Tiensch! Wie war das denn so, als Sie heute Nacht den Toten im Dünengras entdeckt haben?«

»Hab ich doch Ihrem Kollegen schon erzählt.«

»Stimmt. Nur ... ich glaube Ihnen nicht so ganz, was Sie ausgesagt haben.«

Auf den Schreck brauchte Fietje erst mal einen guten Schluck Jever. Dann schien er sich darauf zu besinnen, dass es besser war, es sich nicht ganz mit der Polizei zu verscherzen. »Wieso nicht?«, fragte er vorsichtig.

»Weil ich nicht glauben kann, dass Sie von oben den Toten gesehen und erkannt haben, dass er nicht mehr lebt. Es war ja noch dunkel.«

Fietje sah ein, dass Leugnen zwecklos war. »Als Ihr Kollege mich fragte, da stand ich wohl noch unter Schock.«

»Ist doch verständlich«, gab Erik zurück. »Man findet nicht alle Tage einen Toten am Strand. So was nimmt einen mit.«

»Jawoll!«, sagte Fietje und fühlte sich verstanden.

»Sie sind also doch ein bisschen näher rangegangen?«

»Nur so weit, wie es nötig war.«

»Und dann? Haben Sie was beobachtet, was uns helfen kann?«

Mamma Carlotta wurde nervös. Wie lange mochte das noch dauern? Es hielt sie nicht mehr auf ihrem Ölkanister. Sie erhob sich geräuschlos, tastete über ihre Kehrseite, spürte das klebrige Fett an ihren Händen und hielt nach etwas Ausschau, mit dem sie es abwischen konnte. Schließlich entdeckte sie eine Küchenrolle, riss zwei Blätter ab und rieb ihre Hände sauber, während Fietje draußen versicherte, dass er nichts gesehen habe, nur den Toten im Dünengras. Keinen Menschen, keinen, der flüchtete, keinen, der sich verdächtig verhielt, keinen, der Spuren beseitigte – niemanden. Er war auf den Toten gestoßen, hatte sein Handy gezückt und die Polizei angerufen, das war's! »Jawoll!«

Mamma Carlotta wollte die Küchenrolle zurücklegen, da fiel ihr Blick auf einen Karton mit Dosensuppen, aus dem ein Paar Schuhe herausragte. Turnschuhe, die sauber und neu aussahen. Ungetragen waren sie jedoch nicht, denn die Sohle war voller Sand.

Während Fietje beteuerte, wie gut ein nächtlicher Strandspaziergang für seine Gesundheit sei, holte Mamma Carlotta die Schuhe aus dem Karton und betrachtete sie genauer. Groß waren sie, sehr groß. Sie sah unter die Sohle: Größe siebenundvierzig! Draußen redete Fietje von seinen Schlafstörungen, die er bekämpfte, indem er sich an die frische Luft begab. Dass er dabei gelegentlich auf heimliche Liebespaare oder sogar auf Mordopfer stieß, war natürlich reiner Zufall. Was konnte er dafür?

Erik schien einzusehen, dass aus Fietje nichts herauszuholen war. Mamma Carlotta hörte das Klappern von Geldmünzen und Eriks Worte: »Stimmt so!«, dann seine schleppenden Schritte, die sie so gut kannte. »Sollte sich rausstellen, Herr Tiensch, dass Sie nicht die Wahrheit gesagt haben, kriegen Sie richtig Ärger, kapiert?«

Fietje antwortete nicht, aber Mamma Carlotta war sicher, dass er nickte.

»Wenn Sie sich Ihre Aussage noch mal überlegen wollen – Sie wissen ja, wo Sie mich finden.«

Kurz darauf fiel die Tür von Käptens Kajüte ins Schloss, Mamma Carlotta konnte sich vorstellen, dass vor und hinter der Theke befreit aufgeatmet wurde.

Tove erschien in der Küche. »Sie sind noch da?«

»Aus dem Fenster steigen, das ist nichts für mein Alter.«

»Die Luft ist rein.« Plötzlich verdüsterte sich Toves Gesicht. »Was haben Sie da?«

Mamma Carlotta hielt ihm die Turnschuhe entgegen. »Die lagen in dem Karton mit den Dosensuppen.«

Tove riss sie ihr aus der Hand und warf sie ärgerlich in eine Zimmerecke. »Hat Fietje auf dem Parkplatz von Buhne 16 gefunden. In einem Papierkorb!«

»Aber die sind doch noch total in Ordnung!«

»Tja, was die Leute so alles wegwerfen!«

»Warum hat Fietje sie nicht selbst behalten?«

»Gucken Sie sich mal seine Füßchen an. Schuhgröße siebenundvierzig hat der nicht.«

»Aber Sie?« Mamma Carlotta blickte auf Toves Füße und nickte. »Nett von Fietje, dass er Ihnen die Schuhe überlassen hat. Wahrscheinlich als Dank, weil Sie sich so für ihn eingesetzt haben.« Sie lächelte in Toves mürrisches Gesicht. »Sie wissen schon. Fietje hatte doch beobachtet, wie Henner Jesse zusammengeschlagen wurde. Und Sie haben so großen Wert darauf gelegt, dass er keine Aussage zu machen braucht.«

Toves Gesicht glättete sich. »Aber man kann sich ja auf nichts mehr verlassen. Wenn Fietje nicht zur Polizei geht, dann kommt die glatt zu ihm.« Er griff nach Mamma Carlottas Schulter und schob sie durch die Tür. »Auf diesen Schreck kriegen Sie erst mal ein Glas Rotwein aus Montepulciano.«

Sören bremste scharf neben ihm und öffnete die Beifahrertür. »Rein mit Ihnen! Der Vermieter der Wohnung wartet schon.«

Erik war beeindruckt von Sörens Schwung. Seinem Assistenten schien das Erfolgserlebnis gutzutun. Er schäumte geradezu über vor Arbeitsfreude. »Ich musste nicht einmal lange suchen«, erzählte er auf dem Weg nach Westerland. »Meine Tante wusste sofort, dass dieser Schlüssel zu den Apartments gehört, die von Jens Möllers vermietet werden.«

»Immobilien-Möllers?« Erik kannte die Firma. Sie verwaltete und vermietete unzählige Ferienwohnungen.

Sören lächelte. »Die Wohnung gehört einem gewissen Ilario Capra.«

»Capra?« Erik war überrascht. »Ein Verwandter von Antonio Capra?«

Sören nickte. »Vermutlich sein Bruder.«

»Also Francescos Onkel«, ergänzte Erik nachdenklich.

»Er besitzt mehrere Apartments auf Sylt. Als Kapitalanlage! Eins davon hat er früher selbst genutzt, die anderen wurden über Jens Möllers vermietet. Seit ein paar Jahren sitzt Capra jedoch im Rollstuhl, seitdem war er nie wieder auf Sylt. Auch die Wohnung, die er früher selbst nutzte, befindet sich nun in Jens Möllers' Obhut, der sie für ihn vermietet.« Sören bog in den Bahnweg ein, von dort in die Friesische Straße. »Anfang des Jahres hat Capra zwei Apartments wieder aus der Vermietung genommen. Sie würden bis auf Weiteres von einem Verwandten genutzt, hat er Möllers erzählt.«

Sören hielt vor einem der gigantischen Apartmenthäuser, die den Strand von Westerland verschandelten. Grauer Beton, riesige Front, ein Balkonkäfig neben dem anderen. Ein Luxusgefängnis, das auf dem besten Wege war, den Luxus einzubüßen. Aber so sehr die weiße Farbe auch bröckelte, eins blieb dem Haus und würde es wohl immer attraktiv machen: der herrliche Blick aufs Meer.

Jens Möllers erwartete sie am Eingang des Parkplatzes, sehr ernst, sehr würdevoll. Er hob eigenhändig die

Schranke an, damit Sören hindurchfahren konnte. Möllers sah aus, als würde der Mieter des Apartments, der aus dem Leben geschieden war, in der nächsten Stunde zu Grabe getragen.

Er ging Erik und Sören voraus, gemeinsam fuhren sie im Fahrstuhl in die oberste Etage. Möllers schloss die Tür eines Apartments auf und trat dann zur Seite, um den Polizeibeamten den Vortritt zu lassen.

Das Erste, was Erik sah, war das Meer. Es füllte die untere Hälfte des großen Fensters aus, die obere gehörte dem Himmel. Nur wenn man sehr nah ans Fenster trat oder gar auf den Balkon ging, konnte man den Strand sehen und das bunte Treiben auf der Kurpromenade erkennen. Wer in der Nähe der Tür stehen blieb, mochte den Eindruck gewinnen, mit der Aussicht auf Himmel und Meer allein zu sein.

Erik sah sich um. Der Wohnraum des Apartments war gemütlich ausgestattet. Eine Schrankwand, eine geschmackvolle Sitzgarnitur, ein kleiner runder Glastisch davor. Der helle, flauschige Teppich, die farbigen Lampenschirme und die Bilder mit den italienischen Landschaften sorgten für Behaglichkeit. Soweit ein unbewohntes Apartment behaglich sein konnte …

Jens Möllers stieß ein nervöses Lachen aus. »Wo sind denn seine Sachen? Der hat das Apartment doch bis zum Jahresende reserviert.«

»Alles leer!«, rief Sören aus dem angrenzenden Schlafzimmer. Und dann: »Das Badezimmer ist auch ausgeräumt.«

Erik wandte sich zu Jens Möllers um. »Wer hat noch einen Schlüssel?«

»Es gibt je drei Schlüssel für jedes Apartment. Einer hängt in unserem Büro, die andere beiden geben wir an den Mieter aus.«

»Zwei Schlüssel?«

Möllers nickte. »Den anderen haben vielleicht die Freunde?«

»Was für Freunde?«

Jens Möllers sah Erik ängstlich an. Es schien ihm nicht zu behagen, dass er mehr wusste als die Polizei. »Signor Capra …«

»Hat er sich so genannt?«

Möllers' Blick wurde noch ängstlicher. »Heißt er etwa nicht so?«

Erik winkte ab. »Was wollten Sie sagen?«

»Signor Capra hat auch das Apartment nebenan reserviert. Für seine Freunde, hat er gesagt.«

»Zwei Männer? Zwei Frauen? Ein Paar?«

Aber Möllers zuckte nur die Achseln. »Ich weiß es nicht. Ich habe diese Freunde nie gesehen.«

»Haben Sie den Schlüssel für das andere Apartment dabei?«

Das war zwar nicht der Fall, aber Jens Möllers besaß einen Generalschlüssel. »Für Notfälle!«

Erik versicherte ihm, dass dieser Notfall nun eingetreten sei. Zwei Minuten später standen sie in einem Apartment, das dem ersten sehr ähnlich war. Genau wie das andere sah es so aus, als wären die Bewohner soeben abgereist. Aus beiden Wohnungen war alles entfernt worden, was Rückschlüsse auf die Bewohner und ihre Identität zugelassen hätte.

»Sieht aus, als hätten diese sogenannten Freunde die Flucht ergriffen«, meinte Sören. »Die haben alles mitgenommen.«

»Auch das, was Francesco gehörte. Warum wohl?«

»Damit er nicht so schnell identifiziert werden kann«, kam es prompt von Sören zurück. »Die konnten ja nicht ahnen, dass ihnen das nichts nützen wird, weil sich eine angeheiratete Verwandte auf Sylt aufhält.«

Erik griff nach dem Handy. »Die beiden hatten es vermutlich sehr eilig wegzukommen, als ihnen klar wurde, dass Francesco tot ist.«

»Woher wussten sie das überhaupt?«, fragte Sören.

Erik zuckte mit den Schultern. »Jedenfalls haben die in der Eile sicherlich Spuren hinterlassen. Vetterich muss mit seinen Leuten kommen. Sofort!«

Mamma Carlotta entschloss sich, wahrend der Fahrt nach Keitum das ganze Chor-Programm noch einmal gründlich zu üben. Zum Glück war sie mit dem Fahrrad eine Weile unterwegs, sodass sie, als die St.-Severin-Kirche in Sicht kam, das gute Gefühl hatte, ihr Defizit aufgeholt zu haben. Während der Aufregungen des Tages war ihr jede Melodie im Halse stecken geblieben, und während sie nun der Chorprobe entgegenradelte, hatte sie ein schlechtes Gewissen. Eigentlich hätte sie alle Lieder sorgfältig üben und die Texte sämtlicher Strophen gewissenhaft auswendig lernen müssen. Schließlich wollte sie Vera Ingwersen nicht enttäuschen, die ihr die Chance gegeben hatte, beim Chorwettbewerb mitzumachen.

Zu dumm aber auch, dass Carolin sich zurzeit so selten zu Hause aufhielt und nicht mit ihr üben konnte. Ständig war sie mit ihrem Freund zusammen, am Süder Wung war sie lediglich auf Stippvisite, und auch nur dann, wenn ihr Vater nicht anwesend war. Dieser törichte Streit zwischen den beiden machte alles kaputt. Ob Erik sich darüber klar war, dass er seine sechzehnjährige Tochter geradezu in die Arme und womöglich sogar ins Bett ihres Freundes trieb?

Da Felix sich, sobald im Hause Wolf gesungen wurde, davonmachte oder sich hinter seiner schrecklichen Musik versteckte, war das Familienleben praktisch zum Erliegen gekommen. Ein trauriger Zustand! Nur gut, dass Giovanna am nächsten Tag auf Sylt eintreffen würde. Mamma Carlotta freute sich auf ihre Gesellschaft.

Sie war froh gewesen, dass Erik ihr die Aufgabe übertrug, die Familie von Francescos Tod zu informieren. Nicht auszudenken, wie in Chiusi das tragische Ereignis aufgenommen worden wäre, wenn Erik in seiner emotionslosen Art die entsetzliche Todesnachricht überbracht hätte! Sören, Dr. Hillmot, Enno Mierendorf und Rudi Engdahl hätten es sicherlich auch nicht besser erledigt. Eine solche Botschaft musste schon am Tonfall der Begrüßung zu erahnen sein, das Mitleiden hatte durch die Telefonleitung zu dringen, damit der arme Mensch, dem die entsetzliche Botschaft überbracht werden musste, vor der Verzweiflung bewahrt wurde. Eine solche Aufgabe konnte man keinem gewöhnlichen Sylter anvertrauen.

Wie erwartet, war am anderen Ende der Telefonleitung nicht mehr die Rede von Francescos Schandtaten gewesen, sondern nur noch von seiner Reue, seiner Rückkehr auf den rechten Weg und dem deutschen Mädchen, das er heiraten wollte. Bei dieser Gelegenheit stellte sich heraus, dass niemand den Namen des Mädchens kannte, um den Francesco ein Geheimnis gemacht hatte.

»Sie wird sich sicherlich bei uns melden«, hatte Maria, Francescos Mutter, geseufzt. »Und dann soll sie zur Familie gehören, als wäre es meinem Jungen noch vergönnt gewesen, sie zum Traualtar zu führen.«

Laut klagend erging sie sich in der Ungerechtigkeit der Welt, der ihr hoffnungsvoller Sohn zum Opfer gefallen war, nachdem er gerade alles wiedergutmachen wollte, was er seiner Familie im jugendlichen Leichtsinn angetan hatte. Als Maria hörte, dass Francescos Leiche von einem Angehörigen identifiziert werden musste, wurde das Wehklagen am anderen Ende der Leitung so laut, dass Erik die Küche verließ, um sich im Wohnzimmer eine Pfeife zu stopfen. Wie er richtig vermutete, hatte das Weinen, Schluchzen und Jammern noch kein Ende gefunden, als er, in Tabakrauch gehüllt, in die Küche zurückkehrte. Es verstummte erst, als Mamma Carlotta den Vorschlag machte,

Marias Schwester Giovanna mit dieser schweren Aufgabe zu betrauen, die jeder Mutter das Herz zerreißen musste.

Giovanna war emotional weniger angegriffen vom schrecklichen Ende ihres Neffen, dessen frühe Lieblingsbeschäftigung es gewesen war, ihre Handtaschen mit Filzstiften zu bemalen, und seine spätere, sie vom Geld für die Rückfahrkarte zu befreien. Sie konnte nur mit Mühe ihre Freude darüber verhehlen, dass dieser Anlass sie wieder nach Deutschland führen würde. Und ihre Freude wurde geradezu überschwänglich, als sie hörte, dass Mamma Carlotta sich auf der Insel einem Chor angeschlossen hatte. Als das Gespräch bei den Erinnerungen Giovannas an die wunderschöne Zeit in München an der Seite des Schlagersängers und den Hoffnungen auf eine eigene Gesangskarriere angekommen war, hatte Erik dafür gesorgt, dass das Telefonat beendet wurde.

Als die Muschel II in Sicht kam, fühlte Mamma Carlotta sich einigermaßen vorbereitet auf die Chorprobe. Wenn da nur nicht die Sorge um Carolin gewesen wäre! Nach der Rückkehr von Käptens Kajüte hatte sie nur einen Zettel auf dem Küchentisch vorgefunden: »Bin schon in Keitum. Du findest doch den Weg allein? Bis später! Carolin.«

Als Carlotta die Tanzschule Jäger betrat, kam es ihr so vor, als habe Willem Jäger auf sie gewartet. Er hielt sich im Eingangsbereich auf, brach sofort das Gespräch ab, das er mit einer Tanzschülerin führte, und kam auf Mamma Carlotta zu. Er bedachte sie mit Bussi links und Bussi rechts und flüsterte ihr zu, dass er es ganz süß von ihr fände, wenn sie niemandem etwas von ihrem letzten Zusammentreffen erzählen würde. »Vor allem Vera nicht. Sie ist eine so starke Frau. Sie würde mich auslachen, wenn sie wüsste, dass mich der Tod ihrer Schwiegermutter derart mitnimmt!«

Carlotta versicherte ihm, dass sein Geheimnis bei ihr

gut aufgehoben sei, und erkundigte sich mitfühlend, ob sein Magen-Darm-Trakt den schrecklichen Todesfall nun verarbeitet habe. »Ansonsten würde ich Ihnen ein Glas Essigwasser empfehlen. Kümmelkörner, langsam zerkaut, helfen auch. Wenn Sie empfindlich sind, sollten Sie immer Kümmelkörner dabeihaben.«

Willem Jäger bedankte sich derart überschwänglich, dass er das Werbematerial, das auf einem kleinen Tisch auslag, mit seinem linken Ellbogen in Aufruhr versetzte. Während er noch beteuerte, wie süß er es fand, dass Mamma Carlotta sich so rührend um seinen Magen-Darm-Trakt kümmere, flatterten bereits die ersten Flyer zu Boden. Erschrocken warf sich Willem auf den Stapel und hielt, was zu halten war, unterdessen bückte Mamma Carlotta sich flink, um die heruntergefallenen Flyer aufzuheben. Dabei fiel ihr Blick auf die Schuhe des Tanzlehrers. Aus feinstem schwarzen Leder waren sie, perfekt geputzt – und sehr lang. Ob Willem Jäger zu denen gehörte, die ein Paar neue Turnschuhe achtlos in einen Papierkorb warfen?

Sie reichte ihm die Flyer und sollte zweifellos zu hören bekommen, wie süß es sei, dass sie sich seinetwegen bemüht hatte ... da veränderte sich sein Gesicht. Es nahm einen verlegenen Ausdruck an, sein Blick wurde unstet, seine aufrechte Haltung verbog sich.

Vera war eingetreten, in ein graues, schlichtes Dirndl und dunkle Würde gekleidet. Sie war blass, aber ihr Lächeln sollte allen zeigen, dass sie sich nicht unterkriegen lassen wollte. Willems Beileidsgestammel nahm sie freundlich entgegen und bedankte sich herzlich für Carlottas Anteilnahme. Dann erklärte sie resolut, man wolle nun für ein, zwei Stunden alles Schreckliche vergessen und das tun, was ihrer dahingeschiedenen Schwiegermutter so viel bedeutet habe: singen!

»Utta hätte nicht gewollt, dass wir auf den Chorwettbewerb verzichten«, erklärte sie dem versammelten Chor. »Und ich möchte nicht, dass ihr nach so vielen Proben um die Freude gebracht werdet, euch mit anderen zu messen.« Sie machte auch vor dem Satz: »Das Leben geht weiter!« nicht halt und versicherte, dass jedem Trauernden am besten damit geholfen würde, dass er weiterhin seiner Arbeit nachging. »Mein Schwiegervater hat die Muschel I nicht geschlossen, mein Mann und ich wollen uns daran ein Beispiel nehmen. Die Muschel II bleibt ebenfalls geöffnet, und die Chorproben gehen weiter.«

Für den Applaus, den sie von den Chorsängern erntete, bedankte sie sich mit einem kleinen tapferen Lächeln. Mamma Carlotta vergaß das Applaudieren, weil sie in diesem Augenblick beobachtete, wie Carolin sich an ihren Freund lehnte und ihn so verliebt ansah, als würde sie mit ihm durch eine schöne Erfahrung verbunden.

Prompt brach Mamma Carlotta der Schweiß aus. Was würde Lucia von ihr erwarten? Dass sie Carolin nicht mehr aus den Augen ließ? Dass sie ein aufklärendes Gespräch mit ihr führte? Mit keinem ihrer sieben Kinder war ihr das gelungen! Zwar hatte sie sich gelegentlich gefragt, ob sie sich ein Versäumnis vorzuwerfen hatte, aber dann war sie unfreiwillig Zeugin geworden, wie ihre Tochter ihre Älteste in die Geheimnisse der Liebe einweihte. Dabei musste Mamma Carlotta die bestürzende Feststellung machen, dass ihre Enkelin in der Theorie bereits besser bewandert war als sie selbst in der Praxis, und sie war froh gewesen, dass sie eine diesbezügliche Unterweisung getrost von der langen Liste ihrer Pflichten streichen konnte. Nein, Lucia würde nicht von ihr erwarten, dass sie sich eine Aufgabe auflud, der sie nicht gewachsen war. Blieb also nur, ein wachsames Auge auf Carolin zu haben, bis ihr Vater Zeit hatte, sich selbst um seine Tochter zu kümmern.

Mamma Carlotta wurde aus ihren Gedanken gerissen,

als Vera sagte: »Alles, was meine Schwiegermutter geliebt hat, soll weiterleben. Nicht nur der Gesang und dieser Chor, sondern auch ihr Geschäft. Die Perlenmuschel wird morgen wieder geöffnet, ich werde dafür sorgen, dass der Verkauf weitergeht.«

Carlotta war gerührt von diesen warmherzigen Worten. Und ebenso erfreut! Sie würde also noch Gelegenheit haben, das Kettchen für Sandra zu kaufen, das sogar der anspruchsvollen Utta Ingwersen gefallen hatte.

»Wir müssen allerdings unser Programm für den Wettbewerb umstellen«, fuhr Vera fort. »Carolin und Michael werden ein Duett singen, das sie bereits einüben.«

Carolin lief rot an vor Freude, Michael zwinkerte ihr verstohlen zu. Mamma Carlotta stutzte. Michael? Hatte Felix ihn nicht Florian genannt? Und Erik ...? Sie schüttelte verwirrt den Kopf. Allmählich blickte sie nicht mehr durch. Ob Michael oder Florian – sie würde den Burschen in Zukunft einfach Ragazzo nennen, damit war sie aus dem Schneider.

»Ich überlege«, fuhr Vera fort, »›Amazing Grace‹ aus dem Programm zu nehmen.«

Allgemeines Murren war die Antwort, und schließlich sagte die junge, schöne Kellnerin der Muschel II: »Aber das Lied ist so herrlich emotional. Das bringt uns garantiert viele Punkte.«

Vera warf ihr nur einen kurzen Blick zu. Es schien sie zu ärgern, dass ausgerechnet Susanna Larsen etwas sagte, von dem sie wusste, dass es stimmte. »Das ist zwar richtig«, entgegnete sie, »aber es muss perfekt gesungen werden, sonst bringt es uns mehr Minuspunkte, als uns lieb ist.«

In allen Gesichtern stand zu lesen, dass Uttas Gesang niemanden ans Herz gerührt hatte. Aber da man von Toten nur Gutes sagen durfte, sprach niemand diesen Gedanken aus.

»Ich hatte erwogen, selbst Uttas Solo zu übernehmen, aber ich weiß nicht, ob ich die Kraft dazu aufbringe.«

Carlotta sah in einigen Gesichtern Hoffnung aufflackern. In Carolins Miene stand sie ganz unverhohlen, und es tat ihrer Nonna weh, zu beobachten, wie Veras Blick über diese Hoffnung hinwegging. Noch schmerzhafter war für Mamma Carlotta allerdings die Dankbarkeit, die sie empfand, weil Carolin dieses Solo erspart blieb. Natürlich hätte sie es niemals laut ausgesprochen, aber in diesem Fall wäre ihre Angst vor einer Bloßstellung größer gewesen als ihr Stolz auf eine Enkelin, die als Solosängerin auftrat.

Auch in Susanna Larsens Gesicht stand die Hoffnung, aber dass sie an Veras Blick abprallte, verstand sich von selbst. Dass eine Ehefrau die mutmaßliche Geliebte ihres Mannes bevorzugt behandelte, konnte niemand erwarten. Mamma Carlotta war voller Verständnis für die Chorleiterin.

Und dann kam ihr einer ihrer spontanen Einfälle, über deren Sinn sie meist erst nachdachte, wenn sie sie bereits ausgesprochen hatte. »Morgen kommt eine Verwandte von mir zu Besuch. Sie ist als Sängerin sogar schon im Fernsehen aufgetreten.«

Ein Ruck ging durch den Chor, und auch Vera Ingwersen blickte interessiert. Wer Auftritte im Fernsehen vorzuweisen hatte, war anscheinend über jeden Zweifel erhaben.

»Sie hat mit Enzo Meurer gesungen«, ergänzte Mamma Carlotta und war froh, dass ihr das Wort »Backgroundsängerin« nicht einfiel, das Giovannas Leistung eventuell geschmälert hätte. Zum Glück weckte der Name Enzo Meurer bei einigen älteren Chormitgliedern ein paar verschwommene Erinnerungen, und da eine Keitumer Friseurin sogar behauptete, sie habe mal sehr für Enzo Meurer geschwärmt, war die Zustimmung einhellig. Mamma

Carlotta wurde dringend gebeten, die singende Verwandte am nächsten Abend mitzubringen.

»So ein Profi hat ›Amazing Grace‹ auf jeden Fall drauf«, meinte einer der Tenöre mit Kennermiene.

»Mit der könnte man sogar Reklame machen«, sagte ein Bass. »Bekannt aus Funk und Fernsehen oder so.«

Das fanden die anderen zwar ein wenig übertrieben, aber es blieb dabei: Eine Sängerin, die schon mal im Fernsehen aufgetreten war, würde mit »Amazing Grace« nicht nur die Herzen der Zuhörer erwärmen, sondern vor allem die der Jurymitglieder. Carolins enttäuschtes Gesicht tat Mamma Carlotta zwar weh und ihr vorwurfsvoller Blick erst recht, aber sie war dennoch davon überzeugt, dass sie ihrer Enkelin einen großen Gefallen getan hatte. Und deswegen ertrug sie beides.

Giulio Alviso und Lorenzo Follini waren soeben zur Fahndung ausgeschrieben worden. Auf Sylt würde man die Augen offen halten, obwohl Erik nicht die Hoffnung hatte, dass die beiden sich noch auf der Insel aufhielten. Aber sie wurden auch überregional gesucht, und sogar Interpol war eingeschaltet worden. Alviso und Follini standen im dringenden Verdacht, für Henner Jesses und Utta Ingwersens Tod verantwortlich zu sein.

Erik seufzte auf und lehnte sich zurück. Alle Maßnahmen gründeten sich auf die Informationen, die Girotti ihnen gegeben hatte. Doch stand wirklich fest, dass Francesco die beiden angeheuert hatte? Noch waren die Schuhabdrücke, die sie neben Henner Jesse gefunden hatten, in Italien nicht überprüft worden. Erst wenn Girotti die Abdrücke verglichen hatte, konnten sie ganz sicher sein. Aber vor allem – konnte man wirklich darauf vertrauen, dass die Mafia-Familie Capra zerschlagen war und Francesco nur wie ein kleiner Junge das Spiel weitergespielt hatte, das ihm so gut gefiel? Die Erleichterung, die die

Staatsanwältin verströmt hatte, war bei Erik noch immer nicht angekommen.

Ob auch Francescos Tod auf das Konto seiner beiden Freunde ging, war nach wie vor unklar. Ein Motiv für ihre Täterschaft lag nicht auf der Hand, und Indizien gab es auch keine. Jedenfalls zu diesem Zeitpunkt noch nicht. Aber Erik hoffte darauf, dass Vetterich bald etwas finden würde, was sie weiterbrachte.

»Ob uns die junge Frau helfen könnte, die Francesco heiraten wollte?«, überlegte Erik.

»Aber wie sollen wir die finden?«, fragte Sören zurück. »Wir wissen nichts von ihr. Außer dass sie eine Deutsche ist.«

»Womöglich lebt sie auf Sylt.«

»Kann sein, muss aber nicht.« Sören dachte angestrengt nach, kippelte ein klein wenig mit seinem Stuhl, stellte ihn dann aber wieder auf seine vier Beine, weil er anscheinend endlich durch Schaden klug geworden war. »Warum dieses Geheimnis um ihren Namen? Das hört sich so an, als wäre er seiner Familie bekannt.«

Erik runzelte die Stirn. »Sie meinen ... eine Prominente?«

»Zum Beispiel.« Sören wusste von einer Fernsehschauspielerin, die sich zurzeit auf Sylt erholte, und von einer Kabarettistin, die ihm auf der Friedrichstraße begegnet war. »Aber die kennt in Italien keiner.«

In diesem Augenblick klingelte Eriks Telefon, Vetterich war dran. »Haben Sie was für mich?«, fragte Erik aufgeregt.

Vetterich brummte etwas Zustimmendes in den Hörer. »Die haben zwar gründlich sauber gemacht, aber natürlich nicht gründlich genug. Zwei Schuhabdrücke haben wir gefunden. Und die sind identisch mit denen, die wir auch neben Henner Jesse gesichert haben.«

Erik lächelte zufrieden. »Der Tatverdacht gegen die beiden hat sich also erhärtet. Sie haben Jesse zusammengeschlagen, vermutlich weil er sich geweigert hat, das Schutzgeld zu zahlen. Oder weil er nicht so viel aufbringen konnte, wie die beiden Kerle haben wollten. Und einer von ihnen hat kaltblütig Utta Ingwersen ermordet, weil ihr Mann noch weiter gegangen ist als Henner Jesse. Harm Ingwersen hat klipp und klar gesagt, dass er sich nicht erpressen lässt, und hat sogar Anzeige erstattet. Dafür musste seine Frau sterben. Bleibt nur noch die Frage, wer Francesco auf dem Gewissen hat.«

»Vielleicht hilft Ihnen eine Telefonnummer weiter«, gab Vetterich zurück. »Ich habe sie gefunden, als wir eine Kommode von der Wand gerückt haben. Der Zettel mit der Handynummer war dahintergerutscht.«

»Stand sonst noch was auf dem Zettel?«

»Ein Wort, vielleicht ein Name.« Vetterich zögerte, dann las es langsam vor, indem er jede Silbe betonte: »Susala.«

»Klingt wie ein Mädchenname«, sagte Erik.

»Das ist Ihr Job, Wolf«, meinte Vetterich. »Ich suche weiter. Sollte ich noch was finden, gebe ich Bescheid.« Dann diktierte er Erik die Handynummer und legte auf.

»Susala!« Auch Sören ließ den Klang der Silben auf den Lippen zergehen. »Meinen Sie wirklich, dass das ein Name ist?«

Erik griff zum Telefonhörer. »Das werden wir hoffentlich gleich erfahren.«

Er wählte die Nummer und lauschte auf das Freizeichen. Als sich am anderen Ende eine helle Stimme meldete, war er so verblüfft, dass er schwieg, bis die Stimme ungeduldig rief: »Hallo! Wer ist denn da?«

Der Chor drängte aus dem Übungsraum, die Mitglieder schienen sich zu fragen, ob es unter den neuen Umständen zu verantworten sei, auch diesen Abend mit munterem

Geplauder und alkoholischen Getränken zu beschließen. Schließlich war jemand aus ihrer Mitte geschieden, da schickte es sich eigentlich nicht, fröhlich zu sein. Zögernd gingen sie die Treppe hinab, traten vor dem Eingang zur Bar von einem Fuß auf den anderen, dann drehte sich der Erste beherzt um und ging auf den Ausgang zu. Damit war die Entscheidung getroffen, alle anderen folgten ihm mit ernsten Mienen und waren mit sich zufrieden, weil sie die Pietät über das Vergnügen gestellt hatten.

Mamma Carlotta blieb zurück und wartete auf Carolin und ihren Freund, die auffällig langsam herantrödelten. Gerade wollte sie mit unmissverständlichen Worten dafür sorgen, dass Carolin sich ihr anschloss, da wurde sie von Vera angesprochen. »Sie sind sicher, dass Ihre Verwandte nichts dagegen hat, unseren Chor zu verstärken? So kurz vor dem Wettbewerb?«

»Sie wird sich freuen«, beteuerte Mamma Carlotta so eifrig, dass ihr entging, wie Carolin die Gunst des Augenblicks nutzte und sich hinter zwei Sylter Hausfrauen durch die Ausgangstür wand. In leuchtenden Farben schilderte sie Giovannas Talent und ihre Freude am Gesang, bis Vera sie unterbrach: »Wenn Ihre Verwandte vorher mit mir reden will – kein Problem. Ich werde den ganzen Tag in der Perlenmuschel sein. Sie können mich dort anrufen, wenn Sie wollen.«

»Ich könnte auch vorbeikommen!« Carlotta berichtete von ihrer Schwiegertochter, der sie zum Geburtstag die gleiche Kette schenken wollte, die Utta Ingwersen in der Stunde ihres Todes getragen hatte. »Ein silbernes Kettchen mit einem Kreuz.«

Vera runzelte die Stirn. »Ich kann mich nicht erinnern.«

»Sie trug die Kette ständig, Ihr Schwiegervater hat es gesagt. Sie hatte die Ketten für den Laden eingekauft und sich selbst eine davon genommen.«

Zum Glück fragte Vera Ingwersen nicht nach, wie

Mamma Carlotta zu diesen Kenntnissen gekommen war. »Ich werde gleich morgen früh nachsehen. Hoffen wir, dass noch nicht alle verkauft sind.«

Mamma Carlotta überlegte kurz, ob es die Pietät verbot, auf den Rabatt hinzuweisen, den Utta Ingwersen ihr versprochen hatte, aber noch ehe sie zu einem Ergebnis gekommen war, hatte Vera sich schon verabschiedet und eilig die Tanzschule verlassen.

Mamma Carlotta folgte ihr, draußen sah sie sich suchend um. Auf der anderen Straßenseite standen zwei Chormitglieder und unterhielten sich leise, zwei andere bummelten die Straße hinunter, alle anderen hatten zügig den Heimweg angetreten. Veras dunkler Mantel verschwand in der aufsteigenden Dämmerung, von Carolin war nichts zu sehen. Wo mochte sie sein? In Mamma Carlotta kroch erneut die Sorge hoch. Lucia, was soll ich tun?

Zögernd ging sie zum Fahrradständer, wo das Rad auf sie wartete, das früher einmal ihrer Tochter gehört hatte. Carolins Fahrrad stand nicht mehr dort. Ein kräftiger Windstoß rüttelte am Lenker, als Mamma Carlotta das Rad aus dem Ständer hob. Besorgt stellte sie fest, dass er aus der Richtung kam, in die sie fahren musste, um nach Hause zu kommen. Sie zog den Reißverschluss ihrer Jacke bis zum Kinn. Der Wind war eiskalt und feucht, er schmeckte, roch und fühlte sich an, als käme er direkt vom Meer.

Mamma Carlotta fuhr langsam, um gründlich nachdenken zu können. Am besten würde es wohl sein, sich auf dem Parkplatz der Muschel II umzusehen und dort nach Carolins Fahrrad zu suchen. Sollte es tatsächlich dort stehen, musste sie sich überlegen, wie sie weiter vorgehen sollte. Vielleicht würde ihr etwas einfallen, was es rechtfertigte, an die Zimmertür des jungen Mannes zu klopfen?

Schon nach wenigen Metern hatte sie eine Idee. Carolin wusste noch nicht, dass ein Familienmitglied ums Leben gekommen war. Zwar handelte es sich nur um einen entfernten Angehörigen und noch dazu um einen, den Carolin nie kennengelernt hatte, aber Francescos schreckliches Ende war Grund genug, Carolin unverzüglich über diese Tragödie zu informieren. Während des Chorabends hatte Mamma Carlotta davon abgesehen, weil niemand frohgemut die Lust des Müllers am Wandern besingen konnte, der gerade von der Ermordung eines Verwandten erfahren hatte. Jetzt aber war das etwas anderes. Und wenn der Ragazzo dafür kein Verständnis hatte, war er ein grober Klotz und nicht gut genug für ihre Enkeltochter. Von ihrem frischen Entschluss gestärkt stieg sie aufs Fahrrad und stemmte sich gegen den Wind.

Veras dunkler Mantel tauchte vor einer hellen Hauswand auf, die Bö, die Mamma Carlotta entgegenkam, trug ihre Schritte heran. Dann – von einem Augenblick auf den anderen – waren der Mantel verschwunden und das helle Tack-tack der Absätze verstummt. Wo war Vera geblieben? Carlotta sah sich um, aber die Chorleiterin war nirgendwo zu entdecken.

In diesem Moment fiel ihr eine andere Gestalt auf. Susanna Larsen ging die Straße entlang, mit dem Handy am Ohr. Ihre Stimme flog Mamma Carlotta entgegen, was sie sagte, war jedoch nicht zu verstehen. Langsam, sehr langsam trat Carlotta in die Pedalen, nicht kräftiger, als nötig war, um das Fahrrad auf dem Weg zu halten. Kurz bevor sie Susanna erreichte, sah sie im Augenwinkel eine Bewegung hinter einem Gebüsch. Vera Ingwersen! Sie folgte ihrer Kellnerin heimlich. Warum? Hoffte sie darauf, Susanna mit ihrem Mann in flagranti zu erwischen?

Auf keinen Fall wollte Mamma Carlotta ihre Chorleiterin der peinlichen Situation aussetzen, bei diesem unwürdigen Spiel ertappt zu werden. Also ließ sie sich nichts anmerken und fuhr gemächlich weiter. Susanna Larsen drehte ihr prompt den Rücken zu, während Mamma Carlotta vorbeikam, doch sie verstand trotzdem, was Susanna sagte: »Bist du schon da?« An ihrem Lachen war zu erkennen, dass sie eine positive Antwort erhalten hatte. »Und es hat dich keiner gesehen?«

Damit waren Vera Ingwersens schlimmste Befürchtungen bestätigt worden. Was konnte dieser Satz anderes bedeuten als Heimlichkeit und Betrug? Die arme Vera! Bitter genug, dass sie hintergangen wurde, aber dass ihr Mann sie ausgerechnet mit einer Angestellten betrog, machte die Sache noch schlimmer. Kein Wunder, dass sie unbedingt wissen wollte, woran sie war. Dann würde sie endlich einen guten Grund haben, die junge, schöne Kellnerin vor die Tür zu setzen!

Mamma Carlotta nutzte die Gelegenheit, die ihr ein dicht bewachsenes Grundstück bot: Sie sprang vom Rad, schob es hinter den Zaun, ließ es dort einfach auf den Rasen fallen und duckte sich hinter einen Busch. Susanna Larsen konnte nicht wissen, wo sie wohnte. In vielen Häusern Keitums wurden Zimmer vermietet. Warum nicht auch hier? Außerdem hatte Susanna sie vermutlich gar nicht bemerkt, weil sie völlig auf ihr Telefongespräch konzentriert gewesen war. In diesem Moment wühlte die junge Kellnerin in ihrer Tasche, um ihr Handy erneut herauszuholen, das soeben wieder zu zirpen begonnen hatte. Diesmal blieb sie stehen, Mamma Carlotta konnte durch die feinen Zweige der Büsche ihr erstauntes Gesicht erkennen. Susanna sah aus, als bekäme sie etwas zu hören, was ihr die Beine lähmte. Sie bewegte sich keinen Zentimeter mehr vorwärts.

»Wieso fragen Sie mich nach Francesco? Was ist mit ihm?«

Mamma Carlotta hielt den Atem an. Francesco? Mit wem redete Susanna Larsen?

»Nein, warum sollte ich ihn vermisst haben? Ich verstehe Ihre Fragen nicht, Herr Hauptkommissar.«

Carlotta zog den Reißverschluss ein Stück herunter, weil ihr plötzlich warm wurde. Warum sprach Erik mit Susanna Larsen über den toten Francesco? Sie selbst wurde ständig ermahnt, kein Wort über diesen Mord zu verlieren, und er …

»Was sagen Sie da? Aber … das kann doch nicht sein!«

Es raschelte in der Nähe, Mamma Carlotta duckte sich noch tiefer. Hoffentlich tauchte nicht der Hauseigentümer auf, der sich über das Fahrrad auf seinem Rasen wunderte.

»In einer Stunde fängt meine Schicht an.«

Wieder raschelte es, aber Mamma Carlotta stellte erleichtert fest, dass das Geräusch nicht aus diesem Garten kam, sondern von der anderen Seite des Zauns. Vera hatte sich herangepirscht. Sie nutzte den Schutz eines parkenden Autos, das sie Susannas Blicken entzog. Jedem anderen jedoch präsentierte sie sich vollkommen ungeschützt. Das zeigte immerhin, dass sie Mamma Carlotta nicht in der Nähe vermutete, aber besonders beruhigend war das nicht. Erwischt werden konnte sie immer noch. Und wie sie Vera Ingwersen erklären sollte, warum sie hinter diesem Gartenzaun hockte, wusste sie wirklich nicht. Also verhielt sie sich mucksmäuschenstill, um weder Susanna Larsen noch Vera Ingwersen auf sich aufmerksam zu machen.

»Einverstanden«, hörte sie Susanna Larsen sagen. »Ich werde auf Sie warten.«

Sie beendete das Gespräch. Dann ging sie langsam weiter, während sie auf eine Taste drückte und das Handy erneut ans Ohr nahm. »Ich bin's noch mal. Ich kann leider doch nicht …«

Der Rest ging in einer Windbö unter, und schon bald hatte sich Susanna Larsen so weit entfernt, dass

Mamma Carlotta nicht mehr verstehen konnte, was sie sagte.

Kurz darauf raschelte es erneut, und Vera machte einen Schritt auf die Straße. Atemlos beobachtete Mamma Carlotta, wie sie ihr Handy aus der Tasche nahm und eine Taste wählte, ehe sie das Handy ans Ohr setzte. »Ich bin's! Geben Sie mir bitte meinen Mann!« Ihr Gesicht veränderte sich, bevor sie fragte: »Wann ist er aus dem Haus gegangen?« Sie lauschte, und ihre Miene versteinerte sich. »Also gut. Ich bin gleich zurück.« Sie steckte das Handy in die Tasche zurück, fasste Susannas Gestalt ins Auge und folgte ihr langsam.

Mamma Carlotta atmete erleichtert auf, als sie sich in Sicherheit wiegen durfte. Gerade wollte sie sich erheben, da erklangen erneut Schritte. Wieder duckte sie sich, bog die Zweige auseinander und spähte auf die Straße. Ein Mann kam Vera Ingwersen auf der anderen Straßenseite entgegen. Sie erkannte ihn an seinem schmalen Gang und den großen Füßen. Carlotta beobachtete, wie er stockte, stehen blieb, als sei er erschrocken, und dann sogar zwei, drei Schritte rückwärts machte. Er starrte in Veras Richtung, sein Zögern wirkte ängstlich, dann aber schien er zu bemerken, dass Vera ihn nicht sah. Sie starrte auf ihre Füße und hatte keinen Blick für ihre Umgebung. Mit einem großen Schritt verschwand er hinter dem dicken Pfeiler eines Gartentors und tauchte erst wieder auf, als Vera vorbeigegangen war.

Mamma Carlotta zog es vor, sich erst blicken zu lassen, als Willem Jäger bereits auf die Tür der Tanzschule zuging. Warum versteckte er sich vor Vera Ingwersen? Was hatte er zu verbergen?

Es war ein gemütliches kleines Zimmer, das Erik mit Sören betrat. Das Muster der Sesselbezüge kannten sie bereits vom Restaurant, aber Susanna Larsen war es gelungen, dem vorgefertigten Ambiente eine persönliche Note zu geben. Sie begrüßte die beiden Polizeibeamten ernst, aber verzweifelt wirkte sie nicht, und geweint hatte sie augenscheinlich auch nicht. Aus der winzigen Küche holte sie eine Teekanne und fragte: »Mögen Sie Ingwertee? Der ist gut für die Nerven. Ich gieße jeden Morgen kochendes Wasser über ein Stück Ingwerwurzel.«

Erik lehnte dankend ab, aber Sören nickte mit leuchtenden Augen. Er hätte sich von Susanna Larsen vermutlich fröhlichen Herzens Blausäuretee vorsetzen lassen. Wieder starrte er Susannas große Augen und ihren ausdrucksvollen Mund an, als hätte er nie etwas Schöneres gesehen. Sie hatte sich bereits für die Arbeit umgezogen. Aber selbst das Einheitsdirndl, das auf Veras Geheiß alle Kellnerinnen der Muschel II zu tragen hatten, konnte ihrer Attraktivität nichts anhaben.

»Susala«, sagte Erik nachdenklich und sah sie lächelnd an. »Ist das eine Zusammensetzung aus Ihrem Vor- und Nachnamen?«

Susanna nickte. »Gute Freunde nennen mich so.«

»Und Francesco Corrado gehörte zu Ihren guten Freunden?«

»Wir kennen uns seit unserer Kindheit.« Susanna stellte die Teekanne auf die Fensterbank, nachdem sie eingeschenkt hatte, dann reichte sie Sören den Zucker und holte eine Flasche Mineralwasser aus der Küche. Ohne Erik zu fragen, goss sie ihm ein Glas ein. »Schon als kleines Mädchen bin ich mit meinen Eltern jeden Sommer in die Toskana gefahren. Nach Chiusi, in die Pension von Francescos Großeltern. Er war zwei Jahre älter als ich, und natürlich habe ich ihn angehimmelt.« Sie lachte kurz, schien sich dann aber zu erinnern, dass Fröhlichkeit un angebracht war, und wurde schnell wieder ernst. »Wir haben alles gemacht, was unsere Eltern uns verboten hatten. Herrliche Ferien waren das.« Wieder lächelte sie, diesmal wehmütig und verträumt. »Mit fünfzehn habe ich mich dann richtig in Francesco verknallt, aber meine Eltern haben das spitzgekriegt. Von da an war Schluss mit Ferien in der Toskana.«

»Sie sind also nicht mehr in die Pension von Francescos Großeltern gefahren?«

»Nie wieder! Aber nicht nur wegen Francesco und mir. Auch, weil meinen Eltern die Pension nicht mehr komfortabel genug war. Wir sind dann immer nach Rimini gefahren. In ein großes Hotel.«

»Aber Sie sind mit Francesco in Kontakt geblieben?«

Susanna schüttelte erstaunt den Kopf. »Nein! Wir haben uns seit über zehn Jahren nicht gesehen. Was meinen Sie, wie ich gestaunt habe, als er plötzlich in der Muschel II stand. Wir beide hier auf Sylt!« Ein winziges Lächeln ging über ihr Gesicht. »Wir haben uns sofort wiedererkannt.«

Erik sah Sören scharf an, der noch immer in Susannas Anblick versunken war, aber sein Assistent schien keinen Beitrag zu der Befragung leisten zu wollen. »Wissen Sie, was Francesco in der Muschel II wollte?«

Susanna wurde nun sehr ernst. »Ich habe gleich gemerkt, dass da was nicht stimmte. Er ist mehrmals beim Chef gewesen, und jedes Mal, wenn Francesco ging, war der Chef total nervös. Seitdem sehe ich mich nach einer neuen Stelle um. Obwohl … eigentlich verstehe ich das nicht.«

Erik sah sie fragend an. »Was verstehen Sie nicht?«

»Dass die Muschel II nicht gut laufen soll. Okay, wir sind nicht jeden Abend ausgebucht, aber welches Restaurant ist das schon? Jedenfalls habe ich Angst, dass ich über kurz oder lang auf der Straße stehe.«

Erik hatte plötzlich das Gefühl, dass sie nicht über das Gleiche sprachen. »Jetzt verstehe ich aber nicht …«

»Wissen Sie denn nicht, für wen Francesco arbeitete?

Für einen Investor, der Restaurants aufkauft, die nicht mehr gut laufen! Anschließend werden diese Restaurants dann mit viel Geld zu den reinsten Goldgruben gemacht. Ob ich dann meinen Job behalten könnte?« Sie dachte kurz nach und schüttelte dann den Kopf. »Das will ich gar nicht. Für solche Leute möchte ich nicht arbeiten.«

Erik beugte sich vor, und auch Sören erwachte aus seiner Verzückung. »Francesco hat Ihnen also erzählt«, vergewisserte sich Erik, »dass er die Muschel II aufgesucht hat, weil ein Investor an dem Restaurant interessiert ist?«

»Sag ich doch.« Susanna wurde sehr nachdenklich. »Ich verstehe nur nicht, warum die Muschel II keinen Gewinn abwerfen soll. Der Laden läuft gut, soweit ich das beurteilen kann. Der Chef hat das Restaurant von seinen Eltern geschenkt bekommen, er hat also keine Bankkredite laufen oder so.«

Nun schien Sören endlich seine Stimme wiedergefunden zu haben. »Sie wollten Francesco Corrado heiraten?«

Susanna sah ihn überrascht an, dann lachte sie. »Nein, wie kommen Sie denn darauf?«

»Seine Familie behauptet, er hätte kurz vor seinem Tode angekündigt, demnächst ein deutsches Mädchen zu heiraten. War eine andere junge Frau damit gemeint?«

»Wohl nicht.« Susanna wurde verlegen. Sie stand auf, ging in die Küche und kam mit einem Schälchen zurück, in dem ein paar Kekse lagen. »Er wollte mich tatsächlich heiraten. Aber ... ich wollte nicht.« Sie stellte das Schälchen auf den Tisch und setzte sich wieder. »Nachdem wir uns zufällig hier auf Sylt wiedergetroffen haben, hat er sich Hals über Kopf in mich verliebt.« Ihr Blick wurde weich, auf ihr Gesicht stahl sich ein winziges Lächeln. »Dieser Zufall! Francesco hat gesagt, das muss ein Wink des Schicksals sein. Das Schicksal hat uns wieder zusammengeführt, wir sind füreinander bestimmt!« Das Lächeln verschwand, aus dem kleinen romantischen Mädchen wurde wieder eine vernünftige junge Frau. »Aber es sind viele Jahre vergangen, wir waren nicht mehr das Pärchen von einst. Francesco konnte das nicht einsehen. Er wollte an unsere erste Verliebtheit anknüpfen.«

»Was hat sich verändert?«, fragte Erik. »Sind Sie inzwischen mit einem anderen Mann zusammen?«

Diese Frage schien Susanna Larsen nicht beantworten zu wollen. »Früher war ich einmal in ihn verliebt, heute bin ich es nicht mehr«, entgegnete sie. »So einfach ist das. Aber Francesco dachte, wenn er mich Tag und Nacht belagert und mir einen Heiratsantrag nach dem anderen macht, werde ich irgendwann nachgeben. In Wirklichkeit ...« Sie stockte.

»In Wirklichkeit?«, half Erik nach.

»Je öfter er von Heirat redete, desto weniger wollte ich ihn sehen. Aber er begriff das nicht. Er war wie verbohrt.«

Erik lächelte Susanna Larsen freundlich an. »Francescos Familie kannte Sie von früher?« Und als Susanna nickte, fuhr er fort: »Deswegen wollte er also Ihren Namen nicht nennen. Nicht, bevor er Ihr Jawort hatte.«

»Er hätte es niemals bekommen!« Susanna fuhr sich mit einer eindrucksvollen Geste durch die langen Haare. »Als er den ganzen Tag nicht angerufen hat, dachte ich, er hätte nun endlich kapiert, dass es zwecklos ist.«

»Aber er konnte nicht anrufen, weil er nicht mehr lebte.« Erik holte sein Notizbuch hervor, als wollte er endlich zu den Fakten kommen. »Sie kennen sicherlich seine Handynummer?«

»Natürlich!« Susanna griff nach seinem Notizbuch und schrieb sie kurzerhand hinein.

Erik bedankte sich mit einem Nicken. »Können Sie sich vorstellen, wer Francesco umgebracht haben könnte, Frau Larsen?«

Sie sah ihn überrascht an, dann schüttelte sie den Kopf.

»Hat er Ihnen nichts anvertraut? Von beruflichen Schwierigkeiten vielleicht oder von privaten Problemen? War er womöglich in kriminelle Machenschaften verstrickt?«

Susanna schüttelte den Kopf. »Er hat gesagt, die Zeit der krummen Touren wäre vorbei. Er verdiente jetzt gut, hatte einen tollen Job bei diesem Investor …«

Sie wurde vom Telefonklingeln unterbrochen. Mit leiser Stimme meldete sie sich, lauschte kurz, dann sagte sie: »Ich komme sofort.« Entschuldigend sah sie Erik an. »Der Oberkellner! Eine Gesellschaft ist eingetroffen, ich werde gebraucht.«

Erik winkte ab. »Wir sind gleich fertig.«

»Was wollen Sie noch von mir? Ich weiß wirklich nicht viel von Francesco.«

»Immerhin wollte er Sie heiraten. Sie müssen sich also sehr vertraut gewesen sein.«

»Ich glaube, Francesco ging es vor allem darum, sich wieder mit seiner Familie zu versöhnen. Er wollte als gemachter Mann nach Chiusi zurückkehren. Mit einem guten Job, mit viel Geld und mit einer Frau, die alle kannten und mochten. Er wollte genau das sein, was ihm früher niemand zugetraut hat.«

»Waren Sie jemals mit ihm in seiner Wohnung?«

Susanna tippte sich an die Stirn, dann setzte sie sich wieder. »Ich bin doch nicht blöde. Dann hätte er gedacht, er kann mich in die Kiste kriegen.«

»Und das wollten Sie nicht.«

»Natürlich nicht!«

Diese Antwort schien Sören zu gefallen. Endlich kam er auf die Idee, Susanna Larsen nicht nur anzustaunen, sondern ihr mit klugen Fragen zu imponieren. »Haben Sie jemals die beiden Freunde kennengelernt, mit denen Francesco auf Sylt war?«

Susanna runzelte die Stirn. »Er hat mal von zwei Kollegen gesprochen, die ihn bei seiner Arbeit unterstützten. Aber Freunde waren das nicht.«

Erik fand sich damit ab, dass Susanna Larsen entweder nichts wusste oder nichts sagen wollte. Freundlich lächelnd reichte er ihr seine Visitenkarte. »Wenn Ihnen noch etwas einfällt, was uns helfen könnte, rufen Sie mich bitte an.«

Susanna nickte und öffnete den beiden Polizeibeamten die Tür. Sören trat als Erster auf den Flur und ging schon die Treppe hinab, als Erik plötzlich stehen blieb. »Was ist das?«

Aus dem Nachbarzimmer drang laut und vernehmlich das Lied vom Jäger aus Kurpfalz, der die Gewohnheit hatte, das Wild daherzuschießen.

Susanna grinste. »Einer unserer Praktikanten singt auch im Inselchor. Er übt mit seiner Freundin fürs Wettsingen.«

»Der junge Silbereisen?«, fragte Erik, der eine geradezu neurotische Angst vor Vornamen entwickelt hatte.

Susanna zuckte mit den Schultern. »Wie der mit Nachnamen heißt, weiß ich nicht. Wir reden uns hier alle mit Vornamen an. Ausgenommen natürlich die Ingwersens.«

»Dann ist Ihnen der Name Silbereisen kein Begriff?«

»Ich kenne nur Florian Silbereisen.«

»Den meine ich!«, sagte Erik erfreut. »Und ... wie finden Sie den? Ist das ein netter Typ?«

Susanna zog die Mundwinkel herab. »Mein Fall ist er nicht. Aber so was ist ja Geschmackssache.«

Carlotta ließ sich vom letzten Licht des Tages nach Wenningstedt begleiten. Der Wind hatte zugenommen, aber trotzdem war sie überraschend schnell vorangekommen. Wahrscheinlich deshalb, weil sie keinen einzigen Gedanken an den Gegenwind verschwendet hatte und an die Kraft, die sie seinetwegen aufbringen musste. Sie war vollauf mit dem Schicksal der armen Vera beschäftigt, die von ihrem Mann betrogen wurde, und zwar mit der hübschen jungen Kellnerin, die ihrem Chef den Kopf verdreht hatte. Und zwischendurch dachte sie an ihren Schwiegersohn, der etwas ausplauderte, worüber sie selbst strengstes Stillschweigen bewahren sollte. »Incredibile!«

Derart brodelte es in ihr, dass sie wusste, sie würde keine Ruhe ertragen. Im Haus am Süder Wung war es auch still, wenn Felix seine Musik so laut drehte, dass die Wände vibrierten, wenn Carolin sang und Erik seine Pfeife ausklopfte. Stille hatte für Mamma Carlotta nichts mit Lautlosigkeit zu tun, sondern mit fehlender Kommunikation. Und diese Art von Stille hielt sie nicht lange aus. Was für ein Glück, dass es einen Ort gab, wo ein Mann am Zapfhahn stand, dem nichts anderes übrig blieb, als ihr zuzuhören, und ein anderer über seinem Jever hockte und dankbar war für jeden, der das Wort an ihn richtete, und für alles, was er zu hören bekam.

Dass sie Carolin ganz und gar vergessen hatte, fiel Mamma Carlotta erst ein, als sie vor Käptens Kajüte vom Fahrrad stieg. Sie wollte doch eigentlich in der Muschel II nach ihr sehen! Aber nach Keitum zurückradeln? Fünf Kilometer? Nein, daran war nicht zu denken. Auch nicht bei Rückenwind! Und was sollte sie Carolin erklären, die ihr vermutlich auf der Braderuper Straße entgegenkommen würde? Die Kontrolle pubertierender Kinder hielt Mamma Carlotta zwar für unerlässlich, aber natürlich musste sie unauffällig vor sich gehen. Sonst erreichte man das genaue Gegenteil von dem, was beabsichtigt war.

Seufzend stieß sie die Tür zur Imbiss-Stube auf und stellte erfreut fest, dass Tove Griess gelangweilt neben seinen Bratwürsten stand und dafür sorgte, dass sie nicht verkohlten, und Fietje Tiensch so tief in sein Jever starrte, dass außer seiner Bommelmütze nicht viel von ihm zu sehen war. Natürlich änderte sich alles durch Carlottas

Erscheinen. Tove waren die Bratwürste prompt egal, und Fietje hob den Kopf, schob die Mütze in den Nacken und grinste vergnügt.

»Buongiorno!«, rief Carlotta.

»Moin, Signora!« Tove Griess war nicht weniger erfreut, wenn sich das bei ihm auch anders äußerte. Er holte einfach ohne viele Worte die Rotweinflasche hervor und kredenzte seinem Stammgast den Wein aus Montepulciano mit den Worten: »Geht aufs Haus!« Dass er mit dieser schlichten Geste geradezu unbändige Freude an den Tag legte, wusste Mamma Carlotta inzwischen genau. Entsprechend zufrieden schob sie sich auf einen Barhocker, rutschte eine Weile hin und her, stellte die bequemen Sneaker fest auf die Fußleiste und legte die Unterarme auf die Theke.

»Gibt's was Neues?«, fragte Tove überflüssigerweise.

»Sì!« Mamma Carlotta nahm einen Schluck Rotwein, dann erfuhr Tove alles, was sie wusste und was bisher ein Geheimnis gewesen war. Vorsichtshalber schloss sie dennoch mit der Ermahnung: »Aber zu keinem ein Wort!«, doch im Grunde fühlte sie sich berechtigt, einem armen Mann, dem Geld abgepresst worden war, zu verraten, dass es damit ein Ende hatte. Was Susanna Larsen erfahren durfte, konnte auch Tove Griess ruhig wissen!

»Der Kerl ist wirklich tot?« Darauf brauchte Tove erst mal einen Genever. »Aber wieso stand nichts davon in der Zeitung?«

»Weil die Sylter Bevölkerung nicht beunruhigt werden soll«, gab Carlotta zurück. »Sie haben doch selbst erlebt, wie das ist, wenn man plötzlich der Mafia gegenübersteht. Ein Kerl wie Sie hätte doch unter anderen Umständen niemals gezahlt!«

Das konnte Tove nur bestätigen. »Aber allein gegen die Mafia? So dumm ist doch keiner!« Tove hatte sich also klug und umsichtig verhalten, als er auf die Erpressungen eingegangen war. Dieser Satz, den Mamma Carlotta ihm vorsprach, gefiel ihm außerordentlich. »Nun ist der ganze Spuk vorbei.« Carlotta wurde unterbrochen, als ein Gast eintrat, der nach einer Currywurst verlangte. Tove suchte unter seinen Bratwürsten ein Exemplar heraus, das sich unter viel roter Soße noch ganz manierlich ausnehmen würde, und im Nu war der Kunde abgefertigt. Danach hatte Toves Erleichterung derart überhandgenommen, dass er einen weiteren Genever brauchte, um sie hinunterzuspülen. Sogar Fietje bekam einen neben sein Jever gestellt, der Beweis, dass Tove geradezu strahlender Laune war. »Und es ist ganz sicher, dass der Kerl mit der Mafia nichts zu tun hatte?«, fragte er vorsichtshalber noch einmal.

Mamma Carlotta dachte an den Pakt, den sie mit dem Meer geschlossen hatte, und nickte. »Ganz sicher!«

»Ich muss also nicht befürchten, dass in Kürze die nächsten Mafiosi vor meiner Theke stehen und die Hand aufhalten?«

»No! Müssen Sie nicht.«

»Und wer hat dem Kerl den Schädel eingeschlagen?«

Mamma Carlotta musste zugeben, dass ihr Schwiegersohn in diesem Punkt noch nicht weitergekommen war.

Das beunruhigte Tove. »Wahrscheinlich sucht er den Mörder unter denen, die von dem Schwein erpresst worden sind!«

Dazu konnte Mamma Carlotta nichts sagen. Aber als sie die Sorge in Toves Gesicht sah, versprach sie hoch und heilig, niemand werde von ihr erfahren, dass Tove Griess zu den Opfern zählte. »Ich schwöre.«

»Unsereins gerät ja immer schneller in Verdacht als andere«, brummte Tove und goss Mamma Carlotta ein weiteres Glas Rotwein ein, das aufs Haus ging.

Fietje rückte näher heran und bekam einen zweiten Genever, der ebenfalls aufs Haus ging. Zum Glück verlief das Abendgeschäft in Käptens Kajüte schleppend, einige der wenigen Kunden, die Tove beehren wollten, überlegten es sich anders, als sie sein schrumpliges Bratwurstangebot ins Auge gefasst hatten. Mamma Carlotta konnte also ungestört erzählen. Von dem Bettler, der Jahr für Jahr in ihr Dorf gekommen war, bis er in der Nähe von Perugia in einem dicken Mercedes gesehen wurde. Und von der Witwe des Lehrers, die sich post mortem für jeden Seitensprung ihres Mannes gerächt hatte, indem sie ihn ohne sein bestes Stück beerdigen ließ. »Dem Arzt aus dem Nachbardorf war angeblich nicht aufgefallen, dass sein Skalpell gestohlen worden war. Und der Bestatter wollte auch nichts bemerkt haben. Aber das hat ihm keiner geglaubt. Schließlich stand auch die Frau des Bestatters in dem Verdacht, mit dem Lehrer was gehabt zu haben. Ein ... wie nennt man das hier?«

»Techtelmechtel«, schlug Tove vor.

»Genau! Das war's!« Dann kam Carlotta auf Vera Ingwersen zu sprechen und erzählte Tove und Fietje, was sie beobachtet hatte. »Ihr Mann hat anscheinend was mit seiner Kellnerin. Die arme Vera! So eine patente Person!«

Es war Fietjes erster Gesprächsbeitrag an diesem Abend: »Die habe ich schon oft herumschleichen sehen. Allmählich müsste sie wissen, ob an ihrem Verdacht was dran ist.«

Mamma Carlotta war in ihrem Element. »Vielleicht gehen die beiden sehr raffiniert vor! Es reicht schließlich nicht, dass Vera einen Verdacht hat. Sie braucht Beweise!«

»Möglich aber auch, dass sie keine Beweise findet, weil es keine gibt.«

Carlotta sah Fietje enttäuscht an. »Sie meinen, Arne Ingwersen hat gar kein Techtelmechtel mit Susanna Larsen?«

Solche Aussagen waren Fietje viel zu konkret. »Ich weiß nur, dass diese hübsche Kellnerin was im Schilde führt.« Und dann ergänzte er in Mamma Carlottas verblüfftes

Gesicht: »Und dass die was mit dem toten Mann zu tun hat, den ich an der Buhne 16 gefunden habe, das weiß ich auch.«

Erik und Sören fuhren gemächlich aus Keitum heraus. Die Dunkelheit hatte sich verdichtet, aber zur Finsternis war sie noch nicht geworden. Die Überreste des Tages hingen noch am Himmel, zusammengeballte Wolken zogen daran vorbei und rissen sie mit.

Bevor er den Wagen startete, hatte Erik die Handynummer gewählt, die Susanna ihm aufgeschrieben hatte, aber niemand hatte am anderen Ende abgenommen, und auch die Mailbox war nicht angesprungen. Erik hatte nichts anderes erwartet. Francescos Handy lag entweder wohlverwahrt in einer Schublade des Täters, auf der Müllkippe oder auf dem Grund der Nordsee.

»Sie hat merkwürdig kühl auf den Mord reagiert, finden Sie nicht auch?«, fragte er.

Wie erwartet wollte Sören nichts auf eine Frau kommen lassen, die aussah wie Angelina Jolie. »Sie war nicht verliebt in ihn, sie wollte ihn nicht heiraten!«

»Aber sie kannten sich seit vielen Jahren. Seit ihrer Kindheit! Sie haben gemeinsam ihre Ferien verlebt! Und Francesco war für Susanna Larsen die erste Liebe!«

»Das ist doch alles schon lange her.«

»Wir sollten sie dennoch im Auge behalten.«

»Nichts lieber als das.«

Erik runzelte ärgerlich die Stirn. »Damit will ich sagen, dass sie in die Sache verwickelt sein könnte.«

»Sie hat doch gar kein Motiv! Und haben Sie mal auf ihre Füße gesehen? Höchstens Schuhgröße neununddreißig!« Er lachte. »Ich habe gemerkt, dass Sie neuerdings allen Leuten, mit denen wir es zu tun haben, auf die Füße sehen.«

»Es könnte sein, dass sie mehr weiß, als sie zugibt. Vielleicht war ihr Verhältnis zu Francesco auch ganz anders, als sie sagt. Vielleicht war sie doch seine Geliebte und wollte ihn tatsächlich heiraten. Aber jetzt, nach seinem Tod, hat sie Angst bekommen.«

»Wovor?«

»Davor, dass wir während der Ermittlungen was rausbekommen, was auch ihr gefährlich werden kann.«

»Sie glauben allen Ernstes, sie hat mit Francesco gemeinsame Sache gemacht?«

»Ausschließen kann man es nicht. Wissen Sie noch, wie sie plötzlich in der Muschel I auftauchte? Kurz nachdem wir Utta Ingwersen gefunden hatten?«

»Zufall!«

»Kann sein. Oder aber auch nicht.« Erik winkte ab, ehe Sören weitere Gründe fand, die für Susanna Larsens Unschuld sprachen. »Ich will damit auch nur sagen, dass der Mord nicht unbedingt etwas damit zu tun haben muss, dass Francesco den Mafioso spielte. Vielleicht steckt was ganz anderes dahinter. Ein Motiv, das wir hier auf Sylt finden.«

»Und was ist mit den Geldeintreibern? Warum sind die abgehauen? Und warum haben die alles mitgenommen und versucht, keinerlei Spuren zu hinterlassen?«

»Weil sie Henner Jesse und Utta Ingwersen auf dem Gewissen haben. Und weil sie Angst haben, dass wir ihnen während der Ermittlungen zu Francescos Tod auf die Spur kommen.«

Sören zeigte nach rechts. »Setzen Sie mich zu Hause ab?«

Erik bog in den Ring ein, der sich der Braderuper Straße anschloss. An der Außenseite standen bescheidene Einfamilienhäuser, die abbezahlt wurden, indem die Besitzer an Feriengäste vermieteten. In der Mitte des Karrees gab es einige Mehrfamilienhäuser. In einem davon wohnte Sören.

Nachdenklich setzte Erik wenig später seinen Weg allein fort. Sören hatte recht. Tatsächlich blickte er, seit der große Schuhabdruck gefunden worden war, allen Menschen auf die Füße. Auch denen, die in keinerlei Tatverdacht standen. Bei einem Besuch in der Muschel I in Westerland hatte er sogar Harm Ingwersens Füße betrachtet. Er trug höchstens Schuhgröße fünfundvierzig.

Sie hatten den Restaurantbesitzer aufgesucht, bevor sie nach Keitum fuhren. Bei all dem Schrecklichen, was diesem Mann widerfahren war, sollte er wenigstens so schnell wie möglich erfahren, dass er sich keine Sorgen mehr zu machen brauchte.

»Es wird Ihnen niemand mehr mit Schutzgelderpressungen kommen. Und Sie brauchen auch keine Gewalt mehr zu fürchten«, hatte Erik erklärt.

»Was sagen Sie? Der Kerl hatte mit der Mafia gar nichts zu tun?«

»Er hat das Wort Mafia nur benutzt, um seinen Opfern Angst zu machen.«

Sie hatten in einem Büro hinter der Theke gesessen, vor der Tür summten die Gespräche der Restaurantbesucher, unterbrochen von leisem Klirren und den klaren Stimmen des Bedienungspersonals.

Harm Ingwersen war sich durch die Haare gefahren. »Ich bin also auf einen kleinen Ganoven reingefallen?«

Erik hätte am liebsten nach seinem Arm gegriffen, um ihn zu trösten. »Die Gefahr war genauso groß, als hätte die echte Mafia dahintergesteckt«, hatte er betont. »Sonst würde Ihre Frau noch leben. Machen Sie sich also keine Vorwürfe. Sie haben sehr mutig gehandelt, und Ihr Mut wird nicht geringer dadurch, dass ein kleiner Ganove den Mafioso nur spielen wollte. Ich kann Ihnen nicht sagen, wie leid es mir tut, dass Sie für Ihren Mut so hart bestraft wurden.«

Erik war versucht, weiter geradeaus zu fahren, aufs Meer zu, um eine halbe Stunde am Strand zu verbringen. Nicht um über den Fall nachzudenken, sondern um sich in Ruhe zu überlegen, wie er mit Carolin umgehen sollte, wenn sie nach Hause kam. Dass Susanna Larsen den Praktikanten augenscheinlich nicht mochte, erfüllte ihn mit zusätzlicher Sorge. Er sei nicht ihr Fall, hatte sie gesagt. Schlimm genug, dass er beim ersten Freund seiner Tochter alles falsch gemacht hatte. Es wäre für ihn leichter zu ertragen gewesen, wenn man ihm versichert hätte, dass dieser junge Mann ein netter Kerl sei, bei dem Carolin gut aufgehoben war. Durch den Irrtum mit dem Vornamen hatte er jeglichen Einfluss auf seine Tochter verloren. Sie entzog sich und war abends lieber bei diesem Florian ... oder Michael ... oder wie er nun hieß. Erik wäre es lieber gewesen, die beiden hätten den Abend am Süder Wung verbracht, am großen Tisch in der Küche, wo es duftete, dampfte und schmurgelte – zumindest, wenn Mamma Carlotta im Hause war.

Der Gesang der beiden hatte ihn begleitet, während Sören und er die Treppe zum Gastraum der Muschel II hinabgestiegen waren. Unten hatte Erik zwei Füße stehen sehen, die in zwei schwarzen Lederschuhen steckten, höchstens Größe vierundvierzig, eher dreiundvierzig. Feucht waren sie und wiesen schmutzige Ränder auf. Sie wollten nicht recht zu dem makellosen schwarzen Anzug Arne Ingwersens passen.

Er hatte Susanna Larsen streng angesehen. »Es wird Zeit!«

Susanna hatte sich an ihm vorbeigedrängt und war in den Gastraum geeilt, ohne ein Wort zu sagen.

»Es war meine Schuld«, hatte Erik erklärt. »Ich hatte einige Fragen an Ihre Kellnerin, die wirklich wichtig waren.«

Diese Auskunft schien Arne Ingwersen nicht zu versöhnen, er sah noch immer sehr ärgerlich aus. »Gibt's was Neues?«, hatte er gefragt. »Wissen Sie nun, wer meine Mutter auf dem Gewissen hat?«

Erik hatte weder nicken noch den Kopf schütteln wollen, so zuckte er nur mit den Schultern. »Es fehlen uns noch die Beweise«, sagte er und sah sich um. Dann entschied er, dass es an dieser Stelle zu viele Zuhörer geben konnte. »Können wir kurz in Ihr Büro gehen?«

Es war Arne Ingwersen anzusehen, dass er den Hauptkommissar lieber verabschiedet hätte, aber er nickte und ging ihm voran auf die Bürotür zu. Sören verkrümelte sich in den Gastraum, wo er sicher noch den einen oder andern Blick auf Susanna Larsen erhaschen konnte.

Arne Ingwersen ließ Erik in sein Büro eintreten, schloss die Tür, machte aber keinen Schritt in den Raum hinein, sondern blieb, mit der Türklinke in der Hand, stehen. Es lag ihm anscheinend daran, die Unterredung so kurz wie möglich zu halten.

Erik hatte Verständnis für ihn. Der Mann stand unter Druck, das sah man auf den ersten Blick. Kein Wunder nach der Ermordung seiner Mutter und den Erpressungen der Mafia, die gar keine gewesen waren. Zumindest diese Sorge wollte er Arne Ingwersen nehmen. »Mit den Besuchen des Schutzgelderpressers brauchen Sie nicht mehr zu rechnen«, sagte er. »Die beiden Geldeintreiber werden auch nicht mehr bei Ihnen erscheinen.«

Nun wurde Arne Ingwersens Blick unsicher. Er machte einen Schritt ins Zimmer hinein. »Mein Vater ...«, begann er, brach dann aber hilflos ab und starrte auf seine schmutzigen Schuhe.

»Ja, er tut mir auch sehr leid«, bestätigte Erik. »Sein Mut hat sich nicht ausgezahlt. Wenn er auf die Erpressungen eingegangen wäre, dann würde Ihre Mutter noch leben. Er konnte nicht ahnen, dass der Spuk so schnell und ganz von selbst vorbei sein würde.«

»Wie mag er sich fühlen?«, stieß Arne Ingwersen hervor.

»Sie wissen, dass Ihr Vater ein starker Mann ist«, entgegnete Erik. »Er erträgt diese Niederlage genauso tapfer wie den Tod Ihrer Mutter und seine Schuldgefühle.«

Es hatte Erik gerührt, als er beobachtete, wie die Augen Arne Ingwersens sich mit Tränen füllten. Er gehörte zu den wenigen Männern, die nichts von ihrer Attraktivität verloren, wenn sie Schwäche zeigten oder gar weinten.

»Das hat mein Vater wirklich nicht verdient«, hatte Arne Ingwersen geflüstert.

Erik hatte ein paar Augenblicke gewartet. Doch Arne Ingwersen verlor kein einziges Wort über seine Mutter. Sein Bedauern richtete sich ausschließlich auf seinen Vater. Kein Wort davon, dass dessen Zivilcourage seine Mutter das Leben gekostet hatte. Kein Wort davon, dass sie mit ihrem Leben für etwas zahlen musste, von dem sie nichts geahnt hatte.

Nach dem Gespräch hatte Erik beobachtet, wie er zu einem Tisch ging, wo er von Gästen erwartet wurde, die ihm anscheinend ein Kompliment für die gute Weinauswahl machen wollten. Arne Ingwersens Haltung war aufrecht, wenn auch ein wenig steif, er lächelte zuvorkommend, wenn auch ohne Herzlichkeit. Er tat, was sein Vater von ihm erwartete, aber er würde trotzdem niemals so werden wie sein Vater. Nicht so mutig, nicht so souverän. Eigentlich war er zu bedauern. Er würde wohl niemals sein eigenes Leben führen, sondern immer nur versuchen, wie sein Vater zu werden, und nie mit sich zufrieden sein können.

Erik sah sich noch einmal um, ehe er zusammen mit Sören die Muschel II verließ. Hoffentlich würde Vera am Abend noch ins Restaurant kommen und ihren Mann auf seine schmutzigen Schuhe aufmerksam machen.

Felix sprang seiner Großmutter entgegen. »Endlich, Nonna! Wo warst du so lange?«

»Das weißt du doch, Felice! Bei der Chorprobe!«

»Diese blöde Singerei! Caro ist auch noch nicht da.«

Erik jedoch schlenderte bereits in der Küche zwischen Kühlschrank und Herd herum, öffnete mal diese Dose, schaute mal unter jenen Deckel und schien sich ernsthaft zu überlegen, ob er sich selbst ums Abendessen kümmern musste.

Carlotta riss sich die Jacke herunter, warf sie über einen Garderobenhaken und fiel mit einem Schwall von Worten in die Küche ein, damit Erik keine Zeit hatte, sie zu fragen, wo sie so lange gewesen war. Wenn sie darauf achtete, dass er nichts von ihrer Rotweinfahne bemerkte, würde sie ihn nicht belügen müssen.

Vorsichtshalber redete sie lang und breit davon, dass die Proben immer länger dauerten, je näher der Wettbewerb rückte, bewunderte die tapfere Vera, die trotz des tragischen Trauerfalls in der Familie mit den Proben weitermachte, warf ein, dass Carolin noch mit ihrem Ragazzo zusammen sei, und zog, während sie redete, Felix' Hose in die Höhe und drehte den Schirm seines Käppis nach vorne. Dass er seine Kleidung augenblicklich wieder in den Zustand versetzte, den er selbst für cool hielt, nahm sie nicht zur Kenntnis, denn im nächsten Augenblick steckte sie schon den Kopf in den Kühlschrank und suchte den Ricotta und die Eier für die Frittata alla menta heraus. Während Mamma Carlotta ein paar Pfefferminzblätter zerpflückte, erzählte sie, dass auch Giovanna beim Wettsingen mitmachen würde, und merkte, dass es ihr gelungen war, Erik auf andere Gedanken zu bringen. Sie würde nicht zugeben müssen, dass sie die Chorprobe in Käptens Kajüte beschlossen hatte.

»Giovanna kommt übrigens schon morgen früh«, warf Erik ein. »Sie hat vor ein paar Minuten angerufen. Aus dem Nachtzug nach München. Von dort hilft ihr Enzo Meurer weiter.«

Mamma Carlotta verrührte die Eier mit dem Ricotta, dass es nur so spritzte. »Sie hat noch Kontakt zu ihm?«

»Anscheinend.« Erik fand diese Tatsache nicht halb so aufregend wie seine Schwiegermutter. Gemächlich stand er auf und holte seine Pfeife, ohne auf die Empörung seines Sohnes zu achten, der sich neuerdings mit seiner Schwester solidarisch erklärte und zum radikalen Nikotingegner geworden war. Erik war sehr dankbar, dass Mamma Carlotta in diesem Punkt weitaus toleranter war als seine Kinder. »Jedenfalls will er dafür sorgen, dass einer seiner Bekannten Giovanna mitnimmt nach Sylt. Mit einem Privatflugzeug.«

»Privatflugzeug!« Das war eins dieser Wörter, die Mamma Carlotta zum Schweigen brachten. Jedenfalls für kurze Zeit.

Lange genug immerhin, dass Erik weiterreden konnte, ohne unterbrochen zu werden. »Sie wird anrufen, wenn sie gelandet ist. Und ich werde sie dann vom Flughafen abholen. Ich habe auch schon im Strandhotel angerufen, damit sie gleich nach ihrer Ankunft ihr Zimmer beziehen kann.«

Carlotta warf den Schneebesen zur Seite. »Giovanna soll in ein Hotel ziehen?«

Erik ließ erstaunt die Pfeife sinken. »Sie muss natürlich nicht selbst bezahlen. Sie wird dort auf Staatskosten wohnen.«

Mamma Carlotta setzte sich zu Erik an den Tisch, obwohl Felix sein Bestes tat, sie mit flehenden Gesten wieder an den Herd zu locken. »Giovanna ist ein Familienmitglied!«

»Ein entferntes«, korrigierte Erik. »Noch dazu lediglich angeheiratet«, ergänzte er, weil er in den letzten Tagen, immer dann, wenn von Francesco die Rede gewesen war, immer wieder gehört hatte, wie gut es sei, dass in seinen Adern nicht das gleiche Blut fließe wie in Carlottas.

Aber diesmal schien das anders zu sein. »Sie wird selbstverständlich hier im Haus wohnen.«

»Aber wir haben kein freies Zimmer für sie.«

»Wozu steht in meinem Zimmer ein Sofa? Dort werde ich schlafen, und Giovanna bekommt mein Bett. Kopfkissen, Bettdecke und frische Bettwäsche werdet ihr ja wohl haben, oder?«

Mamma Carlotta machte Anstalten, auf der Stelle sämtliche Vorbereitungen zu treffen, die für das Erscheinen des Gastes notwendig waren, wurde aber von Felix daran gehindert. »Erst das Omelette, Nonna, bitte!«

»D'accordo!« Mamma Carlotta würzte das Ricotta-Ei-Gemisch mit Salz und Pfeffer, gab die Pfefferminzblättchen hinzu und goss einen Teil davon in die Pfanne, in der sie gleichzeitig das Olivenöl erhitzt hatte. Als die Masse am Rand zu stocken begann, holte sie einen großen Teller und legte ihn auf die Pfanne. Erik und Felix wandten sich ängstlich ab und drehten sich erst wieder um, als zufriedenes Gemurmel darauf hoffen ließ, dass sowohl das Omelette als auch Mamma Carlotta das Wenden ohne Schaden überstanden hatten.

Erik und Felix machten sich gerade über das Pfefferminzomelette her, als das Telefon klingelte. Die Antwort auf Felix' Frage, warum eine Tante, von der er noch nie etwas gehört hatte, einen Besuch bei ihnen machte, verschob Erik auf später, weil er feststellte, dass der Anruf, den seine Schwiegermutter soeben entgegennahm, von Adriano Girotti aus Neapel kam.

Carolin kam nach Hause, während Mamma Carlotta die Grüße ihrer Cousine entgegennahm und sich erzählen ließ, dass der Hochzeitstag des Mafia-Spezialisten ein voller Erfolg gewesen sei, da Federica ihm und seiner Frau höchstpersönlich eine köstliche Mattonella di castagne zum Dessert bereitet habe.

»Ihr habt schon mit dem Essen angefangen?«, fragte Carolin enttäuscht.

Erik ließ sofort die Gabel sinken. »Wir konnten ja nicht wissen, wann du kommst.« Diplomatisch fügte er an: »Und ob du überhaupt mit uns essen willst.«

Er beobachtete seine Tochter, wie sie zum Herd ging und aus der verbliebenen Ricotta-Eier-Mischung ein weiteres Omelette zubereitete. Anscheinend wollte sie noch immer kein Wort mit ihm reden.

»Willst du nicht warten, bis die Nonna zu Ende telefoniert hat?«, fragte er vorsichtig. »Das Omelette muss gleich gewendet werden. Das ist eine schwierige Sache.«

Carolin stieß einen Laut aus, der sowohl Zustimmung als auch Verachtung ausdrücken konnte, aber immerhin hatte sie auf die Worte ihres Vaters reagiert. In Erik erwachte die Hoffnung, dass sie bald wieder in verständlichen Worten und ganzen Sätzen mit ihm reden würde.

Da er nicht davon ausgehen konnte, dass Mamma Carlotta sich kurz fassen würde, nutzte er diese Gelegenheit, seinen Kindern mitzuteilen, dass ein entfernter Verwandter auf Sylt zu Tode gekommen sei. Sie mussten es endlich erfahren, spätestens jetzt, wo Giovannas Besuch ins Haus stand. Und da es nicht mehr nötig war, von einem Mafioso zu reden, würden die Kinder diese Nachricht gefasst aufnehmen.

Zufrieden stellte er fest, dass er für diese Sensation die ungeteilte Aufmerksamkeit seiner Tochter erhielt. Wenn Felix seinen Vater nicht gleich mit Fragen bestürmt hätte, wäre Erik vielleicht sogar in den Genuss einer Anmerkung Carolins gekommen. Aber er war schon zufrieden, dass sie ihn anblickte und er in diesem Moment sogar wichtiger war als das Pfefferminzomelette, das leise zischend an seine Anwesenheit erinnerte.

Ohne auch nur ein Wort über die Mafia zu verlieren, berichtete Erik von dem dritten Toten und stellte dann fest, dass Carolin das Wenden des Omelettes genauso gut gelang wie ihrer Großmutter. Als sie sich an den Tisch setzte und zu ihrer Gabel griff, war der Blick, mit dem sie ihren Vater bedachte, sogar beinahe so freundlich, als hätte es nie einen Florian oder Michael oder eine Familie Silbereisen gegeben. Und dann – Erik konnte sein Glück nicht fassen – richtete sie tatsächlich das Wort an ihn. »Wie schrecklich! Schon wieder ein Raubmord! Und das Opfer ist sogar ein Verwandter?«

Die Freude machte Erik gesprächig. Und während Mamma Carlotta ihr Telefonat mit dem italienischen Commissario führte, erfuhren Felix und Carolin alles über Francesco, was ihre kindlichen Seelen verkraften konnten, und auch, warum Giovanna eigens aus Chiusi anreiste.

»Sie muss ihn identifizieren?« Dass Felix' Seele sämtliche Neuigkeiten ohne jeden Schaden überstanden hatte, war so gut wie sicher. »Kann ich mitkommen? Ich habe noch nie einen Toten gesehen. Henner Jesse lebte ja noch, als wir ihn fanden. Ein Besuch in der Pathologie – das wär's!«

Erik machte ihm klar, dass Sensationslust in einem so tragischen Fall nicht angebracht sei, und schlug ihm stattdessen vor, Mamma Carlotta nach ihren Erfahrungen in der Pathologie zu fragen. »Dann werdet ihr hören, dass es dort nicht besonders gemütlich ist.«

Erst bei dieser Gelegenheit erfuhren die Kinder, dass ihre Nonna einen Besuch bei Dr. Hillmot hinter sich hatte. Die Empörung war so groß, dass sogar Carolin eine ungewöhnlich temperamentvolle Reaktion an den Tag legte. Sie knallte das Omelette auf ihren Teller, dass es über den Rand rutschte, und die Pfanne auf den Herd zurück, dass Erik um das Ceranfeld fürchtete. Wie zu erwarten fand sie jedoch schnell wieder zu ihrer Ausgeglichenheit zurück.

Und während Felix noch über die Gemeinheit schimpfte, ihn an einer so interessanten Unternehmung nicht teilhaben zur lassen, fragte Carolin: »Gibt es einen Grund, warum über diesen dritten Mord niemand etwas weiß? Und warum sogar die Nonna geschwiegen hat? Nicht einmal in der Zeitung hat etwas gestanden.«

So glücklich Erik darüber war, dass seine Tochter das Wort an ihn richtete, so unglücklich war er über ihre Frage. Durfte er von seiner Angst erzählen? Von der Mafia, die für ein paar Tage eine Bedrohung gewesen war? Eigentlich gab es sie jetzt nicht mehr, diese Bedrohung, also hätte er ruhig darüber sprechen können, aber tief in ihm steckte noch immer die kleine Sorge, dass das Ganze vielleicht doch noch nicht ausgestanden sei. Vermutlich brauchte er noch ein paar Tage, um daran glauben zu können, dass auf Sylt alles so bleiben würde, wie es war. Möglich auch, dass er sein Vertrauen in dem Moment zurückgewinnen würde, wenn der Mord an Francesco aufgeklärt war.

Zum Glück beendete Mamma Carlotta soeben ihr Telefongespräch. Und während sie über Adriano Girottis Hochzeitstag berichtete, der von Federicas vorzüglichem Kastaniendessert gekrönt worden war, nahm sie gleichzeitig die Warnung in Eriks Blick wahr: Kein Wort von der Mafia! Und sie schaffte es, während sie darüber redete, dass der Commissario in zwanzig Ehejahren keinen einzigen Hochzeitstag vergessen hatte, Erik auf gleiche Weise zu beruhigen: ›Keine Sorge, dieses Wort wird nicht über meine Lippen kommen.‹

»Stell dir vor, Enrico, diese beiden Kerle sind verhaftet worden! Diese … diese …«

Ehe ihr das verräterische Wort »Geldeintreiber« über die Lippen kommen konnte, ergänzte Erik: »Giulio Alviso und Lorenzo Follini.«

»Esatto! Aber sie haben leider noch nicht gestanden.« Carlotta lächelte in die staunenden Gesichter ihrer Enkelkinder. »Euer Vater hat mich gebeten, als … come si dice?«

»Dolmetscherin.«

»Sì, als Dolmetscherin zu arbeiten! Ist das nicht toll?«

Erik sorgte dafür, dass Carlottas strahlender Stolz nicht von den Fakten wegführte, die ihn sehr interessierten. »Was hat Girotti noch gesagt?«

Prompt setzte Mamma Carlotta die Miene auf, von der sie glaubte, dass sie zu einer staatlich vereidigten Dolmetscherin passte. »Im Fall Henner Jesse kommen sie weiter, sagt Girotti. Zunächst haben die beiden Kerle alles abgestritten, aber nun fangen sie an, sich gegenseitig die Schuld zuzuschieben. Der eine will den armen Gastwirt nur gestoßen haben und behauptet, der andere hätte zugeschlagen. Der andere aber sagt, es wäre genau umgekehrt gewesen. Girotti meint, wenn sie die beiden noch eine Weile verhören, wissen sie, wer von den beiden für Jesses Tod verantwortlich ist.«

»Und was ist mit Utta Ingwersen? Und mit Francesco?«

»Damit wollen sie nichts zu tun haben.«

»Kein Wunder«, brummte Erik. »Das waren eiskalt geplante Morde. Bei Henner Jesse geht es vielleicht nur um schwere Körperverletzung mit Todesfolge.«

»Girotti hält es für möglich, dass die beiden wirklich nichts damit zu tun haben. Er sagt, er hätte so ein Gefühl. Und sein Gefühl täuscht ihn nur selten.«

»Er meint den Fall Francesco Corrado«, sagte Erik und nickte. »Im Fall Utta Ingwersen ist alles so eindeutig wie bei Jesse. Geklärt werden muss nur, wer von den beiden zugeschlagen hat.«

Mamma Carlotta genoss es, dass die Kinder ihr mit offenem Mund zuhörten. »Außerdem haben die beiden ausgesagt, dass Francesco zwei, drei Stunden vor seinem Tod eine SMS bekommen hat.« Stolz lächelte sie erst Carolin und Felix, dann Erik an. »Ich weiß, was das ist. Das sind kurze Mitteilungen, die ins Handy getippt werden.«

»Bravo!«, sagte Erik, der die Mitteilungsfreude seiner Schwiegermutter erhalten wollte.

»Aber angeblich hatten die beiden keine Ahnung, was in der SMS stand«, fuhr Mamma Carlotta fort, »und von wem sie gekommen war. Sie gingen davon aus, dass Francesco sich mit einer Frau treffen wollte.« Sie wandte sich an Erik. »Hast du schon in Francescos Handy nachgeguckt?«

»Das ist verschwunden«, gab Erik zurück. Dann stellte sich heraus, dass ihm und seiner Schwiegermutter gleichzeitig derselbe Gedanke gekommen war. Mamma Carlotta war es, die ihn aussprach: »Susala?«

Erik warf Carolin einen Blick zu, die aber nicht auf diesen Namen reagierte. Zum Glück! Anscheinend hatte sie den Kosenamen Susanna Larsens noch nie gehört.

Ausgiebig strich er sich seinen Schnauzer glatt, dann schüttelte er den Kopf. »Die Spuren, die wir gefunden haben, passen nicht zu ihr. Der Täter hat sehr große Füße.«

Im Haus war alles still. Erik war früh zu Bett gegangen, das Licht in seinem Schlafzimmer bald gelöscht worden. Auch bei den Kindern war schnell Ruhe eingekehrt. Mamma Carlotta saß auf der Bettkante und lauschte. Mindestens zehn Minuten, das hatte sie sich vorgenommen! Wenn danach kein Laut mehr aus einem der Zimmer drang, konnte sie es wagen.

Als die zehn Minuten verstrichen waren, schlüpfte sie in ihre dicke Jacke, zog den Reißverschluss bis zum Kinn und sah an sich hinab. War sie richtig gekleidet für eine Herbstnacht auf Sylt? Für den Wind, die Kälte und die Dunkelheit? Sie lächelte, als sie daran dachte, wie abenteuerlich es sich angefühlt hatte, zum ersten Mal eine

Hose anzuziehen. In ihrem Dorf trug keine der zahllosen Witwen jemals etwas anderes als ein dunkles Kleid und dazu im Winter, der einem kühlen Sommertag auf Sylt ähnelte, eine schwarze Strickjacke. Doch zum Glück hatte Carlotta eine modisch bewanderte Schwägerin, die sogar schon bis zum Gardasee gekommen war. Der war es zu verdanken gewesen, dass Mamma Carlotta das Wagnis eingegangen war, eine praktische Hose zu kaufen, mit der man am Meer nicht fror und Fahrrad fahren konnte, ohne auf einen flatternden Rock aufpassen zu müssen.

Mamma Carlotta schlich die Treppe hinab. Zehn Minuten später überquerte sie mit dem Fahrrad die Westerlandstraße und wunderte sich darüber, wie viele Touristen nach Mitternacht noch unterwegs waren. Im Hochkamp jedoch herrschte Stille. Hinter den meisten Fenstern war es dunkel, nur ein paar Straßenlaternen sorgten für ausreichend Helligkeit auf dem Weg. Der Wind raste ihr nun entgegen. Eiskalt war er und so heftig, als wäre er vom hellen Tag gemäßigt worden und machte jetzt, da es dunkel war, was er wollte. Carlotta musste ihre ganze Kraft aufbieten, um vorwärtszukommen. Sie dachte sogar daran, vom Rad abzusteigen und es den Rest des Weges zu schieben. Aber als Käptens Kajüte in Sicht kam, entschloss sie sich, auch die letzten Meter per Fahrrad zurückzulegen.

Die Imbiss-Stube lag im Dunkeln, in ihrer Umgebung war alles ruhig. Mamma Carlotta sicherte nach allen Seiten, während sie ihr Fahrrad um das kleine Gebäude herumschob. Es vor der Tür stehen zu lassen, erschien ihr zu gefährlich. Niemand durfte den Verdacht bekommen, dass jemand in Käptens Kajüte eindrang, der sich Hoffnungen auf die alkoholischen Vorräte oder gar die Tageskasse machte.

Sie lehnte das Fahrrad an die Hauswand, direkt neben das Küchenfester. Dann drückte sie mit dem Handballen gegen den Fensterrahmen. Tatsächlich! Das Fenster war nicht verriegelt. Es gab nach und öffnete sich. Carlotta blickte sich nach einem Gegenstand um, der ihr helfen konnte, das Fensterbrett zu erklimmen. Ein paar Meter weiter sah sie leere Getränkekisten stehen. Damit war es kein Problem, auf den Fenstersims zu klettern und in die Küche zu springen. Springen? Nein, sie war eine Mamma von Mitte fünfzig, sie musste sorgfältig mit ihren Gelenken umgehen. Vorsichtig ließ sie sich auf dem Sims nieder und tastete sich dann mit den Fußspitzen zu Boden. Erst, als sie wusste, dass er höchstens noch zehn Zentimeter entfernt war, ließ sie sich fallen. Dass sie dabei an den fettigen Ölkanister stieß, auf dem sie ein paar Stunden vorher noch gehockt hatte, spielte keine Rolle. Sie konnte nun darauf vertrauen, dass sie hier von niemandem gehört wurde.

Vorsichtig tastete sie sich voran. Der Karton mit den Dosensuppen stand noch am selben Platz. Unter ihren Fingerspitzen spürte sie bald die Sohlen der Turnschuhe, die Fietje für Tove aus einem Papierkorb gefischt hatte. Aus einem Papierkorb auf dem Parkplatz der Buhne 16!

Sie verknotete die Schnürbänder miteinander, damit sie nicht einen der beiden Schuhe unbemerkt verlor. Tove würde sie nicht vermissen. Wahrscheinlich hätte er sie sowieso nicht getragen, weil er alles, was von Fietje kam, verächtlich behandelte. Und ganz sicherlich hätte er sie Mamma Carlotta nicht freiwillig überlassen. Sie hatte den ganzen Abend darüber nachgedacht, ob es nicht das Einfachste war, Tove um diese Schuhe zu bitten, die so wichtig sein konnten für Eriks Ermittlungen. Aber sie hatte diese Möglichkeit bald verworfen. Tove würde nichts tun, um Erik bei seiner Arbeit zu helfen. Im Gegenteil! Er hätte die Schuhe vermutlich auf der Stelle vernichtet, wenn er erfahren hätte, dass er der Polizei damit einen Dienst erweisen konnte. Das wollte sie nicht riskieren.

Sie blieb wie angewurzelt stehen und starrte in die Nacht hinaus. Erst jetzt gestand sie sich den wahren Grund ein, warum sie nicht mit Tove über diese Schuhe reden wollte. Zu groß war ihre Angst vor seiner Antwort. Und auch Fietje wollte sie nicht nach den Schuhen fragen, zu groß war hier ihre Sorge, dass er sie erstaunt ansehen und erklären würde, dass er sie noch nie gesehen hätte. Tove hatte Schuhgröße siebenundvierzig und allen Grund, Francesco zu hassen. War er auch in der Lage, einen Menschen umzubringen? Mamma Carlotta brauchte nicht lange zu überlegen, um dann heimlich zu nicken. Ja, Tove war so ein Mann. Aber er war auch jemand, den sie genauso heimlich ihren Freund nannte. Und einen Freund durfte man nicht verraten.

Genauso wenig aber durfte ein Schuldiger vor seiner gerechten Strafe geschützt werden. Nein, wer Schuld auf sich geladen hatte, musste dafür geradestehen! Auch Tove! Aber wenn er etwas Schreckliches getan hatte, dann war es Eriks Aufgabe, das herauszufinden. Niemand konnte von Mamma Carlotta verlangen, dass sie einen Freund ans Messer lieferte, solange seine Schuld nicht bewiesen war. Sie würde für Gerechtigkeit sorgen, indem sie Erik diese Schuhe brachte. Aber den Fall aufklären musste er allein.

Mamma Carlotta kletterte auf die Fensterbank, was ihr, mit den Turnschuhen unter dem Arm, nicht leichtfiel. Auch diesmal ließ sie sich zunächst auf dem Fenstersims nieder, um sich dann mit den Fußspitzen in Richtung Getränkekisten vorzutasten. Dies war der Moment, in dem sie das Geräusch hörte. Und im selben Augenblick wusste sie, dass sie nicht mehr allein war.

Giovanna Corrado war eine große, kräftige Frau mit einer sportlichen Figur. Sie war ein paar Jahre jünger als Mamma Carlotta – für ihre Kleidung, die Frisur und das

Make-up hätte sie allerdings noch weitere zehn Jahre jünger sein müssen. Fast hätte Erik sie übersehen, weil ihr Erscheinungsbild sich in keinem Punkt mit seinen Erinnerungen deckte. Anscheinend hatte er sie mit ihrer Schwester Maria, Francescos Mutter, verwechselt. Aus der war eine graue Maus geworden, nachdem der Vater ihres Sohnes sie verlassen hatte, Giovanna jedoch war alles andere als das. Ihre kinnlangen Haare waren mokkabraun gefärbt und mit rötlichen Strähnchen versehen. An ihren Ohren klimperten riesige goldene Ringe, um den Hals trug sie eine Kette, an der ein hölzerner Elefant baumelte. Ihre Jacke, das T-Shirt und auch ihre Jeans waren mindestens zwei Nummern zu klein.

Erik geriet ins Schwitzen bei der Vorstellung, Giovanna könnte tief Luft holen oder durch kräftiges Ausschreiten die Nähte ihrer Hose strapazieren. Zum Glück waren ihre Stiefeletten mit den zehn Zentimeter hohen Absätzen dafür denkbar ungeeignet. Als Giovanna ihn begrüßte, kam er sich klein, breit und unscheinbar vor. Da half es nichts, dass sie jauchzte: »Ich hatte ganz vergessen, wie ähnlich du Enzo Meurer siehst! Er ist auch so ein maskuliner Typ!«

Nun, Erik hatte nichts dagegen, ein maskuliner Typ zu sein, aber mit dem Schlagersänger wollte er auf keinen Fall verglichen werden. Er erinnerte sich, dass er einmal gezwungen worden war, sich einen Fernsehauftritt anzusehen, bei dem Meurer in hautenger Jeans, weißen Lackschuhen und geblümtem Hemd vor der Kamera herumzappelte, während Giovanna mit drei anderen Mädchen im Hintergrund rhythmisch von einem Bein aufs andere gewippt war und in die Hände geklatscht hatte. Nein, mit Enzo Meurer wollte Erik nichts zu tun haben.

Giovanna bewegte sich trotz ihrer schwindelerregenden Stilettos sehr behände auf sein Auto zu, während Erik sich mit ihrem Koffer abplagte. Das Gewicht machte ihm Sorgen. Wie lange gedachte Giovanna eigentlich zu bleiben?

Während er vom Flugplatzgelände rollte, erkundigte er sich höflich nach Enzo Meurer und drückte sein Bedauern darüber aus, dass dessen Karriere so schnell ein Ende gefunden habe. »Er wird wohl wieder als Bademeister am Gardasee arbeiten?«

Aber Giovanna winkte entrüstet ab. »No, no! Enzo nutzt die Kontakte von früher. Er hat eine Künstlervermittlung gegründet und betätigt sich außerdem als Event-Manager.« Nun erfuhr Erik auch, dass Giovanna ihren früheren Geliebten unterstützte, sich um die italienische Filiale von Meurer-Entertainment kümmerte und dabei gut verdiente. »Enzos größter Hit läuft noch heute auf den Volksmusiksendern.«

Giovanna schöpfte tief Luft, was ihr T-Shirt erstaunlicherweise aushielt, spreizte die Arme vom Körper, als wollte sie vom Boden abheben, und dann setzte ihr Sopran ein, der wirklich sehr schön war: kräftig und weich zugleich, volltönend auch in den Höhen, mit einer interessanten Rauheit in der Mittellage. Aber da Erik nicht damit gerechnet hatte, dass Giovanna Corrado singend vor der Pathologie vorfahren wollte, erschrak er zu Tode. Hastig drehte er das Seitenfenster hoch, als Giovanna den Refrain hinausschmetterte: »Deine Liebe ist so süß wie roter Wein, deine Liebe wird immer berauschend für mich sa-ha-hein, ich trinke jeden Tag von diesem Wein und möchte jeden Tag davon betrunken sa-ha-hein.«

Zum Glück war die letzte Strophe gesungen, als Erik in Westerland ankam. Und damit sie sich endlich an den traurigen Anlass ihres Aufenthaltes auf Sylt erinnerte, begann er nun von Francesco zu reden. Von dessen Vater, der ein Mafiaboss gewesen war, und von Francescos Wunsch, so zu sein wie Antonio Capra. »Er wusste von seinem Vater, wie die Mafia vorgeht, und hat versucht, ihn zu imitieren. Die Sylter, die er erpresst hat, sind anscheinend nicht auf die Idee gekommen, dass er gar kein echter Mafioso sein könnte.«

»Der arme Francesco!«, seufzte Giovanna. »Andere Söhne wollen auch so werden wie ihre Väter. Das ist doch ganz normal.«

Erik sah sie verdutzt an. »Aber doch nicht, wenn der Vater ein Mafia-Boss ist.«

»Francesco hat das sicherlich nicht so gemeint.«

Eriks Stimme wurde lauter. »Ein Sylter Gastwirt, der nicht zahlen wollte oder konnte, ist am Strand zusammengeschlagen worden und an seinen schweren Verletzungen gestorben. Und die Frau eines Mannes, der sich nicht von Francesco erpressen lassen wollte, wurde kaltblütig ermordet.«

»Niemals würde Francesco so etwas tun!«, rief Giovanna.

»Er wird es wohl nicht selber getan haben, aber er hat es veranlasst oder zumindest gebilligt.«

»Das kann nicht sein! Er hat am Telefon gesagt, er hätte eine gute Stelle gefunden. Er verdiente viel Geld und wollte seinen Großeltern alles zurückzahlen, was er ihnen genommen hatte. Und er wollte heiraten! Familienvater werden!«

Erik wurde nervös. Er antwortete erst, als er den Wagen geparkt hatte und sich nicht mehr auf den Verkehr konzentrieren musste. »Francesco hat in seinem Leben so viel gelogen, warum sollte er diesmal die Wahrheit gesagt haben? Das Einzige, was stimmt, ist, dass er heiraten wollte. Nur ... die Frau, die er liebte, hat jeden seiner Anträge abgelehnt.«

»Woher weißt du das?«

Erik verzichtete auf eine Antwort. Er war froh, als er Giovanna in Dr. Hillmots starke Arme schieben und selbst zurückbleiben konnte, weil sein Handy klingelte. Wie verwirrt er war, merkte er, als er das Handy in der Hosentasche suchte, obwohl er es immer in die Innentasche seiner Jacke steckte. Dass Giovanna weiterhin daran glauben wollte, der verlorene Sohn ihrer Schwester sei reuevoll in ein bürgerliches Leben zurückgekehrt, verblüffte ihn nicht weniger, als würde Giovanna in wenigen Minuten die Pathologie verlassen und behaupten, den toten Mann von der Buhne 16 hätte sie noch nie gesehen.

Carlotta stand am Fenster und sah hinaus. Warten war nicht ihre Sache, aber da sämtliche Vorbereitungen getroffen waren, fiel ihr nichts ein, womit sie sich beschäftigen konnte. Der Frühstückstisch war abgeräumt, die Küche in einem sauberen Zustand, Giovannas Bett hatte sie bezogen und im Badezimmer einen Teil des Spiegelschranks für sie ausgeräumt. Ob dieser Platz ausreichte? Wenn sie sich recht erinnerte, hatte Giovanna sich in dieser Hinsicht deutlich von allen anderen Frauen der Verwandtschaft unterschieden, die mit Wasser und Seife, einem Kamm und ein paar Haarnadeln auskamen. Aber Giovanna war schließlich einmal mit einem Schlagersänger zusammengewesen, mit einem Star. Als seine Backgroundsängerin war sie Teil dieser anderen Welt gewesen, die in Umbrien niemand kannte, und das hatte natürlich Spuren hinterlassen. Mamma Carlotta war Giovanna zwar lange nicht begegnet, aber sie war sicher, dass jemand am Süder Wung auftauchen würde, der in den Schickimickibars von Sylt nicht weiter auffallen würde.

Sie freute sich auf Giovanna. Schon vor ihrem Erscheinen hatte sie für positive Veränderungen gesorgt, das rechnete Carlotta ihr bereits jetzt hoch an. Felix hatte zwar die Augen verdreht, als er hörte, dass Giovanna mal was mit einem »Schlagerfuzzi« gehabt hatte, aber er konnte dennoch nicht verhehlen, dass eine solche Tante interessanter war als eine der vielen anderen des Capella-Clans, die sich mit Häkelarbeiten, Gottesdienstbesuchen und den Angelegenheiten anderer Leute beschäftigten, die sie nichts angingen.

Auch Carolin schien durch Giovannas Besuch wieder zu ihrer Familie zurückzufinden, aus der sie sich in den letzten Tagen auf so besorgniserregende Weise entfernt hatte. Sie erhoffte sich Ratschläge für ihre Gesangskarriere und hatte beim Frühstück davon geredet, dass Giovanna sie womöglich mit wichtigen Leuten aus der Musikbranche bekannt machen könne. Carlotta fürchtete sogar, dass Carolin bereits von einem Plattenvertrag träumte. Diese Tatsache bedrückte sie. Was sie aber glücklich machte, war Carolins Reaktion, als sie vom Tod des entfernten Verwandten erfahren hatte. Sie hatte ihre Nonna tröstend umarmt und ihr zugesichert, in den nächsten Tagen öfter zu Hause zu sein, um ihr beizustehen. »Natürlich nur, soweit die Chorproben es erlauben.«

Dass Mamma Carlotta für diese Einschränkung Verständnis hatte, lag auf der Hand. Schließlich war ihr selbst der Chorwettbewerb sehr wichtig, und auch Giovanna würde großen Wert auf eine intensive Vorbereitung legen. Vorausgesetzt, sie hatte überhaupt Lust, den Inselchor zu unterstützen. Carlotta seufzte. Sie würde einiges mit Giovanna zu bereden haben. Hoffentlich war sie noch immer so loyal und verschwiegen, wie sie sie in Erinnerung hatte. Wenn nicht, würde Carlotta in Schwierigkeiten kommen. Ihr Plan sah vor, dass Giovanna erfuhr, was in der letzten Nacht geschehen war …

Die Angst hatte sie gelähmt, als sie begriff, dass sie hinter Käptens Kajüte nicht allein war. War ihr jemand gefolgt, der sie bedrohen wollte? Oder würde gleich eine Stimme nach der Polizei rufen? Würde jemand sie packen, der sie für eine Diebin hielt, und erst loslassen, wenn Eriks Kollegen mit Handschellen erschienen waren? Eine Erklärung, die einerseits glaubhaft war und andererseits die Ordnungshüter davon überzeugte, dass sie nichts Böses im Schilde führte, würde schwer zu finden sein. Und die Chance, dass Erik nichts davon erfuhr, war gleich null. Was also sollte sie tun?

Vorsichtig ließ sie sich vom Fenstersims gleiten, bis sie die Getränkekiste unter den Füßen spürte. Am liebsten wäre sie Hals über Kopf geflüchtet, aber die Angst hielt sie zurück. Vielleicht war das Geräusch, das sie aufgeschreckt hatte, von einem Tier verursacht worden? Womöglich von einem scharfen Hund! Dann war überstürzte Flucht genau das Falsche. Ihr Instinkt sagte ihr jedoch, dass kein Tier sie belauerte, sondern ein Mensch. Mamma Carlotta starrte in die Ecke des Grundstücks, wo das Geräusch entstanden war. Vollkommene Finsternis herrschte dort, das Mondlicht erreichte diesen Teil des Grundstücks nicht. Alte Fässer standen am Zaun, das wusste sie, und allerlei Gerümpel lag daneben. Es war leicht, sich dort zu verbergen. Ob es Tove selbst war? Hatte er bemerkt, dass jemand in seine Küche eingedrungen war, und wollte den Einbrecher nun stellen? Aber nein, Tove hätte sich längst bemerkbar gemacht. Er musste Mamma Carlotta in dem Quadrat des weißen Fensterrahmens doch erkennen! Und überhaupt – warum sollte Tove nach Mitternacht in seine Imbiss-Stube kommen?

Mamma Carlotta stieg von der Kiste auf die Erde und machte zwei, drei kleine Schritte. Dann blieb sie stehen und lauschte. Noch zwei Schritte, und wieder horchte sie. Diesmal bekamen die Geräusche, die sie selbst verursacht hatte, ein Echo. In der finsteren Ecke fiel etwas Hölzernes um, sanftes Geraschel und knackende Gelenke zeigten, dass sich jemand erhob. Nun gab es nur noch eins: Flucht!

Fest umklammerte sie die Schuhe, mit ein paar großen Schritten hatte sie den Schatten des Hauses verlassen.

Jetzt schnell auf die Straße! Dort war es zwar heller, und für jemanden, der eine Waffe dabei hatte, würde sie ein gut beleuchtetes Ziel abgeben, aber gegen alle anderen Gefahren konnte sie sich dort besser zur Wehr setzen. Sie konnte schreiend davonlaufen und hoffen, dass ihr jemand zu Hilfe kam.

Kopflos rannte sie weiter, nur auf ihr Ziel, die breite Straße und die hellen Häuser, konzentriert, nicht mehr auf das, was ihr vor die Füße kam. Und das war leider ein aufgerollter Gartenschlauch, der ihr unter die Sohlen geriet und schlagartig ihre Richtung änderte. Ihre Fußsohlen rollten nach hinten weg, rissen den Rest ihres Körpers mit, und sie landete auf dem Wulst des zusammengerollten Gartenschlauchs. Der federte ihren Sturz immerhin ab, sodass sie gleich wusste, dass sie sich nicht verletzt hatte, aber das beruhigte sie nur wenig. Wirklich erleichtert war sie erst, als eine Stimme sagte: »Was machen Sie denn hier, Signora?«

Die Stimme der Staatsanwältin drang so dynamisch wie eh und je durchs Telefon und auch genauso vorwurfsvoll. »Moin, Wolf! Ich hoffe, Sie ruhen sich nicht aus, bis aus Neapel das Geständnis der beiden Geldeintreiber kommt!«

Erik war empört über diese Unterstellung, aber leider kam er mit der Schlagfertigkeit von Frau Dr. Speck genauso schwer zurecht wie mit ihren Anzüglichkeiten. Daher hatte er gerade erst Luft geholt, als sie schon weiterredete.

»Ich habe Girotti übrigens vor einer halben Stunde angerufen. Es wurde Zeit, dass denen mal jemand Dampf machte. Italiener eben!«

Auch an dieser Stelle war Erik nicht schlagfertig genug, um die Staatsanwältin darauf hinzuweisen, wie ungern sich ein Ermittler von einem Außenstehenden vorhalten ließ, dass er zu langsam arbeitete.

»Giulio Alviso und Lorenzo Follini behaupten übrigens, sie hätten für den Mord an Francesco Corrado ein Alibi.«

»Was?«

»Angeblich haben sie die ganze Nacht im Gogärtchen verbracht.«

Nun ließ sie ihm Zeit genug, damit er wenigstens sein Erstaunen ausdrücken konnte. »Wirklich die ganze Nacht?«

»Möglich wäre es immerhin. Angeblich hat das Gogärtchen zwischen dem Biikebrennen und Ende Oktober so lange geöffnet, wie Gäste da sind. Open End sozusagen! Überprüfen Sie das bitte, Wolf! Wenn das Alibi bestätigt wird, können wir die beiden von unserer Liste streichen.«

»Gut, ich werde mich darum kümmern. Aber ...«

»Aber?«

Erik wollte sich nicht auf den ungeduldigen Tonfall der Staatsanwältin einlassen und zwang sich, langsam weiterzusprechen, wie es seine Art war. »Aber warum sind die beiden noch am selben Tag abgehauen? Ohne eine Spur zu hinterlassen? Woher wussten sie, dass Francesco tot ist?«

»Sie wussten es nicht. Aber es gab eine Verabredung zwischen ihnen. Girotti hat mir das erklärt. Sie hatten vereinbart, dass sich jeder von ihnen alle fünf Stunden bei den anderen meldet. Als Alviso und Follini aus dem Gogärtchen zurückkamen, fiel ihnen auf, dass sie länger als fünf Stunden nichts von Corrado gehört hatten. Sie haben in seiner Wohnung nachgesehen, da war er nicht. Vorsichtshalber haben sie ihn dann noch auf dem Handy angerufen, aber er nahm nicht ab. Damit war für die beiden klar, dass Francesco etwas zugestoßen war, und sie haben getan, was für diesen Fall verabredet war: Sie verschwanden, nachdem sie sämtliche Spuren beseitigt hatten.«

»Beinahe sämtliche Spuren«, betonte Erik, der nicht

unerwähnt lassen wollte, dass einige Ermittlungsergebnisse auch ihm zu verdanken waren.

Aber die Staatsanwältin reagierte nicht darauf. »Haben Sie mittlerweile die Öffentlichkeit eingeschaltet? Ich habe im Pressedienst nichts gesehen.«

»Ich habe mich dagegen entschieden«, sagte Erik mit fester Stimme. »Ich glaube nicht, dass es gut ist, wenn die Sylter Bevölkerung etwas von der Bedrohung durch die Mafia erfährt.«

»Die es nie gegeben hat!«, kam es scharf zurück.

»Trotzdem! Sie wissen doch, wie mit derartigen Reizwörtern umgegangen wird. Am Ende wird über die Mafia geredet, als hätte sie sich tatsächlich auf Sylt breitgemacht. Ich mag mir gar nicht vorstellen, was das Inselblatt schreiben würde, wenn Menno Koopmann Bescheid wüsste.«

»Aber von den Erpressungsopfern bekommen wir vielleicht wertvolle Hinweise! Und es ist nicht auszuschließen, dass der Mörder sich unter ihnen befindet.«

»Der wird sich bestimmt nicht bei uns melden.«

»Aber ein Nachbar, der von einem anderen was mitbekommen hat. So können wir vielleicht auch an die Namen derer kommen, die sich nicht melden.«

»Erfolgserlebnisse durch Denunzierung? Nein danke!«

»Der Zweck heiligt die Mittel.«

»Bis wir sämtliche Verleumdungen von den relevanten Meldungen unterschieden haben, sind wir drei Wochen älter.«

»Heißt das, Sie garantieren, dass der Fall in drei Wochen gelöst ist?«

»Wie kann ich das garantieren?« Erik wurde nervös. Wenn Sören ihm jetzt ein Stück Trauben-Nuss-Schokolade hingehalten hätte, er hätte gern zugegriffen. »Ich will nur nicht, dass sich sämtliche Opfer von Francesco Corrado wie potenzielle Tatverdächtige vorkommen. Außerdem will ich nicht für Unruhe in der Bevölkerung sorgen. Auch dann nicht, wenn die Gefahr angeblich vorüber ist.«

»Angeblich?«, fauchte die Staatsanwältin durch den Hörer. »Glauben Sie es etwa immer noch nicht?«

»Doch, doch ... natürlich glaube ich es. Aber die Sylter? Werden die das auch glauben?«

Er war froh, dass die Staatsanwältin nun derart verärgert war, dass sie das Gespräch nicht fortsetzen wollte. Das Wort »angeblich« kreiste über seinem Kopf, während er sein Handy wegsteckte, und drückte ihn zu Boden. Angeblich! Wann konnte er endlich glauben, dass die Gefahr nicht nur angeblich, sondern wirklich vorüber war?

Am liebsten hätte er sich auf einer Treppenstufe niedergelassen, um dem Druck des Wortes nachzugeben. Aber in diesem Moment hörte er das Klappern von hohen Absätzen. Als hysterisches Schluchzen sich dazugesellte, wusste er, dass Giovanna ihren Neffen identifiziert hatte.

Sobald Mamma Carlottas Beine nicht mehr zitterten und ihre Atmung sich normalisiert hatte, hatte sie ihr Fahrrad geholt und war Fietje in sein Strandwärterhäuschen gefolgt. »Dort können wir ungestört reden«, hatte er gesagt. Und dort hatte er sogar eine Flasche mit einem Getränk, das er Köm nannte.

Mamma Carlotta schüttelte sich, als sie den ersten Schluck genommen hatte. »Sind Sie sicher, dass das gesund ist?«

Fietje war absolut sicher, und so ließ sie sich zu einem zweiten Köm überreden, während sie dem Strandwärter erklärte, warum sie in Käptens Kajüte eingedrungen war und die Turnschuhe gestohlen hatte, die Fietje an der Buhne 16 aus einem Papierkorb gefischt hatte. »Möglicherweise gehören sie dem Täter! Mein Schwiegersohn braucht sie, um den Mord aufzuklären.«

»Warum haben Sie ihm nicht einfach erzählt, wo er die Schuhe finden kann?«

Mamma Carlotta verschluckte sich fast an ihrem Köm. »Ich verrate doch keinen Freund! Ich will nur, dass der Mörder gefunden und bestraft wird. Wie es sich gehört!«

Fietje erhob sich von dem kleinen Schreibtisch, auf dem er Platz genommen hatte, weil Mamma Carlotta auf dem einzigen Stuhl saß, der in das winzige Strandwärterhäuschen passte. Im Schreibtisch wurde aufbewahrt, was ein Strandwärter notfalls zur Hand haben musste, alles andere hing an den Wänden des quadratischen Verschlages: Veranstaltungshinweise, Fahrpläne der Züge und Fähren, Ankündigungen von Lichtbildvorträgen, Aufforderungen zum Dünenschutz, Erklärungen zu sämtlichen Vogel- und Gewächsarten und vieles mehr, was den Kurgast interessieren könnte.

Fietje betrachtete versonnen den Tidenkalender. »Sie glauben also auch, dass Tove es gewesen sein könnte?«

Mamma Carlotta starrte ihn mit offenem Mund an. Eigentlich wollte sie empört verneinen, dann machte sie es sich einfach und pickte aus Fietjes Frage ein einziges Wort heraus. »Auch? Sie halten es demnach für möglich?«

Fietje schob seine Bommelmütze aus der Stirn. »Wenn Tove so richtig wütend ist …« Er sprach den Satz nicht zu Ende, sondern fuhr fort: »Und auf den Mafioso war er richtig wütend, das können Sie mir glauben. Jawoll!«

Carlotta glaubte ihm aufs Wort. »Allora, Fietje, jetzt sagen Sie mal: Warum haben Sie die Schuhe wirklich mitgenommen?«

Fietje zog die Mütze in die Stirn und setzte sich wieder auf den Schreibtisch. Das dauerte so lange, dass Mamma Carlotta versuchte, selbst die Antwort auf ihre Frage zu finden. »Glauben Sie etwa, Tove gehören diese Schuhe?«

Fietje nickte. »Ich dachte, ich gebe sie ihm besser zurück.«

»Sie hätten die Schuhe zur Polizei bringen müssen.«

Aber Fietje schüttelte entschieden den Kopf. »Nein, Signora! Zur Polizei gehe ich nicht freiwillig.« Ein Grinsen ging über sein Gesicht. »Muss ich ja auch nicht. Notfalls kommt sie zu mir, jawoll.«

Carlotta betrachtete ihn eine Weile, was Fietje augenscheinlich nicht behagte. Wieder einmal stellte sie fest, dass Fietje Tiensch ein gut geschnittenes Gesicht und schöne helle Augen hatte. Das Gesicht verbarg er unter einem wild wuchernden Bart und seine Augen unter zusammengezogenen Brauen. Aber Mamma Carlotta war trotzdem davon überzeugt, dass Fietje einmal ein attraktiver Mann gewesen war. Zu gerne hätte sie mehr von seinem Schicksal erfahren, hätte gern gewusst, was ihn aus der Gesellschaft entfernt hatte, sodass er dieses Leben aus zweiter Hand führte und das Leben anderer zu seinem eigenen machte.

»Haben Sie meinem Schwiegersohn die Wahrheit gesagt«, fragte sie leise, »als er Sie fragte, ob Sie in der Mordnacht etwas bemerkt haben?«

Fietje zuckte die Achseln, als hätte er die Hoffnung, Mamma Carlotta würde sich damit zufriedengeben.

»Haben Sie jemanden gesehen? Die beiden Kerle, die bei Tove das Schutzgeld abgeholt haben?«

»Nö, die waren ja in Kampen. Die ganze Nacht.«

»Sind Sie sicher?«

»Ich habe sie gegen acht ins Gogärtchen gehen sehen, und morgens um vier waren sie immer noch da.«

»Und sonst?« Seit klar war, warum Fietje die großen Turnschuhe in Käptens Kajüte abgeliefert hatte, wurde Mamma Carlotta den Verdacht nicht los, dass er viel mehr wusste, als er zugab. »Sie brauchen keine Angst zu haben, dass ich meinem Schwiegersohn etwas verrate. Er weiß ja gar nicht, dass wir uns kennen.«

»Und er soll es auch nicht erfahren, nicht wahr?«

»Es heißt, der Tote hätte eine SMS bekommen. Wissen Sie, was das ist?«

Fietje nickte. »Na klar!«

»Anscheinend hat eine Frau diese SMS geschrieben. Eine, die sich nachts mit ihm am Strand treffen wollte.«

Wieder nickte Fietje. »Kann wohl angehen.«

»Dann haben Sie vielleicht die hübsche junge Kellnerin aus der Muschel II am Strand gesehen?«

»Nicht am Strand. Sie war mit dem Fahrrad unterwegs. Sah aber so aus, als wollte sie zur Buhne 16.«

»Ganz allein? Mitten in der Nacht?«

»Tja, die ist genauso drauf wie Sie«, grinste Fietje.

»War sie wirklich allein? Oder wurde sie vielleicht von Vera Ingwersen beobachtet? Sie haben gesagt, die wäre schon häufig hinter ihrer Kellnerin hergeschlichen.«

»Diesmal habe ich sie nicht gesehen. Wenn Sie mich fragen, Signora ... diese junge Kellnerin hat noch was ganz anderes auf dem Kerbholz, als ihrem Chef schöne Augen zu machen.«

Jetzt hielt es Mamma Carlotta nicht mehr auf dem Stuhl. »Glauben Sie?«, fragte sie aufgeregt, »dass sie einen Mord begangen hat?«

Fietje wartete mit einer Antwort, bis sie sich wieder gesetzt hatte. »Sie hat jedenfalls was zu verbergen«, sagte er dann. »Ich habe sie auch in der Nähe der Muschel I in Westerland schon oft beobachtet. Und immer legte sie großen Wert darauf, nicht erkannt zu werden.«

»Vielleicht trifft sie sich mit Arne Ingwersen in Westerland«, überlegte Mamma Carlotta.

»In der Nähe seines Vaters? Ganz sicher nicht.«

»Warum haben Sie meinem Schwiegersohn eigentlich nichts davon gesagt, dass Sie die hübsche Kellnerin in der Nacht gesehen haben?«, fragte Mamma Carlotta.

»Ich will mit der Polizei nichts zu tun haben. Hinterher werde ich dann zu einer Gegenüberstellung gebeten. Oder ich muss ein Protokoll unterschreiben. Und wahrscheinlich muss ich mich sogar fragen lassen, warum ich überhaupt nachts unterwegs war. Nö, Signora, das ist nichts für mich.« Er holte die Flasche noch einmal hervor, ehe er sie wieder in einen seiner Gummistiefel steckte, die so hoch waren, dass die Flasche komplett darin verschwand. »Einen Köm noch, Signora! Dann wird's Zeit, dass wir ins Bett kommen.«

Als Erik den Wagen vor seinem Haus zum Stehen brachte, sah er die Bewegung hinter dem Küchenfenster. Seine Schwiegermutter hatte also schon nach der entfernten Verwandten Ausschau gehalten …

Schon wurde die Haustür aufgerissen, und Mamma Carlotta lief auf das Auto zu, dem Giovanna sich gerade entwand, so gut das mit ihrer engen Hose möglich war. Ein zweistimmiger Schrei erschütterte den Süder Wung. Frau Kemmertöns, die Nachbarin, sah erschrocken über die Hecke, anscheinend glaubte sie an einen Unglücksfall. Aber als sie die vielen italienischen Wörter hörte, zog sie sich beruhigt wieder zurück. Seit Mamma Carlotta regelmäßig nach Sylt kam, hatte sie sich daran gewöhnt, dass bei den Wolfs manchmal so laut geredet wurde, als litte mindestens ein Familienmitglied unter starker Schwerhörigkeit. Mittlerweile war im Nachbarhaus auch hinreichend bekannt, dass Italiener, wenn sie sich freuten, in ein Geschrei ausbrachen, das Frau Kemmertöns in ihrem Leben nur einmal über die Lippen gekommen war, nämlich als ihr Küchenherd in Flammen stand. Und seit bei den Wolfs häufig gesungen wurde, wunderte Frau Kemmertöns sowieso nichts mehr. Sie hatte sich längst wieder ins Haus verzogen, als Carlotta und Giovanna mit ihrer Begrüßung fertig waren und sich ausgiebig versichert hatten, wie sehr sie sich freuten und wie gut die andere sich gehalten hätte.

»Wie vorteilhaft du dich verändert hast!« Giovanna betrachtete Mamma Carlotta anerkennend. »Deine Frisur, deine Kleidung! Und schlanker bist du auch geworden!« Sie schien sich zu fragen, ob Carlottas Verwandlung in Zusammenhang mit ihrer Witwenschaft stand, war dann aber taktvoll genug, diese Frage nicht auszusprechen.

Erik betrat hinter den beiden Frauen das Haus. Er hatte noch vollauf mit Giovannas Koffer zu tun, den er gerade erst über die Türschwelle gewuchtet hatte, als sein Handy klingelte.

»Sören? Haben Sie im Gogärtchen jemanden erreicht?«

»Die öffnen zwar erst um eins«, gab Sören zurück, »aber ich habe den Besitzer erwischt. Leider kann er sich nicht an Giulio Alviso und Lorenzo Follini erinnern. Jedenfalls nicht sicher. Er sagt, dass mehrere Männer in der vergangenen Nacht im Gogärtchen waren, auf die die Beschreibung passt. Aber bei keinem von ihnen kann er sagen, wann er gekommen und wann er gegangen ist. Geschweige denn, dass er ihre Namen kennen würde.«

»Wäre ja auch zu schön gewesen«, brummte Erik.

»Er will aber später seine Kellner fragen.«

»Warum nicht gleich?«

»Weil die erst vor ein paar Stunden ins Bett gekommen sind. Ich kümmere mich später darum.«

»Dann schlage ich vor, dass wir uns in der Muschel II treffen. Susanna Larsen ist die einzige, die Francesco gut gekannt hat. Außer seiner Tante natürlich, die gerade angekommen ist.«

»Hat sie Francesco identifiziert?«

»Eindeutig.« Erik lauschte auf Giovannas Stimme, sie hatte sich offenbar von ihrem Entsetzen erholt. Jedenfalls erzählte sie zurzeit nur von Dr. Hillmots schrecklichem Beruf und von ihrer Vermutung, dass das Übergewicht des Pathologen ganz sicher eine Folge seines kontaktarmen

Berufslebens sei. Als Gynäkologe, so vermutete Giovanna gerade, wäre er vermutlich ein ganz schnuckeliger Typ geworden.

Erik räusperte sich umständlich. »Wir sollten noch mal mit Susanna Larsen reden. Und mit Arne Ingwersen auch. Vielleicht gibt er nun doch zu, dass er von Francesco erpresst wurde. Und womöglich kann er uns etwas erzählen, was uns weiterhilft.«

»Etwas, was sein Vater uns nicht sagen kann?«

»Den möchte ich nicht noch einmal belästigen.«

»Interessant wäre auch«, meinte Sören, »ob Vera Ingwersen etwas von den Erpressungen gewusst hat.«

»Als Täterin kommt sie nicht in Betracht. Francesco muss sich mit jemandem getroffen haben, den er gut kannte.«

»Und die Schuhgröße passt sowieso nicht. Wir suchen auf jeden Fall einen Mann.« Sören lachte leise. »Sie kennen doch sicherlich Arne Ingwersens Schuhgröße?«

Erik stöhnte auf und ging in die Küche, wo die Espressomaschine dampfte und die beiden Frauen aufeinander einredeten, als wollten sie sich in einer halben Stunde alles erzählen, was in zwanzig Jahren geschehen war.

»Sie haben recht, Sören. Wir müssen den Kerl mit den großen Füßen finden.«

Eine Stunde später sah Frau Kemmertöns sorgenvoll den Süder Wung entlang. Sie hatte ja gleich vermutet, dass die enge Hose und die hohen Absätze nicht fürs Fahrradfahren geeignet waren. Von dem kurzen Jäckchen ganz zu schweigen, das für den kalten Seewind völlig unpassend war. Wenn sie geahnt hätte, dass der italienische Gast zum letzten Mal als Schulkind Rad gefahren war, hätte sie ihr gutes Hollandrad nicht zur Verfügung gestellt. Tatsächlich kreischte Giovanna bei jeder Unebenheit auf, kam ins Schlingern, wenn sie einer Regenpfütze ausweichen wollte, und fragte erst, nachdem sie in die Westerlandstraße geschliddert war, wie bei so einem Zweirad eigentlich das Bremsen funktionierte. Im Hochkamp allerdings, der breit und schnurgerade war, gewann sie merklich an Sicherheit, und es gelang ihr, vor Käptens Kajüte die Rücktrittbremse zu benutzen und abzusteigen, ohne von ihren hohen Absätzen zu kippen.

Sie betrachtete die Imbiss-Stube mit hochgezogenen Augenbrauen. »Die sieht ja noch schlimmer aus, als du sie beschrieben hast.«

Zum Glück hatte Carlotta sich in ihrer Erinnerung nicht getäuscht. Giovanna war immer noch so loyal wie früher und hatte das Schicksal des armen Francesco für eine Weile vergessen, als sie zu hören bekam, welche abenteuerlichen Freundschaften Mamma Carlotta auf Sylt geschlossen hatte. Dass Erik davon nichts erfahren durfte, leuchtete ihr sofort ein, und sie erklärte sogar rundheraus, dass sie nicht die geringsten Probleme damit hätte, ihm notfalls auch ins Gesicht zu lügen.

»Männer wollen es ja nicht anders«, erklärte sie mit dem hochmütigen Blick der erfahrenen Frau.

Carlotta beschloss, diese Behauptung nicht zu hinterfragen, da sie ihr sehr gelegen kam. Sie war zufrieden, als Giovanna ihr jegliche Unterstützung zusicherte, und wollte dieses Wohlgefühl nicht durch lästige Fragen stören. Und gegen die Bedingung hatte Carlotta auch nichts einzuwenden: Giovanna wollte Käptens Kajüte und den Wirt unbedingt kennenlernen und ausprobieren, ob der Rotwein aus Montepulciano dort wirklich genauso gut schmeckte wie in der Heimat.

Dass sie mit dieser Frage in die Imbiss-Stube einfiel, zeugte von wenig Fingerspitzengefühl. Tove war schon beleidigt, noch ehe Giovanna ein Urteil über seinen Rotwein gefällt hatte. Fragend sah er zunächst auf Giovannas Stilettos und dann in Mamma Carlottas Gesicht.

»Das ist Giovanna, eine Verwandte von mir«, stellte Carlotta sie strahlend vor.

Doch wenn sie gehofft hatte, dass Toves Miene sich erhellen würde, hatte sie sich getäuscht. Tove war nachtragend. Wer einmal seinem Rotwein misstraut hatte, konnte ihn später noch so sehr loben, er würde nie einen bekommen, der aufs Haus ging. Mamma Carlotta war froh, dass Giovanna nicht auffiel, wie ungerecht Tove eingeschenkt hatte. Während ihr eigenes Glas randvoll war, hatte der Rotweinstand in Giovannas Glas nicht einmal die Eichmarke erreicht.

Zum Glück erschien kurz darauf eine halbe Schulklasse, die für Umsatz sorgte. Tove konnte sein gesamtes Bratwurstsortiment zu Currywürsten verarbeiten und schaufelte die Pommes frites in großen Mengen ins Fett. Damit war er derart beschäftigt, dass er dem Gespräch der beiden Frauen nicht folgen konnte. So hatte Mamma Carlotta Zeit, Giovanna die Sache mit den großen Schuhen zu erklären.

»Erik muss sie unbedingt bekommen«, sagte sie eindringlich. »Wegen der Spuren. Du ahnst ja nicht, was die Spurensicherung alles entdeckt, was für unsereins gar nicht sichtbar ist«, ergänzte sie fachmännisch. »Wenn Erik die Schuhe untersuchen lässt, weiß er anschließend, ob der, der sie getragen hat, Fußpilz hatte wie Tante Flavia oder Schweißfüße wie der alte Donato aus Pienza oder X-Beine wie mein Dino, Gott hab ihn selig.«

Giovanna war beeindruckt. »Und dann braucht er nur nach Leuten mit Schweißfüßen, Fußpilz und X-Beinen zu suchen.«

»Esatto!« Mamma Carlotta war hocherfreut. Dass Giovanna derart einsichtig war, machte die Sache wirklich einfach. So war es leicht, ihr außerdem zu erklären, dass im Zusammenhang mit den Schuhen weder Toves noch Fietjes Name fallen durfte. »Ich habe es versprochen.«

Es bedurfte noch einiger weiterer Erklärungen, aber als Giovanna hörte, dass es sich bei Fietje Tiensch um einen inselbekannten Spanner handelte, der ständig fürchten musste, seinen Job als Strandwärter zu verlieren, sah sie ein, dass ihm ein Besuch auf dem Polizeirevier nicht zuzumuten war. Außerdem stellte sich heraus, dass Giovanna ein Herz für Außenseiter hatte und schon deswegen Fietje keine Schwierigkeiten machen wollte. Toves Rolle in dieser Angelegenheit überging Carlotta großzügig, denn Giovannas Verständnis für Außenseiter würde nicht so weit gehen, dass sie einen Mann schützte, der mit dem Tod ihres Neffen etwas zu tun haben konnte.

Als Tove seine jugendliche Kundschaft abgefertigt hatte und die Jungen und Mädchen gut versorgt abgezogen waren, hatte Giovanna zu dem Thema zurückgefunden, das ihr begreiflicherweise am Herzen lag: »Der arme Francesco! Wer hätte gedacht, dass er mal so enden wird! Dabei war er doch im Grunde ein guter Junge.«

Mamma Carlotta war überrascht. »Guter Junge? Reden wir von dem Francesco, der tot in der Pathologie liegt?«

Giovanna wollte keinen Zweifel in ihr Herz lassen. »Was dein Schwiegersohn über ihn sagt, kann unmöglich wahr sein. Das Geld, das er seinen Großeltern überwiesen hat, soll aus Schutzgelderpressungen stammen? No, no! Es war so reizend von ihm, dass er Nonna und Nonno ein paar hundert Euro geschickt hat. Und demnächst sollten sie noch mehr bekommen.«

»Noch reizender wäre es gewesen, er hätte ihnen ihr Erspartes gar nicht erst geklaut.« Eigentlich handelte auch Mamma Carlotta strikt nach dem Gebot, dass über Tote nicht schlecht geredet werden durfte, aber aus einem schwarzen Schaf wurde nun mal kein Unschuldslamm, nur weil es in der Pathologie gelandet war. »Dass er ihnen das Geld zurückzahlt, ist nicht reizend, sondern das Mindeste, was man erwarten konnte.«

»Aber er wollte heiraten, eine Familie gründen«, rief Giovanna, als wäre das Beweis genug, dass Francesco seine letzten Streifzüge auf den Pfaden der Tugend gemacht hatte. »Maria hatte schon mit dem Pfarrer gesprochen. Der wollte Francesco die Beichte abnehmen, sobald er wieder in Chiusi war, und dann wäre alles in Ordnung gewesen. Basta!«

Beunruhigt stellte Mamma Carlotta fest, dass Toves Blick starr wurde, während er einen Schritt auf Giovanna zumachte und dabei unheilvoll mit der Grillzange klapperte.

Giovanna jedoch bemerkte die Gefahr nicht. Ohne auf Carlottas Bemühungen zu achten, dem Gespräch eine andere Richtung zu geben, suchte und fand sie viele Gründe, warum nicht sein konnte, was nicht sein durfte. Wie würde ihre Familie dastehen, wenn sich herumsprach, was Francesco angelastet wurde? Ganz Chiusi würde mit dem Finger auf sie zeigen. Maria würde man das Flittchen eines Mafia-Bosses nennen, obwohl sie keine Ahnung von Antonio Capras Machenschaften gehabt hatte. Bisher war ihr das Mitleid aller für den missratenen Sohn sicher gewesen, nun würde sie Verachtung zu spüren bekommen. Sogar die armen Großeltern wären nicht mehr die bedauernswerten Alten, denen der Enkel übel mitgespielt hatte, sondern von nun an womöglich schuld daran, dass aus dem Jungen nichts geworden war. Und erst Meurer-Entertainment! »Enzo wird mir womöglich die Vertretung in Italien entziehen, wenn er glaubt, dass ich etwas mit der Mafia zu tun habe.«

Nun hatte Tove genug gehört. »Sie kennen den Kerl?«, fuhr er Giovanna an, die erschrocken zusammenzuckte. »Sie sind mit dem Schwein verwandt, das mich erpresst hat?«

Giovanna atmete tief ein, und tatsächlich war Tove kurzfristig von dem abgelenkt, was sich im Ausschnitt ihrer Bluse ereignete. Aber dieser Augenblick ging schnell vorüber, Giovannas Dekolleté verlor schlagartig an Attraktivität, als sie sagte: »Wie reden Sie von meinem Neffen?«

An Toves Schläfe schwoll eine Ader an, die in einem besorgniserregenden Rhythmus zu pochen begann. »Ich bin notfalls bereit, ihn auch einen guten Jungen zu nennen, wenn Sie mir das Geld zurückgeben, das er mir abgepresst hat.«

Giovanna aber fand, dass der übel beleumundete Wirt einer schmuddeligen Imbiss-Stube ihr nichts anhaben konnte. »Selber schuld, wenn Sie auf so was reinfallen! Francesco hat einen Scherz gemacht, und Sie haben es nicht gemerkt.« Nun erlaubte sie sich sogar ein kleines arrogantes Lächeln. »Wie kann man einem jungen Mann wie Francesco Geld geben? Er hat in seinem Job gut verdient. Der hatte es nicht nötig, einen Imbissbudenbesitzer zu erpressen.«

Nun warf Tove die Grillzange weg und griff nach dem scharfen Messer, mit dem er die Bratwürste zerteilte. »Raus hier!«, sagte er gefährlich leise. »In meinem Restaurant ist kein Platz für Leute wie Sie.« Und dann wiederholte er lauter und noch weitaus gefährlicher: »Raus!«

Aber erst als er das Messer hob, schien Giovanna ihm abzunehmen, dass er es ernst meinte, während Mamma Carlotta noch immer versuchte, ihn mit beschwichtigenden Gesten zu mäßigen. »Giovanna meint das nicht so, Tove. Sie hat gerade ihren toten Neffen identifiziert. Können Sie sich vorstellen, was das bedeutet? Sie ist erschüttert, sie kann nicht glauben, was sie gesehen hat ...«

»Wenn sie gemerkt hat«, unterbrach Tove, »dass ihr Neffe ein Dreckskerl war, kann sie wiederkommen. Und wenn sie mir die Kohle auf die Theke legt, die der Kerl mir abgeknöpft hat, kriegt sie einen Wein auf Kosten des Hauses. Vielleicht!«

Giovanna war es mittlerweile gelungen, vom Barhocker zu steigen, ohne die Nähte ihrer Hose überzustrapazieren. Nun stand sie sicher auf ihren Stilettos und raffte ihre Jacke vor die Brust, die sie zuvor auf den Nachbarhocker gelegt hatte.

»Auf Kosten dieser Bruchbude?«, fragte sie hochnäsig zurück, denn sie war eine Frau, die auch in Augenblicken größter Angst das gut geschminkte Gesicht wahrte. »No! Grazie!« Sie griff in die Tasche ihres knappen Jäckchens, in dem erstaunlicherweise Platz für ein paar Münzen war, und warf sie auf die Theke. »Ich bin bessere Weine in besseren Häusern gewöhnt.«

Als Tove jedoch mit gezücktem Messer um die Theke herumkam, begann ihre Maske zu bröckeln. Den Satz, mit dem sie als Siegerin vom Platz gehen wollte, brachte sie nur mit wankender Stimme heraus. Und vorsichtshalber bewegte sie sich schon in Richtung Tür, während sie fragte: »Weiß Hauptkommissar Wolf eigentlich, dass Sie ein Motiv hatten, Francesco umzubringen? Ich werde ihm wohl einen Hinweis geben müssen. Schließlich ist er ein Verwandter von mir und ...«

Erschrocken brach sie ab, als Tove ihr zur Tür folgte, fürchterlich anzusehen mit seinem hoch erhobenen Messer und der rotbefleckten Schürze. Sogar Mamma Carlotta bekam es mit der Angst zu tun, obwohl sie genau wusste, dass die roten Spritzer vom Ketchup herrührten.

»Attenzione, Tove!«, beschwor sie ihn leise, wich aber genau wie Giovanna zurück und ließ das Messer nicht aus den Augen. »Machen Sie sich nicht unglücklich! Giovanna hat es nicht so gemeint.«

»Das hat der Smutje auch gesagt«, knurrte Tove zurück, »bevor er mit durchschnittener Kehle über Bord fiel.«

»Stronzo! Malvagio! Vecchio ladrone!«, schrie Giovanna, als sie die Freiheit und Sicherheit des Hochkamps erreicht hatte, wo sie jederzeit um Hilfe rufen und mit Hilfe rechnen konnte. »Ladro sfigato!«

Tove sah Mamma Carlotta abschätzig an. »Wenn diese Frau mit Ihnen verwandt ist, dann sind Sie also auch mit dem Kerl verwandt, der jetzt tot in der Pathologie liegt. Zum Glück!«

»Versündigen Sie sich nicht!«, rief Carlotta empört. »Außerdem handelt es sich nur um angeheiratete Verwandtschaft.«

»Auch die ist in Käptens Kajüte nicht gern gesehen«, schloss Tove und schob Mamma Carlotta durch die Tür. Donnernd fiel sie hinter ihr ins Schloss.

Giovanna zupfte sich mit zitternden Händen ihre Kleidung zurecht. »Ich muss deinem Schwiegersohn recht geben, Carlotta«, sagte sie mit bebender Stimme. »Dieser Mann ist kein Umgang für dich.« Sie beugte sich vor und flüsterte: »Soll ich dir sagen, was ich sogar glaube? Dieser Kerl hat unseren armen Francesco auf dem Gewissen.«

Mamma Carlotta hätte sich eher die Zunge abgebissen, als zuzugeben, dass dieser Gedanke sie ebenfalls quälte. Statt zu antworten, drehte sie so lange den Schlüssel im Schloss ihres Fahrrades, bis Giovanna keine Antwort mehr von ihr erwartete.

»Wir sollten der Sache auf den Grund gehen«, sagte Giovanna, während sie Frau Kemmertöns' Fahrrad auf die Straße schob.

»Du willst dich doch nicht in Eriks Ermittlungsarbeit einmischen?«, fragte Carlotta so entrüstet, als wäre ihr selbst etwas Derartiges nie in den Sinn gekommen.

»Ich denke nicht an Einmischung, sondern an Hilfe«, erwiderte Giovanna. »Aber keine Sorge, Erik wird nicht erfahren, dass du Stammgast bei diesem schrecklichen Menschen bist.«

Mamma Carlotta sah Giovanna nicht an, während sie aufs Fahrrad stieg. »Wenn du Erik erzählst, dass du Tove

Griess für einen Mörder hältst, gibst du zu, dass Francesco ein Schutzgelderpresser war.«

Sie beglückwünschte sich zu diesem Geistesblitz, als sie Giovannas nachdenkliches Gesicht sah. Die ließ das Fahrrad rollen, während sie grübelte, und dachte erst ans Weitertreten, als sie umzukippen drohte.

»Allora«, sagte sie schließlich. »Sagen wir Erik zunächst mal nichts. Aber wir sollten den Wirt nicht aus den Augen lassen. D'accordo?«

Carlotta antwortete nicht. Kerzengerade saß sie auf dem Sattel und fuhr Giovanna voraus. Mochte die an ihrem durchgedrückten Rücken die Antwort ablesen, die sie hören wollte.

Susanna Larsens Zimmer war überheizt. Das schien ihr selbst aufzufallen, als Erik und Sören eingetreten waren. Sie öffnete das Fenster einen Spalt, dann lehnte sie sich an die Fensterbank, als ginge sie davon aus, dass das Gespräch nicht lange dauern würde. Diesmal bot sie den beiden Beamten nichts an, nicht einmal einen Platz.

Sie war hübsch zurechtgemacht, Erik vermutete, dass sie etwas vorhatte. Eine enge helle Hose trug sie, darüber einen knapp geschnittenen braunen Rolli und einen breiten Gürtel. Die Haare hatte sie im Nacken zusammengebunden, zwei dünne Strähnen lösten sich über der Stirn. Sogar Erik, der nichts von Haarmoden verstand, merkte, dass das beabsichtigt war.

»Was wollen Sie noch von mir?«, fragte sie ungehalten. »Ich habe Ihnen doch schon alles von Francesco erzählt.«

»Diesmal geht es um Sie«, sagte Erik und nahm Platz, ohne auf eine Aufforderung zu warten.

Sie setzte sich ihm gegenüber in einen Sessel und blickte ihn erwartungsvoll an. Sören, der sich auf einem wackeligen Hocker in Susannas Nähe niederließ, beachtete sie gar nicht.

»Wo waren Sie in der Nacht, als Francesco erschlagen wurde?« Erik sah Susanna freundlich an. »Also in der Nacht von Dienstag auf Mittwoch?«, erkundigte sich Erik. »Zwischen Mitternacht und ein Uhr?«

Susanna starrte ihn an. »Was soll das?«

»Würden Sie mir bitte antworten!«

»Hatten Sie vielleicht noch Dienst?«, half Sören nach.

Susanna schüttelte den Kopf. »Dienstag war nicht viel los. Gegen elf hatte ich Feierabend.«

»Und was haben Sie dann gemacht?«

»Ich bin ins Bett gegangen. Was sonst?«

»Vermutlich allein, oder ... gibt es jemanden, der das bestätigen kann?«

Susanna Larsen stand auf. Sie war blass geworden, ihre Augen waren unruhig. »Verdächtigen Sie mich etwa?«

»Francesco Corrado hat ein paar Stunden vor seinem Tod eine SMS bekommen. Anscheinend von einer Frau, die sich mit ihm am Strand treffen wollte.«

»Und da denken Sie an mich?« Susanna lachte spöttisch, aber Erik sah, dass ihre Lippen zitterten. »Ich habe Ihnen gesagt, wie ich zu Francesco stand. Niemals hätte ich mich mit ihm am Strand getroffen. Schon gar nicht nachts! Dann hätte er ja geglaubt, ich wäre scharf auf ihn.«

»Würden Sie so freundlich sein, mir Ihr Handy zu zeigen?«

Sören sah seinen Chef scharf an, als hätte er sich gern an die Stirn getippt. Natürlich war auch Erik klar, dass er auf diesem Handy nichts finden würde, was seinen Verdacht bestätigte. Wer sein Mordopfer per SMS an den Tatort bestellte, löschte die Nachricht selbstverständlich später wieder. Doch wenn sie begriff, dass sie unter Verdacht stand, würde sie vielleicht nervös reagieren. Und wer nervös war, machte Fehler.

Susanna ging zum Fernseher, neben dem ihr Handy lag.

Verächtlich sah sie Erik an, als sie es ihm reichte. »Sie werden nichts finden.«

Erik sah den SMS-Speicher durch, währenddessen fragte er: »Liegt das Handy immer dort?« Er nickte zum Fernseher.

»Mal hier, mal da. Wenn ich unterwegs bin, nehme ich es natürlich mit.«

»Wo war das Handy in der Nacht von Dienstag auf Mittwoch?«

»Was weiß ich! Jedenfalls hier in meinem Apartment!«

Als Erik aufblickte, erschrak er. Susanna Larsen war jetzt sehr blass. Sie atmete konzentriert, dann drehte sie sich um und stürzte aus dem Zimmer. Während Erik und Sören sich schweigend ansahen, hörten sie Susanna Larsen im Badezimmer würgen.

Schließlich sagte Erik: »Entweder sind ihr meine Fragen auf den Magen geschlagen, oder sie ist schwanger.«

Es dauerte lange, bis Susanna zurückkam. Und als sie wieder erschien, sah sie aus, als hätte sie darauf gehofft, die beiden Polizeibeamten wären in der Zwischenzeit gegangen. »Ich glaube, ich habe mir einen Virus eingefangen«, erklärte sie. »Mir ist schon seit ein paar Tagen übel.«

»Wir lassen Sie gleich allein«, gab Erik zurück. »Nur eine Frage noch ... wenn Sie es nicht waren, die Francesco per SMS zum Strand bestellt hat, wer könnte es dann gewesen sein?«

Susanna zuckte mit den Schultern und sah aus dem Fenster wie ein gelangweiltes Schulkind.

»Sie wissen von keiner anderen Frau, mit der er Kontakt hatte?«

Susanna schüttelte den Kopf.

»Da er Sie unbedingt heiraten wollte, wäre ein Rendezvous mit einer anderen Frau merkwürdig. Mitten in der Nacht am einsamen Strand.«

»Er kann sich doch auch mit einem Mann getroffen haben«, gab Susanna zurück.

»Warum sollte er das getan haben?«

»Keine Ahnung!« Susanna antwortete so heftig, dass Erik zusammenzuckte. »Wenn Sie das wissen wollen, müssen Sie eben versuchen, es herauszufinden! Ich kann Ihnen da nicht helfen!«

Erik nickte, als hätte Susanna Larsen diese Worte in freundlichem Tonfall vorgebracht. »Wenn Francesco sich auf ein Treffen nachts am Strand einlässt, dürfte ihm die Person, die ihn dazu auffordert, gut bekannt sein.«

»Oder sie hat ihm etwas versprochen«, warf Sören ein, »was Francesco unbedingt haben wollte.«

»Dann aber stellte sich heraus, dass er in eine Falle getappt war«, führte Erik weiter aus. »Es hat sich also jemand mit ihm getroffen, der ihn so sehr hasste, dass er ihn töten wollte. Andererseits aber jemand, dem Francesco vertraute. Können Sie sich das erklären?«

Susanna Larsen konnte es nicht. Und sie wollte es auch nicht. Sie wollte, dass die beiden Polizisten gingen, damit sie ihre Ruhe hatte. Das sagte sie zwar nicht, aber ihre Körpersprache verriet es.

Erik kapitulierte und erhob sich. »Danke, Frau Larsen. Und … gute Besserung.«

Susanna blieb sitzen, als sie sich verabschiedeten. Es schien ihr tatsächlich nicht gutzugehen. Sie machte einen so kraftlosen Eindruck, dass Erik sie mit einer Handbewegung am Aufstehen hinderte. »Wir finden schon allein raus.«

Bevor Erik die Treppe hinabstieg, warf er einen langen Blick zu der Zimmertür, hinter der er am Vortag Carolins Stimme vernommen hatte. Diesmal drang kein Laut heraus. Carolin war in der Schule, und ihr Freund arbeitete vermutlich unten im Restaurant.

Sören wartete am Fuß der Treppe auf ihn. Er sah enttäuscht als, als er sagte: »Ich glaube, Angelina Jolie ist charmanter als Susanna Larsen.«

Erik traute sich in dieser Hinsicht kein Urteil zu, doch er hielt es für klug, Sören in seiner Auffassung zu bestätigen. »Charmant würde ich Susanna Larsen auch nicht nennen. Und was halten Sie von ihrer Glaubwürdigkeit?«

Sören zuckte die Achseln. »Vielleicht sollten wir mal mit ihrem Chef reden.«

Ein paar Minuten später standen sie vor der Tür, die in die Wohnung von Arne und Vera Ingwersen führte. Erik wollte gerade den Klingelknopf betätigen, da wurde die Tür von innen geöffnet. Vor ihnen stand ein Mann, der Erik bekannt vorkam. Ein auffallend schöner Mann, sorgfältig gekleidet und frisiert. Er wollte die Wohnung gerade verlassen und wäre beinahe mit Erik zusammengestoßen. »Huch! Nun habe ich mich aber erschrocken!«

Hinter ihm erschien Arne Ingwersen. »Wollen Sie zu mir?«

Erik nickte und lächelte ihm flüchtig zu. Dann plötzlich fiel ihm ein, woher er Arne Ingwersens Besucher kannte. Willem Jäger war es, der Besitzer der Keitumer Tanzschule, in der auch der Inselchor probte. Lucia hatte ihn vor Jahren einmal zu einem Tanzkurs überredet, aber angesichts der mühelosen Eleganz des Tanzlehrers war Erik schnell die Motivation abhanden gekommen. Er hatte sich sogar geweigert, am Abschlussball teilzunehmen, weil Lucia ihm vorgehalten hatte, wie modisch Willem Jäger stets gekleidet war, und von ihm erwartete, sich zumindest beim Abschlussball an ihm ein Beispiel zu nehmen.

Auch jetzt war Willem Jägers Kleidung makellos. Zu seiner schwarzen Jeans trug er einen rosa Kaschmir-Pulli und darüber einen langen schwarzen Mantel.

»Herr Jäger ist ein Bekannter«, erklärte Arne hastig. »Wir hatten etwas zu besprechen.«

Auch Willem Jäger wollte unbedingt erläutern, warum er einen Besuch im Hause Ingwersen gemacht hatte. »Der Chorwettbewerb, Sie wissen ja. Der Chor probt zurzeit täglich bei mir. Es gibt so viel zu bereden. Aber Vera war leider nicht da.«

Erik nickte zerstreut. Sein Blick hing noch immer am Saum von Willem Jägers Mantel. Die Schuhe, die darunter hervorsahen, waren auf Hochglanz poliert. Sie hatten abgerundete Kappen mit abgesteppten Quernähten, die den Schuh kürzer erscheinen ließen. Das war zweifellos so gewollt. Erik konnte den Blick nicht von Willem Jägers Füßen nehmen. Er trug mindestens Schuhgröße siebenundvierzig. Und da er auf sein Aussehen große Sorgfalt verwendete, litt er vermutlich jeden Morgen darunter, dass er sich diese großen Schuhe anziehen musste, die zu seiner schlanken, fast zierlichen Gestalt nicht recht passen wollten.

Sören hatte auf Arne Ingwersens einladende Geste bereits die Wohnung betreten und drehte sich erstaunt um, als er Erik sagen hörte: »Kommen Sie bitte noch mal kurz mit rein, Herr Jäger? Ich müsste etwas mit Ihnen besprechen.«

Ein paar Minuten später saßen alle vier im Wohnzimmer. Sören machte noch immer keinen Hehl aus seiner Verwunderung, Arne Ingwersen versuchte ungehalten zu wirken, weil ein Freund von der Polizei vernommen werden sollte, und Willem Jäger selbst war derart aufgeregt, dass er, bis sie endlich Platz genommen hatten, alle möglichen Gründe für seine Anwesenheit vorbrachte, von denen Erik keiner interessierte. Das Einzige, dem er Beachtung schenkte, waren Willem Jägers große Füße. Und nachdem er Sörens Blick verstohlen auf Jägers Schuhe gelenkt hatte, begriff auch der endlich, worum es seinem Chef ging.

Erik wandte sich mit besonderer Freundlichkeit an Willem Jäger: »Wir müssen ein paar Alibis überprüfen«, begann er vorsichtig. »Nicht, um eine Täterschaft zu beweisen, sondern nur, um Tatbeteiligungen auszuschließen. Reine Routine!«

Willem Jäger strich sich nervös über die Haare, womit er verriet, dass sie mit Haarspray in Form gebracht worden waren. »Es geht um den Mord an Arnes Mutter?«

Erik ließ die Frage unbeantwortet. Der Mord an Francesco war der Öffentlichkeit vermutlich nicht mehr lange vorzuenthalten, trotzdem wollte er den Kreis derer, die davon wussten, so klein wie möglich halten. Susanna hatte davon erfahren, Harm Ingwersen auch, und der hatte sicherlich seinen Sohn darüber informiert. Sogar Jens Möllers von Immobilien-Möllers wusste Bescheid, trotzdem wollte Erik, dass der Fall erst in die Zeitung kam, wenn er gelöst war.

»Wo waren Sie in der Nacht von Dienstag auf Mittwoch zwischen Mitternacht und ein Uhr?«, fragte er Willem Jäger.

Der setzte zu einer Antwort an, dann stutzte er. »Aber ... Arnes Mutter ist in der Nacht von Montag auf Dienstag ermordet worden.«

Erik beachtete auch diesen Einwand nicht. »Sagen Sie mir einfach, wo Sie waren.«

Willem Jäger überlegte lange, dann sagte er: »Zu Hause war ich. Im Bett.« Er sah Erik so flehend an, als wollte er in Tränen ausbrechen, falls ihm daraus ein Strick gedreht werden sollte. »Ich bin alleinstehend. Niemand kann bestätigen, was ich sage.«

»Danke«, meinte Erik lächelnd. »Das war's auch schon.« Er sah Willem Jäger so lange schweigend an, bis der begriff, dass seine Anwesenheit nicht mehr gefragt war.

Arne Ingwersen bemerkte es ein paar Sekunden früher. Er erhob sich und sagte: »Danke für deinen Besuch, Willem.« Während er den Tanzlehrer hinausbegleitete, zischte Sören seinem Chef zu: »Und was haben wir jetzt davon?«

»Gar nichts«, gab Erik zu. »Aber es hätte ja sein können, dass Willem Jäger ein Alibi hat. Dann hätten wir uns nicht weiter um ihn kümmern müssen. Trotz seiner großen Füße! So aber sollten wir ihn uns näher ansehen.«

»Willem Jäger ist ein Sensibelchen. Der könnte nicht einmal einer Fliege ein Flügelchen ausreißen.« Sören grinste. »Und der soll einem Mann den Schädel einschlagen?«

»Sie wissen genauso gut wie ich, dass jeder Mensch zu fast allem fähig ist, wenn der Druck auf ihn groß genug ist.«

Arne Ingwersen sah verärgert aus, als er zu den beiden Polizeibeamten zurückkehrte. »Wie konnten Sie Willem nach seinem Alibi fragen? Er ist völlig fertig und glaubt, er stehe unter Mordverdacht. Hat er etwa recht, Herr Wolf?«

Erik hatte schon vor vielen Jahren gelernt, Fragen unbeantwortet zu lassen und dafür zu sorgen, dass sie nicht noch einmal gestellt wurden. »Ich gehe davon aus, Herr Ingwersen, dass Ihr Vater Sie informiert hat. Sie wissen, dass der Schutzgelderpresser in der Nacht von Dienstag auf Mittwoch ermordet wurde. Und dass er geblufft hat, als er behauptete, die Mafia stehe hinter ihm, das wissen Sie sicherlich auch.«

»Und nun fragen Sie alle, die mit dem Kerl was zu tun hatten, nach ihrem Alibi?«, fragte Arne aufgebracht.

»So ist es«, entgegnete Erik.

»Aber Willem hat nichts damit zu tun«, rief Arne Ingwersen entrüstet.

»Immerhin scheint er ein Freund von Ihnen zu sein«, sagte Sören, und Erik war dankbar, dass sein Assistent die Ermittlungsmethoden seines Chefs endlich zu billigen schien.

»Sie fragen also auch die Freunde derjenigen, die was mit dem Mafioso zu tun hatten?«

»Mit dem angeblichen Mafioso«, korrigierte Erik. »Sie geben also zu, dass Sie etwas mit dem Kerl zu tun hatten?« Ingwersens Gesicht verschloss sich, aber ehe er antworten konnte, ergänzte Erik: »Wir haben von Susanna Larsen gehört, dass Sie regelmäßig Besuch von ihm bekommen haben.«

Arne starrte ihn überrascht an. »Susala? Sie haben mit ihr gesprochen?«

Erik war ebenso überrascht. »Sie kennen ihren Kosenamen?«

Arne wurde verlegen. »Sie hat ihn mir einmal verraten. Er gefiel mir.«

»Haben Sie Frau Larsen mit diesem Namen angeredet?«

»Nein, nur ... nur manchmal.«

»Wenn Sie allein waren?«, fragte Sören.

Arne fuhr auf. »Worauf spielen Sie an? Glauben Sie etwa ... ich hätte was mit Frau Larsen?«

Erik stellte fest, dass es auch Arne hervorragend gelang, eine Frage unbeantwortet im Raum stehen zu lassen.

»Frau Larsen kannte Francesco Corrado«, erklärte Erik, als hätte er Sörens Frage nicht gehört. »Die beiden waren Jugendfreunde. Auf Sylt sind sie sich zufällig wiederbegegnet.«

»Tatsächlich?« Arne hatte sich gefangen und war nun sehr darum bemüht, sich locker und ungezwungen zu geben. »Wie das Leben so spielt!« Nun lachte er sogar, obwohl ihm sichtlich nicht zum Lachen zumute war.

Erik betrachtete ihn sehr genau, als er fortfuhr: »Sie hat anscheinend nichts von dem wahren Grund seiner Besuche gewusst. Er hat ihr erzählt, er arbeite für einen Investor, der Restaurants aufkauft, die nicht mehr lukrativ sind.«

»Und das hat sie geglaubt?« Arne Ingwersen sah Erik kopfschüttelnd an.

Auch dies war eine Frage, die nicht beantwortet wurde. »Was wissen Sie über Susanna Larsen?«, erkundigte sich Erik stattdessen. »Ist Ihnen in letzter Zeit etwas aufgefallen an ihr? Hat sich ihr Verhalten verändert?«

Arne zuckte mit den Schultern. »Sie ist eine gute Kellnerin, mehr kann ich nicht sagen.« Er stand auf, ging zum Fenster und sah eine Weile hinaus. »Sie ist immer pünktlich und korrekt, sehr loyal …« Nun drehte er sich um. »Ich bin sehr zufrieden mit ihr.«

»Und was wissen Sie von ihrem Privatleben?«, fragte Erik. »Hat sie einen Freund? Vielleicht haben Sie mal beobachtet, dass sie von einem Mann besucht oder abgeholt wurde?«

»Nein! Nie!« Ingwersen nahm wieder Platz und schlug die Beine übereinander. »Sie singt im Inselchor, das weiß ich, weil meine Frau die Chorleiterin ist. Sie kommt aus gutbürgerlichem Elternhaus, hat einen unauffälligen Lebenslauf, mehr kann ich Ihnen nicht sagen.«

»Danke für die Auskünfte.« Erik nickte Sören zu und erhob sich. »Oh, beinahe hätte ich es vergessen …«

Arne nickte und versuchte zu grinsen. »Mein Alibi? Ich bin ein verheirateter Mann, Herr Wolf. Ich war selbstverständlich mit meiner Frau zusammen. Wenn Sie Vera fragen wollen, tut es mir leid. Sie ist heute in der Perlenmuschel und versucht, das Geschäft wieder anzukurbeln.«

»Sie haben vermutlich nach Mitternacht bereits geschlafen«, meinte Erik. »Am Dienstag war ja nicht viel los in der Muschel II, wie Frau Larsen sagt.« Er ging Arne voran zur Tür, ohne darauf zu warten, dass er seine Worte bestätigte. Dort drehte er sich noch einmal um. »Wenn jemand nachts den Personaltrakt verlässt, würden Sie das mitbekommen?«

Arne Ingwersen schüttelte den Kopf. »Das will ich auch

nicht. Mein Vater hat mir geraten, immer Abstand zu halten zum Privatleben meiner Mitarbeiter.«

»Sie halten sich an die Ratschläge Ihres Vaters?«

»Ich wäre dumm, wenn ich es nicht täte«, gab Arne Ingwersen zurück. »Mein Vater ist ein Vorbild für mich.«

Erik nickte. »Ja, Menschen mit Zivilcourage werden immer seltener.« Er zögerte und beobachtete, wie Sören von einem Bein aufs andere trat. »Sagen Sie, Herr Ingwersen ... war die Ehe Ihrer Eltern in Ordnung?«

Arne sah ihn ernst an. »Auch dafür bewundere ich meinen Vater. Meine Mutter war kein einfacher Mensch. Und sie hat es meinem Vater mit ihrem Egoismus nicht immer leicht gemacht. Aber er hat sich nie beklagt, er war stets loyal. Ganz im Gegensatz zu meiner Mutter. Sie hat sich oft darüber geärgert, dass mein Vater von allen gemocht wurde, während sie häufig auf Ablehnung stieß. Und immer wieder hat sie versucht, das Ansehen meines Vaters zu untergraben.«

»Inwiefern?«

»Zum Beispiel hat sie gesagt, er hätte sich ins gemachte Nest gesetzt. Und manchmal hat sie sogar behauptet, er wäre ein Schlappschwanz.« Er schüttelte nachdenklich den Kopf. »Meine Mutter konnte nicht lieben. Trotzdem hatte sie den Anspruch, geliebt zu werden. Sie hat nie begriffen, dass sie schon viel mehr bekam, als sie selbst gab, indem mein Vater immer zu ihr stand.«

Mamma Carlotta fühlte sich nicht wohl. Eigentlich machte sie gerne neue Erfahrungen, und sich etwas Unvernünftiges zu leisten, gefiel ihr, seit sie den verwegenen Entschluss gefasst hatte, sich allein in Rom in ein Flugzeug zu setzen und nach Norddeutschland zu fliegen. Aber sollten sie wirklich ein Taxi nach Westerland nehmen? Sie hoffte, dass Dino dort oben im Himmel diese Geldverschwendung guthieß. Hoffentlich bekam er mit, dass es Giovannas Geld war, das hier vergeudet wurde, und strafte sie nicht mit einem Auffahrunfall oder einer Sturmflut.

Giovanna hatte nichts davon hören wollen, mit dem Fahrrad nach Westerland zu fahren. Erst recht nicht, als sie die große Tasche in Carlottas Hand sah, in der die Turnschuhe steckten, die jemand an der Buhne 16 in einen Papierkorb geworfen hatte. Für Giovanna war es ausgeschlossen, mit einer solchen Last ein Fahrrad zu besteigen. Sie behauptete sogar, dass sie während ihrer Zeit in München ständig mit dem Taxi unterwegs gewesen sei, weil sich dort die Anschaffung eines eigenen Autos wegen der fehlenden Parkplätze nicht lohne und das S-Bahn-Fahren nicht komfortabel genug sei.

Mamma Carlotta konnte sich, als sie Vera Ingwersen begrüßte, nicht verkneifen, den Umstand zu erwähnen, dass sie mit dem Taxi hergekommen war, und sie ließ diese Bemerkung noch einmal fallen, nachdem sie Giovanna vorgestellt hatte. Doch Vera Ingwersen war nicht halb so beeindruckt, wie Carlotta es erwartet hatte. Giovanna und ihrem Talent allerdings schenkte sie ihre ungeteilte Aufmerksamkeit. Diese Tatsache versöhnte Mamma Carlotta auf der Stelle. Die Chorleiterin sah aus, als wäre ihr unversehens Anna Netrebko ins Haus geschneit, nachdem Giovanna die erste Strophe von »Amazing Grace« gesungen hatte.

»Wunderbar!«, stöhnte sie. »Wie ist es möglich, dass Sie keine Solokarriere gemacht haben?«

Das fragte sich Giovanna seit Langem, genau genommen, seit ihr die Erkenntnis gekommen war, dass sie für eine Solokarriere zu alt geworden war. »Ich habe Enzo Meurer geliebt«, erklärte sie Vera, »und war glücklich, mit ihm zusammen auf der Bühne stehen zu dürfen. Ich Schaf!«

Vera drückte ihr heftiges Bedauern aus, dann dankte sie Giovanna, dass sie bereit war, den Inselchor zu verstärken. Anschließend legte sie ihr das Programm vor und beriet mit ihr, wie ihr hervorragendes Talent zum Einsatz kommen sollte.

Mamma Carlotta sah sich derweil in der Perlenmuschel um. Sie mied den Blick nach oben zur Galerie, von der Utta Ingwersen gestürzt war, und verbot sich auch, die Stelle näher zu betrachten, an der sie in ihrem Blut gelegen hatte. Ihre ganze Aufmerksamkeit galt den Vitrinen mit dem Modeschmuck. Jedes Teil nahm sie zur Hand, das nur entfernte Ähnlichkeit mit dem Kettchen aufwies, das sie ihrer Schwiegertochter zum Geburtstag schenken wollte. Doch jedes Mal legte sie es enttäuscht zurück. Die Kette mit dem Kreuz, die Utta Ingwersen getragen hatte, war nicht darunter.

Sie trat von einem Bein aufs andere, während Giovanna und Vera in Vorfreuden schwelgten, und mischte sich erst ein, als Vera abschließend jubelte: »Wir werden Sie ganz groß rausbringen! Es würde mich nicht wundern, wenn wir mit Ihnen den Wettbewerb sogar gewinnen!«

Mit der gebotenen Bescheidenheit, aber doch so, dass ihr Anliegen nicht übergangen werden konnte, bat Carlotta: »Können Sie mir zeigen, wo die Ketten mit den Kreuzen liegen? Sie wissen doch, ich wollte meiner Schwiegertochter eine schenken.«

Vera Ingwersen fiel sofort ein, wovon sie sprach, und Mamma Carlotta rechnete es ihr hoch an, dass sie sich am Morgen gründlich im Sortiment ihrer Schwiegermutter umgesehen hatte. »Ich habe sogar die Lieferscheine kontrolliert. Nirgendwo bin ich auf die Kettchen gestoßen!«

Mit dieser Auskunft hatte Mamma Carlotta nicht gerechnet. »Aber Ihr Schwiegervater hat es gesagt«, beharrte sie. »Seine Frau habe die Kettchen für den Laden bestellt und sich selbst eins davon genommen, weil es ihr so gut gefiel.«

Vera Ingwersen hob ratlos die Schultern. »Wie gesagt,

ich habe nichts gefunden. Auch nicht in den Bestellungen, den Abrechnungen und den Lieferpapieren. Vielleicht haben Sie etwas falsch verstanden?«

Mamma Carlotta wusste genau, dass sie alles richtig verstanden hatte, aber wie sollte sie das beweisen? Im Übrigen kam es darauf ja auch gar nicht an. Wichtig war nur, dass die Kette das richtige Geburtstagsgeschenk für Sandra gewesen wäre und sie nun sehen musste, dass sie etwas anderes fand, das genauso hübsch und geeignet war. Wirklich sehr ärgerlich!

In diesem Moment erschien Kundschaft, die Vera Ingwersens ganze Aufmerksamkeit beanspruchte. Touristen, die die Umrisse der Insel Sylt als Autoaufkleber haben wollten, andere, die sich umständlich eine Teetasse mit der Aufschrift ›Westerland ahoi!‹ aussuchten, und eine Nachbarin, die nur gekommen war, um sich darüber zu wundern, dass Vera den Laden geöffnet hatte. »Aber Sie haben ja recht, das Leben geht weiter! Und Geschäft ist Geschäft!«

Währenddessen half Giovanna, nach einem Kettchen mit einem Kreuzanhänger zu suchen, aber sie war genauso erfolglos. Immerhin gelang es ihr, Mamma Carlotta von einem anderen Geschenk zu überzeugen: einer zierlichen Brosche in Form einer Möwe. Giovanna war sicher, dass Sandra, die noch nie im Leben eine Möwe gesehen hatte, dieses Geschenk schätzen würde. Aber noch während Mamma Carlotta bezahlte, beklagte sie, dass die Kette mit dem Kreuz nicht mehr zu haben war.

»Ich werde in allen Katalogen nachsehen«, versprach Vera. »Und wenn ich die Kette nachbestellen kann, nehme ich die Brosche natürlich zurück.«

Mamma Carlotta war vorerst besänftigt. Sie beobachtete Vera Ingwersen, die die Brosche als Geschenk verpackte und dabei genau auf der Stelle stand, an der ihre Schwiegermutter ihr Leben ausgehaucht hatte. Entweder war sie gemütsarm oder einfach nur geschäftstüchtig – zumindest merkte man ihr keinerlei Gefühlsregung an. Womöglich hatte Vera ihre Schwiegermutter so wenig gemocht, dass ihr Tod ihr nicht besonders naheging. Schließlich hatte niemand Utta Ingwersen richtig gern gehabt, während ihr Mann von allen geschätzt wurde.

Da öffnete sich die Zwischentür, die ins Restaurant führte, und Harm Ingwersen erschien. Er begrüßte Giovanna und Carlotta mit geschäftsmäßiger Freundlichkeit und wandte sich dann an Vera: »Kommst du klar? Hast du alles gefunden, was du brauchst?«

Vera blickte nicht auf, während sie murmelte: »Alles bestens.«

Harm Ingwersen sah seine Schwiegertochter prüfend an. Dass sie so kurz angebunden reagierte, schien ihm nicht zu gefallen. Nervös drehte er den Briefumschlag hin und her, den er in Händen hielt.

Mamma Carlotta bewunderte ihn heimlich. In ihrem Dorf waren die Männer über fünfzig entweder dickbäuchig und feist oder mager und runzelig. Selbst der Bürgermeister, der schon von Amts wegen auf ein gepflegtes Äußeres zu achten hatte, zumindest wenn er seinen Pflichten nachkam, sah in seinem dunklen Anzug nicht halb so gut aus wie Harm Ingwersen. Die gut sitzende schwarze Hose bewies, dass er schlank und trainiert war, das offene helle Hemd zeigte einen fast faltenfreien Hals.

»Wenn du Fragen hast, weißt du ja, wo du mich findest«, sagte er, ehe er sich anschickte, die Perlenmuschel wieder zu verlassen.

Vera nickte auch diesmal, ohne aufzusehen. Und ihr Ton war abweisend, als sie ihm nachrief: »Weißt du etwas über die Ketten, die Utta bestellt hatte? Die mit dem Kreuzanhänger? Eine davon hat sie angeblich selbst getragen, als sie …«

Harm Ingwersen unterband mit einer strikten Handbewegung die Fortführung des Satzes. »Ich weiß nicht, was du meinst.«

Vera wies mit einer nachdrücklichen Geste auf Mamma Carlotta, als wäre ihr selbst jede Erklärung zu lästig. Erst jetzt schien Harm Ingwersen aufzugehen, dass er die Schwiegermutter des Hauptkommissars vor sich hatte, die am Tatort gewesen war, als seine tote Frau gefunden wurde. Carlotta wäre es lieber gewesen, Vera hätte ihm erklärt, um welche Kette es ging. Sollte ausgerechnet Carlotta Capella den armen Mann an die schrecklichsten Augenblicke seines Lebens erinnern?

»Ist nicht so wichtig«, stotterte sie. »Ich habe mich ja für die Brosche entschieden. Die ist auch sehr hübsch.«

Aber Vera wollte die Sache nicht auf sich beruhen lassen. »Es kann noch nicht lange her sein, dass Utta die Ketten bestellt hat. Sonst wäre mir so eine Kette an ihrem Hals aufgefallen. In den Unterlagen des letzten Vierteljahres habe ich nichts gefunden. Keine Bestellung, keinen Lieferschein, keine Rechnung.«

Harms Gesicht hatte sich, während sie sprach, verhärtet, von der Freundlichkeit, mit der er Vera angesprochen hatte, war nichts übrig geblieben. »Was weiß ich!«, gab er gereizt zurück. »Ich habe mich nie um den Laden gekümmert.«

»Vielleicht hättest du es tun sollen.« Seine Schwiegertochter gehörte anscheinend zu den Menschen, denen es die Laune verdarb, wenn das Alphabet oder die Chronologie nicht eingehalten wurden. »Wenn Utta ihre Buchführung so schlampig gemacht hat, werde ich Monate brauchen, bis hier alles wieder seinen normalen Gang geht.«

»Wozu haben wir einen Steuerberater?« Harm Ingwersen schenkte Giovanna und Carlotta ein Lächeln, das nicht mehr war als das kurze Heben seiner Mundwinkel, dann verschwand er wieder ins Restaurant.

Giovanna beugte sich an Carlottas Ohr. »Verdammt attraktiv, der Mann! Und wie man hört, ist er wieder zu haben?«

Mamma Carlotta starrte sie entrüstet an, während Giovanna scheinheilig die Schals betrachtete, die in der Nähe der Eingangstür aufgestapelt waren. Noch ehe Carlotta ihre Empörung in angemessene Worte gekleidet hatte, öffnete sich die Tür zum Restaurant erneut, und Harm Ingwersen erschien ein zweites Mal auf der Bildfläche. Mit großen Schritten ging er zu Vera, die damit beschäftigt war, dem Päckchen mit der Brosche eine Schleife umzubinden. »Nun hätte ich beinahe vergessen, warum ich gekommen bin«, sagte er und legte den Umschlag neben die Kasse, den er schon bei seinem ersten Erscheinen in der Hand gehalten hatte. »Der wurde im Restaurant für dich abgegeben.«

Vera betrachtete ihn stirnrunzelnd. »Das hat sich ja schnell rumgesprochen, dass ich fürs Erste in der Perlenmuschel anzutreffen bin.« Sie legte den Umschlag beiseite und fuhr mit dem Verpacken des Geschenks fort. Als sie es Mamma Carlotta entgegenstreckte, sah sie selbst nicht sehr zufrieden aus. »Recht so?«

Mamma Carlotta bedankte sich herzlich und sah zu, wie Vera Ingwersen das Päckchen in eine hübsche kleine Tragetasche steckte. Währenddessen fiel ihr Blick auf den Umschlag, der noch immer unbeachtet neben der Kasse lag. Er war mit dem Namen Vera Ingwersen und der Adresse der Muschel I beschriftet. Einen Absender trug er nicht.

Carlotta ging zu Giovanna, die noch immer mit den Schals beschäftigt war. »Können wir los? Ist alles erledigt?«

Giovanna lächelte. »Wir haben wegen der Chorprobe alles besprochen. Aber wir sollten heute Nachmittag noch einmal das ganze Programm durchgehen. Zusammen mit Carolin.«

Carlotta nickte bestätigend. »Die wird sich freuen.«

Davon war auch Giovanna überzeugt. »Da ich nun meine Stimme schonen muss, werde ich mir einen Schal zulegen, um meinen Hals warm zu halten.«

Sie schlang sich ein schwarzes Ungetüm um, das nicht nur ihren Hals, sondern auch ihr Kinn und ihr großzügiges Dekolleté wärmen würde. Während Carlotta sie in dieser sinnvollen Anschaffung bestärkte, beobachtete sie Vera Ingwersen, die gerade den Briefumschlag öffnete, den ihr Schwiegervater ihr gebracht hatte. Mamma Carlotta sah, dass ihre Augen sich weiteten und ihr Blick sich nicht von den wenigen Zeilen lösen konnte, mit denen das Briefblatt bedeckt war. Schließlich ließ sie sich auf den Hocker sinken, der neben der Kasse stand. So, als könnte sie sich nicht auf den Beinen halten.

Sören bestand darauf, sich hinters Steuer zu setzen, denn Erik verließ die Muschel II derart nachdenklich, dass zu befürchten war, er würde im zweiten Gang nach Westerland zuckeln, weil seine schweren Gedanken sich nicht mit einer zügigen Fahrweise vertrugen. Kaum saßen sie im Auto, fragte Sören: »Warum haben Sie Arne Ingwersen nach seinem Alibi gefragt?«

Erik zuckte die Achseln. »Ein Motiv hat er. Er wusste, dass Francesco für den Tod seiner Mutter verantwortlich ist.«

»Darüber haben wir schon gesprochen«, antwortete Stören heftig. »Francesco hat sich nicht von einem seiner Opfer per SMS an den Strand bestellen lassen, davon sind wir ausgegangen. Mitten in der Nacht und dann noch allein! Er hätte seine beiden Geldeintreiber mitgenommen, das wäre das Mindeste gewesen! Aber noch wahrscheinlicher: Er wäre nicht zu diesem Treffen gegangen. Sogar die Staatsanwältin ist dieser Meinung!«

»Und was, wenn Arne Ingwersen das Handy seiner

Kellnerin benutzt hat? Wenn er die SMS in ihrem Namen geschrieben hat?«

»Wie soll er an ihr Handy gekommen sein?«

»Vielleicht hat er einen Zweischlüssel und ist in Susannas Wohnung eingedrungen, während sie im Restaurant arbeitete. Oder ... er hat ein Verhältnis mit ihr, und sie hat ihm ihr Handy zur Verfügung gestellt.«

»Puh!«, machte Sören. »Gibt's Anhaltspunkte dafür, dass die beiden was miteinander haben?«

»Immerhin kannte er ihren Kosenamen.«

»Bleiben aber noch die Abdrücke der großen Turnschuhe. Arne Ingwersen hat kleine Füße.«

»Aber Willem Jäger hat sehr große. Und er ist mit Arne Ingwersen befreundet.«

»So gut, dass er für ihn einen Mord begeht?«

»Vielleicht ist Willem Jäger auch erpresst worden.«

Sören stellte erschrocken fest, dass es ihm genauso ging wie seinem Chef: Auch er nahm den Fuß vom Gas, weil es ihm plötzlich schwerfiel, sich auf beides zu konzentrieren, aufs Autofahren und auf seine Gedanken. Er gab erst wieder Gas, als die grüne Ampel am Teespeicher in Sicht kam.

»Mit dieser Susala stimmt was nicht«, sagte Erik, als sie die Ampel hinter sich gelassen hatten. »Sie behauptet, sie habe Francesco auf Abstand gehalten. Er aber hat gesagt, er wolle ein deutsches Mädchen heiraten. Und wie es aussieht, kommt dafür nur Susanna Larsen infrage.«

»Vielleicht fand Francesco sich derart unwiderstehlich, dass er davon ausging, Susala über kurz oder lang rumzukriegen. Italiener sind so.«

Erik winkte ab. »Oder sie hat uns belogen.«

Nun kam rechts das Polizeirevier in Sicht, Sören drosselte das Tempo. »Sie meinen, die beiden waren doch zusammen?«

Erik nickte. »Sie steckten unter einer Decke. Meine

Schwiegermutter soll heute Mittag bei Girotti anrufen, damit der Alviso und Follini fragen kann. Wenn die Larsen mit Francesco gemeinsame Sache gemacht hat, müssen die beiden davon wissen.«

Sie fuhren in den Hof des Polizeireviers, blieben aber noch im Wagen sitzen. »Glauben Sie, dass Arne Ingwersen auch etwas mit den Erpressungen zu tun hatte?«

Erik schüttelte den Kopf. »Kann ich mir nicht vorstellen.«

»Sollten die beiden tatsächlich was miteinander haben, dann weiß Arne nicht, was seine Geliebte treibt? Und dass er eine Kellnerin beschäftigt, die mit der Mafia zusammenarbeitet?«

Erik sah seinen Assistenten strafend an. »Das Wort Mafia will ich nicht mehr hören.«

»Sorry!« Sören sah verlegen zu Boden. »Ist mir nur so rausgerutscht.«

Erik nickte, als hätte er vollstes Verständnis. »Arne Ingwersen wird Susanna Larsen erzählen, dass wir uns nach ihr erkundigt haben. Vielleicht war das ein Fehler. Sie wird nun gewarnt sein.«

Und wieder saßen sie im Taxi. Diesmal fand Mamma Carlotta diesen Umstand sogar noch weitaus gewagter, denn der Weg von der Perlenmuschel zum Polizeirevier wäre sogar zu Fuß leicht zu bewältigen gewesen. Zunächst hatte Giovanna auch Interesse an einem Bummel über die Friedrichstraße, dann aber war sie von Bedenken heimgesucht worden, als sie sich ihres Schuhwerks bewusst wurde. Und dann erfuhr sie, dass es im Hause Wolf ein Mittagessen geben sollte, das, wie es sich in Italien gehörte, aus Antipasti, Primo piatto, Secondo und Dolci bestehen sollte. Daraufhin bat sie Vera, ein Taxi zu rufen. »Das schaffen wir nur, wenn wir keine Zeit vergeuden.«

»Aber ich habe schon alles vorbereitet«, machte

Mamma Carlotta einen letzten Versuch, der Vernunft zum Sieg zu verhelfen.

Doch als Giovanna nichts davon hören wollte, ergab sie sich in ihr Schicksal. Nur allzu gern, wie sie sich heimlich eingestehen musste. Das Taxi ließ zwar so lange auf sich warten, wie jemand, der gut zu Fuß war, bis zum Kirchenweg benötigt hätte, aber Mamma Carlotta fiel das Warten leicht, weil sie genug damit zu tun hatte, Vera Ingwersen zu beobachten. Sie war wie ausgewechselt, seit sie den Brief gelesen hatte. Blass war sie, ihre Hände zitterten, als sie der nächsten Kundin einen gläsernen Seelöwen einpackte, und an einer Unterhaltung mit Giovanna und Mamma Carlotta war sie nicht mehr interessiert. Tief beugte sie sich über irgendwelche Geschäftspapiere, damit sie nicht angesprochen wurde, nachdem die Kundin ihr Souvenir aus dem Geschäft getragen hatte. Aber ihre Augen bewegten sich nicht, sie starrte auf einen Fleck, als wollte sie sich irgendwo festhalten. Und als erneut ein Kunde an die Kasse trat, stützte sie, als sie aufstand, ihre Fäuste auf das Einwickelpapier, als wollte sie dafür sorgen, dass der Brief, den sie darunter geschoben hatte, sicher aufgehoben war.

Giovanna hatte anscheinend nichts von der Veränderung bemerkt, die mit Vera Ingwersen vorgegangen war. Sie stellte sich, bis das Taxi kam, vor einen Spiegel und probierte aus, wie der Schal, den sie gekauft hatte, am besten wirkte. Und dann hatte sie sowieso keinen Blick mehr für Vera Ingwersen. Denn am Schaufenster der Perlenmuschel ging eine junge Frau vorbei, die Giovanna alles andere vergessen ließ. »Susala!«

Sie warf den Schal über ihre Schulter, winkte Vera einen flüchtigen Gruß zu, rief: »Bis heute Abend!« und stand auch schon vor der Tür.

Susanna Larsen war stehen geblieben und lächelte Giovanna fragend entgegen. Erst als die mit ausgebreiteten

Armen vor ihr stand, erkannte sie, in wessen Armen sie landen sollte. »Giovanna! Bist du wegen Francesco hier?«

Prompt wurde aus dem Jubel, zu dem Giovanna gerade ansetzte, ein tiefer Seufzer. Aber da auch italienische Trauernde die Weisheit kannten: »Das Leben geht weiter!«, war schnell ein Grund gefunden, sich trotzdem ausgiebig über das Wiedersehen zu freuen.

»Wie lange habe ich dich nicht gesehen, Susala! Und trotzdem sofort wiedererkannt! Du bist ja noch hübscher geworden! Was für eine Freude wäre es gewesen, wenn Francesco dich als seine Braut heimgebracht hätte.« Giovanna trat einen Schritt zurück, um Susanna genauer zu betrachten.

»Braut?« Susannas Lächeln erstarb, sie versuchte, Giovanna zu korrigieren, aber die ließ ihr keine Chance.

»Der Hauptkommissar behauptet zwar, dass du Francesco nicht heiraten wolltest, aber das ist doch ein Irrtum, vero? Francesco hat gesagt, der Name seiner Braut wäre eine Überraschung! Und wie wir überrascht gewesen wären! Wie glücklich!«

Sie drückte Susanna noch einmal an sich. Aber nur kurz, dann löste sich Susanna nachdrücklich aus ihrer Umarmung. »Woher kennst du Herrn Wolf?«

Das war der Augenblick, in dem das Taxi um die Ecke bog. Hastig erläuterte Giovanna die verwandtschaftlichen Verhältnisse, dann rief der Taxifahrer aus dem Fenster: »Haben Sie einen Wagen bestellt?«

Giovanna löste sich schweren Herzens von Susanna, nur die Aussicht, sich am Abend bei der Chorprobe wiederzusehen, verlieh ihr die Kraft, das Taxi zu besteigen, das mit quietschenden Reifen losfuhr, kaum dass die Tür geschlossen war. Giovanna benötigte die gesamte Dauer der Fahrt, um den wundersamen Umstand zu bewältigen, dass sie Susala bereits getroffen hatte, obwohl sie erst am Abend damit gerechnet hatte. In leuchtenden Farben malte sie sich die Zukunft aus, die mit Francesco gestorben war. Wie sie in Chiusi die Verlobung gefeiert hätten! Dass die Hochzeit das größte und wichtigste Ereignis im Umkreis gewesen wäre! Und dass Susala selbstverständlich trotzdem ab jetzt zur Familie gehörte, da sie ja eigentlich so etwas wie Francescos Witwe sei. Von der halsbrecherischen Fahrweise des Taxichauffeurs bekam sie nichts mit. Möglicherweise fühlte sie sich einfach nur wie zu Hause, denn wenn dieser Taxifahrer auch eine echter Friese war, sein Fahrstil war eindeutig italienisch.

»Aber Enrico sagt, Susala habe Francesco nicht heiraten wollen«, erinnerte Mamma Carlotta, der es schwerfiel, Giovannas Euphorie zu dämpfen, die es aber absolut notwendig fand, dass Giovanna der Wahrheit ins Gesicht sah. Francesco war noch immer das schwarze Schaf der Familie. Die Tatsache, dass er Heiratsabsichten gehegt hatte, änderte daran nichts!

Doch Giovanna verteidigte ihre Sicht auf die Dinge, bis sie den Bahnhof passierten. »Susala wird ihre Gründe haben. Vielleicht bestreitet sie, dass sie Francesco heiraten wollte, weil sie nicht mit dem Mord in Zusammenhang gebracht werden will. Und mit dem, was Francesco angeblich getan hat. Wenn sich das alles geklärt hat und der Mörder gefasst worden ist, dann wird sie uns die Wahrheit sagen.«

Mamma Carlotta war froh, dass Giovanna italienisch gesprochen hatte und dem Taxifahrer so verborgen geblieben war, dass es im Fond seines Wagens um Mord und Totschlag und sogar um Schutzgelderpressung ging. So setzte er sie vor dem Polizeirevier Westerland ab in der Annahme, sie wollten dort einen Diebstahl melden oder einen Vermieter, der ihnen eine unzumutbare Ferienwohnung angeboten hatte.

Mamma Carlotta stieg aus und wartete, bis Giovanna

den Fahrer bezahlt hatte. Dann fragte sie: »Was machte Susala eigentlich vor der Perlenmuschel?«

Giovanna zuckte mit den Schultern. »Vielleicht hatte sie in der Muschel I etwas zu erledigen. Oder sie wollte in der Perlenmuschel einkaufen.«

Mamma Carlotta schüttelte den Kopf. »Das glaube ich nicht! Vera Ingwersen und Susala sind sich nämlich nicht grün. Und soll ich dir sagen, warum?« Carlotta liebte es, vor einer sensationellen Mitteilung eine kleine Pause zu machen, um die Spannung zu steigern. Dann platzte sie heraus: »Weil Susala ein Verhältnis mit Arne Ingwersen hat!«

Und mit einem Mal, während Giovanna sie noch ungläubig anstarrte, war ihr klar, was in dem Brief gestanden hatte, den Vera Ingwersen bekommen hatte. Mit ihm war ihr der Beweis geliefert worden, dass ihr Mann sie mit seiner schönen Kellnerin betrog. Ja, so musste es sein! Wahrscheinlich hatte Vera bis zu diesem Augenblick noch darauf gehofft, dass sie im Irrtum war. Nun aber hatte ihr jemand mitgeteilt, dass alle Hoffnung vergeblich war, dass sie sich überlegen musste, wie mit dem Beweis umzugehen war. Ob sie ihrem Mann verzeihen wollte oder ob sie auf Sylt alle Zelte abbrechen und nach München zurückkehren sollte.

Sören sah unzufrieden aus, als er Eriks Büro betrat. »Im Gogärtchen wollte sich niemand festlegen«, brummte er ärgerlich. »Kann sein, dass Alviso und Follini dort waren, während Francesco ermordet wurde, kann aber auch nicht sein. Möglich, dass sie die ganze Nacht da waren, kann aber auch sein, dass sie schon früh gegangen sind. Niemand weiß es genau.«

Erik winkte ab. »Ärgern Sie sich nicht. Ich glaube, das Alibi der beiden ist gar nicht so wichtig. Die stecken hinter dem Tod von Jesse und Utta Ingwersen, aber der Mord an Francesco hat einen anderen Hintergrund.« Er lächelte Sören an, als wollte er dessen schlechte Laune weglächeln. »Ich habe gerade mit Vera Ingwersen telefoniert.«

»Und?« Sören schien nicht besonders interessiert zu sein.

»Sie hat das Alibi ihres Mannes nicht bestätigt. Die beiden haben in jener Nacht getrennt geschlafen, weil sie sich vorher gestritten hatten.«

Nun war Sören tatsächlich beeindruckt. »Arne Ingwersen? Vorstellen kann ich es mir nicht. Sein Vater spielt den Helden und zeigt den Erpresser an, und er … er schlägt ihm den Schädel ein?« Sören schüttelte den Kopf. »Sorry, das glaube ich einfach nicht.«

»Vielleicht hat sein Motiv gar nichts mit den Erpressungen zu tun? Vielleicht heißt das Motiv Susala.«

»Eifersucht?«

»Schon möglich. Jedenfalls sollten wir Arne Ingwersen im Auge behalten. Ich bin sicher, dass wir den Täter und auch das Motiv hier auf Sylt finden und nicht in Italien.«

»Warum sind Sie da so sicher?« Sören ließ sich auf einem Stuhl nieder und demonstrierte, dass Negativerlebnisse irgendwann verblassen können. Er fing schon wieder an zu kippeln. »Nur weil wir nicht mehr an die Mafia glauben müssen?«

Erik verzog nachdenklich das Gesicht. »Der dritte Mord ist anders als die beiden zuvor. Und denken Sie an die Abdrücke der großen Schuhe. Die haben wir bei den anderen beiden Toten nicht gefunden.«

Enno Mierendorf erschien und legte einige Faxe auf den Tisch. »Alles, was ich über Willem Jäger gefunden habe!«

Erik und Sören vertieften sich in die Unterlagen, während Mierendorf kurz zusammenfasste: »Willem Jäger ist der einzige Sohn rechtschaffener Eltern. Durchlief die Schule ohne Schwierigkeiten bis zur Mittleren Reife. Als er seinen Abschluss machte, hatte er bereits sein Comingout hinter sich. Alle wussten, dass er schwul war, seine Eltern nahmen es relativ gelassen. Er wollte Tänzer werden, fand aber wohl ziemlich schnell heraus, dass sein Talent für die große Karriere nicht reichte. Nach ein paar Engagements an kleinen Theatern beschloss er deshalb, Tanzlehrer zu werden. Seine Eltern stellten ihm das Kapital für eine Tanzschule in Hannover zur Verfügung. Dort brach er aber irgendwann seine Zelte ab, weil er sich unglücklich verliebt hatte. Willem Jäger zog daraufhin nach Flensburg und übernahm dort eine Tanzschule, die aus Altersgründen vom Vorbesitzer verkauft worden war. Doch der Laden lief nicht gut, nach zwei Jahren entschloss sich Jäger, nach Sylt zu gehen. Auch deshalb, weil hier sein damaliger Freund wohnte, mit dem er zusammenzog. Ein Barkeeper aus dem Hotel Vier Jahreszeiten. Aber die Beziehung hielt nicht lange. Seitdem lebt Willem Jäger allein.«

»Ein unbeschriebenes Blatt«, sagte Sören und drückte Enno Mierendorf die Unterlagen wieder in die Hand.

»Das muss nichts heißen«, meinte Erik. »Vielleicht hat er eine Leiche im Keller, von der niemand was weiß.«

»Aber Willem Jäger ist kein Killertyp«, wandte Sören ein. »Der schlägt keinem Mann den Schädel ein. Schon gar nicht, um einem Freund einen Gefallen zu tun.«

»Er könnte in eigenem Interesse gehandelt haben.«

»Weil auch er von Francesco erpresst wurde?«

»Das wäre ein Motiv.«

»Aber wir hatten doch gesagt …«

»Ja, ja«, unterbrach Erik. »Es ist unwahrscheinlich, dass Francesco sich mit einem Erpressungsopfer getroffen hat.«

Sören schwieg eine Weile, nur das rhythmische Klack-Klack des Stuhlbeins war zu hören. Dann sagte er nachdenklich: »Vielleicht sollten wir doch versuchen, Francescos sämtliche Opfer auf Sylt zu finden. So, wie die Staatsanwältin es vorgeschlagen hat.«

Erik hätte gern energisch abgewehrt, aber leider hatte er keinen vernünftigen Gegenvorschlag parat. Der Gedanke, mit dem Chefredakteur des Inselblattes einen Aufruf zu entwerfen, gefiel ihm nach wie vor nicht. Aber nur so waren sämtliche Geschäftsleute der Insel zu erreichen, die der Schutzgelderpressung zum Opfer gefallen waren. Er mochte sich gar nicht vorstellen, wie das Denunziantentum blühen würde, wie sie gezwungen sein würden, sich mit Mutmaßungen, Verdächtigungen, falschen Behauptungen auseinanderzusetzen, wie sie die nächsten Wochen damit zu tun haben würden, die Spreu vom Weizen zu trennen, das Wahre vom Unwahren, das Mögliche vom Unmöglichen. Bis dahin würden die wichtigsten Spuren verwischt sein, und viel kostbare Zeit wäre verloren.

»Es bleibt dabei«, sagte er. »Wir suchen einen Mann mit großen Füßen.«

Er stockte, sah Sören erschrocken an, dann lauschten beide zur Tür. Im Revierraum gab es Aufruhr. Irgendetwas Außergewöhnliches war dort im Gange. Laute Stimmen waren zu hören, Stühlerücken, Rudi Engdahls leises Lachen, Enno Mierendorfs fröhliches »Moin, moin!«, dann weibliches Gekicher, die hellen Stimmen von zwei Frauen, die immer näher kamen …

»Was wollen die hier?«, stöhnte Erik.

Die Miene, mit der er Giovanna und seine Schwiegermutter begrüßte, war nicht gerade freundlich. Das änderte sich allerdings, als Mamma Carlotta ihm ihre Tasche hinhielt und ihm den Inhalt zeigte. »Diese Schuhe haben wir gefunden. Wir dachten, wir sollten sie dir sofort bringen.«

Turnschuhe in Größe siebenundvierzig! »Woher habt ihr die?«

Mamma Carlotta schien es wichtig zu sein, selbst den Bericht zu übernehmen. Sie brachte Giovanna, die ebenfalls zum Reden ansetzte, mit einer Geste zum Schweigen.

»Also, das war so …« Sie ließ sich auf einem Stuhl in Eriks Büro nieder und sah sich um. »Habt ihr keinen Kaffee?«

Sören erhob sich, riss die Tür auf und schrie nach Kaffee. Ein paar Augenblicke später erschien Rudi Engdahl mit einer Thermoskanne und zwei Kaffeebechern, die vom vielen Benutzen und flüchtigen Ausspülen dunkel beschlagen waren.

Eriks Fingerspitzen trommelten unruhig auf der Schreibtischplatte herum, bis er endlich erfuhr, was seine Schwiegermutter zu berichten hatte: »Giovanna wollte zu dem Ort, wo ihr Neffe den Tod gefunden hat«, begann sie theatralisch. Den flinken Blick, den sie Giovanna zuwarf, bemerkte Erik nicht. »Wir sind also zur Buhne 16 gefahren und haben dort ein paar Gedenkminuten für Francesco eingelegt.«

Erik glaubte ihr jedes Wort. Das war genau die Art, wie Italienerinnen mit einem Trauerfall umgingen. Er selbst hätte sich niemals freiwillig an der Stelle aufgehalten, an der Lucia tödlich verunglückt war. Schlimm genug, dass er jedes Mal dort vorbeikam, wenn er nach Niebüll fuhr. Aber anhalten und eine Gedenkminute einlegen? Niemals!

»Allora, und als wir zurückkamen«, erzählte Mamma Carlotta weiter, »fielen uns diese Schuhe auf. Sie steckten in einem Papierkorb auf dem Parkplatz. Und ich habe gleich daran gedacht, dass es neben Francescos Leiche Abdrücke von sehr großen Turnschuhen gab. Könnte doch sein, dass es diese waren.«

Erik betrachtete die Sohle. Ja, seine Schwiegermutter könnte recht haben. Das Sohlenrelief zeigte ein feines Muster, das aus einem engen Gitter bestand, und in der Mitte der Sohle, wo sie schmaler wurde, gab es einen Kreis mit zwei Außenlinien. Ja, die Abdrücke neben Francescos Leiche konnten von diesen Schuhen stammen.

Wortlos griff Erik zum Telefonhörer, obwohl er wusste,

dass Mamma Carlotta auf überschwängliches Lob wartete. »Vetterich? Kommen Sie doch mal her. Hier gibt es ein Fundstück, das kriminaltechnisch untersucht werden muss.«

Mamma Carlotta konnte sich nicht konzentrieren. Giovanna und Carolin waren in ihrem Element, aber sie selbst hatte schon dreimal ihren Einsatz verpasst und die zweite Strophe mit der dritten verwechselt.

»Wenn das so weitergeht«, hatte Carolin ihre Großmutter getadelt, »werden wir deinetwegen beim Chorwettbewerb einen schlechten Platz belegen.«

Mamma Carlotta hatte die Rüge an sich abtropfen lassen. Wem so schwere Gedanken im Kopf herumgingen, der konnte nicht darüber jubilieren, dass es tagte und der Sonne Morgenstrahl alle Kreatur weckte. Carolins Gesicht hingegen leuchtete. Sie nahm sämtliche Anregungen auf, die Giovanna ihr gab, ahmte sie nach, wo es möglich war, und trug sogar die auffällige Kette, die Giovanna ihr geschenkt hatte, obwohl sie so gar nicht zu ihr passte. Carlotta begriff schnell: Carolin hatte ein neues Vorbild gefunden.

»Der Vögel froher Frühchoral begrüßt des Lichtes Spur …«

Felix riss die Tür auf, ein Schwall Heavy-Metal-Musik drang mit ihm in die Küche.

»Es singt und jubelt überall, erwacht sind Wald und Flur …«

»Haben wir Cola?«

»Wem nicht geschenkt ein Stimmelein …«

Felix bewegte die flache Hand vor seinem Gesicht hin und her. »Stimmelein! Ihr habt sie ja nicht mehr alle!«

»… zu singen froh und frei …«

Carolin und Giovanna ließen sich nicht stören, weder von Felix' Erscheinen noch von der lauten Musik, ja nicht einmal von seinem Rülpsen, nachdem er die Colaflasche abgesetzt hatte, die er nach lautstarkem Klappern im Kühlschrank gefunden hatte. Sie sangen weiter, als gäbe es in dieser Welt keine störenden kleinen Brüder. Mamma Carlotta kam nicht umhin, sie für ihre Beharrlichkeit zu bewundern. Sie selbst hätte Felix gern zurechtgewiesen und Giovanna und Carolin um eine Pause gebeten, aber da ihr Versuch zu vermitteln wohl nichts bringen würde, ließ sie es sein. Sie wartete, bis Felix die Küche verlassen hatte, dann stimmte sie wieder in den Gesang mit ein: »Zuletzt erschwingt sich flammengleich …«

Aber in Wirklichkeit konnte sie an nichts anderes denken als an Kommissar Vetterichs Anruf. Noch vor dem Dessert hatte er sich gemeldet. Zwar war seine Untersuchung noch nicht abgeschlossen, doch er konnte trotzdem schon eine interessante Mitteilung machen: In der Spitze des Schuhs hatte er Wattereste gefunden. Anscheinend hatte jemand die Turnschuhe ausgepolstert, jemand, der kleinere Füße besaß und keine Abdrücke in seiner eigenen Schuhgröße hinterlassen wollte.

Mit Eriks Freude war es vorbei gewesen. »Da ist also jemand mit viel zu großen Schuhen zum Strand gekommen, hat sie mit Watte ausgestopft, damit er nicht aus den Schuhen herausfällt, hat Francesco erschlagen, ist zurückgekehrt und hat die Schuhe in den Papierkorb geworfen.«

»Weil er nicht damit rechnete, dass zwei aufmerksame Italienerinnen sie finden und mitnehmen würden«, hatte Sören ergänzt, der nicht mitansehen konnte, wie enttäuscht Mamma Carlotta war. »Nun wissen wir wenigstens, dass es keinen Sinn hat, nach einem Mann mit großen Füßen zu suchen.«

»Und wir wissen, dass der Mord kaltblütig geplant war.«

»Die dritte Strophe noch einmal!«, rief Carolin, und

Mamma Carlotta stimmte gehorsam ein: »Aus Wald und Feld, aus Bach und Teich, aus aller Schöpfung Kreis ...«

Obwohl es so aussah, als hätte Eriks Arbeit einen Rückschlag erlitten, war Mamma Carlotta froh gewesen, dass der nette Willem Jäger nicht mehr als Täter infrage kam. Und vor allem war sie erleichtert, dass sie sich auch um Tove keine Gedanken mehr zu machen brauchte. Sie musste jetzt nur noch dafür sorgen, dass er nicht erfuhr, wo die Schuhe geblieben waren, die Fietje ihm vom Strand mitgebracht hatte. Und natürlich durfte ihm niemals zu Ohren kommen, dass man ihm einen Mord zugetraut hatte. Sie musste so bald wie möglich wieder einen Besuch in Käptens Kajüte machen. Aber natürlich allein! Tove musste einsehen, dass er ihr nicht anlasten konnte, mit Francesco verwandt gewesen zu sein. Und sie konnte von ihm verlangen, dass er die Antipathie, die er für Giovanna empfand, nicht auf sie übertrug.

Gerade als Carolin vorschlug, sich nun den Blümelein zu widmen, die längst im Mondschein schliefen, störte Felix die außerplanmäßige Chorprobe erneut. Er erschien mit dem schnurlosen Telefon in der Küche und drückte es seiner Schwester ans Ohr. »Für dich!« Die Blümelein mussten allein weiterschlafen, das Telefongespräch hatte Vorrang. Carolin saß mit staunenden Augen da, während sie zuhörte. Zunächst wirkte sie sehr betroffen. »Oh, das tut mir leid!« Dann aber änderte sich ihre Miene, und Röte stieg in ihre Wangen. »Glaubt sie wirklich, dass ich das kann?« Am anderen Ende redete jemand lange und eindringlich, dann sagte Carolin: »Gut, wenn sie es möchte, mache ich es natürlich. Wird sie denn zum Chorwettbewerb wieder gesund sein?« Sie nickte mehrmals, dann verabschiedete sie sich: »Danke, Herr Ingwersen. Und liebe Grüße an Vera.« Sie blickte ihre Großmutter an, als hätte sie ein Telefonat mit Andy Borg vom Musikantenstadl geführt. »Dass sie mir das zutraut!«

»Was ist passiert?«

»Vera ist krank. Irgendwas mit dem Kreislauf, sagt ihr Mann. Sie kann die Chorprobe heute Abend nicht leiten.«

»Zwei Tage vor dem Wettbewerb?«, stöhnte Giovanna. »Das ist ja schrecklich.«

»Aber ich darf sie vertreten«, meinte Carolin strahlend, die angesichts dieses Vertrauensbeweises nicht viel Mitleid mit Vera aufbringen konnte. »Weil ich die Einzige bin, die richtig Noten lesen kann. Außerdem hätte ich eine natürliche Autorität, meint sie, und ein gutes Gefühl für die Wirkung eines Chorliedes.«

»Das hat sie auch gesagt?«, staunte Mamma Carlotta.

Carolin nickte. »Ich soll mir alle Unterlagen, die ich für heute Abend brauche, aus der Muschel II holen. Am besten, wir fahren eine Stunde früher zur Chorprobe, dann kann ich mich noch vorbereiten.«

Mamma Carlotta nickte bereitwillig, aber Giovanna winkte ab. »Ich habe noch zu tun. Meurer-Entertainment Italia muss weiterlaufen. Ich muss noch etwas mit Enzo besprechen. Aber zur Chorprobe werde ich pünktlich da sein.«

»Findest du den Weg nach Keitum?«, fragte Carolin.

»Wenn die Taxifahrer auf Sylt keine Idioten sind, müsste es klappen.« Giovanna sah grinsend zwischen Carolin und Mamma Carlotta hin und her. »Habe ich euch schon gesagt, dass ich eine Überraschung für euch habe?«

Mamma Carlotta schüttelte den Kopf. »Was ist es?«

»Wenn ich es verrate, ist es ja keine Überraschung mehr.«

Carolin blickte beseelt aus dem Fenster und sagte langsam und nachdenklich: »Ich habe auch eine Überraschung für euch.«

»Und die willst du ebenfalls nicht verraten?«, fragte Mamma Carlotta.

»Doch! Ich will nicht mehr Sängerin, sondern Chorleiterin werden.«

»Ich finde, Sie sollten netter zur Ihrer Schwiegermutter sein!« Sören sah seinen Chef vorwurfsvoll an. »Dass es nichts mehr bringt, nach dem Mann mit den großen Füßen zu suchen, dafür kann sie nichts. Wir müssen froh sein, dass sie die Schuhe gefunden hat. Nun wissen wir, dass uns jemand vorgegaukelt hat, der Mörder wäre ein Mann mit großen Füßen. Dafür sollten Sie ihr dankbar sein.«

Sie hatten am Postgebäude an der Kjeirstraße halt gemacht, wo es eine Bäckerei mit einem Stehcafé gab. Erik hatte sich geweigert, seinen Espresso zu Hause einzunehmen, weil direkt nach dem Mittagessen die Vorbereitungen für die Chorprobe begannen, die Carolin leiten sollte. »In einem kühlen Grunde« wollte Erik auf keinen Fall bleiben, das hatte er laut und unmissverständlich verkündet – aber wenig Eindruck hinterlassen.

»Dann eben nicht«, hatte Giovanna ungerührt entgegnet.

Erik wünschte, er hätte darauf bestanden, sie im Strandhotel unterzubringen. Seit ihrer Ankunft wurde in seinem Hause noch häufiger, noch lauter, noch durchdringender gesungen. Dass er seine Ruhe haben wollte, wenn er heimkam, interessierte niemanden: Giovanna nicht, Carolin aus Prinzip nicht, ja, nicht einmal Mamma Carlotta! Erik musste schon froh sein, dass sie bereit gewesen war, für ihn noch einmal bei Adriano Girotti in Neapel anzurufen.

»Anscheinend hatte Susala wirklich nichts mit Francescos Machenschaften zu tun«, meinte Erik, während er mit Sören an einem Stehtisch stand und seinen Kaffee schlürfte.

»Das hätten Alviso und Follini gewusst«, bestätigte sein Assistent. »Aber wie Sie schon sagten … der Mord an

Francesco hat vielleicht gar nichts mit den Erpressungen zu tun.«

Erik nickte schwer, schwieg, starrte nach draußen auf die Straße und strich ausgiebig seinen Schnauzer glatt. »Ich bin ratlos, Sören«, sagte er schließlich. »Ich weiß gar nicht mehr, wo wir ansetzen sollen. Alviso und Follini haben gestanden, das hat Girotti vorhin meiner Schwiegermutter berichtet. Aber nur den Totschlag an Henner Jesse. Mit dem Mord an Utta Ingwersen wollen sie nichts zu tun haben.«

Sören winkte ab. »Das hatten wir doch schon. Das eine war Totschlag und das andere Mord. Einen Mord gesteht man erst, wenn einem nichts anderes übrig bleibt. Oder war es vielleicht Francesco selbst, der Utta Ingwersen umgebracht hat?«

Ein dunkler Wagen hielt auf dem Parkstreifen vor der Bäckerei, und der Chefredakteur des Inselblattes, beladen mit vielen Briefen, ging ins Postgebäude. Erik sah ihm nachdenklich hinterher. »Glauben Sie, dass Arne Ingwersen den Tod seiner Mutter gerächt und Francesco umgebracht hat?«

»Oder Vera Ingwersen hat den Tod ihrer Schwiegermutter gerächt?«, fragte Sören zurück.

»Oder Willem Jäger hat als Freund der Familie den Erpresser beseitigt?«

»Hatten wir nicht gesagt, Francescos Tod muss nichts mit den Erpressungen zu tun haben?«

»Richtig! Aber was kommt als Motiv infrage?«

»Liebe und Eifersucht! Die klassischen Mordmotive!«

»Wer liebt wen, und wer war eifersüchtig?«, fragte Erik.

»Arne Ingwersen liebte seine Kellnerin und hatte Angst, sie an den Jugendfreund zu verlieren.«

»Dann hat Susala also gelogen, als sie behauptete, sie habe mit Francesco nichts mehr am Hut gehabt?«

»Gelogen hat sie, weil sie ahnt, wer Francesco umgebracht hat. Arne Ingwersen!«

»Sie will ihn nicht verraten. Aber warum nicht?«

»Weil er ihr leidtut. Weil sie sich mitschuldig fühlt.«

Wieder entstand Stille. Draußen hupte ein empörter Autofahrer, weil ein anderer ihm einen Parkplatz vor der Nase weggeschnappt hatte, und die Verkäuferin erklärte einem Kunden mit einer Lebensmittelallergie die Zutaten des Bienenstichs.

»Wie wär's«, meinte Sören, »wenn wir heute Nachmittag zu Frau Jesse fahren würden? Sie sollte endlich wissen, dass der Tod ihres Mannes aufgeklärt ist.«

Erik nickte. »Und wenn mir bis morgen nicht eingefallen ist, wie ich diesen Fall löse, dann gehe ich zur Staatsanwältin und bitte sie um den Einsatz einer Sonderkommission.«

Sören sah ihn unglücklich an. »Wenn Sie das tun, werden Sie bei ihr unten durch sein.«

Erik zuckte die Achseln. »Immer noch besser, als mit dem Gedanken zu leben, dass ein Mörder frei herumläuft, dem ich nicht auf die Schliche gekommen bin.«

Der Wind war am frühen Nachmittag eingeschlafen, seitdem war die Luft milde und trug den Geruch des Spätsommers über die Insel. Eigentlich war er schon verloren gegeben worden unter den eiskalten Böen, die mit spitzen Fingern nach allem griffen, was vom Sommer übrig geblieben war. Nun aber war zu spüren, dass der Herbst noch nicht die Herrschaft übernommen hatte, dass er noch darum kämpfte, sie dem Sommer abzunehmen. Hoch aufgerichtet konnten sie nach Keitum fahren, mussten sich nicht klein machen, sich nicht gegen den Wind stemmen.

Arne Ingwersen wirkte nervös, als er Mamma Carlotta und ihre Enkelin begrüßte. Zum Glück hatte er nichts gegen die Anwesenheit Mamma Carlottas einzuwenden.

Es schien ihm sogar zu gefallen, dass Carolins Eifer so weit ging, dass sie sich die Unterstützung ihrer Großmutter gesichert hatte.

Er führte sie ins Büro, öffnete einen Schrank und zog eine Schublade hervor. »Hier bewahrt Vera alles auf, was den Inselchor betrifft«, sagte er zu Carolin. »Ich hoffe, du kommst klar. Leider muss ich weg, und Vera liegt im Bett und kann nicht aufstehen. Ihr Kreislauf ist am Boden. Ihr wird schwindelig, wenn sie sich erhebt. Sie muss strikte Bettruhe einhalten.«

»Ist es so schlimm mit ihr?«, fragte Mamma Carlotta mitfühlend und dachte an den Brief, den Vera erhalten hatte.

Arne nickte. »Aber sie hat Medikamente verschrieben bekommen und meint, dass sie morgen wieder auf den Beinen ist.«Er ging zur Tür und wies noch einmal auf die herausgezogene Lade. »Vera hält große Stücke auf dich, Carolin. Sie meint, du wirst das schon machen. Die Noten für den Wettbewerb liegen in der blauen Mappe.«

Carolin machte sich darüber her und stellte alles zusammen, was sie für die Chorprobe brauchte. Es war ihr anzusehen, dass das Lob ihrem Tatendrang einen kräftigen Schub versetzt hatte.

Währenddessen sah Mamma Carlotta sich um. Sie ging zum Fenster, betrachtete den gepflegten Garten und dachte daran, wie sie dort Zeuge eines Streits zwischen Arne und Vera Ingwersen geworden und am Ende auf Willem Jäger gestoßen war. Warum er sich wohl wirklich im Garten aufgehalten hatte? Vielleicht hatte er die Ingwersens belauscht und es nicht zugeben wollen?

Sie wanderte gedankenvoll an den Regalen entlang, in denen die Akten in Reih und Glied standen. Vera hatte sie so weit wie möglich nach hinten geschoben, damit vor ihnen Platz für gerahmte Fotos war. In der Mitte stand das größte, eindrucksvollste, das Hochzeitsfoto: Vera in einem karamellfarbenen Brautkleid mit einem Mieder, das an ihre zahllosen Dirndl erinnerte. Wie ein Sahnebonbon sah sie aus, rund, appetitlich, lecker. Daneben ihr attraktiver Mann, groß und schlank, ernst, von einer Schönheit, neben der eine Frau schon froh sein konnte, wenn sie zum Anbeißen aussah, so wie Vera. Zum ersten Mal, seit Mamma Carlotta die beiden kannte, fiel ihr auf, dass sie ein ungleiches Paar waren. Tatsächlich passte die bildhübsche Susala besser zu Arne Ingwersen als seine bodenständige Ehefrau. Ob Arne sich für Vera nur deshalb entschieden hatte, weil sie gut fürs Geschäft war? Und weil sein Vater, dessen Rat ihm über alles ging, ihn zu dieser Verbindung ermutigt hatte?

Hinter dem Hochzeitsfoto standen mehrere Ordner mit der Aufschrift »Bewerbungen«. Zwischen H–K und N–P gab es eine Lücke. Der Ordner mit den Bewerbungen L–M war entnommen worden. Also der, in dem auch die Bewerbung von Susanna Larsen abgeheftet sein musste. Mamma Carlotta sah sich um und fand ihn sofort: Er stand auf einem schmalen Sideboard neben dem Fenster, wo auch Prospekte lagen und einige Entwürfe des Mittagsmenüs.

Während Carolin eine Melodie vor sich hinsummte und mit kleinen Gesten dazu dirigierte, arbeitete Mamma Carlotta sich unauffällig zu dem Ordner vor und schlug ihn auf. Zuoberst war die Bewerbung eines Kochs mit dem Namen Dennis Landmann abgeheftet, weiter ging es mit Ben Mehring und Gaby Mensing. Die Bewerbung von Susanna Larsen fehlte.

»Hoffentlich denke ich daran, dem Bass rechtzeitig die Einsätze zu geben«, sagte Carolin, ohne den Blick von den Noten zu nehmen. »Vera sieht die drei immer schon zwei Takte vorher scharf an, damit sie aufpassen und nicht von ihrem Einsatz überrascht werden. Ob ich das auch schaffe?«

»Naturalmente«, gab Mamma Carlotta unkonzentriert zurück.

Carolin sah auf und bemerkte, dass ihre Großmutter die Schublade von Veras Schreibtisch aufzog. »Nonna, was machst du da? Du kannst doch nicht in Veras Schreibtisch herumschnüffeln.«

»Ich schnüffle nicht, ich ermittle!« Mamma Carlotta sah mit einem Blick, dass ihr Gefühl sie nicht getäuscht hatte. In der Schublade lag Susanna Larsens Bewerbung, als hätte Vera Ingwersen sie noch vor Kurzem angesehen.

»Das Ermitteln ist Papas Sache, nicht deine!«

»Ich helfe ihm eben, wo ich kann.« Mamma Carlotta zog die Bewerbung hervor und schlug sie auf.

»Leg das sofort wieder zurück!« Carolin machte Anstalten, ihrer Nonna den Hefter aus der Hand zu reißen. »Das geht dich nichts an.«

Mamma Carlotta gab sich einsichtig und schlug die Bewerbungsmappe wieder zu. »Ist ja schon gut.«

Beruhigt wandte Carolin sich ab und widmete sich erneut den Noten. Sie griff nach einem Bleistift und fügte Zeichen ein, damit sie während der Probe nichts vergaß. »Gut, dass ich schon mal dirigiert habe«, murmelte sie. »Das ist nämlich gar nicht so einfach.«

Diesmal nahm sie die Zustimmung ihrer Großmutter zur Kenntnis, ohne aufzublicken, daher sah sie nicht, dass Mamma Carlotta die Bewerbung ein zweites Mal aufgeschlagen hatte. Carolin wurde erst wieder aufmerksam, als sie einen erstickten Schrei hörte.

»O Dio! Com'è possibile?«

Erik beugte sich tief über seinen Kaffee, Sören machte es genauso. Und beide kehrten sie dabei der Brot- und Kuchentheke den Rücken zu, wo ein Mann stand und nach einem belegten Brötchen verlangte. »Eine Hälfte mit Käse, die andere mit Leberwurst.«

Käsebrötchen waren vorrätig, aber die zweite Brötchenhälfte musste erst zubereitet werden. Währenddessen sah sich der Mann in der Bäckerei um ... und erkannte die beiden Polizeibeamten trotz ihrer Bemühungen, sich unsichtbar zu machen.

Sören bemerkte als Erster, dass ihre Tarnung aufgeflogen war. Er richtete sich auf und sagte: »Ich fahre dann mal nach Wenningstedt in die Jesse-Stuben.«

Menno Koopmann, der Chefredakteur des Inselblattes, stellte sich prompt an seinen Platz. »Hallo, Wolf! Prima, dass ich Sie hier treffe. Sonst wäre ich in einer Viertelstunde zu Ihnen ins Revier gekommen!«

Dort hätte ich dich rauswerfen können, hier nicht, dachte Erik grimmig und trank seine Tasse leer, um zu zeigen, dass sein Aufenthalt in dieser Bäckerei beendet war.

»Was ist eigentlich mit den beiden Raubmorden?«, fragte Menno Koopmann. »Man hört nichts, man sieht nichts, die Staatsanwältin gibt keine Pressemitteilungen raus ...«

Dass Menno Koopmann einen guten Draht zu Frau Dr. Speck hatte, machte ihn für Erik keineswegs sympathischer. In diesem Fall jedoch schien es ein Vorteil zu sein. Dass der Chefredakteur die Sylter Polizei noch nicht mit Fragen zu den Todesfällen Jesse und Ingwersen bestürmt hatte, konnte nur daran liegen, dass die Staatsanwältin ihn zurückgehalten hatte. Und anscheinend wusste er auch nichts von Francesco Corrados Tod. Erstaunlich, dass diese Neuigkeit noch nicht zu ihm durchgesickert war.

Erik entschloss sich, auf jegliche Wahrheitsliebe zu pfeifen. »Wir stehen kurz vor einer Festnahme«, behauptete er.

Koopmann überhörte den Ruf der Verkäuferin, die ihm seine zweite Brötchenhälfte geschmiert hatte. »Was meinen Sie mit ›kurz davor‹? Sie wissen also, wer es war? Aber Sie haben den Kerl noch nicht erwischt?«

Erik betrachtete sein grobes Gesicht, das schlecht rasierte Kinn, die kleinen schlauen Augen, die grobporige Nase, dann entschloss er sich, freundlich zu sein. »Die Morde wurden von Italienern begangen«, erklärte er. »Die beiden haben sich in ihre Heimat abgesetzt. Aber die Auslieferung erfolgt in Kürze, dann werden wir bald mehr wissen über den Tathergang.«

»Wieso sagt die Staatsanwältin mir das nicht?«, fragte Menno Koopmann entgeistert.

»Weil die Sache nicht an die große Glocke gehängt werden soll, bevor wir die Kerle wieder in Deutschland haben«, antwortete Erik. »Und ich rate Ihnen dringend, vorher keine Silbe davon zu drucken.«

Koopmann grinste. »Und was kriege ich dafür? Eine Exklusivstory?« Er schrieb mit der rechten Hand eine Schlagzeile in die Luft. »Hauptkommissar Wolf packt aus! Die Leser des Inselblattes erfahren es aus erster Hand!«

»Geht in Ordnung.« Erik trug seine Tasse zu dem Geschirrwagen, der für die Aufnahme des benutzten Geschirrs bereitstand.

So schnell und glimpflich war ein Treffen mit Menno Koopmann noch nie abgelaufen. Unter anderen Umständen hätte Erik niemals eine Frage an ihn gerichtet, die privater Natur war, aber Koopmann war naturgemäß immer gut informiert und kannte Hinz und Kunz auf Sylt. Daher blieb Erik auf dem Weg zur Tür an der Theke stehen, wo der Chefredakteur gerade seine belegten Brötchen in Empfang nahm. »Eine Frage noch, Herr Koopmann ... haben Sie schon einmal von einer Familie Silbereisen auf Sylt gehört?«

Koopmann starrte ihn an. »Auf Sylt? Nö! Ich kenne nur Florian Silbereisen. Aber der kommt aus Bayern!«

Erik war überrascht. Aus Bayern stammte der Junge? Erstaunlich, dass ihm gar kein Dialekt aufgefallen war!

Bevor er weiterfragen konnte, fügte Menno Koopmann

an: »Singen kann der wie kein Zweiter! Also, ich finde den Jungen großartig.«

»Und ... persönlich?«

Koopmann zuckte die Achseln. »Persönlich kenne ich ihn nicht. Aber ich finde, das ist ein sympathischer Bursche!« Er lachte. »Warum fragen Sie mich das?«

»Nur so!« Erik fühlte sich leichter, als er die Bäckerei verließ. Zwar gab er sonst nichts auf Koopmanns Meinung, aber in diesem Fall gefiel sie ihm so sehr, dass er zu ignorieren beschloss, von wem sie stammte. Er war erleichtert, dass es jemanden gab, der Carolins Freund sympathisch fand. Dass er gut singen konnte, hatte er sich schon gedacht, sonst wäre er nicht Mitglied des Inselchors geworden. Vielleicht war ein talentierter Bursche, der einem schon von Berufs wegen kritischen Menschen wie Menno Koopmann gefiel, doch der richtige Freund für seine Tochter?

Mamma Carlotta fiel es während der Chorprobe nicht nur schwer, sich aufs Singen zu konzentrieren, sie war ausnahmsweise auch unfähig, uneingeschränkten Stolz auf ihre Enkelin zu empfinden. Dabei hätte sie Grund genug gehabt. Carolin meisterte ihre Aufgabe souverän, es gab sogar einige Chormitglieder, die sich zutuschelten, dass sie die geborene Chorleiterin sei und beinahe noch besser als Vera Ingwersen. Immer wieder flogen Carolins Augen zu ihrer Nonna, um sich dort bestätigen zu lassen, dass sie alles gut und richtig machte, aber Mamma Carlotta gelang es jedesmal nur mit Mühe, ihr das anerkennende Lächeln zu schenken, das Carolin zu Recht erwartete. Sie war einfach nicht fähig, an etwas anderes zu denken, als an das, was sie in Susalas Bewerbungsmappe gesehen hatte.

Carolin hob die Arme, sämtliche Sänger waren mucksmäuschenstill, und auf ihr Zeichen begannen alle zu singen – nur Mamma Carlotta nicht. Erst als Carolin sie strafend ansah, riss sie sich zusammen … und sang prompt mitten in eine Pause hinein, sodass die Probe unterbrochen werden musste. Alle anderen lachten, als die Großmutter von ihrer Enkelin getadelt werden musste, Mamma Carlotta selbst allerdings konnte sich nicht einmal ein Lächeln abringen. Sie schämte sich entsetzlich. Da war Carolin auf dem besten Wege, ihre ersten Sporen als Chorleiterin zu verdienen, und sie, ihre Nonna, könnte ihr helfen, indem sie auf jede ihrer Gesten achtete, damit das Ergebnis ihrer Arbeit sich hören lassen konnte! Und was tat sie? Sie patzte! Sie musste sich endlich zusammenreißen! Nach der Chorprobe würde Zeit genug zum Nachdenken sein. Jetzt musste sie singen! Das richtige Lied, die richtige Strophe, in der richtigen Tonlage!

Zum Glück rettete Giovanna die Familienehre. Carolin hatte allen Grund, stolz auf diese Verwandte zu sein, die ihre Erwartungen nicht nur erfüllte, sondern sogar übertraf. Ein paar Mal musste ein Lied unterbrochen werden, weil die anderen Chormitglieder vor lauter Ergriffenheit das Singen vergaßen, sobald Giovanna einsetzte. Ihre Stimme war ausdrucksvoll und hatte ein erstaunliches Volumen. Als sie »Amazing Grace« sang, dachte niemand mehr an Utta Ingwersen. Giovanna sang stolz und frei, voller Konzentration auf die Melodie, mit der sie ihre Zuhörer berauschte. Aber war das ein Wunder? Giovanna war ja selbst unberührt geblieben von dem, was sie beobachtet hatte. Ganz im Gegensatz zu Mamma Carlotta …

Als Giovanna in Keitum eintraf, war Carlotta noch immer völlig konfus, wohl auch deshalb hatte Giovannas Bemerkung bei ihr eingeschlagen wie eine Bombe. »Während ich den Taxifahrer bezahlte, fuhr gerade Vera Ingwersen vom Parkplatz. Hieß es nicht, sie sei krank?«

Mamma Carlotta hatte sie entgeistert angestarrt. »Das

kann nicht sein. Ihr Mann hat gesagt, sie liege im Bett und könne nicht aufstehen.«

»Dann hat sie eine Zwillingsschwester.«

»Oder es ging ihr so schlecht, dass sie zum Arzt musste«, überlegte Mamma Carlotta.

»Immerhin ging es ihr gut genug, um ihr eigenes Auto zu benutzen.« Giovanna lachte. »Schau nicht so konsterniert, Carlotta! Hast du noch nie eine Krankheit vorgeschoben, wenn du Zeit für etwas Verbotenes brauchtest? Oder für etwas, was niemand wissen sollte? Oder weil du keine Lust hattest, eine Einladung anzunehmen?«

Mamma Carlotta brauchte nicht lange nachzudenken. Richtig, wenn die Haushälterin des Pfarrers zum Essen einlud, hatte sie gelegentlich Kopfschmerzen vorgetäuscht, um zu Hause bleiben zu können, weil das Essen im Pfarrhaus derart fett war, dass sie lieber unter der Lüge litt als später unter einer Gastritis. Aber dass für Vera Ingwersen etwas wichtiger sein konnte als eine der letzten Chorproben vor dem Chorwettbewerb, das erschien ihr undenkbar. Und wenn es tatsächlich etwas Wichtigeres für sie gab – was konnte es dann sein?

Vielleicht ein weiterer Versuch, ihren Mann mit der schönen Kellnerin in flagranti zu erwischen? Aber Susanna Larsen war pünktlich zur Chorprobe erschienen. Mit ihr konnte Veras Verschwinden also nichts zu tun haben. Dafür vielleicht mit dem Brief, den Vera erhalten hatte? Womöglich hatte sie durch ihn erfahren, dass Susala, die Geliebte ihres Mannes, eine Mörderin war? Und Vera hatte sich daraufhin die Personalakte vorgenommen und den Beweis entdeckt, der auch Mamma Carlotta sofort ins Auge gesprungen war. Der Beweis, dass Susala Utta Ingwersen auf dem Gewissen hatte.

Kein Wunder, dass das Kettchen, das Sandra zum Geburtstag bekommen sollte, in der Perlenmuschel nicht zu finden gewesen war! Es hatte dort nie im Verkauf gelegen!

Harm Ingwersen hatte sich geirrt. Auf dem Passfoto war es ganz deutlich zu erkennen, das Kettchen mit dem Kreuz, das Utta Ingwersen in der Stunde ihres Todes fest umklammert hatte. Also hatte sie es nicht sich selbst in ihrer Not abgerissen, sondern ihrer Mörderin!

Der Fall wäre gelöst, wenn Erik davon wüsste. Aber wie sollte Mamma Carlotta ihm den entscheidenden Tipp geben? Dann müsste sie verraten, dass sie in Susannas Bewerbungsunterlagen geschnüffelt hatte. Nein, nur das nicht! Erik konnte sehr harsch reagieren, wenn Mamma Carlotta sich in seine Arbeit einmischte. Sie musste einen anderen Weg finden, ihn auf die richtige Spur zu bringen. Aber welchen? Carolin klatschte in die Hände und kündigte eine Pause von einer Viertelstunde an. Sie sah ihre Nonna mit großen Augen an, wartete auf Lob, auf Anerkennung, auf die Zusicherung, dass sie die Probe hervorragend geleitet hatte, aber noch immer war Mamma Carlotta nicht imstande, ihr zu geben, was sie brauchte. Mit einer hastigen Geste gab sie Carolin zu verstehen, dass sie dringend die Toilette aufsuchen müsse, und lief aus dem Probenraum. Sie brauchte Ruhe! Sie musste zwei, drei Minuten ungestört nachdenken.

Die schöne Susanna Larsen war eine Mörderin! Und Erik glaubte nach wie vor, Utta Ingwersen sei von Francescos Leuten umgebracht worden, um den Wünschen einer mafiösen Vereinigung Nachdruck zu verleihen, die gar keine war. Wenn sie ihm nicht half, würde er in ein paar Wochen noch auf der falschen Fährte herumirren.

Mamma Carlotta lehnte am Waschbecken, die Arme vor der Brust verschränkt, und war noch immer zu keinem Ergebnis gekommen, als plötzlich die Tür aufgerissen wurde. Eine junge Frau stürzte herein, die Hand vor den Mund geschlagen. Einen Augenblick später, gerade noch rechtzeitig, beugte sie sich über eine Toilettenschüssel und würgte alles heraus, was sie zu sich genommen hatte. In der Eile war sie nicht einmal dazu gekommen, die Tür hinter sich zu schließen.

Zwei Schritte, und Mamma Carlotta hätte ihr Beistand leisten, ihr tröstend die Hand auf den Rücken legen und ihr sanft zureden können. Aber Mamma Carlotta regte keinen Finger. Einer Mörderin helfen? Mamma mia! No!

Susanna würgte immer noch, als die Tür erneut aufsprang und Giovanna auf der Türschwelle erschien. Vermutlich war sie Susanna sofort gefolgt, aber auf ihren Pfennigabsätzen hatte sie deren Vorsprung natürlich nicht aufholen können.

»Susala!«, rief sie und stand schon hinter der jungen Frau, die sich nun aufrichtete und über die Stirn strich. »Poverina!«

Fürsorglich geleitete sie Susanna zum Waschbecken, schob Carlotta unwirsch zur Seite und stellte für Susanna den Wasserhahn an. Mit einem ärgerlichen Blick strafte sie Mamma Carlotta für ihre mangelnde Hilfsbereitschaft.

Noch während Susanna sich mit beiden Händen das Wasser ins Gesicht schlug, fragte Giovanna: »Du bist schwanger, vero?«

Susanna antwortete nicht, aber ihr Schweigen war Giovanna Antwort genug. »Das ist ja wunderbar!«, rief sie. »Meraviglioso! Wie traurig, dass Francesco das nicht mehr erleben durfte! Aber so wird doch etwas von ihm bleiben, wenn wir ihn zu Grabe getragen haben!«

Susanna richtete sich auf, starrte Giovanna kurz an, dann nahm sie die Papiertücher entgegen, die Giovanna eilig aus einem Spender gezogen hatte, und begann sich das Gesicht abzutrocknen.

»Mach dir keine Sorgen«, redete Giovanna weiter. »Wir werden für das Kind da sein. Meine Schwester wird sich über den Enkel freuen. Du wirst nicht allein sein mit dem Baby. Selbstverständlich gehörst du zur Familie, wenn es auch ... wenn es auch zur Hochzeit ... nicht mehr gekommen ist.« Während der letzten Wörter war sie unsicher geworden. »Warum siehst du mich so komisch an?«

Susanna sah Giovanna nicht komisch an, sondern so, als wollte sie ihr den Hals umdrehen. Mamma Carlotta lief eine Gänsehaut den Rücken herunter, obwohl Susannas Blick nicht ihr galt. Sie war sicher: So hatte die schöne Kellnerin auch Utta Ingwersen angesehen, kurz bevor sie zuschlug.

»Lass mich in Ruhe!«, stieß Susanna hervor. »Wann kapierst du endlich, dass ich mit Francesco nichts mehr am Hut hatte? Ich war mal in ihn verliebt, ja. Aber da war ich noch ein Kind. Und ich habe mich gefreut, ihn wiederzusehen, ja. Aber nicht lange! Einen halben Tag habe ich gebraucht, um zu merken, dass er ein Arschloch war!«

»Aber … aber, Susala …«, stotterte Giovanna.

»Wenn das Kind, das ich erwarte, von Francesco wäre, hätte ich es längst abgetrieben!«

»Madonna!«, flüsterte Giovanna. »Aber Francesco hat doch gesagt …«

Susanna ließ sie nicht aussprechen. »Der hat viel gesagt, wenn der Tag lang war. Er kam sich ja so großartig vor, weil er neuerdings Kohle hatte. Der meinte, darauf müsste jede Frau abfahren. Ich habe ihm hundertmal gesagt, dass ich ihn nicht heiraten werde. Und er hat hundertmal geantwortet, dass ich schon merken würde, dass ich in Wirklichkeit nur ihn liebe.« Sie ging zur Tür und warf einen Blick zurück, der so voller Abneigung war, dass Giovanna keinen Ton mehr herausbrachte und Mamma Carlotta wie erstarrt dastand. »Dem Kerl weine ich keine Träne nach.«

Nun fand Mamma Carlotta plötzlich ihre Stimme wieder: »Warst du es vielleicht sogar, die ihn umgebracht hat?«, fragte sie aus einer Eingebung heraus.

»Gute Idee!«, kam es spöttisch von Susanna zurück. »Da hätte ich selbst drauf kommen können.«

Giovanna griff sich ans Herz, als die Tür hinter Susanna ins Schloss gefallen war. »Wie kann sie nur so etwas Schreckliches sagen?«

»Es blieb ihr ja nichts anderes übrig«, gab Mamma Carlotta aufgebracht zurück. »Wie kannst du immer wieder davon anfangen, dass Francesco und Susala heiraten wollten!«

»Aber Francesco hat es doch gesagt!«

»Und du hast es geglaubt, weil es dir gut in den Kram passte!« Mamma Carlotta trat so dicht vor Giovanna, dass die zu schielen begann. »Ich hab's dir doch gesagt: Susanna Larsen hat ein Verhältnis mit ihrem Chef.« Sie hatte langsam und betont gesprochen und ergänzte nun: »Hast du es jetzt endlich kapiert?«

Giovanna nickte, wie ein Kaninchen nicken mochte, wenn die Schlange es fragte, ob es einen letzten Wunsch hätte, bevor es gefressen wurde. Daraufhin trat Mamma Carlotta einen Schritt zurück. »Wenn Susala ein Kind erwartet, dann ist es von Arne Ingwersen.«

Giovanna musste sich am Waschbecken festhalten, weil ihre Absätze sie nicht mehr trugen. »Die arme Vera!«, stöhnte sie.

»Ja, die arme Vera«, wiederholte Mamma Carlotta.

Doch wo mochte Vera Ingwersen sich aufhalten, um den vielen Lügen auf die Spur zu kommen, die ihr das Leben schwer machten?

Der nächste Tag war Freitag, der Tag vor dem Chorwettbewerb. Mit Carolin war kein vernünftiges Wort mehr zu reden, sie dachte nur noch in Noten und Taktschlägen. Selbst nachdem sie erfahren hatte, dass Vera Ingwersen zwar noch nicht gesund, aber doch auf dem Wege der Besserung sei. Jedenfalls wollte sie, wenn eben möglich, den Chor während des Wettbewerbs leiten. Doch sie hatte Carolin am Telefon gebeten, sich vorsichtshalber darauf einzustellen, für sie einzuspringen, falls ihr Kreislauf noch einmal zusammenbrechen sollte.

Kein Wunder, dass Carolin von Lampenfieber geplagt wurde! Als beim Frühstück Felix' Nutellaglas einem Notenblatt zu nah kam, war es zu einem heftigen Streit gekommen. Daraufhin hatte Felix ohne sein Nutellabrot das Haus verlassen und verkündet, dass er nie und nimmer zu diesem blöden Wettbewerb gehen werde, auch nicht, wenn seine Schwester damit den Grundstein für ihre Karriere legte. »Wenn ich später als Fußballer berühmt bin, werde ich niemandem erzählen, dass ich eine Schwester habe, die Volksmusik trällert. Das ist ja nur peinlich!«

Der Streit war nach der Schule weitergegangen, sodass Mamma Carlotta irgendwann wortlos nach ihrer Jacke gegriffen und das Haus verlassen hatte. Das war ja nicht auszuhalten! Die Kinder zankten sich, Carolin ließ ihr Lampenfieber an der gesamten Familie aus, Felix wütete gegen alles, was aus einer hübschen Melodie und schönen Reimen bestand, und Erik war derart missgelaunt, dass sogar Sören es an diesem Tag vorgezogen hatte, Mamma Carlottas Kochkunst zu entsagen und die Mittagspause ohne seinen Chef zu verbringen. Mit Giovanna war überhaupt nicht zu reden. Sie hockte stundenlang mit ihrem Mobiltelefon hinter geschlossener Tür, redete mit Enzo Meurer und antwortete, wenn man sie fragte, nur mit dem geheimnisvollen Wort: »Überraschung!«

Zornig stieg Mamma Carlotta aufs Rad. Jetzt fehlte nur noch, dass Tove, der alte Griesgram, ihr den Rotwein verweigerte! Dann würde sie glatt zum Inselblatt gehen, diesem unsympathischen Chefredakteur erzählen, dass Susanna Larsen eine Mörderin war, und gleichgültig bei allem zusehen, was dann geschah.

Tove war gewiss kein Mensch, der sich durch besondere Sensibilität auszeichnete, aber als Mamma Carlotta vor seiner Theke erschien, begriff er schnell, dass er es sich an diesem Tag mit seinem Lieblingsgast ein für allemal verscherzen konnte. Er hatte längst eingesehen, dass er ihr bei ihrem letzten Besuch Unrecht getan hatte. Natürlich konnte sie nichts dafür, dass sie mit dem Erpresser entfernt verwandt war, das war ihm bald aufgegangen. Zu spät, hatte er schon befürchtet. Deswegen war er jetzt heilfroh, weil sich herausstellte, dass Mamma Carlotta sich noch keine andere Stammkneipe gesucht hatte. Wenn er es mit der Freude auch nicht übertreiben wollte, so brummte er doch immerhin ziemlich aufgeräumt: »Moin, Signora! Rotwein aus Montepulciano gefällig?«

Er wartete ihre Antwort nicht ab, sondern holte die Flasche aus dem Vorrat und schenkte ihr ein. So viel, dass sie Mühe hatte, das Glas an den Mund zu führen, ohne etwas zu verschütten. Sie merkte, dass sie sich bereits besser fühlte. Die Ruhe in Käptens Kajüte tat ihr gut. Dass sich hier der Andrang der Kunden zu fast jeder Tageszeit in Grenzen hielt, war wirklich sehr angenehm. So dauerte es auch nicht lange, bis ihre Redseligkeit geweckt wurde. Bis Tove alles erfahren hatte, was sie zurzeit bedrückte, dauerte es dann allerdings noch eine ganze Weile. Doch das war nicht schlimm, Tove hatte ohnehin wenig zu tun. Es reichte, wenn er darauf achtete, dass die Zigeunersoße warm blieb, denn er hatte Zigeunerschnitzel mit Pommes als Tagesempfehlung auf die Tafel vor der Tür gesetzt.

Als Carlotta fertig war, bewies er, dass er gut zugehört hatte. »Welches Motiv hat denn diese Susala?«, fragte er.

Mamma Carlotta räumte ein, dass es nicht auf der Hand lag, auch sie hatte eine Weile darüber nachdenken müssen. »Aber nun ist es mir klar. Susala steckte mit Francesco unter einer Decke. Sie ist in sein Geschäft eingestiegen, nachdem die beiden sich hier auf Sylt wiedergetroffen hatten.«

»So ein Miststück!«, schimpfte Tove, der den finanziellen Verlust, den die Erpressung ihm eingetragen hatte, noch längst nicht verschmerzt hatte.

»Utta Ingwersen muss ihr auf die Spur gekommen sein«, fuhr Mamma Carlotta fort. »Und aus Angst, dass sie ihrem Sohn etwas verraten würde, hat Susala sie umgebracht.«

Tove nickte zögernd. »Oder Utta Ingwersen hat herausbekommen, dass Susala und Arne was miteinander haben und wollte die Ehe ihres Sohnes retten. Sie hat verlangt, dass die beiden sich trennen. Und Susala hat dann dafür gesorgt, dass sie den Mund hält. Für immer!«

»Auch möglich«, gab Mamma Carlotta zu. »Jedenfalls hat sie sich ausgerechnet, dass sie ein eher geringes Risiko eingeht. Denn natürlich hat sofort jeder daran gedacht, dass die Mafia sich an Harm Ingwersen gerächt hat.«

»Indem sie seine Frau umbringt.« Tove schob anerkennend die Unterlippe vor. »Ganz schön clever! Und warum musste der Scheißkerl, der mich erpresst hat, auch dran glauben?«

»Weil er gemerkt hat, dass Susala Utta Ingwersen umgebracht hat. Und weil er spitzkriegte, dass die Mafia in Verdacht geriet – also er selbst!«

»Und das wollte er nicht auf sich sitzen lassen. Es kam zum Streit, und – schwups! – hat die saubere Lady ihm den Schädel eingeschlagen! Donnerlittchen!«

»Vielleicht ist er auch dahintergekommen, dass sie mit Arne ein Verhältnis hat«, überlegte Mamma Carlotta weiter. »Und er hat von ihr verlangt, es aufzugeben. Ansonsten wollte er dafür sorgen, dass die Polizei einen Wink bekommt, wer wirklich hinter Utta Ingwersens Tod steckt.«

»Auch denkbar! Nur ... wie sollen wir das beweisen?«

In diesem Moment betrat ein Kunde die Imbiss-Stube. Zum Glück war er mit einem eiskalten Bommerlunder schnell abgefertigt. Als Tove die Flasche wieder in der Kühlung verstaute, sagte er: »Es wäre gut, wenn man wüsste, was in dem Brief steht, den Vera Ingwersen bekommen hat.«

Mamma Carlotta nickte. »So, wie sie reagiert hat, muss es etwas Schlimmes gewesen sein.«

»Aber wo mag sie ihn versteckt haben?«

Mamma Carlotta dachte lange nach, dann sagte sie: »Es würde mich nicht wundern, wenn er noch da liegt, wo sie ihn hingesteckt hat: neben der Kasse unter dem Einwickelpapier.«

Tove sah sie ungläubig an. »Ausgerechnet dort?«

»Gerade dort! Um die Perlenmuschel kümmert sich niemand. Nur Vera! Dort ist der Brief sicherer als in ihrer Wohnung, wo Arne ihn finden könnte.«

Mamma Carlotta hatte nicht gemerkt, dass sich die Tür zu Käptens Kajüte erneut geöffnet hatte. Erst als Fietje sich neben sie auf einen Barhocker schob, stellte sie fest, dass sie nicht mehr mit Tove allein war.

»Ich bin vor einer Stunde an der Perlenmuschel vorbeigekommen«, erzählte Fietje. »Da hängt ein großes Schild an der Tür: ›Wegen Krankheit geschlossen!‹« Er sah von einem zum anderen und bemerkte, dass es in Mamma Carlottas Gesicht arbeitete und Tove scharf nachdachte. »Es gibt da eine Tür an der Rückseite des Hauses, deren Schloss nicht mehr funktioniert. Die führt in einen Abstellraum, den niemand benutzt. In dem steht ein Regal, das fast leer ist. Deshalb kann man es leicht zur Seite rücken. Dahinter ist eine Tür, die in den Toilettenraum der Perlenmuschel führt.«

»Woher wissen Sie das?«, staunte Mamma Carlotta.

»Weil er ein gottverdammter Spanner ist!«, antwortete Tove an Fietjes Stelle, aber es klang nicht so aggressiv wie sonst, sondern eher so, als ginge es um eine Unart, über die man lächelnd den Kopf schüttelt.

Fietje ergänzte: »Ich habe mal gesehen, wie die hübsche Kellnerin aus der Muschel II dort eingedrungen ist.«

»Ein zusätzlicher Beweis!« Mamma Carlotta strahlte. »Wenn das so einfach ist, machen wir das auch!«

»Wir?«, fragte Tove gedehnt.

Mamma Carlottas Lächeln fiel in sich zusammen. »Sie wollen mich doch nicht alleinlassen?«

Tove sah so aus, als wollte er nichts lieber als das, aber dann brummte er doch: »Also gut, ich komme mit.«

»Es wird ganz schnell gehen«, versicherte Mamma Carlotta. »Wir sehen unter dem Einwickelpapier nach, und wenn der Brief dort nicht ist ...«

»... gehen wir wieder und trinken hier den Rotwein aus«, schlug Tove vor.

»Nein, dann durchsuchen wir die Schränke in der Perlenmuschel. Ich bin sicher, dass Vera den Brief irgendwo dort aufbewahrt.«

»Und wenn wir ihn nicht finden, nehmen wir wenigstens die Kasse mit, damit sich der Einbruch gelohnt hat.«

Carlotta sah Tove empört an. »Sie müssen mir versprechen, dass Sie nichts anrühren! Und schon gar nichts mitnehmen!«

»Wenn ich erwischt werde, wird mir niemand glauben, dass ich nichts geklaut habe. Also kann ich genauso gut was mitgehen lassen.«

»Tove!«, sagte Mamma Carlotta streng, als hätte sie einen Sohn im Flegelalter vor sich.

»Schon gut«, wehrte Tove ab, doch Mamma Carlotta schien nicht besonders beruhigt.

»Am besten, wir machen es heute Abend«, schlug sie vor. »Nach der Chorprobe! Dann wird es bald dunkel.« Sie dachte kurz nach, dann nickte sie bestätigend. »Carolin wird noch einiges mit Vera zu besprechen haben, sofern die überhaupt wieder einsatzfähig ist. Wenn nicht, wird Carolin erst recht eine Menge zu organisieren haben.«

»Und Ihre schreckliche Verwandte?«, fragte Tove. »Die darf mir nicht in die Quere kommen.«

Carlotta winkte ab. »Giovanna nimmt immer ein Taxi. Und wenn ich später nach Hause komme als Carolin und Giovanna, wird mir schon was einfallen. Ich habe Frau Kemmertöns getroffen oder die Kassiererin von Feinkost Meyer oder …« Sie unterbrach ihre Aufzählung. »Es wird ja nicht lange dauern!«

»Wollen wir's hoffen!«, seufzte Tove und sah jetzt so entschlossen aus wie damals vor Gibraltar, als er sich als Einziger schwimmend an Land rettete. »Ich komme mit dem Lieferwagen nach Keitum und warte in der Nähe der Teestube auf Sie. Dann laden wir Ihr Fahrrad ein und sind im Nu in Westerland.«

Erik saß am Schreibtisch und brütete vor sich hin. Schließlich holte er seine Pfeife heraus und klopfte sie aus. Er betrachtete sie eine Weile, dann steckte er sie kalt in den Mund. Das war zwar kein Ersatz für das Paffen, für die Rauchwölkchen, die zur Zimmerdecke stiegen, für den Tabakduft, aber es ging ihm trotzdem besser, als er auf dem Pfeifenstiel herumkauen konnte.

Das Telefongespräch mit Harm Ingwersen hatte nicht viel gebracht. Natürlich war er gleich misstrauisch geworden, als Erik ihn auf seinen Sohn ansprach. »Was wollen Sie von Arne?«

Vorsichtig hatte Erik ihn nach Arnes Verhältnis zu seiner Mutter gefragt, und Harm Ingwersen hatte widerwillig geantwortet: »Das war nicht besonders. Nicht wirklich schlecht, aber … irgendwie kühl. Es hat mir oft wehgetan, wenn Arne seine Mutter von der Seite ansah, als fürchtete er sich vor ihr.«

»Er fürchtete sich?«

»Das habe ich nicht gesagt. Aber er hat sie manchmal so angesehen. Irgendwie war da kein Vertrauen zwischen Mutter und Sohn.« Und dann hatte sich seine Stimme geändert, war scharf und knapp geworden: »Sie können mir sicherlich erklären, warum Sie nach meinem Sohn fragen?«

Nein, Erik konnte es nicht. Oder besser ... er wollte es nicht. Stattdessen stellte er eine weitere Frage, vorsichtig, zögernd, weil es ihm eigentlich peinlich war, Harm Ingwersen derartige Fragen stellen zu müssen. »Wie beurteilen Sie die Ehe Ihres Sohnes? Ist sie gut?«

»Natürlich ist sie das«, kam es heftig zurück.

»Natürlich?«

»Sie ist gut! Eine ganz normale Ehe.«

»Kann es sein, dass Ihr Sohn eine Geliebte hat?«

»Nein, völlig unmöglich.«

Ehe Harm Ingwersen sich erkundigen konnte, wie Erik zu dieser ungeheuerlichen Frage kam, hatte der sich schon für die Antwort bedankt, sich verabschiedet und aufgelegt.

Ärgerlich biss er auf seinem Pfeifenstiel herum. Wie konnte er nur! Was dachte Harm Ingwersen jetzt von ihm? Wenn sein Sohn eine Affäre hatte, würde der Vater der Letzte sein, der davon erfuhr. Erstaunlich genug, dass Harm Ingwersen so ehrlich Auskunft über das Verhältnis seines Sohnes zu seiner Mutter gegeben hatte. Kühl war es gewesen. Also konnte man nicht davon ausgehen, dass Arne Ingwersen sich aus Verzweiflung über ihren Tod an ihrem Mörder gerächt hatte.

Nach dem Gespräch mit Harm Ingwersen war Erik nichts anderes eingefallen, als Enno Mierendorf damit zu beauftragen, Arne eine Weile zu beobachten. »Sein Tagesablauf, seine Gewohnheiten, seine Kontakte. Na, Sie wissen schon.«

Als das Telefon nun klingelte, legte Erik erst sorgsam seine Pfeife beiseite, ehe er abnahm. Es war Enno Mierendorf.

»Haben Sie was herausgefunden?«, fragte Erik.

»Nicht wirklich«, kam es zögernd zurück. »Arne Ingwersen hat sich mit einem Freund getroffen. Mit Willem Jäger, dem Leiter der Tanzschule. Die beiden sind gemeinsam weggefahren.«

»Wohin?«

»Zum Morsumer Kliff. Vor der Gaststätte Morsum-Kliff sind sie rechts abgebogen und dann den Weg fast bis zum Ende gefahren. Den Weg, der oberhalb der Bahnlinie entlangführt und dann zur Tischlerei.«

»Den kenne ich.«

»Noch vor der Tischlerei haben sie den Wagen abgestellt.«

»Sind sie ausgestiegen?«

»Nein. Aber ich kann die beiden nicht erkennen. Ich weiß nicht, was sie tun. Wenn ich näher rangehe, werden sie mich sehen. Was soll ich jetzt machen?«

Erik seufzte. »Kommen Sie am besten zurück. Das bringt ja alles nichts.«

»Okay, Chef!«

Erik wollte schon auflegen, da merkte er, dass Mierendorf zögerte. »Sind Sie noch dran?«, fragte er.

»Ja, warten Sie mal, da kommt gerade ein Wagen ... er hält in der Nähe ... eine Frau steigt aus ... Vera Ingwersen! Sie geht zu dem Auto, in dem ihr Mann mit Willem Jäger sitzt.«

Erik saß plötzlich aufrecht da. »Das ist merkwürdig. Eigentlich ist sie so krank, dass meine Tochter ihr die Chorleitung abnehmen musste. Wie sieht sie aus? Gleichgültig? Erregt? Oder ganz normal?«

»Erregt, würde ich sagen. Sie geht sehr schnell. Und sie bewegt sich so geschickt auf den Wagen zu, dass sie von den Männern weder in den Außenspiegeln noch im Rückspiegel gesehen wird.«

Es war tatsächlich so einfach, wie Fietje gesagt hatte. Die Dämmerung war noch nicht zur Dunkelheit geworden, als sie sich hinter das Gebäude der Perlenmuschel schlichen. Nur wenige Autos standen dort, und mehrere Türen führten ins Gebäude, in die Küche, in den Getränkekeller, in die Privatwohnung von Harm Ingwersen.

»Wir dürfen uns hier nicht lange aufhalten«, flüsterte Tove. »Hier kann jederzeit einer auftauchen.«

Sie fanden die Tür sehr schnell, die in den Abstellraum führte. Tove schob Mamma Carlotta hinein, blieb selbst aber zurück. »Mir war, als hätte ich was gehört«, sagte er leise. »Ich sehe mich um, dann komme ich nach.«

Mamma Carlotta huschte in den Abstellraum und lauschte mit angehaltenem Atem. Draußen knirschten Toves Schritte, dann war alles still. Hoffentlich waren sie nicht beobachtet worden! Toves Lieferwagen war auffällig. Wer ihn gesehen hatte, würde wissen, dass Tove nach Westerland gefahren war und in der Nähe der Muschel I, vor der Kirche St. Christophorus, geparkt hatte. Vorsichtshalber waren sie getrennt zur Perlenmuschel gegangen, um wenigstens nicht gemeinsam gesehen zu werden. Aber Mamma Carlotta war bis zu diesem Augenblick sicher gewesen, dass alle Vorsichtsmaßnahmen überflüssig waren. Sie war niemandem begegnet, den sie kannte, niemand war auf sie aufmerksam geworden.

Die Tür öffnete sich, Tove erschien. »Die Luft ist rein. Ich dachte, ich hätte im Gebüsch was gehört, aber da war nichts.«

Mamma Carlotta nickte zufrieden. Gemeinsam schoben sie das Regal zur Seite, und Tove öffnete die Tür, die dahinter zum Vorschein gekommen war. Sie huschten in den Toilettenraum und von dort in die Perlenmuschel.

»Perfetto«, sagte Mamma Carlotta zufrieden.

Im Verkaufsraum war es dämmrig, aber nicht finster. Tove konnte darauf verzichten, seine Taschenlampe anzumachen, die Straßenbeleuchtung sorgte für ausreichend Helligkeit. Mamma Carlotta huschte zur Kasse, neben der das Einwickelpapier aufgestapelt war. Hell und gut sichtbar. Ihre Hand tastete darunter, kurz darauf hielt sie Tove den Brief hin. »Wie ich's gesagt habe!«

Sie zogen sich hinter eine der Vitrinen zurück, wo sie von der Straße aus nicht gesehen werden konnten. Nicht einmal die Taschenlampe, die Tove jetzt anmachte, würde von dort zu erkennen sein. Er beleuchtete den Umschlag, Carlottas Hände, die das Blatt herauszogen und schließlich die wenigen großen Buchstaben, mit denen das Blatt bedeckt war. Ein computergeschriebener Brief, mit einem Tintenstrahldrucker ausgedruckt. Die Unterschrift fehlte.

»Ein anonymer Brief«, sagte Tove leise.

Beide starrten sie die Zeilen an, lasen sie, dann noch einmal und sahen sich schließlich ratlos an. Mamma Carlotta stöhnte. »Das kann doch nicht wahr sein!«

Tove war nicht minder erstaunt. »Verstehen Sie das?«

Ehe Mamma Carlotta den Kopf schütteln konnte, löschte Tove plötzlich das Licht seiner Taschenlampe. »Pscht!«

Im selben Moment war nur die Stille zu hören, das Rauschen in den Ohren. Dann erst kroch das Geräusch heran, das Tove aufgeschreckt hatte. Ein Knistern, ein kurzes Knarren, dann das Scharren eines Schuhs. Anschließend wieder Stille, aber eine Stille, die anders war als die Stille vorher. Nun war sie ein Erstarren, ein Luftanhalten, ein rasender Herzschlag.

Beim nächsten Geräusch schaffte Tove es, die Taschenlampe aufflammen zu lassen. Und nun sahen sie, dass ihnen jemand gefolgt war.

»Fietje, du Idiot!«, stöhnte Tove. »Wie kannst du uns so erschrecken?«

Fietje stand da wie ein begossener Pudel. »Ich wollte nur …«, begann er zu stottern.

»… uns belauschen? Oder sehen, ob ich wirklich nichts Wertvolles mitgehen lasse?«

Fietje schüttelte den Kopf. »Ich wollte Bescheid sagen, dass ich was gesehen habe. Diese Frau, von der die Signora gesprochen hat. Die Kellnerin aus der Muschel II.«

Schon stand Mamma Carlotta neben Fietje und griff nach seinem Arm. »Wo haben Sie Susala gesehen?«

»Hier!« Fietje machte eine vage Bewegung mit dem Arm. »Ganz in der Nähe. Sie ist nebenan eingedrungen.«

»Nebenan? Was meinst du damit?«, fragte Tove.

»Bei Harm Ingwersen. Sie hat es erst an der Tür versucht, die in die Wohnung führt, aber die war abgeschlossen. Dann hat sie einfach ein Fenster eingeschlagen und ist in den Gang eingestiegen, der dahinter liegt. Am Ende gibt es eine Treppe, die in Harm Ingwersens Wohnung führt.«

»Madonna!« Mamma Carlotta stand schon neben der Tür, die Hand auf der Klinke. »Jetzt ist Harm Ingwersen dran! Sie will ihn auch umbringen!«

Tove hielt sie zurück. »Keine vorschnellen Entschlüsse! Warum sollte sie das tun?«

»Was weiß ich! Vielleicht ist er ihr auf die Schliche gekommen, und sie will verhindern, dass er zur Polizei geht.«

»Aber warum sollte er …«

»Ist doch egal, Tove!«, unterbrach Mamma Carlotta ihn. »Diese Frau ist eine Mörderin! Und wenn sie irgendwo einbricht, führt sie nichts Gutes im Schilde! Das ist doch klar!«

Sie wollte Fietje zur Seite schieben, der sich ihr in den Weg gestellt hatte. Aber er wehrte sie ab. »Nicht so schnell, Signora! Ich habe da draußen was gehört. Im Gebüsch in der Nähe des Gartenzauns. Kann sein, dass wir nicht die Einzigen sind, die gemerkt haben, dass Harm Ingwersen in Gefahr ist.«

Mamma Carlotta dachte angestrengt nach. »Wenn es mein Schwiegersohn ist, der Susala auf frischer Tat ertappen und verhaften will, dann muss ich mich vorsehen. Er darf mich hier nicht erwischen.«

»Was sollen wir tun?«, fragte Tove. »Die Polizei alarmieren?«

Mamma Carlotta schüttelte den Kopf. »Besser, wir sehen selbst nach dem Rechten.«

Tove sammelte alle Kraft, die er brauchte, um zum Kavalier zu werden. »Ich gehe zuerst. Wenn nach zwei Minuten nichts passiert ist, folgen Sie mir.«

Mamma Carlotta nickte, Fietje nickte auch. Genau achtzig Sekunden lang sprachen die beiden kein Wort. Dann entspannten sie sich, weil es den Anschein hatte, als wäre Tove unbehelligt geblieben. Kein Geräusch drang von draußen herein, alles blieb still.

»Was war nun mit dem Brief?«, flüsterte Fietje. »Haben Sie ihn gefunden?«

Mamma Carlotta nickte. »Susala ist anscheinend doch nicht Arnes Geliebte. In dem Brief steht nämlich, Arne Ingwersen sei schwul. Und er hätte ein Verhältnis mit Willem Jäger!« In diesem Augenblick kam ihr der entscheidende Gedanke. »Ich hab's! Susala ist in Wirklichkeit die Geliebte des Vaters! Er hat sich nicht geirrt, als er behauptete, das Kettchen in der Hand seiner Frau sei ihr eigenes gewesen. Er hat gelogen, um Susala zu schützen! Er wusste, dass es ihr Kettchen war!«

Fietje sah sie verständnislos an. »Und warum schlägt diese Susala jetzt ein Fenster ein, um zu ihm zu kommen?«

»Vermutlich, weil sie nicht mehr darauf bauen kann, dass er den Mund hält. Er hat verlangt, dass sie sich stellt. Er ist ein anständiger Mann, das weiß jeder. Und nun will sie ihn umbringen, bevor er sie verrät!«

Erik seufzte, strich sich ausgiebig seinen Schnauzer glatt, dann gab er es auf, Enno Mierendorfs Rückkehr zu erwarten. Der Ehestreit, den Mierendorf beobachtet zu haben glaubte, würde ihn nicht weiterbringen. Er stand auf, noch immer die kalte Pfeife im Mund, und ging zu Sören, der auch nicht glücklicher aussah als er selbst.

»Ich mache Feierabend, Sören.«

Sein Assistent schien sich noch nicht sicher zu sein, ob es ihm in seiner Junggesellenbude besser gefallen würde als in seinem Büro. »Haben Sie schon die Staatsanwältin angerufen und um die SK gebeten?«

Erik schüttelte den Kopf. »Erst mal bin ich froh, dass sie sich seit gestern Vormittag nicht mehr bei mir gemeldet hat. Wenn sie uns eine Sonderkommission vor die Nase setzt, dann will ich das wenigstens selbst in die Wege leiten.«

Sören nickte zustimmend. »Aber bis morgen Abend sollten Sie noch warten. Morgen ist der Chorwettbewerb. Carolin wäre sehr gekränkt, wenn Sie nicht dabei wären.«

»Ich glaube, das ist ihr völlig egal. Sie ist immer noch sauer auf mich.«

Über Sörens Gesicht ging ein breites Grinsen. »Wegen Florian Silbereisen?«

Ehe Erik antworten konnte, klingelte sein Handy, das er in der Jackentasche trug. Sören wollte sich wieder seiner Schreibtischarbeit widmen, bemerkte dann aber Eriks angespannte Miene und legte den Kuli zur Seite.

»Giovanna! Was ist los?« Während Erik lauschte, nahm er mit feierlicher Geste die kalte Pfeife aus dem Mund. »Bist du sicher?« Nun sah er Sören mit intensivem Blick an, dann warf er plötzlich die Pfeife achtlos auf seinen Schreibtisch. »Okay! Wir kommen! Am besten, du verschwindest sofort! Wir sehen uns später.«

Erik steckte das Handy ein, während er schon auf dem Weg zur Tür war. »Los, Sören! Endlich passiert was! Wir fahren mit Sonderrechten!«

»Tatütata!«, machte Sören, der nicht glauben konnte, dass endlich etwas wirklich Wichtiges geschehen war.

Als Tove zurückkehrte, wirkte er sehr angespannt. »Ich habe gehört, dass jemand weggelaufen ist. Mit sehr lauten Absätzen! Als hätte er keine Angst, gehört zu werden. Hoffentlich hat uns niemand bemerkt.«

»Und holt jetzt die Polizei«, fuhr Fietje fort und sah sehr besorgt aus.

Während Mamma Carlotta hinter Tove auf das Fenster zuschlich, das Susala eingeschlagen hatte, drehte sie sich zu ihm um. Aber von Fietje war nichts mehr zu sehen.

Zweifelnd betrachtete sie die Fensteröffnung. »Da passe ich nicht durch!«

Tove betrachtete sie prüfend, dann kam er anscheinend zu demselben Ergebnis. »Ich versuch's«, sagte er, »und öffne dann die Tür von innen.«

Tove war zwar schlanker, dafür aber größer. Und da er ebenfalls die fünfzig überschritten hatte, war es mit seiner Beweglichkeit auch nicht mehr weit her. Schon das Erklimmen des Fenstersimses dauerte eine Weile, dann ließ er sich auf der Fensterbank nieder, hob vorsichtig die Beine auf die andere Seite und ließ sich dort zu Boden sacken. Das Geräusch, das dabei entstand, wurde zum Glück durch Motorengeräusche auf der anderen Seite des Hauses verschluckt. Das Türenschlagen überdeckte das Knirschen des Schlüssels, der sich im Schloss drehte. Die Tür war gut geölt und schwang leise auf.

»Kommen Sie«, zischte Tove.

Mamma Carlotta schlich hinter ihm den Gang entlang, bis sie vor einer Treppe ankamen, die ins Obergeschoss führte. Daneben befand sich die Haustür, die sich zur Straße öffnete, der offizielle Eingang zu Harm Ingwersens Wohnung.

Vorsichtig stahlen sie sich die Treppe hinauf, den Stimmen entgegen, die von oben herunterdrangen. Die Treppe war aus Holz, sie mussten behutsam auftreten. Jedes Mal, wenn eine Stufe knarrte, hielten sie erschrocken inne und warteten auf eine Reaktion. Aber nichts geschah. Schließlich waren sie vor einer Tür angelangt, die nur angelehnt war. Vorsichtig schob Mamma Carlotta sie einige Zentimeter weit auf. Sie konnte nun einen kleinen Teil des Wohnzimmers überblicken. Erschrocken hielt sie die Luft an. Harm Ingwersen konnte sie zwar nicht sehen, aber Susala! Und die stand da, mit einer Pistole in der Hand, und zielte auf jemanden, der Harm Ingwersen sein musste.

Nun war auch ihre Stimme zu hören: »Das Baby wird mich nicht hindern zu tun, was getan werden muss«, sagte sie. »Ich weiß nun genug, Harm! Es ist aus!«

»Was ist das für eine Pistole?«, fragte Harm Ingwersens Stimme. »Eine Attrappe? Ein Spielzeugmodell?«

»Lass es nicht darauf ankommen«, sagte Susala. »Sie gehörte Francesco. Er hat sie bei mir vergessen.«

»Was willst du von mir?«

»Die Hose, die du in der Nacht getragen hast, als Utta starb. Ich wollte sie eigentlich aus deinem Schlafzimmer holen, ohne dass du es merkst.«

»Was willst du mit meiner Hose?«

»Ich habe am nächsten Morgen Blut daran gesehen. Ich will, dass die Polizei herausfindet, woher dieses Blut stammt.«

»Blut?« Harm Ingwersen stieß ein Lachen aus, das verächtlich klingen sollte. »Ketchup! Dieser Tollpatsch von Koch ...«

»Ich will diese Hose haben! Gib sie mir! Sofort!«

»Und wenn ich es nicht tue? Dann ... erschießt du mich?«

Susalas Stimme bebte, als sie antwortete: »Es wäre Notwehr. Ich habe allen Grund, mich von dir bedroht zu fühlen.«

Mamma Carlotta runzelte die Stirn. Susala hatte Angst vor Harm? Warum? Obwohl Tove aufgeregt abwehrte, drückte sie die Tür noch weiter auf, bis sie einen Türspalt von knapp zehn Zentimetern vor sich hatten. Im Treppenhaus war es zum Glück dunkel, von drinnen würde man ihre Gesichter nicht erkennen.

Harm stand etwa zwei Meter von Susala entfernt, die Hände erhoben. »Wie könnte ich dir etwas antun!«, sagte er. »Ich liebe dich. Ich wollte dich glücklich machen.«

»Das hättest du gekonnt«, gab Susala leise zurück. »Aber du wolltest ja alles haben. Nicht nur mich, auch Uttas Geld und ihr Restaurant.« Sie machte einen kleinen Schritt nach vorn und gab damit den Blick auf die Tür frei, die von der Wohnung ins Restaurant führte.

Harm lachte bitter. »Ich bin nicht mehr jung genug, um noch einmal ganz von vorn anzufangen. Und wie lange würde dir das Leben mit mir gefallen, wenn ich dir nichts bieten kann?«

»Du unterschätzt mich.«

Mamma Carlotta sah, dass Susalas Hand mit der Pistole zitterte. Harm war auf sie zugetreten, Susala war sich ihrer Sache nicht mehr sicher.

»Die Gelegenheit war günstig«, hörte sie Harm sagen. »Die Polizei war sehr schnell der Meinung, dass die Mafia hinter dem Mord steckt. So, wie ich es vorausgesehen hatte. Diese Chance konnte ich nicht verstreichen lassen. Ich bin nun Witwer! Kein geschiedener Mann! Kein Mann, der sich von seiner langjährigen Ehefrau trennt, um eine Jüngere zu heiraten. Alle hätten mich für einen Idioten gehalten, der mit seinem Alter nicht zurechtkommt. Wer hätte mir schon geglaubt, dass ich dich liebe? Dass ich dich … wahnsinnig liebe?«

»Du hast Glück gehabt, dass du einen so guten Ruf genießt!«, stieß Susala hervor. »Sonst wäre Hauptkommissar Wolf sicherlich früher misstrauisch geworden.«

»Warum?«, kam es selbstbewusst zurück. »Mein Plan war perfekt.«

»Nicht ganz«, hielt Susala dagegen. »Was ist zum Beispiel mit dem Kettchen, das ich dir geschenkt habe? Ich hatte es zur Erstkommunion bekommen, es sollte dein Talisman sein!«

Nun klang Harms Stimme nicht mehr so überlegen. »Ich habe zu spät gemerkt, dass sie es mir abgerissen hat. Als Herr Wolf mich danach fragte, war ich froh, dass mir eine plausible Begründung eingefallen ist.«

Mamma Carlotta hatte genug gehört. Sie richtete sich auf und versuchte ein Ächzen zu unterdrücken. Ihr Kreuz schmerzte von der gebückten Haltung, in ihrem Kopf herrschte ein heilloses Durcheinander. Harm Ingwersen! Niemand hatte ihn in Verdacht gehabt, den redlichen, aufrechten Mann, der den Mut gehabt hatte, sich gegen die Mafia zu stellen.

Tove griff gerade zur Klinke, um die Tür wieder heranzuziehen, da ertönte plötzlich eine andere Stimme. Laut und schneidend. »Werfen Sie die Waffe weg!« In der Tür, die ins Restaurant führte, stand Erik, eine Waffe in der Hand, die er auf Susala richtete. Hinter ihm Sören, der ebenfalls eine Pistole im Anschlag hatte. »Waffe weg!«, wiederholte Erik. »Und wo ist Tove Griess?«

Mamma Carlotta fuhr herum und starrte Tove fragend an. Dem sackte die Kinnlade herab. Fassungslos hob er die Schultern.

Als Mamma Carlotta sich wieder zurückdrehte, sagte Erik: »Sie stecken mit Griess unter einer Decke, Frau Larsen?«

»Nein!« Susalas Stimme klang schrill. Sie machte ein paar vorsichtige Schritte zur Seite, drehte dem Türspalt, vor dem Mamma Carlotta hockte, nun den Rücken zu. Dunkle Flecken auf ihrer Bluse zeigten, dass sie schwitzte. Vor Angst? Wovor hatte sie Angst? Warum wiederholte sie nicht, was sie soeben zu Harm Ingwersen gesagt hatte?

Erik änderte seine Körperhaltung nicht. Weiterhin

waren zwei Pistolenmündungen auf Susala gerichtet. »Sehen Sie doch ein, dass Sie keine Chance haben, Frau Larsen. Sie kommen hier nicht raus.«

»Das will ich auch nicht!«, schrie Susala. »Sie begreifen gar nichts!«

Dies war der Moment, in dem Mamma Carlotta mit einem Mal spürte, dass sie allein war. Aus der Stille in ihrem Rücken war ein leises Geräusch geworden. Das Klicken einer Tür. Fassungslos drehte sie sich um. Aber Tove Griess war tatsächlich verschwunden. Sollte sie ihm folgen? Darüber konnte sie nicht weiter nachdenken. Denn in diesem Augenblick fiel ein Schuss.

Sie fuhr herum, so plötzlich, dass sie beinahe das Gleichgewicht verloren hätte. Nur wenige Meter von ihr entfernt lag Susala auf dem Rücken, beide Arme zur Seite gestreckt, in der Rechten noch immer Francescos Pistole, über sich Harm Ingwersen, der sich anscheinend in ihre Arme geworfen hatte. Um sie zu hindern, auf ihn zu schießen? Oder hatte er sie mitnehmen wollen in seine Schuld? Womöglich sogar in den Tod?

Aber schon war Erik über ihm, zerrte ihn von Susala herunter und legte ihn auf den Rücken, während Sören Susala aufhalf. Ein Stöhnen entrang sich Harm Ingwersens Brust, als er sich in sein Schicksal ergab. Aus seiner Schulter sickerte Blut.

»Wir brauchen einen Krankenwagen!«, rief Erik.

Während Sören zu seinem Handy griff, machte Erik sich an die Notversorgung der Schusswunde. »Warum, Herr Ingwersen?«, hörte Mamma Carlotta ihn leise fragen. »Warum gerade Sie?«

Harm Ingwersen öffnete die Augen, sah aus, als wollte er eine Antwort geben, dann schüttelte er kaum merklich den Kopf und wandte den Blick ab, ehe er die Augen wieder schloss.

Mamma Carlotta trat vorsichtig den Rückzug an, während Sören den Krankenwagen herbeitelefonierte. Sie ließ den hellen Türspalt nicht aus den Augen, hinter dem eine Liebe zu Ende gegangen war, die vermutlich einmal Berge versetzen sollte. Ein älterer, aber attraktiver Mann, ein angesehener Bürger, ein Mann, der über jeden Zweifel erhaben gewesen war, und eine schöne, junge Frau, die ihn geliebt hatte bis zu dem Augenblick, in dem er nach den Sternen greifen wollte. Alles wollte er haben, alles. Nichts von dem hergeben, was er bis jetzt besessen hatte, und auf nichts verzichten, was er noch bekommen konnte. Damit hatte er alles verspielt.

Als Mamma Carlotta das Martinshorn des Krankenwagens hörte, drehte sie sich um und huschte die Treppe hinab. Vorsichtig sah sie sich um. Es wurde Zeit! Bald würde es hier wimmeln von Neugierigen. Die Mitarbeiter der Muschel I würden ihre Arbeit unterbrechen, die Gäste nicht mehr auf ihr Essen achten … dann musste sie weg sein. Wo nur Tove geblieben war? Hatte er sie etwa im Stich gelassen? War er in seinen Lieferwagen gestiegen und abgehauen? Wie sollte sie dann nach Hause kommen?

Mamma Carlotta lief eilig zur Straße, wo bereits die ersten Fenster aufgingen, als der Krankenwagen um die Ecke bog. Wie eine unbeteiligte Passantin ging sie ihm entgegen, ohne ihn weiter zu beachten. Sie würde sich eben ein Taxi nehmen. Inzwischen wusste sie ja, wie das ging. Und Dino würde einsehen, dass es sich hier um einen Notfall handelte.

Der Sylter Inselchor nahm Aufstellung. Die Chöre aus Husum, Flensburg und Niebüll hatten ihre Auftritte bereits hinter sich, jeder Chor mit nur mäßigem Erfolg. Der Husumer Dirigent hatte das zweite Chorlied abbrechen und noch einmal von vorne beginnen müssen, der Flensburger Chor war durch mehrere Krankheitsfälle stark geschwächt, und die Niebüller hatten sich ein Programm ausgesucht, das die Zuhörer zum Gähnen brachte. Als Höhepunkt ihrer Darbietung kündigten sie »Amazing Grace« an, gesungen von der dienstältesten Sopranistin, die ihr Bestes gab und sich das triumphierende Grinsen auf den Gesichtern der Inselchor-Mitglieder nicht erklären konnte …

Unter den Zuhörern wurde getuschelt, als Carolin ans Dirigentenpult trat. Im Inselblatt war am Morgen zu lesen gewesen, dass die Chorleiterin durch Krankheit verhindert sei, aber dass auch Harm und Arne Ingwersen an diesem Tag fehlten und die junge, hübsche Kellnerin der Muschel II ebenfalls, gab den Gerüchten Nahrung, die seit dem vergangenen Abend über die Insel flogen. Die St.-Severin-Kirche, in der der Chorwettbewerb stattfand, platzte aus allen Nähten, weil viele Zuhörer nur gekommen waren, um sich die Gerüchte bestätigen zu lassen. Diejenigen, die am Abend vorher den Krankenwagen vor der Muschel I gesehen hatten, waren dicht umlagert.

Giovanna drängte sich neben Carlotta, obwohl ihr Platz eigentlich in der ersten Reihe war. »Bist du mir immer noch böse?«, fragte sie und fuhr so hastig fort, dass Mamma Carlotta kaum Zeit zum Antworten hatte: »Ja, ich habe Erik angerufen und ihm gesagt, dass dieser schreckliche Wirt Francescos Mörder ist! Und dass er gerade bei Harm Ingwersen einsteigt! Für mich sah alles danach aus!«

»Für dich!«, wiederholte Mamma Carlotta vorwurfsvoll.

»Aber Erik hat ihn ja gar nicht gesehen. Stattdessen hat er Susala angetroffen. Er glaubt also, dass ich mich geirrt habe.«

»Dass du Susala und Tove Griess verwechselt hast?«

»Seitdem rät er mir zur Anschaffung einer Brille. Ich bin es also, die allen Grund hat, beleidigt zu sein!«

»Du hättest nicht nur Tove Griess, sondern auch mich

in Schwierigkeiten bringen können«, zischte Carlotta zurück.

»Ich habe mir Sorgen um dich gemacht«, fauchte Giovanna. »So, wie der Kerl sich in der Imbiss-Stube benommen hat! Hast du vergessen, dass er mich mit dem Messer bedroht hat? Da musste ich doch Angst um dich haben, als ich sah, dass du in sein Auto stiegst.«

»Woher wusstest du überhaupt, wohin wir fahren wollten?«

»Ich habe dem Taxifahrer gesagt, er soll euch folgen. Und hinter der Perlenmuschel habe ich dann nur noch den unausstehlichen Wirt gesehen und dich nicht mehr. Dafür aber noch einen anderen Kerl, der ziemlich verlottert aussah. Ich dachte, dir wäre was zugestoßen. Capisci?« Sie stieß Mamma Carlotta in die Seite. »Dai, Carlotta! Hör auf zu schmollen! Freu dich auf die Überraschung!«

Mamma Carlotta starrte Carolin an, die mit zitternden Fingern in der Partitur blätterte. Sie hatte von Anfang an mental bei ihrer Enkelin sein wollen, ganz nah bei ihr, um sie zu stärken. Aber nun kam ihr dummerweise die Neugier dazwischen. »Was denn für eine Überraschung?«

Giovanna lächelte geheimnisvoll. »Die wird einschlagen wie eine Bombe. Ich habe lange auf Enzo einreden müssen, aber schließlich hat er doch dafür gesorgt, dass es heute einen Höhepunkt geben wird, mit dem niemand rechnet. Er hat seine Kontakte spielen lassen.«

Erik hielt nach Felix Ausschau, aber der hatte anscheinend seine Drohung wahr gemacht und war nicht zum Chorwettbewerb erschienen. Dafür aber sah er Sören den Mittelgang entlangkommen und sich suchend umblicken. Sein Assistent war bereit gewesen, an diesem Morgen die Vernehmungen zu führen, damit Erik sich ganz und gar dem großen Moment seiner Tochter widmen konnte. Er winkte Sören zu und rutschte näher an seine Nachbarin heran, damit auch er noch Platz in der Bankreihe fand. »Gibt's was Neues?«

Sören nickte. »Vor einer Stunde hat er auch den Mord an Francesco gestanden. Mit Susalas Handy und in ihrem Namen hat er ihn zum Strand bestellt. Francesco hat geglaubt, er hätte Susala endlich da, wo er sie haben wollte. Ob er noch gemerkt hat, dass Harm Ingwersen in viel zu großen Schuhen kam, werden wir nicht mehr erfahren.«

»Was hat er zu den Doppelkreisen gesagt?«, fragte Erik flüsternd.

»Damit wollte er sichergehen, dass der Verdacht auf die Mafia fällt.«

»Warum hat es ihm nicht gereicht, seine Frau umzubringen? Damit hatte er doch alles, was er wollte. Er war frei für seine junge Geliebte und noch immer so vermögend wie vorher.«

»Er hatte Angst vor Francescos Reaktion!«, antwortete Sören. »Was hätte der gemacht, wenn ihm aufgegangen wäre, dass er für den Mord an Utta Ingwersen herhalten sollte? Harm Ingwersen konnte nicht wissen, dass wir die Informationen über die Mafia unter der Decke halten würden.«

Erik nickte. »Und einen lästigen Rivalen war Harm Ingwersen damit auch gleich los. Ein Aufwasch sozusagen.« Er verzog das Gesicht, wieder stieg die Bitterkeit in ihm hoch. Für Harm Ingwersen hätte er die Hand ins Feuer gelegt! Sören wollte noch etwas sagen, aber Erik schüttelte den Kopf, denn Carolin hob die Arme, und in der Kirche wurde es mucksmäuschenstill. Die Sänger des Inselchors sahen ihre junge Chorleiterin aufmerksam an und warteten auf ihren Einsatz. In Erik blähte sich ein unbändiger Stolz auf, der nur durch die ebenso gewaltige Sorge am Platzen gehindert wurde, dass irgendwas schiefgehen und aus der großen Ehre, die seiner Tochter zuteil werden sollte, ein traumatisches Erlebnis würde. Sein Blick fiel auf Carolins Freund, den er nicht einmal mehr in Gedanken beim Vornamen nannte. Es rührte ihn, wie zärtlich der Junge seine Tochter anblickte, wie seine Augen strahlten, wie zuversichtlich er war und wie groß sein Zutrauen in Carolins Leistung. Nun, da die Mordfälle geklärt waren und die täglichen Chorproben ein Ende hatten, musste er sich darum kümmern, zu Carolin wieder das liebevolle Verhältnis aufzubauen, das früher selbstverständlich gewesen war. Und ihren Freund würde er dann hoffentlich auch von seinen besten Vorsätzen überzeugen können.

Der Inselchor sang unter Carolins Leitung dem Sieg entgegen. Mit jedem Lied fiel ein bisschen mehr Angst von Erik gab, und die Sorge, dass Carolin ein kapitaler Fehler unterlaufen könnte, vergaß er bald völlig.

»Wann hat Susala eigentlich begriffen, was gespielt wurde?«, fragte er Sören flüsternd, als das Publikum zwischen zwei Liedern applaudierte.

»Ziemlich bald«, raunte Sören zurück. »Spätestens, als wir bei ihr waren und sie nach ihrem Handy gefragt haben, wusste sie, was passiert war. Aber geahnt hatte sie es schon vorher und hat Harm oft heimlich beobachtet, um Beweise zu finden.«

»Und Vera Ingwersen? Was wusste die?«

»Die ahnte, dass ihr Mann sie betrog. Sie hatte Susala in Verdacht. Aber während sie versuchte, die beiden in flagranti zu erwischen, fand sie zufällig heraus, dass Susala in Wirklichkeit ein Verhältnis mit ihrem Schwiegervater hatte. Mit dem Mann, der über jeden Zweifel erhaben war! Den Arne so verehrte! Dessen Meinung ihm immer wichtiger war als die seiner Frau! Vera hatte nur deshalb nach dem Tod der Schwiegermutter die Perlenmuschel übernommen, um Gelegenheit zu haben, ihren Schwiegervater auszuspionieren und ihm nachzuweisen, dass er ein Verhältnis mit Susala hatte.«

»Und wie hat sie erfahren, dass ihr Mann sie in Wirklichkeit mit Willem Jäger betrog?«

»Durch einen anonymen Brief.«

Erik schüttelte unmerklich den Kopf. »Arne hat mir gestern Abend noch gestanden, dass seine Mutter die Einzige war, die durchschaut hatte, dass er schwul war. Sie hat damit gedroht, es seinem Vater zu verraten. Davon hat er sie nur abbringen können, indem er Vera heiratete. Seitdem glaubte sie, sich geirrt zu haben. Für Arne wäre es das Schlimmste gewesen, wenn sein Vater davon erfahren hätte.«

Sören lächelte spöttisch. »Sein Vater, das große Vorbild!«

Als Giovanna ihr erstes Solo gesungen hatte, schienen die Sieger des Wettbewerbs bereits festzustehen. Der Darbietung von »Amazing Grace« hätte es gar nicht mehr bedurft. Und Erik wäre es auch lieber gewesen, Giovanna hätte auf dieses Lied verzichtet. Die Enttäuschung, die der Niebüller Solosängerin ins Gesicht geschrieben stand, nahm jedenfalls seiner Freude über das gute Abschneiden des Inselchors einen Teil der Unbefangenheit.

Als die Jury sich zur Beratung zurückzog, schien der Höhepunkt bereits überschritten zu sein. Doch dann trat Giovanna ans Mikrofon und stellte sich als Vertreterin von Meurer-Entertainment vor. Ihr sei es gelungen, einen ganz besonderen Star für diese Veranstaltung zu gewinnen. Mit großer Geste zeigte sie den Mittelgang entlang. »Unser Überraschungsgast! Florian Silbereisen!«

Erik starrte Carolins Freund an, der sich nicht rührte und genau wie alle anderen neugierig zur Kirchentür blickte. Wieso war er der Überraschungsgast? Warum wurde er angekündigt wie ein Star? Und warum – um Himmels willen – tat er so, als ginge ihn das gar nichts an?

Erik verstand die Welt nicht mehr, als ein blonder junger Mann vors Publikum trat, der eine gewisse Ähnlichkeit mit dem Freund seiner Tochter hatte. Und dass die Zuhörer von ihren Sitzen sprangen und frenetisch applaudierten, obwohl der junge Mann noch keinen Ton gesungen hatte, verstand er auch nicht.

Er hätte Sören gern gefragt, aber in diesem Augenblick tippte ihm jemand von hinten auf die Schulter. »Felix! Du bist doch gekommen?«

Sein Sohn grinste. »Du musst zugeben, dass er Michael Ohlsen ähnlich sieht. Und Volkslieder singt er auch.«

»Wer ist Michael Ohlsen?«, fragte Erik verwundert.

Felix verdrehte die Augen. »Caros Freund natürlich!«

»Ich denke, der heißt ...«

Zum Glück kam ihm die entscheidende Erkenntnis gerade noch rechtzeitig, sodass er davor bewahrt wurde, den Satz zu Ende zu führen.

Danksagung

Ich danke meinem Sohn Jan, Polizeioberkommissar in Münster, dessen fachlicher Rat für mich so kostbar ist und während des Schreibens dieses Manuskriptes ganz besonders wichtig war, und meiner Freundin Gisela Tinnermann, die viel Zeit für mich opferte und mir mit ihren Ratschlägen wieder einmal sehr geholfen hat.

Gisa Pauly

Die Tote am Watt

Ein Sylt-Krimi. 352 Seiten. Piper Taschenbuch

Ein furchtbarer Mord auf der Ferieninsel Sylt! Eine vermögende Witwe wird erdrosselt aufgefunden. Eigentlich müsste der Täter per DNA-Analyse schnell zu überführen sein, weshalb Hauptkommissar Erik Wolf auf eine rasche Lösung hofft. Mamma Carlotta jedoch, seine italienische Schwiegermutter, die derzeit zu Besuch ist, hält wenig von solchen modernen Ermittlungsmethoden. Viel lieber verlässt sie sich auf ihre weibliche Intuition. Mit italienischem Charme und zum Schreck der Beamten mischt sie sich in die Ermittlungen ein. Dabei bringt sie sich selbst in Lebensgefahr …

Atmosphärisch, spannend und humorvoll erzählt Gisa Pauly von Mamma Carlottas erstem Fall, bei dem das italienische Temperament mit dem norddeutschen mehr als einmal zusammenprallt.

05/2079/02/L

Kirstin Warschau

Fördewasser

Ein Kiel-Krimi. 320 Seiten. Piper Taschenbuch

An einer Staumauer bei Kiel wird die Leiche eines Mannes gefunden. Kommissarin Olga Island, soeben aus Berlin versetzt, übernimmt die Ermittlungen. Der Tote war hoch verschuldet und betrieb einen regen Handel mit Schiffsschrott. Als in der Kieler Förde eine weitere Wasserleiche entdeckt wird, sprechen die Medien von einem Serienkiller. Die Jagd nach dem Täter führt Olga Island in entlegene Winkel der Landeshauptstadt und ihrer ländlichen Umgebung. Dabei hat sie nicht nur mit den Vorurteilen ihrer Kollegen zu kämpfen, sondern auch mit einem gefährlichen Mörder, der vor weiteren Taten nicht zurückschreckt …

05/2299/02/R

Volker Klüpfel, Michael Kobr

Milchgeld

Kluftingers großer Fall. 320 Seiten. Piper Taschenbuch

Ein Mord in Kommissar Kluftingers beschaulichem Allgäuer Heimatort Altusried – jäh verdirbt diese Nachricht sein gemütliches Kässpatzen-Essen. Ein Lebensmittel-Chemiker des örtlichen Milchwerks ist stranguliert worden. Mit eigenwilligen Ermittlungsmethoden riskiert der liebenswert-kantige Kommissar einen Blick hinter die Fassade der Allgäuer Postkartenidylle – und entdeckt einen scheinbar vergessenen Verrat, dunkle Machenschaften und einen handfesten Skandal.

»›Milchgeld‹ ist ein Volltreffer, weil er Mentalität in Reinform verkörpert.«
Süddeutsche Zeitung

05/1899/03/L

Wolfgang Burger

Heidelberger Wut

Kriminalroman. 272 Seiten. Piper Taschenbuch

Als der eigenbrötlerische Seligmann von seiner Nachbarin als vermisst gemeldet wird, hat Kriminalrat Gerlach gerade ganz andere Sorgen, hat er doch einen noch immer unaufgeklärten Bankraub auf dem Tisch. Aber als man im Haus des Vermissten Blutspuren entdeckt, wird Gerlach hellhörig. Gibt es eine Verbindungslinie zu dem Bankraub? Und welche Rolle spielte Seligmann bei der brutalen Vergewaltigung einer Schülerin vor einigen Jahren? Kein Wunder, dass bei all diesen Geschehnissen auch Gerlachs Privatleben wieder einmal Kopf steht – gerade jetzt, wo die pubertierenden Zwillinge eigentlich seine Aufmerksamkeit dringend benötigen …

05/2062/02/R